𝒟iese friedlich, harmonivoll erscheinende Internet-Dating Welt.
Menschen lernen sich kennen, sie treffen sich, verlieben sich.
Wirklich friedlich und voller Harmonie?
Ein verschmähter Liebhaber, sein Hobby um ein längst vergessenes Volk und ein Singleportal, sie wurden zu Werkzeugen seiner perfiden Spielchen.
Ganz langsam verschlangen seine perversen Fantastereien Mensch um Mensch, sie verfingen sich im wilden Strudel aus Liebe, Sex und Verzweiflung.
Auch die Liebe suchenden Katharina und Alexander, sowie ein Aachener Ermittlertrio, waren außerstande sich dem Ereignishorizont zu entziehen.
Hier regierte nicht mehr die Normalität.
Was blieb, war das Chaos...

Carl R. Wolff

Hirngeflüster

Copyright: August 2016 Carl R. Wolff

Alle Rechte vorbehalten.

Vervielfältigung, Übersetzung, die Einspeicherung und Verarbeitung in elektronischen Systemen, sind für Bild und Text untersagt.

Ähnlichkeiten mit lebenden oder verstorbenen Personen sind rein zufällig.

Lektorat: Carl R. Wolff
Satz: Carl R. Wolff
Umschlaggestaltung: Carl R. Wolff
Grafiken und Titelbild: Carl R. Wolff
Kontakt: carlrwolff@t-online.de
Herstellung und Verlag:
BoD- Books on Demand, Norderstedt

ISBN: 9 783741 276415

FSK 16

Kapitelübersicht:

Kapitel 1 Galaxie of Love .... 09..
Kapitel 2 Begierde .... 21..
Kapitel 3 Susanne .... 31..
Kapitel 4 Erste Begegnung .... 53..
Kapitel 5 Wollust .... 59..
Kapitel 6 Verschwörungstheorien I .... 75..
Kapitel 7 Erwachen .... 80..
Kapitel 8 Verschwörungstheorien II .... 84..
Kapitel 9 Evelyn .... 89..
Kapitel 10 Verlockung .... 99..
Kapitel 11 Albtraum im Piazza Rossa Berlin .... 103..
Kapitel 12 Ermittlungen .... 105..
Kapitel 13 Verführung .... 111..
Kapitel 14 Püppchen .... 125..
Kapitel 15 Kalte Fakten .... 127..
Kapitel 16 Tod im Alcazar .... 149..
Kapitel 17 Feierabend .... 164..
Kapitel 18 Katharina & Alexander .... 171..
Kapitel 19 Kopfwäsche .... 178..
Kapitel 20 Alte Wölfe sterben einsam .... 187..
Kapitel 21 Chaos .... 208..
Kapitel 22 Offene Wunden .... 249..
Kapitel 23 Vorahnungen .... 256..
Kapitel 24 Der lange Weg .... 269..
Kapitel 25 Erinnerung .... 272..
Kapitel 26 Das Hotelzimmer in Orvieto .... 285..
Kapitel 27 Über den Wolken .... 300..
Kapitel 28 Befreiung .... 307..
Kapitel 29 Endspiel .... 327..

*K*ommt Herbei...

All ihr unter Zurückhaltung leidende oder doch bereits gemeldete Protagonisten und Antagonisten, Profiteure, Verlierer, Vergessene, der Verrohung einer wohl Kapital geprägten, verschnellten, gnadenlosen Ellenbogengesellschaft.
Euer verzweifelter Schrei nach Liebe, Geborgenheit, Zärtlichkeit oder gar Abenteuer?
Findet hier Gehör.

Entschnellt Euer Leben, hört auf Euer Herz.

Galaxie of Love...

Der Singeltreff

365 Tage im Jahr online!

Seit willkommen im virtuellen Universum der gefolterten Herzen und genarbten Seelen.

Tritt ein und verabschiede Deinen Schmerz...

Prolog:

*Ferne Stimmen in dunkelster Nacht,
vergessene Schatten zum Leben erwacht.*

*Vier rote Lichter in der Ferne verloren,
tief in Mutter Erden Schoß verborgen.*

*Wild triumphierend tanzend,
das Zeitentor zersprang.*

Das dämonisch-göttliche Spiel begann...

*A*bgrundtief schwarzes Nichts, was allmählich verblasste, schuf Platz für graue, vertrautere Schatten. Noch vom unruhig honigsüßen Schlaf wohlig benommen, öffnete Katharina langsam ihre Augen.

Etwas störte, riss sie aus einem wunderschönen Traum... oder träumte sie etwa immer noch?

Sie lag im Bett, auf dem Rücken, blickte hinauf zur Zimmerdecke, eigentlich wirkte alles normal. Dennoch... irgendetwas war heute anders.

Es schimmerte ein fremdes, unbekanntes orange-rotes Licht über ihr. *„Wie die ersten Strahlen einer wunderbar aufgehenden Sonne... dämmert bereits der frühe Morgen?"* grübelte Kathi immer noch schlaftrunken. Der sehr schwere, aus kobaltblauem Stoff gefertigte Fensterbehang, ließ für gewöhnlich keinerlei störenden Straßenlampen- oder gar romantisch anmutenden Mondschein zur Nacht passieren. Was war also der Grund?

Ihr Körper fühlte sich träge und fiebrig an, als wäre er mit heißem Quecksilber vergossen, dicke Schweißperlen klebten auf ihrer Stirn. Nur mit einer übermenschlichen Anstrengung schaffte sie es ihren Kopf etwas nach rechts zu drehen.

Der Schreck war gigantisch...

Ströme aus Tränen der Hilflosigkeit flossen aus ihren Augen. Das imaginäre, flüssige Metall in ihren Venen erstarrte, Schweißtropfen verwandelten sich zu salzigem Eis...

Keine noch so kleine Regung wollte ihr gelingen, starr vor Angst, musste sie zwanghaft das betrachten was neben ihr lag.

Ein kahlköpfiger älterer, nackter Mann.
Lang hing seine schwarze Zunge unnatürlich weit zwischen den wulstigen, rissigen Lippen hervor, als versuchte er sich das stoppelige, unrasierte Kinn zu lecken. Der Schädel erstrahlte von innen heraus in dunklem Rot, wohl der Grund für das rätselhafte Deckenlicht... hell leuchtete es jetzt auch aus den weit aufgerissenen Mund und augenlosen Höhlen. Eng um seinen dürren Hals gewickelt, glühte eine schmale geflochtene neonfarbene Kordel.

Ihr Entsetzten steigerte sich ins Unermessliche als Kathi erkannte, dass die Bauchdecke des Körpers zur Seite geklappt war. Blutfontänen schossen pulsierend aus zerschnittenen Adern und Venen der Wunde... auf seinen hoch erhobenen Händen lag bluttriefend ein großes Stück dunkles Fleisch...? Sein Herz, seine Leber??

"Mi marisch... mi aisna..." wehte ihr eine raue, kaum hörbare Stimme entgegen.

Katharina schrie...

Das Licht im Inneren wurde apokalyptisch hell, blendete, peinigte, verschlang sie und explodierte.

Trippelnde Schritte... ein Kind weinte, eine Tür knallte ins Schloss.

Dunkelheit...

XXX

Kapitel 1: Galaxy of Love
Porta Westfalica Montag 7. Dezember 23:30Uhr

𝓔in Schneesturm tobte über das Land.

Böe um Böe peitschte der Wind die weiße Flockenwand vor sich her, zerrte brutal an winterlich blattlosen Bäumen, rüttelte wild an vereisten Häuserfassaden, erschütterte sie dabei in ihren Grundfesten, vertrieb und fegte die Menschen von den Straßen und Plätzen.

Nur wenige Fahrzeuge mit wohl äußerst mutigen Insassen versuchten sich den entfesselten Naturgewalten entgegen zu stellen, größtenteils mit nur mäßigem Erfolg.

Hoch oben auf dem Findelberg, in einem uralten und verwunschen wirkenden Haus, mietete sich Alexander Kohnen schon vor geraumer Zeit eine im Erdgeschoss gelegene Wohnung an. Es sollte ein unerwarteter Glücksgriff sein, so stand das Obergeschoss leer und er wohnte hier praktisch allein.

Das Grundstück blieb dank des schon waldähnlichen und parallel des Gehwegs verlaufenden Fichtenbestandes von der Straßenseite her kaum einsehbar. Es lag dadurch wünschenswert versteckt. Ein natürlicher Sichtschutz vor allzu neugierigen Blicken, was ihm durchaus sehr gefiel. Der frisch gefallene, glitzernde Schnee auf dem Grundstück, die weiß überzuckerten Bäume, sorgten für ein friedliches, vorweihnachtliches Bild. Die sechs auf dem schmalen Weg zum Hauseingang verteilten Barocklaternen leuchteten in mattem gelblichen Schein, schufen dekorative Lichtinseln und schenkten dem Anwesen ein würdevolles herrschaftliches Ambiente. Eine Industriellenfamilie bewohnte das Herrenhaus noch bis vor ein paar Jahren selbst.

Durch zugesagter Mitarbeit in der Pflege, Reinigung und Instandhaltung des Haus und Gartens, vermochte Alexander den Mietzins auf ein für ihn erträgliches und vor allem finanzierbares Niveau zu drücken.

Mit schnellen Schritten näherte sich unaufhaltsam der Abend und löste die graue Dämmerung ab, die schwarze Nacht eroberte das Land. Bitterkalt war es draußen, es stürmte fürchterlich. Der Eiswind tobte um das alte Haus, verfing sich dabei in Ritzen und Mauervorsprüngen und sang dabei sein einsames, trauriges Lied. Wann zuletzt schneite es Anfang Dezember? Das lag ein paar Jahre zurück, Klimawandel? Eine geschlossene Schneedecke, Verkehrschaos und Rutschpartie mit allem Drum und Dran. Seit Stunden schon saß Alexander mit geröteten, brennenden Augen am Computer, die Mitternacht näherte sich bereits. Sein Laptop und er selbst brauchten dringend eine Pause.

Ungeduldig trippelten seine Finger auf der Schreibtischplatte herum. Die immer wieder einmal schwächelnde Funk-Onlineverbindung verhinderte ein schnelleres öffnen der letzten Mail in seinem Postfach. Mit wild klopfendem Herzen wartete Alex auf die Zeilen einer seiner Angebeteten.

Guten Abend mein liebster Unbekannter, nun ist es so weit, endlich können wir unsere sanft aufblühende Beziehung vertiefen. Morgen Nachmittag also... Ich kann es kaum noch abwarten und wünsche mir sehnlichst das Du endlich bei mir bist... Du weißt doch hoffentlich noch, was ich für Dich tragen werde? Mein nachträgliches Nikolaus Geschenk, ich werde sehr sexy aussehen... nur für Dich und das ist ein Versprechen. Eine gute Nacht wünsche ich Dir. Einen lieben, zärtlichen Schmatzer, träume süß... träume von mir...
Deine Susi

Lachend sprang er von seinem alten Schreibtischstuhl auf, der zur Seite kippte und krachend zu Boden fiel, applaudierte sich selber und fing leichtfüßig zu tänzeln an.

Immer schneller und schneller sich drehend, bis der Schwindel oder der Alkohol?... ihn neben seinem Sitzmöbel warf. Der dicke, weiche und im fahlen Licht gräulich fleckig wirkende Orientteppich dämpfte den Aufprall. Auf dem Rücken blieb Alexander liegen und lachte immer noch.

"Es klappt doch immer wieder... diese süßen, ahnungslosen Schäfchen. Warum geht das nur so einfach?" lachte er laut auf.
Wie ein großer geräumiger Fischteich eines Züchters, vollgestopft mit braunschuppigen Forellen, blonden Karpfen und herrlich rosahäutigen Lachsen, mit den Händen konnte man sie willig aus dem Wasser ziehen... *"Eine super Erfindung, dieses Internet."* stellte Alex nüchtern, (oder doch nicht mehr so nüchtern) fest.

Er freute sich auf dieses Date. Vielleicht fand er bei Susi, was er so lang suchte... die Liebe...

Ja, die Liebe, die Leidenschaft...

War doch die Liebe nicht die größte Geißel der Menschheit? Ging es uns nicht bald so wie den Bewohnern des Planeten Vulcan?

Alex musste Schmunzeln als er daran dachte. Ja, ein ganzes Leben ohne Emotionen, wie langweilig so etwas doch wäre... Hatten Religionen schon gewonnen? Konnten wir Menschen wirklich nur noch in Frieden miteinander, nebeneinander koexistieren, wenn es Emotionen nicht mehr gab, man Gefühle unterdrückte, oder gar bei Todesstrafe verbot?

Stirbt die Liebe, so stirbt die Menschheit...

Dunkle Nischen in seinem geräumigen Wohnzimmer und sehr warm, schon beinahe zu warm.

Nur sein Laptop und das flammende Feuer, Herz der ewigen Hölle, spendeten Licht, ließ Schatten eilig über Wände huschen und zuckend ihren Tango tanzen. Dabei prasselte und knackte es im offenen Kamin, sorgte für eine romantisch, wohlige Behaglichkeit, sorgte dabei auch für einen angenehmen Gestank nach schwarz verkohlter Buche.

So langsam beruhigte er sich wieder, schüttelte seine Grübeleien ab und stand wie von Fäden gezogen schwankend auf. Unternehmerisch und emotionsgeladen stolzierte er schließlich wieder zum Schreibtisch. Die Literflasche billigen Merlots auf dem kleinen runden Glastisch daneben war bereits zu zwei Drittel geleert. Ein blass-roter, verschwommener Kreis markierte den genauen Standort des Weinglases, was noch gut gefüllt da stand, fasste es am schlanken Stiel und leerte schlurfend den Inhalt mit einem ordentlichen Schluck.

Seine Gedanken schweiften abermals ab... zurück in die Vergangenheit...

Alexander bewohnte die Fünfzimmerwohnung allein. Seine Beziehung vor Monaten längst zerbrochen. Nichts erinnerte mehr an sein fortgezogenes Glück, alle lieb gewonnenen Gegenstände waren zerschlagen, aus seinem Gedächtnis verbannt, für immer... tja, wenn es so einfach wäre...

Sechzehn Jahre teilte man Freud und Leid, ging durch Dick und Dünn, weinte und lachte miteinander. Dann schlich sich nach so langer Zeit doch noch der graue Alltag ein. Wurde ein einfaches Frühstück am Sonntag zur stillen Qual. Man lebte nebeneinander, nicht miteinander. Nichts körperliches mehr. Keine Gespräche, kaltes Schweigen. Morgens ein Hallo, abends ein gute Nacht. Das war alles.

Der gewaltige Eisblock zwischen ihren Herzen reichte um zwei Mal die stolze Titanic zu versenken.

Die gewachsene Seelenkälte vertrieb auch noch die letzten übrig gebliebenen Freunde und Bekannte. Zu zweit allein. Es war vollbracht.

Eine Geisterliebe...

Sicher machte auch Alex Fehler, dass mochte er sich ehrlich eingestehen. Für eine gescheiterte Beziehung war selten einer allein zuständig. Eine sehr erwachsene Erkenntnis.

Als schlussendlich bei ihm auch noch das Geld und der Erfolg ausblieben, wurde er kalt fallen gelassen wie nasses totes Laub im Oktobersturm. Das ist nun bereits über zwei Jahre her. Seinen Job verlor er im Zuge einer Unternehmensstraffung und seine für ihn durchaus lukrative Geschäftsidee, wurde zum Spielball der Banken, Behörden, Vorschriften und zerplatzte wie eine bunte übergroße Seifenblase im stacheligen Kakteenfeld. Die Zukunftsaussichten waren auch nicht mehr das was er sich vorgestellt hatte. Doch das Wort *"Aufgeben"* kam in seinem Sprachgebrauch nicht vor, dass redete er sich jedenfalls ein. Immer wieder der mühselige Versuch etwas auf die Beine zu stellen. Sich lethargisch fallen lassen, das konnte er nicht.

Irgendwann einmal, nur einmal wollte Alexander der Gewinner sein. In den Sonnenuntergang fahren und einmal das Wort "**Yes**" herausschreien... ich habe es geschafft, ich habe gewonnen. Seine Faust hämmerte auf die Schreibtischplatte.

Mit seinen sechsundvierzig Jahren gehörte er zwar noch lange nicht zum alten Eisen, doch so langsam sollte ihm etwas gelingen. Zur Zeit sammelte, kaufte und verkaufte er Münzen, schlug sich auch mit Börsentermingeschäften durchs Leben. Ein kleiner Gewinn hier, ein kleiner Verlust da. Letztendlich reichte es zum Überleben.

Einen neuen Impuls, frischen Wind brauchte sein Leben, zumindest erst einmal sein Sexleben oder wollte er sich einfach nur an der Frauenwelt rächen? Alex zuckte mit den Schultern.
Vielleicht wurde es eine Mischung aus beidem.
Wie fühlte sich noch die wahre Liebe an?
Er hatte es vergessen...

Alle guten Vorsätze jedoch halfen irgendwann auch nichts mehr. Die Depressionen und der tägliche Alkohol zerstörten jeden hoffnungsfrohen Fortschritt im Ansatz. Der Zerfall seines Selbst begann schleichend und nahm stetig zu.

So konzentrierte Alexander sich auf das, was er noch einigermaßen zu kontrollieren im Stande war, ihm natürlich auch Abwechslung und Spaß bereitete, die Frauensuche. Diese Internet-Partnervermittlung kannte er aus dem Fernsehen.
Galaxy of Love...

Die Werbung hörte sich vielversprechend an, und ein kleiner Versuch schadet ja sicher nicht. Also meldete Alexander sich unter falscher Identität und Namen vor drei Wochen probehalber einmal an.

Auch die Tatsache, dass er im "normalen Leben" niemals so eine Menge, eine Masse von potenziell zum Date bereite Frauen getroffen hätte, spornte und trieb ihn an.
Sein Pseudonym „Sommerherz..."
Sein Profilfoto „fertigte" Alexander vor dem Spiegel.
Das harte Halogenlicht ließ sein Gesicht etwas kantiger erscheinen, der Hintergrund verschwand im Schatten.
Das eingestellte Foto konnte sich sehen lassen und der Erfolg ließ nicht lange auf sich warten.

"Suche sportliche, jung gebliebene Frauen zwischen fünfunddreißig und neunundvierzig Jahren, blond, braun, schwarz, Nichtraucherin, für eine feste Beziehung".

Diese Zeilen und viel mehr war nun für die Damenwelt in seinem Profil zu erlesen.

Außerdem durften natürlich verschiedene Angaben wie Daten zum äußeren Erscheinungsbild, Neigungen, sportliche Aktivitäten, Hobbys und so weiter, nicht fehlen.

Das Foto jedoch blieb das wichtigste Kriterium. Jeder Kontakt minimierte sich zunächst auf das Wesentliche, den visuellen Eindruck eben. Sicher ein übrig gebliebenes Relikt der Steinzeit, wo doch heutzutage überwiegend oder ausschließlich, nur die inneren Werte zählten. Ja, ja, wer es glauben möchte...

Profil um Profil saugte Alexander in sich auf und schrieb Dutzende von Frauen an. Blond, Braun, Schwarz, rothaarig, klein oder groß, eigentlich war ihm alles egal. Nur Kinder durften sie keine haben und eine gewisse Kilo-zahl, bei entsprechender Größe natürlich, nicht überschreiten. Auswahl gab es genug. Der Vergleich mit dem Sprichwörtlichen „türkischen Basar" war hier gut anzuwenden. Es wurde die lebende Ware Frau und Mann kalt zum Handel angepriesen und jedes Mittel schien gerechtfertigt zu sein, um sich handelseinig zu werden. Bei den Angaben zur Person wurde teilweise so gelogen, dass sich nicht nur Holzbalken und Fußnägel zu Spiralen aufbogen. Jeder versuchte seine *„Bewerbung"* im besten Lichte zu Präsentieren, sein gescheitertes Liebesleben hinter sich zu lassen und neu zu Starten. Welch aussichtsloses Unterfangen...

Im Angesicht der enormen Schlagzahl seiner Postings und Nachrichten war sein Postfach immer recht gut gefüllt. Natürlich hagelte es auch Absagen, doch damit kam Alex sehr gut zurecht.

Susanne.

Eine liebe nette Frau aus Kassel, ebenfalls sechsundvierzig Jahre alt, mit dunkelbraunen, langen, lockigen Haaren hatte es ihm angetan. Die Entfernung zum Wohnort war ihm eigentlich egal. Doch eine gewisse räumliche Grenze gab es dann schon.
Es kam auch immer ein wenig auf den jeweiligen Frauentyp an. Für manch eine Dame lohnte es sich etwas weiter ins Land zu fahren. Jedoch München, da hörte der Spaß auf... das wäre dann doch eine Nuance zu weit entfernt. Sie telefonierten bereits zwei oder drei Male miteinander. Ihre Stimme klang zart und hörte sich warm an, doch neigte sie dazu einem permanent ins Wort zu fallen. Alexander schob es auf die anfängliche Nervosität.
„Das was er mit ihr vorhatte, da kam sie sowieso nicht zum Reden..." dachte er und grinste dabei teuflisch...
Behutsamer Umgang mit Informationen zur eigenen Person im Internet, nichts lag Alex mehr am Herzen. Niemals zu viel über sich, seinem Leben, Hobbys, seinen Neigungen preisgeben. Was überhaupt nicht ging, Handynummern herausgeben, so das eine dritte Person eventuell Rückschlüsse auf die Wohnanschrift oder den Namen zog, jedenfalls nicht sofort. Doch besaß er noch ein Extra für dieses Vorhaben, eine ältere SIM- Karte ohne Registrierzwang, diese Nummer streute er unter das „Frauendatingvolk" Es gab noch die Funkortung, nur wer machte sich die Mühe... Mit einem kleinen raffinierten, nicht all zu aufwendigen Trick erschwindelte sich Alexander eine *"Fake-Webadresse"*, inklusive einer Scheinanschrift. Vielleicht wirkte es ein wenig übertrieben, doch wurde man nicht täglich gewarnt, vor Abzockern im WWW? Und mit seiner Methode glaubte er sich letztendlich auf der sicheren Seite. In einem Land, in dem die "scheinbare Sicherheit" immer mehr zu einem käuflichen Gut verkam, musste man versuchen sich so gut es eben ging selber zu schützen.

Überall steckten „Sie" doch mit ihren Abhörgeräten und Scannern um „ihn" zu beobachten, auszuspionieren, zu durchleuchten...

Alles unter dem patriotischen Deckmantel der Terrorabwehr oder um ihm einfach Produkte zu verkaufen die er eigentlich gar nicht brauchte.

Wie sträflich nachlässig gerade sehr viele Damen mit ihren persönlichen Daten und der damit einhergehenden eigenen Sicherheit umgingen, das war der pure Leichtsinn... einfach unglaublich, unverständlich, nicht nachvollziehbar.

Auch war aus vielen Chatgesprächen die er führte herauszulesen, wie manche Männer sich den Frauen gegenüber benahmen.

Eben wie die Berühmte "Axt im Walde". So erzählten sie von Dates, die nach dem dritten Satz nur noch auf das "Eine" abzielten. Ohne Umschweife kam "Mann" direkt zum Punkt. Doch aus eigener Erfahrung wusste er nur zu gut, dass gewisse Frauen "Das" auch ganz gut konnten...

Alexander verstand es sehr schnell, seine Taktik und Vorgehensweise bestimmten Damen anzupassen. War sie ein Hausmütterchen, die Intellektuelle, dass Partyluder oder vielleicht eine Mischung aus allem?

Das wichtigste Kriterium neben dem Foto, natürlich die beruflichen Angaben. Im Profil sollte Bankmanager, Unternehmer oder Angestellter im öffentlichen Dienst zu lesen sein. Am besten noch mit dem Porsche im Hintergrund eines Fotos. Daraufhin konnte "Mann" sich wirklich benehmen wie das Schwein im Stall oder Aussehen wie der berühmte Räuber Hotzenplotz, da war plötzlich alles Andere zweitrangig. Danach nur noch zwei, drei Nachrichten austauschen, einfach nur schreiben, wie wunderhübsch umwerfend ihre Fotos waren, dass verzaubernde, ansteckende Lächeln.

Jeder Sternenglanz verblasste, verbrannte im Diamantfeuer ihrer Augen aus Tausend und einer Nacht... ein intelligenter Satz zur Tagespolitik, etwas Literatur, Theater, eine Frage dabei was sie den Tag so erlebte...

Alles mit leicht dosiertem (nicht zu viel!!!) Süßholz garnieren und schon kamen die Damen und Daten von ganz allein.

Das ganze Leben und mehr wurde einem nach dem ersten, zweiten Telefonat angetragen. Der Nachname, der genaue Wohnort, die Größe der Wohnung, Kosten, Essgewohnheiten, wie viele Kinder, wie lange verheiratet... warum und wann sie sich getrennt hatten, selbst intimste und untergürtelligste Geheimnisse des Schlafzimmers wurden ohne Druck preisgegeben. Das wäre ein Rezept für einen One Night Stand, nur war diese ausgeklügelte Masche nicht seine Art. Alexander bevorzugte die „ehrliche" Vorgehensweise, und natürlich funktionierte diese "Methode" nicht bei jedem Objekt der Begierde. Manches mal biss er, bis zum müden Morgengrauen, auf hartem Granit. Vielleicht mochten einige wenige Frauen doch gern belogen werden?

So war es ihm möglich einzutauchen, zu baden, in dem riesigen Pool aus potenzieller Liebe, Lust und Leidenschaft.

Diese Dating oder Singletreffportale mussten seiner Ansicht nach viel mehr unternehmen, um einen gewissen Grundschutz, wenigstens für die Damen der Schöpfung zu gewährleisten. Kriminellen Machenschaften waren hier doch Tür und Tor weit geöffnet. Wäre es denn zu viel verlangt bei einer Anmeldung, ein persönliches Führungszeugnis vorzulegen? Und ein "Date" müsste bei dem jeweiligen Betreiber des Portals angezeigt werden, zum Schutz der Mitglieder. Übertrieben?

Ihm konnte es egal sein, ein Bösewicht war er nicht, oder noch nicht? Vielleicht ein Liebespirat oder besser... ein Sexpirat...?

"Keine Angst verehrte Damen, der Wind steht günstig, hoch die weißen Segel, auf Piraten der Herzen... johooo um die Welt... " lallte er kaum verständlich, die Hände zum Schalltrichter um den Mund gelegt.
Ungewöhnlich freizügig zeigte sich auch Susanne mit ihren Daten und Fotos.

Die komplette Anschrift, Wohnungseinrichtung, private Telefonnummer alles war ihm bestens bekannt und das nicht nur bei Susanne. Vier weitere Kandidatinnen standen zur Auswahl. Evelyn wohnte in Berlin, Milena in Hannover, Petra in Hamburg und Katharina in Köln.

Mit Evelyn verbrachte Alexander bereits ein erstes „Abtasten" hinter sich. Eine beinahe Katastrophe, doch das zweite Treffen gab es schon in zwei Tagen.
Jedes Profil dieser Frauen kannte er beinahe auswendig. Auch ihre Stimmen waren ihm natürlich bekannt, Fotos sowieso. Die kleine braunhaarige Katharina aus Köln belegte bei ihm den ersten Platz. Nach Susanne war es ein sofortiges Muss sich mit Katharina zu treffen, doch sträubte sie sich noch ein wenig. Angeblich hätte Kathi viel zu tun, war nicht gut drauf, permanente Kopfschmerzen, schlief nicht viel und so weiter... nur eine Ausrede?
Das leere Glas nachschenkend, grübelte er über die Kölnerin nach. Eine wundervolle Frau. Braunes, weit über die Schulter fallendes, glattes Haar, nicht gerade groß mit ihren Einmeterachtundfünfzig aber gerade das reizte ihn an dieser hübschen Frau. Diese großen Reh-braunen, ausdrucksstarken Augen... diese zierliche Stupsnase, das schmale Gesicht. Vielleicht war es nur Einbildung, doch er glaubte, er hätte sie irgendwo schon einmal gesehen.

Nach dem viel zu hastig getrunkenen Schluck Rotwein brannte seine Kehle lichterloh und aß zum Ablöschen schnell ein Stückchen Käse hinterher. Der mittelalte, zu augenlosen Würfeln geschnittene Gouda steckte an einem Plastikspieß, garniert mit einer kernlosen grünen Weintraube und stach sich bei dem Versuch den Mund zu treffen in die Oberlippe.

Nach einem laut gebrüllten Kraftausdruck starrte Alexander weiter kauend auf dem Bildschirm und rief das Profil mit dem Foto der wunderhübschen Katharina auf. Es ließ ihn nicht los, wo habe ich diese Frau schon einmal gesehen? Im Fernsehen? Zeitschrift? Ladentheke? Viele Fragen, keine Antworten. So fiel seine Aufmerksamkeit wieder auf Susanne.

Die Fahrt nach Kassel, mit dem Auto. Gegen vierzehn Uhr ging es los, gegen sechzehn Uhr müsste er demnach sein Ziel, je nach Wetterverhältnissen, erreicht haben. Kassel war nun mal kein Steinwurf entfernt.

Langsam wurde es Zeit für ihn ins Bett zu gehen. Die restlichen Vorbereitungen verschob er auf morgen. Die Kerzen im Wohnzimmer löschen, die Kamintüren schließen. Schließlich schlurfte Alexander selig angetrunken ins angrenzende Schlafzimmer, warf sich angezogen auf sein kuscheliges Bett. Keine zehn Sekunden später schlief er ein, und träumte von einer wilden ausschweifenden Nacht mit Susanne.

XXX

Kapitel 2: Begierde
Köln Eschweiler-Straße 16 Montag 7. Dezember 10:25Uhr

*N*ormalerweise fiel Jennifer so etwas im Traum nicht ein.

Doch die sechzig Euro in der Geldbörse ihrer Mutter lächelten sie unglaublich verführerisch an. Außerdem war der Betrag gut angelegt, so brauchte sie das Geld für ein passendes Weihnachtsgeschenk an Oma. Genau das wollte sie gleich besorgen, in der traumhaften und wunderschönen Kölner Altstadt, mit den endlos langen verführerischen Einkaufsmeilen. Hier stand zur Auswahl natürlich die Hohe-Straße, die lebhafte immer gut besuchte Schildergasse, oder im wuselig künstlerisch angehauchtem Belgischen-Viertel. Etwas westlich der Altstadt die Breite-Straße, die Brüsseler-Straße oder die Ehrengasse, hier reihte sich Geschäft an Geschäft und Boutique an Boutique.

Ihre Mutter wollte und mochte Jenny nicht nach dem Geld fragen. Seit Wochen war Maam kaum ansprechbar, gereizt, genervt, wanderte nachts unruhig in der Wohnung umher. Etwas Schlimmes musste ihr widerfahren sein, litt sie an Depressionen oder gar an Schlimmeren? Eine Menge Ärzte suchte ihre Mutter auf, doch niemand war in der Lage ihr wirklich zu helfen.. Schlaftabletten und tröstende Worte waren alles was die heiligen Götter in Weiß ihr zurzeit mit auf den Weg gaben. Einer dieser Weißkittel schickte Maam zu einem guten Freund und Kollegen, einem Psychotherapeuten oder so, zwei bis drei Mal die Woche bekam sie einen Termin, mit Jennifer sprach sie aber selten darüber. Seit gut vier oder fünf Wochen war es besonders schlimm, und ihre Launen kaum noch zu ertragen.

Im schmalen Flur vor dem großen Garderobenspiegel stand Jenny nun und musterte ihr Outfit. Sie war eine modebewusste junge Frau, gern zog sie sich elegant an.

Das lilafarbene Melrose langarm Strickkleid, die schwarze blickdichte Baumwollstrumpfhose ihrer Mutter (pssst... nur geliehen...) ein Muss bei dem Wetter. Flache passende Stiefel, dazu der schwarze, knielange warm gefütterte Buffalo Mantel, und als Farbtupfer zum Schluss die weiße Ballonstrickmütze.

Eine tolle Figur sah Jenny. Schlank und groß, sie überragte ihre Mutter um fast einen Kopf, die Größe bekam sie demnach von ihrem Dad. Dennoch viel zu dünn. Bei ihren Einmetervierundsiebzig wog Jennifer "*nur*" ganze magere zweiundfünfzig Kilogramm. Ihr Hausarzt hob schon derweil des Öfteren mahnend den Zeigefinger.

Ihr Busen dagegen war dabei das genaue Gegenteil. Eine recht ansehnliche Größe, da war gentechnisch ihre Maam wohl Schuld daran, und bescherte in ihrer Abi-Klasse sicher so manch männlichem Kommilitonen schlaflose Nächte oder gar feuchte Träume. Unter den gelegentlichen fiesen, abschätzenden Blicken der Jungs litt Jenny Höllenqualen, stecken die Spinner tuschelnd ihre Köpfe zusammen und viel zu oft weinte sie in den vergangenen Monaten deshalb bitterlich. Nicht selten wurde die Aufmerksamkeit in der lieben "Männerwelt" auf ihre körperlichen Reize, eben der herausragenden Oberweite minimiert. Doch das war Vergangenheit, die Tage wo sie stolz auf ihre Figur sein konnte, waren nun in der Mehrzahl und so setzte Jenny geschickt ihre fraulichen Rundungen selbstbewusst in Szene. Die "Eroberer" standen mittlerweile Schlange und überhäuften sie mit zuckersüßen Komplimenten.

Ein paar Klamotten zum Wechseln verstaute Jenny in ihrer großen Ledertasche, denn sie übernachtete ein weiteres Mal bei Oma, wie so viele Tage zuvor. Maam schenkte ihr kaum oder nur noch wenig Beachtung. Bei Oma war es anders, dort fühlte sie sich geborgen und wohl, jedenfalls im Moment.

Jetzt ging es endlich los.

>Ich gehe jetzt zu Oma!! OK?< rief Jennifer laut und schulterte dabei ihre Tasche.

>Jaha... ist guhuut. Bis später, und ruf mich bitte an wenn du angekommen bist und sag mir wann du wieder zurückkommen möchtest.< rief Katharina ihrer hübschen Teenagertochter hinterher.

Eine Tüte raschelte, ein Schlüsselbund klingelte, und die Haustür wurde mit einem Klack sanft in das Schloss gezogen.

Katharina hielt den Atem an.

Kam ihre Tochter doch noch einmal zurück? Sie lauschte sekundenlang in die Stille hinein, doch nichts geschah.

Die Tür blieb verschlossen.

Nur das feine, ferne Rauschen der Fahrzeuge draußen war als leises stetes Hintergrundgeräusch durch die angeblich neuen schalldichten und sehr teuren Fenster zu hören.

Endlich allein...

Erleichtert klappte sie das Laptop wieder auf. Ihre Jenny würde erst morgen nach Hause kommen. Sie war gerade siebzehn geworden und Oma hielt noch einige Geschenke in der Hinterhand. Bestellungen, die viel zu spät geliefert wurden. Ihr Töchterchen würde sich bestimmt freuen.

Eigentlich war Katharina froh darüber, dass Oma sich in dieser Zeit etwas mehr um Jenny kümmerte. Sie selbst quälten im Moment andere Probleme und stand ihrer Tochter vermutlich nur im Weg. Außerdem endete jede zweite Diskussion in einem handfesten Streit. Kathis Nerven lagen einfach blank.

Der Bildschirm wurde hell. Das was zu sehen war ließ ihr Herz augenblicklich schneller schlagen.

Ja, endlich allein... seit zwei Stunden sehnte sie sich danach was jetzt kommen sollte. Jede Faser in ihrem Körper vibrierte wie die hart angeschlagene Saite einer Harfe.

Seit einigen Wochen ging es nun schon so. Mit Krankschreibungen und Urlaub arbeitete Kahti dieses Jahr nicht mehr. Ihr langjähriger Hausarzt und ein weiterer Kollege waren mit ihrem Latein am Ende.

Litt sie an dem berühmten Burn-out Syndrom? Einen Psychologen sollte sie aufsuchen, bekam auch gleich eine entsprechende Adresse. Albträume nahmen oft Besitz von ihr. Ja, es waren sich ständig wiederholende "Sexalbträume".
Abartigste Visionen menschlicher Gelüste, immer und immer wieder, nächtelang. Die qualvolle süße, fiebrige, zitternde Lust, wie von einem Dämon besessen, es überfiel sie nun täglich in jeder Situation. Schwer, ja beinahe unmöglich wurde es für sie sich auf die Dinge des normalen Alltags zu konzentrieren. Es passierte einfach und kam über sie wie ein Raubüberfall. Sich gegen diese Art von "Sucht" zu wehren, klappte nur am Anfang. Ihre leibliche "Festung" wurde eingenommen, einfach überrannt, nun ließ sie es einfach ein weiteres Mal geschehen, kämpfte nicht mehr dagegen an, auch in diesem Moment wieder und etwas sehr Starkes zur Betäubung brauchte Katharina jetzt..

Der silberfarbene Schraubverschluss der halb- Liter Flasche feinsten Wodkas, den sie in weiser Voraussicht vorher gut versteckte, kratze beim Öffnen am Glashals, gab ein Gänsehaut erregendes Geräusch von sich, erinnerte sehr stark an kreischende Fingernägel auf der Kreidetafel... sie schüttelte sich. Kathi nahm einen sehr, sehr kräftigen Schluck und einen zweiten viel größeren hinterher, und an dem dritten verschluckte sie sich und hustete, verstaute danach die Flasche mit dem viel zu warmen Inhalt im Holzschubfach ihres wuchtigen Eichenschreibtisches. Das farblose Getränk brannte sich den Weg bis zum Magen frei, und sterilisierte dabei ihre Speiseröhre. Katharina hustete ein weiteres Mal..

>Morgen Abend sehe ich dich süßer...< Ihre vom Wodka betäubten Stimmbänder klangen heiser und langsam fuhr Kathi die Konturen des Bildes, was der Monitor ihres Laptops zeigte, mit dem Zeigefinger nach.

Heiß war Katharina auf das Treffen... heiß, zu heiß... etwas schien in ihr zu kochen, wie in einem alten Dampfkessel.

Es brodelte, Druck, Spannung baute sich auf, wollte sich entladen und ein wohliges Gefühl breitete sich in ihren Eingeweiden aus, der gute Alkohol tat sein übriges.

Das Bild weiter verträumt lächelnd betrachtend, krabbelte ihre rechte Hand langsam hinab, schob sich genüsslich den kurzen, schwarzen Mini etwas herauf, eine Strumpfhose trug sie nicht und zog an ihrem schneeweißen String. In den Kniekehlen blieb er schließlich hängen. Sie hob ihre Beine an, platzierte ihre schmalen nackten Füße auf die Kante des Schreibtisches. Ihr Mittelfinger fuhr vom Knie aufwärts über ihre glatte glänzende, frisch rasierte Haut am Oberschenkel entlang, tastete nun sekundenlang herum um das leicht geschwollene Zentrum ihrer Lust, dann tauchte er zielstrebig hinein ins Glück. Feucht warme und weiche, weibliche Herrlichkeit... Katharina zitterte, verdrehte die Augen, stöhnte kurz auf, presste ihre Beine zusammen. Sie musste sich dem Rausch hingeben, sich ihm sklavisch unterwerfen. Warum tat es nur sooooo guuuuut...

Doch das war ihr jetzt längst nicht genug. Vorsichtshalber deponierte sie, für gewisse einsame Stunden und vor neugierigen Blicken hervorragend geschützt, ein langes Etwas auf der Heizung unter dem Fenster. Der Schreibtisch stand direkt davor, nur ein Griff und das gut verborgene Stück kam zum Vorschein. Beim Betrachten des warmen, lachsfarbenen durchaus sehr gut proportionierten Lustfingers, wuchs ihre unersättliche Wollust noch mehr.

>Da bist du ja mein Schätzchen< hauchte Sie, spürte das Zittern, Brennen und Pochen zwischen ihren Beinen, die Gier nach Befriedigung. Erst langsam, dann immer stärker drückte sie sich das auf der Heizung vorgewärmte Etwas in ihr mit scheinbar dunkler, dämonischer Energie geladene Epizentrum des Verlangens.
Der winzige Schalter an der Seite war schnell gefunden.
Die sofort einsetzende, mächtig starke Vibration raubte ihr für Augenblicke den Atem... Katharina stöhnte laut auf, schloss ihre Augen, drückte die Knie zusammen, während sie die nach Latex stinkende fünfundzwanzig Zentimeter lange, moderne Errungenschaft der Technik, noch tiefer in sich aufnahm.

Es klingelte laut... noch einmal... dann noch zwei Mal...

Katharina zuckte heftig zusammen, öffnete weit ihre Augen, ihr Herz raste wild... es paukte laut und pumpte heiß und gierig süßen Himbeersirup durch ihre Venen...
"Wer stört denn ausgerechnet jetzt?? Ist das Jennifer? Schlüssel vergessen? Verdammt... So ein Mist aber auch..." dachte sie gehetzt.

Kathi stand mit Pudding weichen Knien auf, kickte den herabgefallenen Slip und Zauberstab hastig tief unter den Schreibtisch, zog ihren Mini zurecht und versuchte, während sie zur Tür ging, ihren schon fast hyperventilierenden Atem unter Kontrolle zu bringen, schluckte trocken den winzigen Rest Speichel herunter, räusperte sich zwei Mal.
Es klingelte wieder...
>Ja doch... ich komme schon...< rief sie mit zitternder Stimme.
Und flüsterte leise... >Hatte ich eigentlich vor gehabt...< sie lächelte verträumt.

Der Türspion war nicht ganz auf Augenhöhe und sie stellte sich, um etwas zu sehen, auf die Zehenspitzen. Eine Frau stand vor der Tür, ihre Nachbarin. Wie ein Computer rief sie im Bruchteil einer Sekunde ihre Daten ab. Sandra Limbacher, sechsunddreißig, Single, rotblonde, sehr kurze Haare, einen guten halben, beinahe einen ganzen Kopf größer als Kathi. Sie öffnete und tat überrascht.

\>Sandra du?<

\>Hallo Kathi, oh... störe ich dich etwa? Hast du Besuch?<

\>Ich? Wieso? Quatsch... nein, nein... hab ich nicht, du störst nicht, ich habe ein wenig äh, geschlafen. Was kann ich für dich tun?< Katharina fühlte sich irgendwie ertappt und errötete noch mehr.

\>Soso... geschlafen hast du. Du riechst nach Schnappes meine Liebe...< Sandra grinste beinahe im Kreis.

\>Warte, du hast da was an der Wange...< Sandy wischte mit zwei Fingern über Katharinas glühend heiße Haut. Kathi überkam das Gefühl gleich aufstöhnen zu müssen, schloss die flatternden Augenlider für einen Moment. Es fühlte sich fantastisch an, als würde ihr Sandra direkt zwischen... *"jetzt ist aber gut"* dachte sie erschreckt.

\>Schnaps, ja... den brauchte ich für meinen Kreislauf...<

\>Ok, das nächste Mal, lädst du mich aber ein... du, warum ich hier bin, ich brauche ein paar Clooneys... what else... habe ich beim Einkauf vergessen, ne Freundin ist bei mir... naja und ohne Kaffee, geht ja gar nicht, bekommst du morgen wieder, wirklich, ist hoch und heilig versprochen.< Sandra hob die Rechte zum Schwur.

Sandra wohnte noch nicht lang im Haus. Doch entwickelte sich relativ schnell eine gewisse Freundschaft zwischen den beiden. Naja... jedenfalls kamen sie gut miteinander aus. So teilten sie beinahe das gleiche Schicksal.

Die Männer ließen sie beide im Stich, eine Jüngere Dame musste jeweils her. Nur war ihre Nachbarin eben nicht mit Kinder gesegnet, eine Trennung vollzog sich so vielleicht etwas sorgloser.
>Ist kein Problem, komm rein aber nicht umschauen, der gute Vorsatz des Aufräumens ist heute Morgen verpufft wie der alltägliche Traum vom großen Reichtum, recht unordentlich eben.< Katharina verbeugte sich leicht und Sandra betrat die Wohnung.

Die Küchentür stand offen, Kathi ging hinein und nahm mit immer noch feuchten, zitternden, weiblich duftenden Fingern ein frisches Päckchen Kaffeepads aus dem Vorratsschrank.
Ihr immer noch hämmernder Puls und das beinah tierische Verlangen nach Sex beruhigte sich nur langsam.
>Bitte, hab ich immer in Reserve.<
>Dank dir, das mache ich wieder gut und...< Sandra beugte sich zu Kathi herab, berührte dabei mit ihren Lippen Katharinas knallrotes glühendes Ohr schnupperte und flüsterte...
>Viel Spaß noch bei dem, was du gerade machst...< raunte Sandra, sie warf Kathi eine Kusshand zu und ging hinaus.
„Hatte sie mich durchschaut?" dachte Katharina lächelnd und schloss die Tür, ach egal... ihr fiel ein das sie keinen Slip mehr trug, drückte kurz eine Hand auf ihre Scham, presste ihre Schenkel wieder aneinander... wühlte sich mit den Fingern fahrig durchs Haar, zog die Schultern hoch, streckte sich... ja, es machte ihr Spaß etwas Verruchtes zu tun... *"Ich bin eine guuut aussehende Frau verdammt, ich darf das..."*
Sich drehend, lachend und tänzelnd betrat Kathi das Wohnzimmer. Bei jedem Schritt zum Schreibtisch überkam sie das Gefühl von tausend kleinen Federn gekitzelt zu werden.

Der heiße Himbeersirup überfiel sie erneut, erklomm ihr Rückenmark, färbte ihr Hirn rosarot. Schnell nahm Katharina Platz als wäre nichts geschehen.

Sie fing an sich wieder sanft zu berühren, dann heftiger, schneller und verlor sich bald in brennender Begierde.

Dabei dachte sie nicht mehr an ihr Date, sondern ertappte sich dabei an Sandra zu denken... huch...

Ihr Atem kam stoßweise. Eine Haarsträhne vor ihren feucht glänzenden Lippen wippte im Takt auf und ab. Eine Hand fand sich unter dem Pullover wieder und spielte ein wildes Spiel mit ihrer warmen Brust und der steinharten Knospe. Den vibrierenden Luststab drückte Katharina nun direkt auf ihren glühenden, hellrot geschwollenen Vulkan.

Ihre Hand tanzte mit ihm einen wilden Lambada, solange bis eine heiße Woge sie endlich, unendlich lang fasst zerriss. Sie flog zu den Sternen eines weit, weit entfernten Universums...

Ein kurzer spitzer Schrei, ein feiner kochend heißer Strahl ihres weiblichen Liebessaftes ergoss sich aus ihrem Lustzentrum und benetzte die Unterkante des Schreibtisches.

Sie schrie noch einmal kurz auf, ein lang gezogenes Stöhnen, die Beine zuckten wild. Beinahe bewusstlos hob sie die Arme an, die Handflächen zeigten nach oben. Ja, frei wie ein Vogel fühlte Kathi sich jetzt. Das batteriebetriebene Gerät fiel ihr aus der Hand und rollte widerwillig brummend unter die Heizung. Ein urgewaltiges Meer, ein Ozean der Lust, und Kathi Schwamm inmitten des Stroms aus reißender Begierde, den süßesten aller Gipfel hatte sie erklommen. Weibliche Ejakulation... davon hatte sie gehört, in Frauenzeitschriften gelesen.

Jede Frau konnte, nein sollte ihn haben. Doch soll es tatsächlich Frauen geben, die es krampfhaft zurückhielten, sich dessen schämten und so brachten sie sich um die schönsten Hochpunkte ihres Lebens. Noch nie hatte Kathi so etwas aufregendes, folternd lustvolles gespürt.

Diese wochenlangen, größtenteils langweiligen Therapiestunden und der überaus nette schwarzhaarige Therapeut mit seiner sonoren, dunklen, magisch anmutenden Bassstimme hatte es doch etwas Gutes an sich? Sie befand sich im siebten Himmel, völlig entspannt, schloss die Augen, dachte an ihn und lächelte.

Immer noch nach Atem ringend, wohlig benommen und zitternd stand Katharina auf. Sie klappte mit halb geschlossenen Liedern ihr Laptop zu, zupfte abermals vergeblich ihren Rock züchtig zurecht, trippelte mit wackeligen Knien zur Wohnzimmercouch und ließ sich auf das kühle Leder fallen.

Eine bereitliegende Fleecedecke umarmte ihren schnell auskühlenden zierlichen bebenden Leib.

„Ja" dachte sie. *„So soll es morgen sein."*

Ihre Augenlider fielen ganz herab. Katharina schlief sofort ein und der böse Albtraum kam zurück...

XXX

Kapitel 3: Susanne
Autobahn A44 wenige Kilometer vor Kassel Dienstag 8. Dezember 16:40 Uhr

𝓔in Navigationsgerät besaß Alexander nicht, brauchte er auch nicht wirklich. Im *"barfuß"* Kartenlesen machte ihm garantiert niemand so leicht etwas vor. Diese elektronischen Hilfsmittel, sie lenkten ihn während der Fahrt nur ab und sorgten seiner Meinung nach für ständig potenzielle Unfallgefahr. Warum diese Dinge im Fahrzeug auch verbieten, wenn eine ganze Schar von Unternehmen nach einem Crash damit ihr Geld verdiente. Die Elektroindustrie, die Metallbranche, die Fahrzeugindustrie, die Autoverwerter, Krankenhäuser, Abschleppunternehmen und selbst bis zu den allgegenwärtigen Beerdigungsinstituten konnte man ohne Umschweife den makaberen Bogen spannen. Unfallstatistiken sprachen hier Bände. Das Telefonieren mit dem Handy verbot man unter strenger Bußgeldandrohung. Das Rauchen, Essen, Trinken, Singen und Quasseln in Fahrzeugen erlaubte man dagegen oder war eben noch nicht verboten. Wenn jemandem also eine brennende Zigarette zwischen den Beinen fällt... ist das wohl keine Ablenkung? Er lachte verächtlich. Warum gab es keine Helmpflicht im Auto? Wenigstens einen Fahrradhelm? Wie viele Leben hätten so gerettet werden können? Dreihundert Drogentote im Jahr. Vier- fünftausend Tote und zwanzigtausend schwerverletzte Menschen jährlich im Straßenverkehr, in der europäischen Union beinahe fünfundzwanzigtausend. Vor wem also mussten wir die Bevölkerung schützen?
Vor Drogen??

Er mochte sich nicht vorstellen, wie schnell Politiker reagierten, wenn in Deutschland Monat für Monat ein voll besetzter Jumbo vom Himmel fiele...
Dann wäre das Geschrei groß. Tödliche Autounfälle dagegen waren eher anonym, passierten oft auf abgelegenen Straßen, nachts, im Verborgenen, im Dunklen...
War der Gesetzgeber hier nicht in der Pflicht, nur Fahrzeuge und egal welcher Bauart zuzulassen, in denen bei einem Crash niemand mehr ums Leben kam?
Wie so oft verstand Alexander die Umstände und Logik für solch eine Gesetzgebung nicht.
Steckte ein größerer Sinn hinter diesen gesetzgeberischen Handlungen, den er nicht in der Lage war zu begreifen? Schon eher hinter irgendwelchen verschlossenen Türen, perfide ausgeklügelte Absprachen mit der Industrie. Hier ging es eben um Jobs nach einer Politikkarriere.
Autolobby, Stahllobby, Pharmalobby usw.
Schröder, Wissmann, Koch, Beck... usw... usw...
Prominente Beispiele gab es da ja genug.
>Die machen mit uns doch was sie wollen...< grummelte Alex und zerquetschte bei seinen Grübeleien beinahe das Lenkrad, den Gedanken hinein zu beißen verwarf er jedoch, zog seine Stirn in tiefe Falten und brummelte leise und nicht jugendfreie Flüche vor sich her, während eine unschuldig wirkende weiße Winterlandschaft im Schneckentempo an ihm vorbei rauschte.
Diese, und noch noch viele andere Themen, er liebte Verschwörungstheorien über alles, beschäftigten Alexander während er in das kleine längst von der aufkommenden Abenddämmerung umarmte und tief verschneite Dörfchen hinein rollte welches Susanne ihren Heimatort nannte.

Einen Steinwurf entfernt jener Straße in der sie wohnte, parkte er seinen betagten roten Porsche 944 in der Nähe eines kleinen und überschaubaren Supermarktes.

Das Internet spielte Schicksal und brachte zwei einsame Liebessuchende zusammen. Bei einer Single Datingagentur wurde Alexander auf seiner Susi aufmerksam.

Galaxie of Love... so nannte sich die Internetsite, eine von vielen. Doch ragte diese dank zahlreicher und durchweg positiver Bewertungen aus der Masse der Datingportale heraus. Der Grund für ihn es hier einmal zu versuchen.

So viele Menschen konnten sich doch nicht irren. Oder?

Ihr Bild mit der langen Wuschelmähne, ihr geschriebenes Profil, Vorlieben, Hobbys, gefielen ihm. Der fröhliche Gesichtsausdruck, feine Lachfältchen waren der Beweis, dass ihr das Wort Humor nicht fremd war. Seine jüngste Eroberung war nicht gerade sehr schlank, doch immer noch im Rahmen seiner selbst erdachten Kriterien. Sie liebte Pferde über alles, verbrachte den größten Teil ihrer Freizeit an der frischen Luft, sonnen gebräunte Haut, eben ein Naturkind.

Alexander stieg aus, bog seinen Rücken durch bis herausgesprungene Wirbel gut hörbar wieder einrasteten, sah sich kurz um. Nur wenige Menschen waren unterwegs, es war zu kalt zu rutschig. Er packte seine schwarze Sporttasche und verschloss den Porsche. Die wenigen restlichen Meter konnten gut zu Fuß zurückgelegt werden und die kühle frische, klare Luft machte den Kopf frei.

Zwölf, Vierzehn, Sechzehn... hier wohnte Susanne also. Ein dunkelroter modern aussehender Ziegelsteinbau, sicher noch nicht sehr alt.

Er hatte es also geschafft, ging die vier spiegelglatt vereisten Stufen mit Bedacht zum Eingang hinauf und legte seinen Finger auf den nicht nur unnatürlich warmen, sondern auch sehr weichen Plastikklingelknopf. Ein schriller Ton erklang sofort, der im Hausflur mehrmals nachhallte. Ein heller Lichtschein flammte auf, eine schattenhafte Bewegung im Inneren.

Hinter der dunkelbraunen vergitterten Milchglasscheibe zeigten sich die weiblichen Rundungen einer Frau, das musste sie sein. Eine leichte Nervosität, gepaart mit einem heftigen Adrenalinstoß erfasste ihn. Die Spannung stieg, die Tür schwang auf und da stand sie nun...

Eine beinah greifbare Parfümwolke hüllte ihn explosionsartig ein und reizte seine von heiß-trockener Gebläseluft vorgeschädigten sehr empfindlichen Nasenschleimhäute.

"Eine Spur zu blumig" dachte Alex sofort und musste sich beinahe einem Niesanfall ergeben.

Beide musterten sich für einen ewig langen intensiven Moment. Susanne fand als Erste ihre Sprache wieder.

>Hey... **Frank**, ich freue mich, da bist du ja endlich, wollte schon nenn Suchtrupp losschicken, gut siehst du aus.< Susanne lächelte, ließ ihn nicht antworten, schlang ihre Arme um seinen Hals und krallte ihre langen spitzen knallrot lackierten Fingernägel in seinen Rücken, drückte ihn herzlich an sich. Alex war in diesem Moment froh das er eine gefütterte Jacke trug. Außerdem musste er sich zusammenreißen um sich nicht zu verplappern. So gab Alexander doch einen falschen Namen an, und nicht nur aus Sicherheitsgründen. Den Umstand der Namensgebung erklärte er ihr dann lieber zu einer vorgerückteren Stunde.

Hoffentlich machte sie ihm keine allzu großen Vorwürfe oder gar eine hässliche Szene. Hatte die nähere Vergangenheit doch gezeigt, dass einige Damen negativ auf seine doppelte Namensführung reagierten. Andere dagegen taten es ihm gleich. Und... naja, so ganz ehrlich war sie ja auch nicht, wie Alex mit einem zweiten prüfenden Blick auf Susis Hüfte feststellte.

„Da hatte sie doch das ein oder andere Kilo unterschlagen, grenzwertig schon, war aber alles noch im Rahmen... naja, egal..." dachte er und sprach sie ebenfalls an.

>Hallo Susanne, glaub mir, ich bin auch froh... ich habe mich doch zeitlich etwas verschätzt. Ein langer Weg... zweihundert Kilometer... ja, ich bin durstig, geschafft und völlig am Ende. Die Fahrt war ein brutaler Höllenritt. Das intensive, konzentrierte Lenken, bei diesen miesen Wetterverhältnissen, glaub mir, das laugt dich komplett aus.< Alex verzog sein Gesicht und es war nicht einmal gespielt.

>Ach du Armer, das kann ich mir vorstellen... komm bitte rein, kannst dich bei mir ausruhen, so lang du möchtest, los komm...< sie lachte, fasste ihn an die Hand und zog Alexander mit sich. Auf dem Flur blieb sie stehen und nickte zur blank polierten Holztreppe, die in einem weiten Linksbogen nach oben zur nächsten Wohnung führte.

>Hier geht es zu meinen Nachbarn hoch, das sind auch gleichzeitig meine Vermieter... übrigens, sehr nett die beiden Herren... aber "noch" nicht verheiratet die süßen. So, bitte schön.< Susanne gab den Blick auf ihre Wohnung frei. Alexander ging voran und sah sich erstaunt um. Ein riesengroßes in verschiedenen Blau und Grüntönen gehaltenes Wohnzimmer.

Ein Fußboden aus hellen beigefarbenen Fliesen, nur unterbrochen von nachgedunkelten Fugen, zahlreiche bunte Brücken und Läufer lagen streng angeordnet darauf.

Eine Menge Bilder mit Pferdemotive hingen an den Wänden. Die Rahmen der Bilder dem Wandbehang farblich angepasst. Alexanders wacher Blick wanderte sofort zum offenen Kaminofen aus Speckstein. **"Fast wie Zuhause"** dachte er. Sie führte ihn einmal herum.

Die angrenzende offene Küche war ihm zu schlicht, zu klein, zu dunkel. Eiche rustikal eben, nicht so sein Ding. Es roch nach scharfen Putzmitteln. Susi hatte anscheinend wohl bis zuletzt ordentlich den Putzlappen rotieren lassen. Nächste Station. Das Schlafzimmer war recht geräumig, die hell rosa-weiß getupfte Tapete? Reine Geschmackssache. Am Ende des Flurganges befand sich das zweite jedoch weitaus kleinere Schlafzimmer.

Wie es aussah, diente es wohl hauptsächlich als Kaninchenzimmer.

Nachdem ihr Ex auszog, blieb eben ein Zimmer unbelegt und unbenutzt, wie Susanne erklärte. Zwei kleine, süße Hoppelhäschen fanden jetzt hier ihr kuscheliges Zuhause.

Die Terrasse mit der traumhaften Aussicht besah Alex sich zuletzt. Der Rundblick präsentierte sich ihm unglaublich beeindruckend. Ein schmaler, unbefestigter Weg führte am Haus vorbei, fiel erst ab und verlor sich irgendwo hoch oben, auf dem sanft ansteigenden baumlosen Hügel am Horizont. Hell leuchtete der Schneeteppich, glitzerten Eiskristalle im strahlend hell aufgehenden Halbmond und schenkte der Landschaft ein traumhaftes romantisches Aussehen.

Zwei mit Sitzauflagen gepolsterte Stühle standen auf der etwas zu schmalen Terrasse. Dazwischen geklemmt ein kleiner runder hellblau gestrichener Holztisch. Eine starre Plastikauflage, darauf ein flackerndes Windlicht, und zwei halb- Liter Dosen Bier standen ebenfalls bereit, warteten ungeduldig in der Kälte darauf getrunken zu werden. Die Wandungen waren beschlagen, sie mussten wirklich eiskalt sein.

Für diese Jahreszeit eigentlich ein recht ungewöhnliches Getränk, und bei der herrschenden Kälte bestimmt nicht gerade angenehm für den Magen.

Alex erwähnte wohl bei ihren Telefonaten das Wort „**Bier**" zu oft... hielt sich aber mit Kritik zurück um die Stimmung nicht zu verderben.

Die erste Aufregung und Anspannung fiel von den beiden ab, sie setzten sich, rissen zischend die Metallverschlüsse der Dosen auf, prosteten einander zu und Susanne fing an, ein wenig über ihr Leben zu plaudern.

Sie sprach ausführlich über ihr Lieblingshobby, das Reiten und ihren liebsten Schatz, den großen, schwarzen Hengst Bodo.

Wann und wo sie ihn kaufte, der Preis, die Umstände der abenteuerlichen Geldbeschaffung.

Dann die wilde Aktion, Bodo dem Metzger in letzter Sekunde entrissen zu haben.

Der Unterhalt, Pferdekrankheiten, wie viel Stunden sie gemeinsam verbrachten, und wie wunderschön es doch war, und wie sehr sie es liebte, am Wochenende zur frühen Morgenstunde mit ihm in den Sonnenaufgang zu reiten, und und und....

Alexander unterbrach ihren Redeschwall mit einem kräftigen Räuspern, weiterhin auf der Terrasse zu sitzen bei diesem Frost war trotz der kuscheligen Baumwolldecken und der romantischen Aussicht nicht lange auszuhalten ohne das seine Gesundheit ernsthaften Schaden nahm. Außerdem hatte er das Gefühl seine Hand würde jeden Moment an der Bierdose festfrieren.

Im Wohnzimmer dagegen konnte man es gut aushalten.
Die blaue Couch mit dem Stich ins Grüne besaß schon gewaltige Dimensionen. Alexander sank tief in das Polster ein und Zweifel überkamen ihn hier jemals alleine wieder herauszukommen.
>Hast du Hunger?< Susanne stand auf, wartete seine Antwort nicht ab und verschwand kurzerhand in der Küche.
Eine Weile werkelte sie dort gut hörbar herum, schob eine **„Schisapi"**, Schinken-Salami Tiefkühlpizza, wie sie es nannte, in den Backofen und kam mit zwei frischen, wiederum eiskalten Dosen Bier bewaffnet zurück.
Susi schaltete den CD Player an, nahm neben ihm Platz und wollte dabei wissen wo ihr Gespräch endete. Oh, dachte Alex. *"Will sie mich jetzt unter den Tisch saufen?*
Das gab es selten, aber wenn sie möchte... habe bei dem Versuch nichts dagegen, mal sehen, was sie so vertragen kann..." Grinste hinter der an den Mund geführten Dose.

>Dein Pferd.< meinte Alexander nur knapp und versuchte mit den Händen verzweifelt das Bier auf eine halbwegs trinkbare Temperatur zu bringen, rubbelte an der blechernen Wandung dass das Metall knackte und prostete ihr erneut zu.

Susanne sprach jetzt von ihrem Berufsleben. Sie arbeitete im Marketing eines Pharmaunternehmens am Standort Kassel. Wechselnde Arbeitszeiten, Bürointrigen im Minutentakt, doch das Geld stimmte, da nahm man einige temporäre Unannehmlichkeiten gern in Kauf. Unterbrechen wollte er sie auf keinen Fall, so konnte Alexander sich tiefer gehende Fragen zu seiner eigenen Lebensgeschichte ersparen, denn wenn sie so weiter trank, gab er ihr noch eine halbe Stunde bis Susanne die Augen verdrehte und selig einschlief.

Es rappelte aus ihr heraus wie aus einem Wasserfall, unterbrochen nur durch das nervige Summen des Backofenweckers, in diesem Fall eine willkommene Abwechslung. Die „Schisapi" war... naja, er hatte einfach nur Hunger. Kaum zu glauben, es standen schon wieder zwei neue Halbliter Dosen Bier auf dem Tisch. Die ersten Anzeichen einer leicht angetrunkenen Frau konnte Alex erkennen. Glasiger Blick, stark gerötete Wangen, eine Zunge die sicher nicht mehr ganz so gehorsam war wie die Besitzerin es wollte. Sie rückte auch verdammt nahe an ihn heran. Alexander musterte Susi von der Seite her, und versuchte vergeblich ihre silbernen Ohrringe oder Ohrclipse zu zählen, die ihre Hörmuschel verzierten.

Ein leichter fein herber Geruch von Leder, Pferd, Schweiß, Heu und Stroh stieg ihm in die Nase, nicht wirklich unangenehm dieses harmonische Zusammenspiel der Düfte und ließ es auf sich wirken.

Die Musik verstummte.

Susanne stand sofort und viel zu schnell auf, fing an zu schwanken, stützte sich mit einer Hand entschuldigend auf seiner Schulter ab, fuhr mit beiden Händen erst durch sein Haar dann durch ihre eigene herrliche Lockenpracht und wackelte mit mächtig Schlagseite zur Schrankwand. Vor der Stereoanlage kniete sie sich hin als wäre es ein religiöses Objekt.

Die viel zu enge Hüftjeans rutsche dabei einige Zentimeter herab, ihr enges Shirt herauf, entblößte partiell ihr leicht überdimensioniertes Hinterteil, Maurerdekollete`... und ein kleines Tattoo kam zum Vorschein. Ein blauer Delfin? Er wollte Susi später danach fragen.

Wie aus heiterem Himmel bekam Alexander starke Bauschmerzen, verzog den Mund und verdrehte beinahe die Augen. Es pikte und stach fürchterlich. Natürlich, es musste ja so kommen... Die Pizza? Oder das viel zu kalte Bier? Sein Magen und vor allem sein Darm fingen hörbar an zu rebellieren...

Alexander bekam furchtbare peinliche Blähungen, verabschiedete sich kurzerhand, mit laut schmatzendem Handkuss, und dabei mit fest zusammengekniffenen Pobacken ins Bad.

Susanne nutzte die freien Minuten und huschte lächelnd in ihr Schlafzimmer.

Zufrieden und erheblich erleichtert kehrte Alex nach einer Weile ins Wohnzimmer zurück und wunderte sich. Die Heizungen mussten wohl auf Volllast laufen oder brannte der Kamin lichterloh?

Das Wohnzimmer hatte sich merklich erwärmt, war die Luft vorher auch so feucht? Ein beinahe tropisches Klima oder doch nur der Alkohol der allmählich zu wirken begann? So lang war er doch gar nicht weg. Außerdem hatten sich die Lichtverhältnisse gravierend geändert.
Es gab nur noch Kerzenlicht, seine Augen gewöhnten sich nur langsam daran. Wo steckte nur Susanne?
Erst beim zweiten Rundblick fand er sie und bestätigte seine Vermutung. Susi hatte sich laszive am Türrahmen zur Küche gelehnt, ein dunkler Hintergrund, klar... darum erspähte Alex sie nicht sofort. Susanne hatte sich etwas verändert, beziehungsweise sehr verändert... vielmehr sich umgezogen.
Hui...

Das kleine Schwarze saß eng, zeichnete sehr scharf ihren Körper und auch die kleinen Pölsterchen nach, verdammt scharf. Dazu passend die dunklen hochhackigen Lederstiefel.
Wie in den end- und zahllosen E-Mails angekündigt, stand sie nun vor ihm und lockte mit dem Zeigefinger. Wie zwei sich stetig anziehender, verschieden gepolter Magnete gleich, schwebten sie aufeinander zu. Alex murmelte nur noch ein *"du siehst wundervoll aus"* schon lagen sie sich in den Armen und taten genau **"Das"** was sie vorher eigentlich nicht machen wollten.

XXX

Sie küssten und schmusten sich in einen Rausch... ließen ihren Gefühlen freien Lauf... ihr forschender Mund versprachen viel... kein Fleck freier Haut wurde verschont.
Nach weiteren unzähligen Lippenbekenntnissen und zart weichen Streicheleinheiten ließ Susi sich langsam auf das große Couchmöbel sinken.
Ihre Knie sanken tief in das breite weiche Ecksofa ein.
Sie hielt sich an der Lehne fest und wackelte lustvoll frivol mit dem nur knapp bedeckten Hinterteil. Der Schein mehrerer großer Teelichter die sie überall im Raum und auf dem gläsernen ausladenden Wohnzimmertisch platziert hatte, umschmeichelte ihren Körper mit dem schwarzen engen Minikleid und spiegelte sich in den Knielangen, ebenfalls schwarzen frisch gewachsten Reiterstiefeln wieder. Auf so einen Moment hatte Alexander lange warten müssen.
Geschmeidig und flink wie eine Katze entledigte Alex sich in Windeseile seinem störenden Kälteschutz. Nur noch mit seiner Haut bekleidet kniete er sich hinter Susanne, schob und zerrte langsam das fast schon zu enge Kleid nach oben.

„He He... wie die pralle Bockwurst in der Pelle und tatsächlich ein Delphin..." dachte er, grinste frech und leckte sich die geröteten Lippen.
Nur die reine Befriedigung, das unbändige, unzähmbare Verlangen standen an erster Stelle.
Natürlich wurde im Internet bekundet, man würde etwas festes suchen. Nie käme ein sogenannter ONS in Frage, ein "One Night Stand". Da könne Mann ja gleich in den Puff gehen oder Frau sich einen Callboy rufen.

Seitenweise sendete man sich E-Mails oder Nachrichten in blumiger Sprache verfasst, teils reine Poesie, teils plumpe Anmache. In Livechats wurde das Ganze ebenfalls noch einmal diskutiert, um schließlich bei einem ersten oder zweiten Treffen sofort alle aufgestellten Regeln über die Klippe zu schieben. Auch in diesem Fall sollte es, wie verabredet, nur ein erstes Kennenlernen sein.
Sollte...

In der Luft lag ein beinah hörbares Knistern, sie schien förmlich statisch aufgeladen. Alex hörte Susanne schneller Atmen, Stöhnen...
Das, was er nun zu sehen bekam nachdem er den störenden Slip entfernte ließ ihn selbst leise aufstöhnen, nicht nur weiche Knie und feuchte Augen bekam er davon. Wenn auch noch nicht alles und sofort im Zustand der Erregung war, spätestens bei diesem Anblick konnte sich "Mann" bestimmt nicht mehr beherrschen.
>Gefällt es dir?< säuselte Susanne leise und öffnete ihre Schenkel ein wenig mehr.
>Ja... dein Hintern ist der reine Wahnsinn...< Alex schluckte trocken. Trotz des mageren Kerzenlichts, präsentierte sich ihm alles im rechten Licht, wirklich alles...
>Na dann komm doch... komm und zeig mir, wie lieb du mich hast...< Ihre Stimme klang dabei rauchig und Susi konnte es selber auch nicht mehr abwarten, bis er zu ihr kam.
Natürlich ließ Alexander sich diese Aufforderung nicht zwei Mal sagen, umfasste mit beiden Händen ihre weiche Hüfte, schob sich hinter ihr sanft in Position, spürte das Sie bereit für ihn war. Tief atmete Alex ein, nahm Susis Duft in sich auf...

Sie wollte das aufnehmen, was er ihr zu geben bereit war, und Alexander ließ sich stöhnend in ihren wunderbaren weit geöffneten Schoß fallen.

Seit nun mehr zwei Jahren musste dieser Augenblick warten. Ungezählt die Male des stillen Verlangens nach Liebe und Zärtlichkeit oder kaltem, harten Sex. Viel zu oft vor dem Computer oder dem Fernseher verbracht, anderen Damen und Herren bei ihren Spielchen zugesehen und dabei als stiller, einsamer Beobachter für die eigene Erlösung gesorgt. Machte Man(n) sich selber verrückt? Oder trieb das uralte Jäger und Sammler Gen den Großteil der Herren der Schöpfung in den totalen, abartigen Wahnsinn, nach längerer Abstinenz?

Wer konnte sich „Dem" entziehen? War es normal so etwas nicht zu empfinden? Oder der Versuch gegen das Verlangen erfolgreich anzukämpfen war eher normal?

Ja was denn nun?

Seine "Abstinenz" jedenfalls legte Alex mit dem heutigen Tage nun zu den Akten. Eine Frau war gefunden, eine wunderbare Frau die Ähnliches empfand. Auch allein gelassen, müde des Suchens nach Zuneigung Liebe und Leidenschaft nach zahllosen herben Enttäuschungen. Das Internet brachte hier zwei Suchende zusammen und rettete sie in der aller letzten Sekunde vor dem Ertrinken. Vor dem Ertrinken, in der unendlich gnadenlosen Einsamkeit.

WWW- das World Wide Web wird von Millionen lebender atmender Individuen genutzt, doch so kalt menschenfeindlich und anonym es auch war, hier wurde eine süße Zweisamkeit geschaffen, zwei Menschen verschmolzen für Augenblicke zu einem.

Abstrus der Gedanke daran, die Suche im Internet könne sich als letzter verzweifelter Schrei nach Wärme Zärtlichkeit und romantischer Liebe entpuppen?
Weit gefehlt...
>*Ohh wow...Wahnsinn...*< stöhnte er auf. >*Einfach irre...*<
Seine Hände gruben ihre großen fleischigen Brüste aus dem Kleid hervor, drückten, pressten sie, während sich Alexander atemlos immer wieder schneller und tiefer bis zu ihrem Grund vorstieß. Wie ein beinahe tollwütiges Tier führte er sich auf, fast besinnungslos vor Lust, so tasteten sich seine Hände unaufhaltsam aufwärts, suchten ihre zart geschwungenen, teigigen Schultern, bis seine dünnen langen Bleistiftfinger ihren stiernackig schlanken Hals fanden. Seine Kuppen lasen ihre Haut, als gäbe es einen Liebesbrief in Blindenschrift zu entziffern und umklammerten ihn hart und fest, als wolle er nie wieder loslassen...

xxx

Susanne ergab sich hingebungsvoll willig unterwürfig seinen rohen Gelüsten. Drückte sich immer fester gegen ihn, atmete im Takt seiner Stöße gegen ihren Allerwertesten, bis etwas äußerst Ungewöhnliches mit ihr, in ihr geschah...
Ihr Herz fing plötzlich wie verrückt zu rasen an, ein holpern und stolpern, wildes protestierendes Klopfen und es krachte schmerzhaft laut in ihrer Brust. *"Nein... Bitte nicht schon wieder, nicht jetzt... bitte nicht".* Ein seit ihrer Jugend sich ständig wiederholendes Herzleid machte ihr immer wieder Probleme.

Dieses Mal schien es besonders schlimm zu sein... doch die kitzelnde Lust die ihren Körper zusammenpresste, umfangen hielt, sie in unbeschreibliche Sphären katapultierte... der heiß, süße Schrei der Leidenschaft aus ihrem Mund, betäubte alle restlichen Sinne, minimierte sich auf das zu Erlebende...
Susannes letzter Schrei.
Dunkel wurde es, dunkler als die schwärzeste Nacht. Da halfen auch die bald bis zum Bersten weit aufgerissenen Augen nichts.

Ihr Blick verschwamm. Sie spürte ihr Herz nicht mehr.... kein Klopfen, kein Pochen... kein Blut pumpendes Zucken, alles erlahmte, erstarb. Als hätte jemand den Stecker gezogen. Es zog sich alles in ihr ein letztes Mal zusammen, verkrampfte, zuckte und versteifte sich, um im nächsten Augenblick schlagartig zu erschlaffen.

XXX

*N*ichts davon ahnend ließ Alexander seiner Leidenschaft weiterhin freien Lauf. Er spürte kurz, wie durch einen rosa Seidennebel der Lust, dass sich Susannes Körper kraftvoll anspannte, zitterte. *"Sie kommt"* dachte er *"Ja... sie kommt..."* und diese Erkenntnis machte ihn noch rasender. Noch stärker drückten sich seine Finger um ihren Hals... der bunte Lustnebel, körpereigene Opiate die Endorphine jagten durch sein glühendes Hirn, es brannte ein neuronales Feuerwerk lichterloh und schaltete alle unwichtigen Funktionen ab. Er hörte ein irres, kreischendes, befriedigtes Lachen in seinem Kopf, jetzt, jetzt jetzt... es musste sein... klatschte noch einmal kräftig vor Susannes Hinterteil, und schleuderte zuckend und pulsierend sein kochendes Genmaterial tief in ihre traumhaften Liebesmuschel.

Sekundenlang verharrte Alex in dieser Position, wie einem Triumphator gleich, einem Feldherren in der siegreichen Schlacht, voller Stolz, Lorbeergekränzt, bis die Realität in sein Hirn zurückfand, wieder aus weit weit entfernten Regionen ausreichend mit Blut versorgt wurde und es zu denken begann. Der prickelnd, honigsüße Vorhang verzog sich nur langsam und auch nur langsam fügten sich die schattenhaften Umrisse der Umgebung zu einem Bild zusammen.

Seine Hände rutschten von Susannes Hals, fiel nass und stark verkleinert aus ihr heraus, und quälte sich umständlich von der Couch.

>Susi... das... das war einfach wundervoll... unglaublich.< sprach er sie atemlos an.

>Susanne?... was ist? Bist du eingeschlafen? Hat es dir nicht gefallen? Was hast du?< Seine Stimme zitterte kraftlos. Seine Hand ruhte auf ihrem Kopf, wollte ihr Haar streicheln, der fiel dabei ruckartig zur Seite...

Susannes Augen waren noch immer weit aufgerissen und quollen beinah aus den Höhlen, dass fahle Kerzenlicht spiegelte sich seltsam dunkel in ihren Pupillen, matt, kalt und glanzlos, kein Atemzug kam über ihre vollen Lippen. Eine dunkle schmerzende Erkenntnis durchzuckte Alexander wie ein Stromstoß einer überladenen hunderttausend Volt Hochspannungsleitung.
Eisnadeln stachen tief in seine Haut, durchbohrten sein gefrorenes Herz...

> **Ich hab' sie umgebracht...** <

XXX

$\mathcal{E}$ine Welt brach für ihn zusammen.

Das Leben, so wie er es kannte, lag von einem auf den anderen Moment vollends in Trümmern. Kein Zurück mehr, kein schneller Zeitsprung um sich vom Unheil und den süßen Sünden zuvor reinzuwaschen. Nie im Leben vermochte Alexander einem Tier geschweige denn einem Menschen zu Leibe zu rücken, ihm etwas antun. Dabei war es völlig ausgeschlossen und absurd einen Menschen umzubringen.

Es sollte keine Absicht sein, nicht mutwillig, ein Versehen, ja... ein Versehen war es, ganz sicher. Seine Gedanken wirbelten wie der boshafteste Tropensturm durcheinander, es glich einem gewaltigen Chaos, kam einer kosmischen Katastrophe gleich. Seine Handballen presste Alex fest an seine Schläfen, als könne er damit die Erinnerungen an das Geschehene zerquetschen.

Was war denn nur passiert???

Er überwand seine lähmenden Gedanken und sah sich Susanne etwas genauer an. Die Couchlehne hielt ihren toten reglosen Körper in einer makaberen aufrechten Position gefangen. Immer noch stand sie auf allen Vieren, nur etwas nach vorn eingeknickt, der Rock immer noch bis zur Hüfte vorgeschoben, der Kopf etwas seltsam nach oben verdreht.

„Das sieht aber sehr ungesund aus..." stellte Alexander überflüssigerweise fest.

Was als pure Verführung begann und in leidenschaftlicher Liebesschlacht endete, entpuppte sich nun als grauenhafter Anblick.

>Aber... nein, wieso... ich ich, ich soll das getan haben? Nein... das kann ich nicht gewesen sein... nie... NIEMALS...< brüllte und stotterte er wie von Sinnen, taumelte dabei drei Schritte zurück.

Der Esstisch stand ihm im Fluchtweg, wurde dabei angestoßen, Gläser gingen klirrend zu Bruch und zersprangen zu Tausenden, im Kerzenlicht funkelnder Diamanten. Die Gedanken, das Erlebte sollte aus seinem Gehirn entfliehen. Nur weg, raus, raus... alles schnell vergessen... nichts mehr davon sehen müssen. Alles drehte sich im Kreis... immer schneller, schneller. In seinem Magen fing es an zu brodeln, er rannte wie benommen ins Bad und übergab sich mehrmals keuchend ins Waschbecken, von den Lichtspeeren heller Halogenlampen genauestens beobachtet. Schwindel, an der Grenze zur Ohnmacht, weiche Knie. Alexander konnte sich kaum noch auf den Beinen halten. Für ein paar Sekunden versuchten Ruhe und Ablenkung in seinem Denkzentrum die Herrschaft zu übernehmen, es konzentrierte sich voll und ganz auf das Geschehen vor ihm oder auf "Das" was nicht mehr in ihm bleiben mochte. Abwarten, noch zweimal Würgen, dann kam nichts mehr. Langsam blickte Alexander auf und traf sein Spiegelbild.

Seine Seele schien zu explodieren...
Wie ein Bumerang, der scharf die Luft zerschnitt und wild zu ihm zurückkam, so flammten die Bilder wieder auf.
Wie der grelle gewalttätige Blitz einer alles verzehrenden Nuklearexplosion kam die Erkenntnis zu ihm zurück. Brutal und ohne Gnade jubelte es, schrie es laut in seinem Hirn.

"Doch... ich war es... und es hat Spaß gemacht!"

XXX

𝒟er Spiegel selbst erschrak sich vor dem, was er zeigte.
Schattige, blutrot unterlaufende Augen starrten ihn an, dämonisch, krank, wahnsinnig. Das, was Alex einmal war und das was ihn ausmachte hatte sich verabschiedet, weg, einfach vergangen. Die Augen eines Mörders???
Das Bad schien dunkler und kälter zu werden, die Wände verformten sich... wirklich nur ein Gefühl? Die Gestalt im Spiegel kicherte irre, immer lauter und sein Gegenüber fing an mit sich selbst zu sprechen...

>Es hat dir gefallen oder? Die quälende, unbändige Lust, tun zu können, was Du willst... Sag es mir... so sag es doch...< Die Gestalt sprach leise.

>Jaaaaaaa, ooohja, sehr sogar... nie habe ich etwas Vergleichbares gefühlt, gespürt... diese tiefe, innere Befriedigung, in diesen wenigen Momenten können Welten entstehen oder untergehen. Kontrolle über Leben und Tod, kann es schöneres geben? Ein erhabenes Gefühl, welches mich aus der gewaltigen Masse der vollkommen Ahnungslosen herausstechen lässt.< Alexanders Stimme glich die eines Monsters und die Worte zerteilten die Luft wie ein beidseitig geschliffener rasiermesserscharfer Dolch.

>Nein...< wisperte die Kreatur vor ihm.

>Nein, nichts ist schöner, qualvoller, erhabener. Du hast nun die Macht diese Dinge zu tun. Nabel dich ab von der alten Welt, betritt meine Welt und erlebe das Reich der Toten. Sei doch mein Kumpan, spüre meine Gegenwart... sei mein Seelensammler... auf ewig...< seufzte das Grauen.

Der Spiegel wurde schwarz, glaubte Alex jedenfalls. Der Schwindel schlug ihn von den Beinen und er kippte nach hinten.

Der vormals silbrig glänzende, metallene Handtuchhalter stoppte seinen Sturz in unmittelbarer Kopfhöhe recht unsanft. Langsam sackte er in die Knie und fiel zur Seite. Die weiß gekachelte Wand hinter ihm, wurde kunstvoll mit roten Farbspritzern verziert.

Der blanke Horror.

xxx

Kapitel 4: Erste Begegnung
Köln drei Wochen zuvor...

*W*ie einfach es doch war sich eine falsche Identität zuzulegen.
Alexanders alkoholische Abgründe führten ihn nach Köln, dort angekommen waren einige unaufschiebbare Dinge zu erledigen.

Single Hochburg, Studentenstadt, Karneval... hier war Alex genau richtig, Ironie pur. Es soll hier sogar Menschen geben die tatsächlich an einer gewissen "Ernsthaftigkeit" litten. Eine anerkannte Krankheit. Am schlimmsten sollten die Lachmuskeln betroffen sein. Alex musste schmunzeln als er daran dachte, doch entsprach dieses bunte Treiben nicht seiner Natur. Die Stille, Ruhe, Einsamkeit waren seine ständigen Begleiter.

Zwei Dinge verband Alexander mit seinem Aufenthalt hier in dieser geschichtsträchtigen Stadt. Zum Einen, natürlich in erster Linie sein Besuch bei einem renommierten Psychologen, den sein Hausarzt ihm wärmsten empfohlen hatte, eben zu einem Voodooarzt. Was das bringen sollte vermochte Alexander nicht vorherzusagen, aber vielleicht half es ja doch. Nicht dass er langsam durchdrehte, doch der Alkoholkonsum, um seine beginnende Depression leichter zu ertragen oder etwas abzumildern, nahm rapide überhand.
Es war wie im richtigen Leben.

Da stehst Du traurig, wie ein Verlierer am Fenster. Siehst hinaus, lässt deinen Blick in die Ferne schweifen und da sind all diese Dinge die an dir vorüberziehen. Du meinst sie würden dir zuwinken und sich jeder von ihnen einzeln auf ewig verabschieden. Da war deine Selbstachtung, dein Antrieb, dein Leben, die Liebe, deine Seele.

Du kannst sie nicht halten, sie sind verloren, einfach verschwunden. Dir bleibt nur das am Fenster stehen und einsam nach draußen sehen...

Diese vielen Tränen in der Nacht, die ausgelassene heitere Stimmung am Tage oder war es umgekehrt?

Seine immer wiederkehrende Traurigkeit, dunkle, verzweifelte Stimmungen, plötzlich ausbrechende Weinkrämpfe, Alex musste einfach mit jemandem reden der ihm Verständnis entgegen brachte, dass gestand er sich selber ein. Der erste Schritt zur Besserung? Oder einfach nur im Lotto gewinnen?

Professionelle Hilfe zur Bewältigung dieser Umstände konnte auf keinen Fall schaden.

Zum Zweiten, sein Vorhaben sich einen falschen Namen zuzulegen. Nicht ganz legal, aber aus Gründen der Sicherheit unumgänglich... wie er meinte.

Ein bezahlbares Hotel war schnell gefunden und sein Beobachtungsobjekt nicht weit entfernt. Nur bis fünfzehn Uhr hatte er Zeit zum Observieren, danach ging es zur Therapiesitzung. Ein ausreichendes Zeitfenster also um sich die benötigten Informationen zu besorgen. Das frisch renovierte Haus zählte sechs Stockwerke. Ein gewaltiges Metallgerüst stand davor und sorgte für den gewünschten Sichtschutz. Hier **musste** der Versuch funktionieren. Zwei Wohnungen standen frei zur Vermietung, genau das was er sich vorgestellt hatte. Am ersten Tag stand nur langweiliges beobachten auf der Tagesordnung. Von seinem in der Nähe geparkten fünfundachtziger Porsche aus gab es eine gute Sicht auf den großen Eingangsbereich des Hauses. Der rote Lack des Stuttgarter Flitzers ergab sich mit den Jahren Wind und Wetter, doch Alex liebte ihn. Der 944 sah aus wie er sich fühlte und passte demnach genau zu seinem Leben.

Es musste genauestens dokumentiert werden wann der Postbote kam und wieder ging. Die Anwohner, wann holten sie ihre Post aus den Briefkästen und so weiter. Am frühen Morgen des dritten Tages war es dann so weit. Seine Anmeldung für die neue E-Mail-Adresse hatte er tags zuvor sehr früh von seinem Laptop aus online abgeschickt.

Es wurde ihm darauf hin mitgeteilt, das ihn ein Bestätigungsbrief mit zugehörigem Passwort, in ein bis zwei Tagen erreichen würde, zugestellt, eben exakt an diese Kölner Adresse...
In der Regel dauerte es nur einen Tag. Den Brief abfangen, das neue Passwort bestätigen und schon war seine Identität verschleiert, ganz einfach...
Heute Morgen sollte es endlich so weit sein. Ein bisschen fühlte Alexander sich wie ein Darsteller in einem alten Bondstreifen...
Der angehende Vollbart, nicht sonderlich hübsch doch zweckmäßig und ein wenig Tarnung war schon erforderlich. Den Rück- und Seitenspiegel im Auge behaltend stieg er aus seinem Wagen. Kühle frische Luft strömte ihm entgegen, der Atem dampfte, ein kühler Tag und sehr willkommen. Alexander bewegte sich langsam und sehr sicher auf die Eingangstüre zu. Die Tür war verschlossen und die Briefkästen lagen innen, spitze. Normalerweise war sie offen, damit der Briefträger freie Bahn besaß, dass wurde heute Morgen wohl versäumt. Messingfarben und kalt war der Klingelknopf den er fest nach unten drückte. Irgendjemand in den oberen Etagen zuckte mit Sicherheit gerade mächtig zusammen.

>Ja... bitte!< krachende Geräusche kamen aus der Gegensprechanlage. Eine junge männliche Stimme meldete sich.

>Guten Morgen. Entschuldigen sie bitte die Störung, würden sie ein Paket für ihren Nachbarn annehmen?<
>Nein, natürlich nicht, blöde Frage...< krachend wurde das Gespräch wieder beendet.
„Mist" dachte Alex und versuchte es ein zweites Mal, änderte dabei seine Strategie. So langsam lief ihm die Zeit davon. Laut seinem Zeitplan müsste der Postbote hier jeden Moment erscheinen.

Nun drückte er den nächsten Klingelknopf, direkt unter dem Ersten.
>Hallo?< eine hellwache, ältere Frauenstimme hörte Alex wenige Sekunden später.
>Ja, guten Morgen, die Post. Entschuldigen sie bitte die Störung. Hier habe ich ein wichtiges Dokument für ihren Nachbarn, ein Herr oder Frau ääh... warten sie...<
Schnell überflog er die Namen der Klingelleiste...
>Ähem... Prüssner, ja Frau Prüssner. Können sie mir da wohl weiterhelfen? Sie müssen nichts unterschreiben, das Dokument muss nur in den Postkasten.<
>Selbstverständlich, sehr gern, einen Moment ich öffne ihnen die Tür.< Es gab ein klackendes Geräusch, es wurde wieder aufgelegt.
Auf diesen Moment hatte Alexander nur gewartet und lehnte sich abwartend gegen die Tür. Ein Blick nach rechts und er erschrak. Der Postbote... nein, wie es aussah war es dieses Mal eine Postbotin und nur noch ein Eingang entfernt. Jetzt flammte die Nervosität doch noch auf. Sein Herz schlug schneller als der Türöffner zu summen anfing. Noch bevor Alexander den Flur betrat, präparierte er, den Fuß in die Tür gestellt, ein freies Klingelschild mit dem neuen selbst erdachten Namen. Jetzt suchte er das Pendant am Briefkasten.

Auch hier musste der kleine Aufkleber flink angebracht werden.

Sie hielt mit quietschenden Bremsen direkt vor dem Eingang, zog den schweren gelben Drahtesel auf den Ständer. Die Postbotin, eine Frau mittleren Alters, braunes längeres Haar, die Fellmütze tief ins Gesicht gezogen, schulterte ihre braune Ledertasche die beinahe größer war als sie selbst, zog sich die dicken Handschuhe aus, fingerte ein paar Briefe und bunte Werbeflyer heraus. Sie bewegte sich schnellen Schrittes auf den Hauseingang zu. Alex öffnete ihr die Tür.
Ein weiterer Schwall kühler Luft und ein nettes Lächeln trafen sein Gesicht.
>Oh hallo, guten Morgen das trifft sich ja. Haben sie etwas für Langemann? Frank Langemann? Ich bin vor kurzem erst hier eingezogen.<

>Guten Morgen, also gerade eingezogen, aha... daher kenne ich sie nicht, die meisten Anwohner hier habe ich im Laufe der Zeit kennengelernt. Ich habe auch ein gutes Gesichter Gedächtnis, darum konnte ich sie nicht einordnen. Aber warten sie, ich seh einmal nach.< Unter ihrer Fellmütze versteckt warf die Botin einen kurzen abschätzenden Blick auf ihr Gegenüber.
Ihr frisches berauschendes nach Vanille und Rosen duftendes Parfum passte irgendwie zu der hübschen kleinen Frau. Auch die wenigen Sommersprossen die sich auf ihren Wangen in unmittelbarer Nähe ihrer Nase wiederfanden entstellte sie keinesfalls...
Während die Postbotin Briefe Werbung und einige Flyer klappernd in den metallenen Briefkästen verschwinden ließ, blieb tatsächlich noch ein letzter Umschlag übrig.

>Ja, hier für sie Herr Langemann.< Die Postbotin strahlte ihn aus ihren Reh-braunen Augen an und übergab ihm das Couvert.

>Vielen vielen Dank dafür, bis Morgen dann...< Alexander grüßte höflich, obwohl er vor Anspannung sofort platzen könnte.

Die überaus nette Postbotin ahnte nichts von seinen Machenschaften, verabschiedete sich ebenfalls und ging hinaus. Alexander sah ihr kurz nach, wirklich süß die Kleine... Die Eingangstür fiel krachend ins Schloss und der Nervosität wich eine entspannte Erleichterung.

Weit oben im Treppenhaus hallten Stimmen zu ihm herunter und mit flinken Fingern riss er die zuvor hastig befestigten Aufkleber vom Briefkasten und der Klingelanlage ab. Langsam um nicht aufzufallen betrat er den Bürgersteig, wechselte die Straßenseite und ging zielstrebig Richtung Auto.

Eine Schlüsseldrehung, der Rote parierte und sprang nach einem kleinen "Huster" sofort an.

Zufrieden und erleichtert fuhr Alex zurück ins Hotel, um so schnell wie nur irgend möglich auszuchecken. Raus aus der Stadt und bloß keine Ärzte mehr.

Seine Liebesabenteuer konnten endlich beginnen...

XXX

Kapitel 5: Wollust
Gegenwart Aachen   Moltke-Straße 16   Dienstag 8. Dezember   17:30Uhr

Sie hatte es eilig.

„Warum habe ich nur so so weit weg geparkt, blöde Kuh..." dachte Katharina und kniff ihre Augen zusammen. Der eisige Wind fraß sich in Kathis Gesicht, ließ ihre Augen tränen und zerwühlte das kunst- und liebevoll gestylte Haar. So musste sich junges Gemüse kurz vor dem Schockfrosten fühlen.

>Die Mütze lag natürlich im Wagen, naja wer schön sein will... die Schminke verläuft auch noch, er wird denken ich komme direkt aus einem Horrorfilm.< murmelte Kathi sichtlich angesäuert.

Einige Fahrzeuge fuhren langsam, andere etwas hektischer, teils mit durchdrehenden Rädern und schlingerndem Heck an ihr vorbei. Die Straße war spiegelblank und glich einem zugefrorenen See. Hinter den Windschutzscheiben saßen Menschen mit angespannten genervten Gesichtern die sicher nur noch nach Hause wollten. Die prachtvolle quer zur Fahrbahn gespannte Weihnachtsbeleuchtung tauchte das weltfremde Schneechaos in ein einzigartiges festliches Licht.

Dafür verschwendete Kathi keinen Blick, sie konzentrierte sich auf etwas anderes.

>Die Nummer Sechzehn, endlich...< ihr Herz schlug schneller.

Zitternd suchte sie auf der Klingelleiste den Namen ihres Auserwählten.

>Da ist er ja... Halbacher.< tief drückte sie den Knopf.

Der Öffner summte einige Sekunden später. Katharina stemmte sich gegen die schwere Eingangstür und schritt eilig durch den noch kälteren Marmorflur zur Treppe, die musste sie nehmen, denn der Fahrstuhl war außer Betrieb, natürlich...

Der Weg nach oben glich einem Hindernislauf.

Kartons und irgendwelche undefinierbaren Kunstgegenstände standen und lagen kreuz und quer auf den Treppenabsätzen verteilt. Hier zog wohl jemand ein oder aus. Nach Atem ringend erklomm Katharina die letzten Stufen. *"Ich sollte wieder mehr Joggen..."* schwor sie sich und da stand er nun, ihr Date.

Seine Glatze glänzte im spärlichen Flurlicht. *"Nein jetzt kommt kein Spruch über Kojak"* dachte Kathi und lächelte. Er hatte ein nettes Gesicht. Etwas zu buschige Brauen, sie umrahmten zwei hübsche verträumt blickende braune Augen. Perfekt rasiert war er, trug ein weißes Hemd, eine schwarze Jeans, dazu schwarze Stiefeletten.

Bilder Fotos und die Realität, dass sind wie so oft zwei paar Schuhe, doch in diesem Falle passte es doch mal. Sie begrüßten sich herzlich und nahmen sich kurz und respektvoll in den Arm.

>Du siehst bezaubernd aus Katharina, umwerfend, einfach perfekt...< Kurt lächelte entwaffnend, er bat sie sogleich herein. *"Ja klar..."* dachte sie, was soll er sonst sagen. Ihre Haare are standing sicherlich extrem to the Hills... ihre Schminke weinerlich verlaufen.

>Sehr diplomatisch.. Und danke für den netten Versuch mein Lieber Kurt, wo ist bitte dein Bad?<

>Ein Stückchen gerade aus, nächste Tür rechts, da kannst du dich frisch machen oder was immer du möchtest, wenn noch etwas fehlt, ruf mich...<

>Ich danke dir.< Kathi zog ihren Mantel aus, legte ihn Kurt in die Arme, verschwand ins Bad und verschloss die Tür hinter sich. Das Klo mit dem offenen Deckel und die im hellen Licht sehr sichtbar am Rand klebenden gelben Spritzer, sprangen ihr förmlich ins Auge...

>Stehpisser... hab ichs mir doch gedacht... sauber gemacht hat er auch nicht... so ein Schweinchen...< flüsterte sie kopfschüttelnd.

Der runde gut beleuchtete Spiegel besaß keinerlei Mitleid, und zeigte ihr gnadenlos was der Eiswind auf ihrem Kopf angerichtet hatte. Mit einer schwarzen fettig glänzenden Bürste, die sie leicht angewidert mit zwei Fingern aus einer der Schubladen des unmodernen eichefarbenen Badezimmerschrankes klaubte, versuchte Kathi die vom Wind angerichtete Katastrophe wieder einigermaßen in Form zu bringen. Stehpisser und Fettbürste, dass war kein guter Start.

„Scheiß Wind, scheiß Kälte, wann hört das endlich wieder auf...?? Naja, der Winter fing ja gerade erst an, mach dir keine Illusionen... hab Geduld und sei einfach zufrieden, altes Mädchen, so muss es dann eben gehen... Frau wird nun mal nicht jünger... hätte ich doch ein Gemälde mit meinem Konterfei zu Hause, welches die Last des Älterwerdens trägt..." dachte sie, dabei den Spiegel mit ihrem Bildnis ausgiebig nazistisch verliebt musternd. *„Aber so unhübsch ist sie ja nun auch wieder nicht. Küsschen meine Süße... und nichts für ungut Dorian..."*

Kurt war derweil auch nicht gerade untätig. Gut ein Dutzend sehr lange rote Festtagskerzen zauberten behagliches Licht, die Stereoanlage gab ihr bestes. Die Weihnachtsdekoration fiel jedoch recht spärlich aus oder war mehr oder weniger kaum vorhanden. Der wohltemperierte Sekt und eine Kleinigkeit zu knabbern standen auf einem großen LED-Würfel bereit, der in Zeitlupentempo langsam seine Farbe wechselte. Katharina kam angerauscht und eroberte das Wohnzimmer.

>Sieh mich bitte nicht so genau an... du glaubst nicht wie mich das fertig macht, mir ist es schon fast peinlich... normalerweise würde ich etwas bequemeres, luftig fluffiges tragen um dich zu verführen...<

Sie lächelte ihn kokett an, ihre funkelnden Augen zauberten ein Versprechen...

>Verführen... oho. Selbst mit einem Kartoffelsack um deine bezaubernden Hüften würdest du noch immer jedem Topmodel die Show stehlen...< Kurt übertraf sich selber, versuchte ein erfolgloses Schauspielerlächeln und zeigte dabei seine vom täglich übermäßigen Kaffeegenuss, "schneegelb" gebleichte Zähne.

>Danke mein Liebster. Ah... ist das für mich?< Kathi stach mit ihrem Zeigefinger auf eines der vollen Sektgläser.

>Ja, natürlich, nur für dich. Salute meine Schöne.<

Das ließ Katharina sich nicht zwei mal sagen, dass Glas kühlte ihre anfangs vereisten, jetzt kribbelnden glühend heißen Finger, sie nahm einen kräftigen Schluck, die Sektperlen prickelten im Mund. Während Kurt noch einmal in der offenen Küche hantierte, fing Kathi an sich sanft zu Shakiras Gipsy zu bewegen, drehte sich, schwang ihr Hinterteil im Takt... nahm noch einen Schluck und fühlte sich einfach wohl, tauchte ein in die Stimmung, ließ sich fallen...

Kurts Kopf wanderte in ihre Richtung und beobachtete Katharinas grazilen und verführerischen Bewegungen. Seine Augen ertasteten ihren Körper, eine unglaubliche Frau. Dieses super enge Kleid, der glänzende Stoff spannte sich um ihr fabelhaft rundes, leicht abstehendes Gesäß, der verträumte Blick, wie sie ihr Glas hielt, ihre Lippen in das perlende Getränkt tauchte, daraus trank, sich die Lippen leckte, alles an dieser Frau begeisterte ihn, so klein, so zerbrechlich. Er ging zu ihr, umfasste die zierlichen Schultern und tanzte mit Kathi, beide schwebten davon...

>Warte mein liebster...< Katharina bückte sich, klaubte raschelnd ein paar schwarze Pumps aus der dunkelblauen Plastiktasche, zog sie hastig an, nahm seine Hände und platzierte sie wieder auf ihre Schultern.

>Entschuldige bitte die Unterbrechung... jetzt bin ich ein wenig größer.< hauchte sie leise, um die Stimmung nicht zu zerstören. Genau im richtigen Moment tropften sanft die ersten Takte von Succheros Wunderful Live aus den Boxen der Anlage. Kathi schloss ihre Augen und legte den Kopf ein wenig zur Seite, öffnete leicht und auffordernd ihren Mund. Kurt sah es als süße Einladung an. Er fasste sanft unter ihr Kinn, hob es an. So weich, so zart, perfekt geschwungene volle Lippen. Auf so etwas hatte Kurt lange warten müssen. Auch er war in diesem Augenblick froh sich bei dieser Date-Site angemeldet zu haben. Katharinas Lippenstift schmeckte so wunderbar erdbeerig süß und gab dem Schaumwein eine noch fruchtigere Note. Ihre Zungen tanzten bald einen feurigen Flamenco. Das war einer dieser unvergesslichen Momente wofür es sich lohnte immer weiter zu machen, niemals aufzugeben, das Leben zu leben, zu genießen.

Seiner Firma ging es in diesem Jahr nicht wirklich gut, hierfür eine Lösung finden, dass sollte bis Morgen warten. Ein guter Geschäftsfreund lockte mit einem lukrativen Auftrag. Alles Unwichtige ausblenden, dass hatte nun Vorrang.

Nie mehr wollte Kurt sich von ihren vollen Lippen lösen aber die Gläser waren leer.

>Möchtest du noch ein Gläschen Rotwein mein Engel?< fragend küsste er sie dabei weiter.

Ein gestöhntes >Ja, ich will...< als Antwort. Ihre Worte lösten einen sanften Schwindelanfall bei ihm aus, Kurt trennte sich schweren Herzens von ihr und ging, nun mächtig erregt, zum hölzernen Weinregal.

Auch Katharinas Eigenkontrolle verblasste zusehends.

Eine heiße, nicht zu bändigende Woge schwappte vom Kopf zurück zu ihrem Schoß, hin und her, hin und her... jedes Mal verdoppelte sich ihr Verlangen, sie zitterte dabei heftig und es fühlte sich an wie ein kommender genussvoller Höhepunkt.
Mit einer Handvoll Salzcracker die sie mit ebenfalls zitternden Fingern aus der Schale nahm lenkte Kathi sich etwas ab, sonst fiel sie über ihn her, was hinterließ das nur für einen Eindruck.

Mit zwei halb gefüllten Rotweinkelchen kam Kurt zurück, eines davon reichte er seiner schönen Lady. Die Gläser stießen aneinander und erzeugten einen wohlklingenden Ton.
>Ich hoffe du hast von dem lecker Tröpfchen noch eine Flasche, bin unheimlich durstig.<
>Keine Sorge, die eine oder andere Flasche 2009er DogaJolo Rosso habe ich noch... einen schmackhaften Toscano.<
>Toscano? Aha... das passt ja zu dem heutigen Abend. Dann zum Wohl mein Liebster... Salute...<

xxx

Katharina schritt langsam tastend voran in sein viel zu warmes Schlafzimmer, ihre Augen waren dem pechfinsteren halbdunkel noch nicht vollständig angepasst. Etwas Helligkeit schimmerte von der Straße durch die großen unbehangenen Fenster. In der Großstadt war es eben nie völlig lichtlos.

Nackt, nur mit ihren Pumps bewaffnet, vom leichten Sekt und schweren Rotwein übermäßig betäubt, riss sie sich gewaltig zusammen um nicht wie die letzte Schnapsdrossel peinlich dahin zu torkeln.
Kurt folgte ihr wie Gott ihn schuf, in Trance, gefangen in ihrer erotischen Aura. Auch er war nach einem Liter Rotwein, diversen Gläsern Sekt und einigen Bierchen nicht mehr ganz so standfest. Sehr nahe war er ihr, sie konnte ihn an ihrem Rücken spüren. Da hatte seine Standfestigkeit wohl keinerlei Probleme.
Auf dem weichen Flokati, kurz vor der breiten Liegewiese oder auch einfach Boxspringbett genannt, blieb sie stehen. Im Zimmer roch es nach herbem Rasierwasser und blumiger Bügelstärke. Seine großen starken Hände massierten ihre schmalen Schultern überraschend sanft, fuhren herab und fanden gierig ihre straffen festen Brüste, sie musste leise aufstöhnen. Er war ein großer Mann, sehr gut bestückt... auch seine Körpergröße war durchaus sehr beachtlich, stolze Einmeter-zweiundneunzig.
Sie mit ihren bescheidenen Einmeter-achtundfünfzig dagegen, kam sich winzig vor aber sie liebte große Männer nun mal, in beiderlei Hinsicht...

Katharina drehte sich langsam um und sah ihn im Halbdunkel an. Der viele Alkohol und die Tatsache das sie Kurt kaum kannte, ließen alle Hemmungen fallen, waren wie weggeblasen.

Apropos... jetzt schaute sie nach unten auf sein pochendes aufragendes Teil, es roch leicht nach ranzigem Fischöl...

„Hat das Schwein sich nicht gewaschen. Hat Mutti ihm das nicht beigebracht... Kleines Ferkel... ach egal" dachte sie, beugte sich leicht vor und umschloss ihn mit den Lippen.

„Oh mein Gott, ich werde qualvoll ersticken oder muss gleich kotzen..." die Gedanken schossen Kathi sofort durch den Kopf, denn er war größer als gedacht und Kurt fing an, sich langsam auf und ab zu bewegen. Dabei stöhnte er wie ein brünstiger Hirsch, umfasste ihren Kopf mit seinen großen groben Händen und versuchte das anscheinend tatsächlich in altem Fischöl getränkte Ding mit einem kräftigen Stoß noch tiefer in ihren Mund zu befördern.

Das war einfach zu viel. Würgend und hustend entließ sie ihn, zog seinen Glatzkopf zu sich hinunter, stieß ihre Zunge in seinen Mund und gab ihm einen langen Kuss.

Sollte er schmecken was sie schmeckte.

Katharina wollte, nein... musste ihn jetzt sofort besitzen. Keine Liebe, keine Streicheleinheiten, kein Liebkosen, Schwüre, endlos geflüsterte Liebesbekundungen, Sex, nur Sex. Anonym, einzigartig, animalisch, schmutzig, pervers...

Sie mochte nicht ins Bett, zu „normal", nahm seine Hand und führte Kurt zum Fenster, sah durch die fleckige Scheibe hinaus. Der langsam fallende weiße Schnee glitzerte kurz auf und wirkte wie magischer Feenstaub, wenn er die Lichtkegel der Straßenlaternen durchflog.

Die Jalousien der Fenster gegenüber zeigten sich bis auf die Reihe im Erdgeschoss geschlossen. Im Zimmer war es trotz des Lichts der Straße beinahe stockdunkel, niemand konnte sie also beobachten. Kathi beugte sich nach vorn, eine Hand presste sie gegen die Scheibe, die andere klammerte sich an der warmen glatten Fensterbank fest.

Mit gekonntem Schwung warf sie ihre Haarpracht zur Seite, spreizte leicht ihre Beine und wartete wohlig zitternd auf ihn...
Kurt sah sich für einen Moment dieses Kunstwerk an. Verdammt war das eine bildhübsche Frau, so klein, so zierlich. Ihre gespreizten Beine, kein Härchen zu sehen, zu fühlen, die straffen Schenkel, die schmal gewachsenen aber strammen Waden und Fesseln, die festen üppigen prall herabhängenden Brüste, wie zwei Tropfen strammen Fleisches die jeden Moment herab fallen mochten. Ihre nackten Füße steckten noch immer in den irre hohen schwarzen Petronilla high Heels und brachten den runden honigsüßen Hintern noch mehr zur Geltung. Das konnte einem Mann komplett den Verstand rauben.
Katharina schloss ihre Augen.

„Ich bin eine Schlampe... ja, er wird denken ich bin eine Schlampe... nein meine Liebe... eine Stute, eine kleine heiße braunhaarige Stute die gleich gedeckt wird, wie aus einem kitschigen billigen Manga entsprungen... hoffentlich merkt er nicht das ich tropfe vor Geilheit. Komm doch endlich... komm zu mir mein Süßer..." Kathi konnte es nicht mehr aberwarten.

Dann spürte Katharina wie er sich hinter sie stellte, ihren Hintern betatschte.

Seine widerlich warme Alkoholfahne strich unangenehm feucht über ihren angespannten Rücken, auch das war ihr egal. Kurt ließ sich hinter seinem Date klatschend auf die Knie fallen, und berührte sie nur mit der Zunge, schlürfte an ihrer feuchten Frucht wie ein Vierbeiner am Wassertrog.

Seine Zunge war heiß, groß, rau und überall... sie wollte wahnsinnig werden vor Verlangen. Das Gefühl wollte nicht weichen, jeder in diesem Haus... in dieser Stadt.. auf der ganzen Welt könne ihr Herz schlagen hören. Beide waren jetzt so weit, endlich musste es passieren...

Sein Mörderteil fand nun schnell das Ziel.

Wie eine abgefeuerte Rakete die auf einem Leitstrahl dahin ritt, unaufhörlich dem Ziel entgegen raste und von keiner Macht des Universums gestoppt werden konnte.

Er umfasste ihre Schultern, spürte die Hitze ihrer samtweichen Haut und ohne viel Druck verschwand er in ihrer Welt, ihrem wundervollen Paradies.

>Jaaa... nimm mich doch...< Katharina entglitt ein spitzer Schrei als er sich tief in sie presste und hatte das Gefühl wenn er so weiter machte, müsste sie augenblicklich platzen. Er füllte sie komplett aus, drückte und stopfte immer weiter.

Beide stöhnten nun wollüstig auf zum Takt der Liebe. Kathi bekam nicht genug, überkreuzte ihre Beine, stellte sich hoch auf ihre Zehenspitzen um ihn noch besser zu spüren, die Pumps klackerten einen Stakkato auf dem Fliesenboden. Sein dicker Daumen suchte und fand ihren Mund, sie saugte und lutschte schmatzend an ihm, wie an einem fruchtigen Stieleis im feurigen Hochsommer. Den Grund für das nasse Fingerglied erfuhr sie Sekunden später, so drückte er ihn frivol, tief in ihre nicht besetzte Öffnung am Hinterteil. Seine rüde absolut perverse Tat ließ sie wiederholt wie von Sinnen aufschreien.

>Du Schwein...< gurgelte es rau aus ihrer Kehle, verzog ihren Mund zu einem Lächeln.

Kurt arbeitete wie ein Pumpwerk. Sie hatte das Gefühl er habe vor, etwas noch nie dagewesenes zu Tage zu befördern. *"Wenn er SO weiter macht, komme ich nicht an den Punkt der Sehnsucht wo ich hin möchte"* dachte sie atemlos erregt und fuhr sich selbst stimulierend, abwechselnd mit einer Hand in den Schritt und an ihre feste weiche Brust.

Kurt hatte es nun sehr eilig.

Noch härter umspannten seine Finger ihre Schultern, um in immer kürzeren Abständen das zu tun, was er am besten konnte...

Jetzt war sie fast so weit und presste ihre Beine noch enger zusammen, spürte nun doch langsam den kitzelnden Gipfel der Lust kommen.

>Hör bitte nicht auf... nicht aufhören...< ihre Stimme kippte über.

Sie wünsche sich eine zweite große Zunge tief in sich... um ihn bei jedem seiner Stöße lecken zu können...

Kurt roch ihr Vanille Parfum, ihre süßen, aromatischen Ausdünstungen nach jedem Klatscher, dieses Pheromongemisch konnte explosiv sein... herrlich... fantastisch... pure Begierde...

Er vergaß sich, hämmerte tief in sie hinein, brüllte auf wie ein Gebirgseber den man zuvor in den Hintern schoss, presste sie wie eine lebende Gummipuppe an sich und stammelte unverständliche Worte. Katharina dachte jetzt aufgespießt zu werden, von einer Lanze aus Fleisch durchbohrt, schrie kurz auf, wohl eher aus Lust am Schmerz und drückte sich fest an ihrem Peiniger. Sein Männlichkeit ergoss sich, gut spürbar, sekundenlang zuckend in ihrer Lava heißen Liebesgrotte.

Noch einmal stieß er zu, um sich dann langsam zurückzuziehen. Kurt ließ sich rücklings, wie ein gefangener Fisch an Land nach Luft schnappend, auf sein übergroßes Bett fallen. Im Zimmer roch es nach Schweiß, Alkohol und Liebesduft.

>Oh nein, warum hörst du auf?< ein Zittern war in Kathis Stimme nicht zu überhören. Noch immer stand sie in gebückter Haltung da, in geiler erregter Erwartung, er würde jeden Moment weiter machen.

>Tu mi leid. Äs ging nich annass... du biss soo wunnebar eng... Mir sinn die Pferde durch... durchegang, mir isso schwindelig...< sponn Kurt lallend und völlig erschöpft vor sich hin.

Katharina verweilte immer noch kurz vor dem Hochpunkt und das würde auch nicht so schnell abebben, dass wusste sie genau. Diese Erfahrung machte sie einfach zu oft in den zurückliegenden Wochen. Tausende kleine Gnomenhände kniffen, zwickten, streichelten und zischelten ihr frivoles ins Ohr. Es kribbelte, krabbelte, kitzelte kaum zum Aushalten. Immer noch völlig wuschig drehte sie sich um und schlängelte sich nun zu ihrem schnaufenden Glatzkopf auf das breite Bett, während sich seine kurz zuvor wild verschossenen Körperflüssigkeiten tröpfelnd aus ihr heraus wagten.

Er war immer noch heiß, nass, groß und pochte, dass erforschte sie mit ihren seidenweich honigsüßen Lippen.

>Komm doch, sei bitte lieb zu mir und...< weiter kam sie nicht.

Kurt hechelte nicht mehr, sondern er schnarchte leise vor sich hin. **„Was ist denn jetzt??? Das... das kann er doch nicht machen? Der kann mich doch nicht so einfach..."** Katharina war sauer, nein... stinksauer...

Doch die Hitze in ihr war längst nicht verflogen. Immer noch brannte und kribbelte ihr Schoß, jede Berührung an den Brüsten am Hals in den Kniekehlen brachte sie fast zum Kreischen.

„Er schläft, wie kann das sein. Bin ich nur ein Spielzeug, ein blödes Ding aus Fleisch, was "Mann" jeden Moment, und nach kurzem Gebrauch einfach in die Ecke stellen kann???"

Sie wusste keinen Ausweg, blickte wild hin und her, fühlte sich entwürdigt... etwas machte "Klick" in ihrem Kopf und es wurde schwarz... Schwindel, Lust, Verzweiflung, Lust, Demütigung, Lust, Lust, Lust...

Kein Gewissen mehr...
"Rache... Du musst dich rächen... Du musst die Dinge benutzen, tu es jetzt..." zischelte eine weit entfernte doch sehr bekannte deutlich durchdringende Stimme in ihrem Hirn...
"Du weißt was dir nun hilft, was das Beste für Dich ist..." flüsterte es weiter.
Die roten Zahlen der Digitaluhr leuchteten wie kalte Augen in der bleiernen Dunkelheit.
Sechzehn Minuten nach Mitternacht...

Nur noch an das *"Eine"* denkend, maschinengleich stand Katharina auf, zog die Pumps aus und huschte flink über warme Fliesen durch den Flur in das Wohnzimmer nebenan. Die kleine unscheinbare Lederhandtasche stand an der dunkelroten Ikeacouch. Sie kam zurück und bestieg das Bett erneut. Kurt raspelte immer noch vor sich hin. Der Lautstärke seiner Schnarcher nach zu urteilen war hier keine Axt am Schlagen, sondern befand sich eine Kettensäge in Aktion.

Kathi hockte sich breitbeinig auf ihn und rieb sich an seinem langsam erschlaffenden Lustpfahl. Außer einem weiteren lauten Schnarcher tat sich bei Kurt nichts. Stöhnend fingerte sie im Halbdunkel in ihrer Tasche herum die neben ihr stand. Das kleine Fläschchen hatte sie gefunden, die weiche Watte ebenfalls. Wer die Sachen in die Tasche gepackt hatte, wusste Kathi nicht und es war ihr auch egal, aber wie man die Dinge benutzte... ein Kinderspiel.
Katharina konnte es einfach, wie ein Film in ihrem Kopf den sie schon Tausende Male sah. Aufschrauben, die Watte tränken. Ein übel riechender beißend süßlicher Gestank breitete sich schnell im Zimmer aus. Die Flasche war leer, achtlos ließ Katharina sie fallen, rutschte etwas nach vorn, blieb auf seinem haarigen Brustkorb sitzen, der nicht nur ihre Schenkel kitzelte.

Es blitzte und donnerte in ihrem Hirn, kleine Sterne zerplatzten vor ihren Augen, eine Stahlklammer umfasste ihr rasendes Herz, ließ sie schwindeln.

Jetzt presste sie ihm das große mit Chloroform getränkte Wattestück direkt auf Mund und Nase.

Kurt wachte von dieser Aktion auf. Er wollte sich bewegen, doch die Mischung aus Chloroform, Alkohol und erschöpfenden Liebesakt war einfach zu viel, viel zu viel und zu spät.

Ein paar Sekunden, zwei, drei tiefe Atemzüge dauerte es nur, dann näherte sich ihm unaufhaltsam die tiefe alles fressende Schwärze der Bewusstlosigkeit. Kathi warf den stinkenden Wattebausch achtlos in die Zimmerecke und triumphierte.

>Jaaa, jetzt hole ich mir das, was du nicht in der Lage warst mir zu geben...< rief sie laut und mit zuckenden Augenlidern.

Kurts Herz klopfte schwer, pumpte den roten Lebenssaft durch seine Adern... das konnte Katharina fühlen.

Mit Daumen und Zeigefinger umklammerte sie ihn direkt am Schaft seines beinahe erschlafften Gliedes, nahe den Hoden... Fest abdrücken, ein wenig locker lassen, wieder abdrücken. Dank ihrer "Methode" erhob sich pochend Kurts Männlichkeit zu erneuter, sehr ansehnlicher Größe.

Wieder der Griff in die Ledertasche. Zum Vorschein kam eine kurze Kordel mit jeweils einem blank poliertem Holzgriff am Ende. Eine exakte Kopie der sie endlos quälenden Albträume. Die schneeweiße Kordel leuchtete fast im halbdunklen Zimmer und lag bald wie eine zierliche Schmuckkette um seinen Hals.

Groß genug war er jetzt und drückte sein haarloses bestes Stück stoßweise in sich, überkreuzte wieder die Beine um ihn noch intensiver zu spüren und verfiel daraufhin in einen wilden Galopp. Dabei zog sie voller heißer irrer Wollust an den beiden Holzgriffen. Ihre Brüste wippten auf und ab.

Hart ritt sie den Mann der es wagte einfach so die Segel zu streichen. Er zuckte mehrmals, sein Todeskampf?
Sie bemerkte es nicht einmal oder wollte es nicht bemerken.
Kathi warf ihren Kopf hin und her, dass das Haar umherwirbelte wie im kräftigsten Oktobersturm.
>AAAAHHH< Sie kam... endlich.
Katharina musste es laut herausschreien. Aus ihr heraus schoss auch wieder ein heißer Strahl ihrer Leidenschaft und spritzte dem toten Körper pulsierend auf die Brust.

Kathis Beine, ihr Schoß zuckten wie von Sinnen, ein aufbäumen, noch einmal, der Versuch Luft zu holen klappte noch nicht, alles verkrampfte sich in ihr, dass Gewitter in ihrem Kopf tobte mit gewaltiger, unendlich zerstörerischer Kraft.
"Du hast es nun vollbracht... Dank sei dir gewiss..." Eine lockende Stimme aus der Ferne, nur wer sprach die Worte? Die Stimme aus ihren Albträumen...

Sie hockte auf ihm... schüttelte sich, erschauderte immer wieder und nur langsam ließ es nach. Die Holzgriffe entließ sie aus den Händen, ihre Arme hob sie nun an, hoch und höher, die Handflächen zeigten nach unten, die Finger abgespreizt... und flog auf und davon... es sah aus wie ein viel zu kleiner Vogel Greif, der seine große fette Beute fest umklammerte.

Ihr vor Schwäche gesenkter Kopf flog in den Nacken. Katharinas Haar fiel ebenfalls zurück, präsentierte ihr entstelltes Gesicht, das Weiß ihrer aufgerissenen Augen trat hervor.

>Ja... frei... ich bin frei... du gehörst jetzt mir... deine Seele, ich begleite dich, begleite dich in eine andere Welt.< stöhnte Kathi und bekam endlich wieder Sauerstoff. Ihr immer noch rasendes Herz beruhigte sich, alles entspannte sich, keine Gedanken, nur Milliarden flüsternder Stimmen in ihrem Hirn...

Schwer fielen ihre Arme herab und Katharina rutschte von dem toten Körper. Auf dem Rücken, völlig erschöpft und ebenfalls wie von Chloroform betäubt, umfing sie ein wunderbar, bewusstloser Schlaf.

XXX

Kapitel 6 Verschwörungstheorien I
Porta Westfalica Mittwoch 9. Dezember 14:45Uhr

*E*inkaufen.

Nicht gerade einer seiner Lieblingsdisziplinen, denn Nichts hasste er mehr. Menschenansammlungen machten ihn nervös. Den größten Teil der Dinge die er zum Leben benötigte, waren leicht im Internet zu bestellen, jedoch einige wenige Sachen brauchte er frisch und bekam sie nicht im Netz, die gab es nun mal nur im Supermarkt, daran führte kein Weg vorbei.

Sein zurückliegendes Abenteuer.

Wie er nach Hause gekommen war wusste Alexander immer noch nicht. Irgendetwas nicht beschreibbares lenkte ihn, steuerte ihn. In seinem Bett ist er erwacht, dass Kopfkissen dunkelrot verkrustet, alles voller Blut. Die Gedanken an das Vergangene in den hintersten Winkel des Hirns verdrängt, konsultiert er zuerst den hiesigen Hausarzt. Die beißenden, trommelnden Kopfschmerzen nahmen einfach nicht ab. Eine geschlagene Stunde wartete er bis die Sprechstundenhilfe endlich die Gnade besaß ihn vorzuziehen. Den Namen der Krankheit die ihm sein Auswurf bellender Nachbar mit Bestimmtheit vermachte wollte Alex nicht wissen, oder musste wohl zuerst noch erfunden werden. Er fühlte es schon in seinen Lungen kribbeln.

Nachdem der Hausarzt ihn wieder zusammengeflickt, seine Kopfwunde gesäubert, genäht, gesalbt und mit einem riesigen Pflaster versah, kam schlussendlich noch die Tetanusspritze. Der Albtraum schlechthin für ihn aber auch das überstand der Hypochonder und Choleriker vor dem Herrn mit Bravour. Die Fragen des Arztes zum Unfallhergang konnten geschickt umgangen werden, um eine Ausrede war Alexander selten verlegen.

Mit einer halben Packung Schmerzmittel im Magen machte er sich nun auf den Weg einige Dinge des Alltags zu koordinieren, dazu gehörte eben der längst überfällige Einkauf. Der sich schon langweilende und viel zu überdimensionierte Kühlschrank gab nichts mehr her. Außerdem war für das Date mit Evelyn ein ausgezeichneter Wein von Nöten, so wollte er ihr doch nicht als Bettler und Bittsteller bei ihrem ersten Treffen gegenüberstehen.

„Oh mein Gott..." dachte Alex. Wie er es immer wieder hasste. Diese Konsumtempel, alles auf freundlich und Familie gemacht. Bunte Plakate und Fähnchen überall, dass fing schon auf dem Parkplatz an. Würg...

Fahrzeuggewusel. Autos schossen ohne Rücksicht auf Verluste aus den engen unübersichtlichen Parklücken. Schnell schnell musste es schließlich gehen. Dann gingen Menschen wiederum im lähmenden Schneckentempo kreuz und quer, wie *„Einkaufzombies"* vor und hinter seinem Auto spazieren. Teilweise nach Kindern rufend oder mit einem verträumten Gesichtsausdruck wie nach einem zweiwöchigen Urlaub in der Toskana. Dabei gab man doch eben gerade eine Menge Geld für überflüssige Dinge, mit zum überwiegenden Teil völlig überdimensionierten Verpackungen aus. Für ihn war es eine kalte herzlose Geldmaschine. Ausgedacht ausgeklügelt, gestrafft, rationalisiert und auf brutalste Weise von der allmächtigen Lebensmittelindustrie umgesetzt. Personal wurde eingespart, Löhne gekürzt, Mehrarbeit gefordert... **denkt daran, es stehen einhundert Bewerber hinter euch....**

Willig fügte sich natürlich das Personal dem, von den Geschäftsleitungen verschiedenster Großhandelsketten vehement abgestrittenen, stetig wachsenden Druck auf die Belegschaft. Jeder sieht es, jeder weiß es.

Bespitzelung allenthalben aber es ging ja weiter so, aus Angst vor dem Verlust des geliebt gehassten Arbeitsplatzes.
Verrückte, irre Welt.
Kein Wunder also wenn man in den Warentempeln so etwas wie Freundlichkeit und Serviceliebe bei den zuständigen Mitarbeitern vermisste oder vergeblich suchte. Wenn man jemand brauchte, wollte niemand zuständig sein. Das alte Klischee mit dem eingeschalteten Küchenlicht und der damit verbundenen explosionsartigen Flucht einiger Insektenarten in so manch spanischer Spelunke passte hervorragend.
Wie schön es doch war, der urige Tante Emma Laden an der Ecke. Jeder kannte Jeden. Immer ein freundliches Wort. Kurze Wege, frische Ware und immer ein kurzer Smalltalk. Die selbst und eigen bepinselte Schaufensterscheibe, dass hatte noch Scharm.
Joachim Witt... Der goldene Reiter... daran musste Alex denken, der gute Jo hat es auf den Punkt gebracht.

An der Umgehungsstraße, kurz vor den Mauern unserer Stadt...
Steht eine Nervenklinik, wie sie noch keiner gesehen hat.
Sie hat ein Fassungsvermögen, sämtlicher Einkaufszentren der Stadt...
Gehn dir die Nerven durch, wirst du noch verrückter gemacht...

Und das aus dem Jahr neunzehnhundertzweiundachtzig. Wie recht er doch damit hatte...

Die mit Werbung zugekleisterten Glastüren öffneten sich ruckartig. Der heiße Wind der Klimaanlage blies ihm brutal ins Gesicht, sorgte augenblicklich für eine verbesserte Durchblutung der Wangenregion, sein Cap wurde durch den mittelschweren Tropensturm beinahe vom Kopf gefegt. Ein ohrenbetäubender Stimmorkan umfing ihn.

Eine Kassiererin rief mittels Lautsprecher verzweifelt nach einem Kollegen, aus anderen versteckten Lautsprechern rieselte Nerven zerfetzendes "Einkaufsgedudel".
Die Gemüsetheke kam natürlich immer zuerst, na klar. Wer dachte sich so etwas nur aus...
Da packte man den Wagen voll mit saftigem frischen Salat, Tomaten, Gurken, Äpfel und Bananen, alles *"leichte Ware "* und die schweren Dinge die da noch kommen sollten zerquetschten das Obst und Gemüse. Der Safteinkauf am Ende des "Horror*shoppings*" erledigte sich damit von ganz allein. Seinen Salat, Paprika, Tomaten belegten den vorderen Platz im Einkaufswagen. Der Einkaufsshopper war natürlich völlig überflüssigerweise ein XXXXL Vehikel und kaum noch zu steuern.

Auch so ein gut durchdachter Psychotrick der Industrie. Lagen nur zwei, drei Dinge im Wagen kam man sich klein und wie ein „Knauser" vor. Nicht wenige gingen, ertappt dabei zu wenig gekauft zu haben, noch einmal durch die Regalreihen, ob nicht doch noch eine Kleinigkeit zu gebrauchen wäre. Jeder Schritt eines Kunden wurde überwacht analysiert ausgewertet. Das Einkaufsverhalten der verschiedenen Altersgruppen anhand der Bonuskarten oder Kreditkartenabrechnungen optimiert. Oder alles doch nur Einbildung seiner lebhaften Fantasie?
Ha... Verschwörungstheorien...

Dennoch, das Gefühl jemand würde hinter einem her rennen und ständig an seinem Geldbeutel zerren, dem konnte sich wohl niemand entziehen. Doch gab es auch Menschen die hier ihre sozialen Kontakte pflegten und sich in dieser Umgebung wohlfühlten, dass konnte Alex auf keinem Fall nachvollziehen.

Flakes, Kaffee, mehrere Milchtüten, natürlich auf die Bananen gepackt, alles fand seinen Weg in den Wagen.

Die neuesten Errungenschaften dieses Tempels der mächtigen Überflüssigkeiten war eine an jeder Kasse installierte TV Anlage. Hoch über jedem der Kassenplätze thronten Flachbildschirme einer gewissen Marke, das Label natürlich nicht zu übersehen.

Bunte Werbefilmchen versüßten einem den zeitraubenden Schlangenaufenthalt. Komischerweise wurde auch stets darauf geachtet, dass immer eine kleine Schlange vorhanden war. Trotz sechs Kassenbändern wurden nur zwei in Betrieb gehalten. Nun ja, auch das hatte seinen tieferen Sinn. Die bunten schrillen Werbeeinblendungen sollten ja vom Konsumenten auch gesehen werden.

Schnell noch bezahlen und raus aus dieser Hölle. Sein Kopf fing wieder an zu schmerzen. Die Tabletten stellten wohl gerade ihren Dienst ein und gingen in den wohlverdienten Urlaub. Heute Abend gab es einen neuen Versuch sich mit Kathi, seiner Nummer eins zu verabreden. Froh dem Gewusel entkommen zu sein, den Großeinkauf im Kofferraum verstaut, fiel Alexander siedend heiß ein, dass er den Wein vergessen hatte. Er schlug klatschend die Hände vor sein Gesicht, zischelte ein geknurrtes, verzweifeltes >*Das gibt es doch nicht*<

Noch wütender als zuvor und mit stetig zunehmenden stechenden bohrenden Kopfschmerzen, begab er sich wieder auf den Weg zurück...

                zurück zum Tempel des Wahnsinns.

XXX

Kapitel 7 Erwachen

Aachen   Mittwoch 9. Dezember   Moltkestraße 16   Hallbachers Wohnung 8:30 Uhr

𝒟as Telefon.

Es musste einfach das Telefon sein. Diese grausame, sich ständig wiederholende Melodie war unerträglich und doch typisch. Katharina schlug genervt die Augen auf, versuchte es jedenfalls. Die Lider hingen wie bleierne Lappen auf ihren Pupillen, sah müde blinzelnd zum Licht durchflutenden Fenster, konnte dank der blendenden Sonne kaum etwas erkennen. Sie war nackt und fror erbärmlich, die Bettdecke Kilometer entfernt. Als schwächte eine aufkommende Grippe ihren Körper so schmerzten alle Knochen in ihr. Heftiger Schwindel umfing sie, bei dem viel zu schnellen Versuch aufzustehen. Erst langsam begann ihr Verstand an zu arbeiten, erinnerte Kathi sich daran wo sie sich befand und auch bei wem. Den leblosen Körper auf dem Bett neben ihr beachtete Katharina nicht. Ignorieren, Verdrängen, Vergessen...

"Erst einmal heiß duschen, und heiß muss auch der Kaffee sein" befahl sie sich nüchtern selbst. Auf dem Weg zum Bad blieb ihr Blick für Sekunden an einem wundervollen Bild von Martin Schongauer hängen das an der Flurwand ausgestellt war. Die Plagen des heiligen Antonius durch Dämonen, war ihr gestern Abend gar nicht aufgefallen.

Sie betrachtete das Gemälde für Sekunden, ein Schauer erfasste Kathis Leib, und schuld war dieses Mal nicht die Kälte.

Das Wasser rauschte dampfend aus dem mit blau und rot leuchtenden LED-Lämpchen gespickten Duschkopf. Lange stand sie unter den heißen harten Strahlen die vergeblich versuchten die Sünden der Nacht fortzuspülen. Sie sah nach unten, starrte den schlürfenden Ausguss an und dachte nach.

>Ich bin doch eine Schlampe aber er hat es letzendlich verdient, der Looser...< zischelte sie leise vor sich hin, schloss ihre Augen, schlug mit der flachen Hand auf nasse Fliesen, dass es klatschte, ihre Mundwinkel verzogen sich zu einem bitteren Lächeln, Tränen vermischten sich mit dem Duschwasser.

>Er hat es verdient... verdammt... er hat es verdient...< wiederholte sie schluchzend immer wieder.

Allmählich begannen durch den Effekt der Osmose, die oberen Hornhautschichten aufzuquellen, drehte das wohltuende heiße Wasser ab und frottierte ihren dampfenden Körper mit einem gut duftenden weißen Badehandtuch. Einen Stich ins Herz verursachte der Gedanke an ihre Tochter.

>Jenny, ich muss Jenny anrufen, meine Kleine weiß ja gar nicht wo ich bin.< Die fürsorgliche Mutter erwachte in ihr und wollte schnell eine SMS schreiben. Das verschob sie einen Gedanken später schon wieder.

Das heiße Wasser war erfrischend, doch nur zwei Aspirin die sie im Bad fand vertrieben die bohrenden Schädelschmerzen endgültig. Das musste auch so sein, denn nur mit einem klaren Kopf war der ein oder andere Fehler nach einer anstehenden Aufräumaktion zu vermeiden.

Ein Liedchen dabei trällernd zog sie sich an. Woman in Black, das träfe den Daumen am Nagel. Der unglaublich weiche wohlfühl Bodylongsleeve, die dicke blickdichte Strumpfhose, das knielange enge Wollkleid und den ebenfalls knielangen warmen Wildledermantel. Lederstiefel, Handschuhe, Wollschal, alles in Schwarz. Genug um der gnadenlosen Kälte zu trotzen, immerhin müsste es draußen trotz Sonnenschein um die minus zehn Grad sein.

Kathi überlegte intensiv, ob sie alles richtig gemacht hatte. Die Rechtsmedizin war heute einfach zu weit. Den Wunsch die grausame Tat komplett vertuschen zu können, naja... es würde bei dem Wunsch bleiben. Eigentlich interessierte sie es auch nicht sonderlich. Sollte die Welt doch wissen was Katharina alles anstellen würde, um ihre Aufgabe oder Mission zu erfüllen. Konnte das falsch sein? Sie musste Lachen... *„Ja, es werden sowieso bald alle Menschen davon Erfahren, früher oder später...."*.

Ein paar Spuren waren dennoch zu verwischen. Wie dem auch sei, so einfach sollte es ein Kommissar-XY dann doch nicht haben. Kalt lächelnd ging sie noch einmal alles durch.

Die Watte, dass kleine leere Chloroformfläschchen, die Kordel, Staub gesaugt, den Beutel eingepackt. Sein Rechner? Nein, nichts wichtiges, irgendwelche Daten über sich konnte sie vernachlässigen. Außerdem kam sie auch nicht mehr heran, sicherlich hatte er sie verschlüsselt. Den leblosen Körper gewaschen mit einer antibakteriellen Waschlotion, dass ging schnell. Ein paar Frauenhaare verteilt, Ablenkung mit einem DNA-Cocktail. Haare von fremden Frauen waren leicht zu bekommen. Bei ihrem letzten Friseurbesuch sammelte sie einige Exemplare ihrer Mitstreiterinnen ein. Natürlich durften es keine abgeschnittenen Haare sein, Bürsten lagen genug herum. Ihr Handy war aus, nichts durfte sie verraten oder zurückverfolgt werden. Viel Aufwand, aber notwendig oder unsinnig? Egal...

>Ja, ich gebe zu, wir kannten uns, haben uns auch schon getroffen. Im Internet lernten wir uns kennen. Ja, natürlich müssen zwangsläufig Spuren von mir zu finden sein. Nein, keine Liebes, nur eine Sexbeziehung Herr Kommissar. Wirklich, eine reine Sexbeziehung, sie können mir glauben. Vielleicht wäre ja später etwas daraus geworden.

Wer weiß das schon... es ist wirklich traurig und bedauerlich das Er tot ist...< Ging Katharina schmollmündig ihren Text durch. Noch einmal vergewisserte sie sich das alles perfekt war. Das große Zimmer drehte sich im Kreis. Die rote Couch, der Marmortisch, der große Kerzenständer, die bunten Werke mehr oder weniger bekannter Künstler. Der LED- Würfel, der immer noch seine bunten Farben präsentierte. Küche und Wohnzimmer waren eins. Alles in allem recht gemütlich, nur der tote Kerl im Schlafzimmer störte. Immer noch lag er nackt auf dem Bett, die Augen geöffnet, leicht bläulich angelaufen und mit einem nicht zu übersehenden dunkelroten Streifen um seinen Hals. Kathi war zufrieden zog den Schal enger, griff zur Plastiktüte und ging zur Tür. Sie blinzelte durch den Spion und lauschte in den Flur hinein. Keine Geräusche waren zu hören. Die schwere Wohnungstür drückte sie sehr leise ins Schloss, so sollten die Nachbarn nicht alles mitbekommen. Ihre schwarzen Pumps steckten in der Tüte. Die Stiefel besaßen rutschfeste Kreppsohlen und verursachten kaum ein Laut, als sie die Marmortreppe fast fluchtartig hinunterlief. Ihr hellblauer, übergeister New-Beetle stand einige Blocks entfernt in einer ruhigen Seitenstraße. Der furchtbar kalte Wind und so manche abschätzende, abtastende Blicke einiger ihr entgegen kommender Männer, trafen ihr Gesicht. Aus der schmalen Seitenstraße blies der Wind noch stärker und zorniger, als wüsste er was Kathi letzte Nacht verbrochen hatte. Fröstelnd fingerte sie hastig den Schlüssel aus ihrer Handtasche und mit einem kurzen Piep-Piep entriegelten sich die Türen. Ein paar Kilometer hatte Katharina schon noch vor sich, Aachen war doch ein Stückchen von Köln entfernt.

XXX

Kapitel 8 Verschwörungstheorien II
Im ICE kurz vor Berlin Mittwoch 9. Dezember 14:30Uhr

*D*ie sanfte Stimme der Zugschaffnerin riss ihn aus seinem erholsamen Dämmerschlaf.
Der Intercity Express würde in wenigen Augenblicken Berlin Hauptbahnhof erreichen, sie wünschte allen Fahrgästen einen angenehmen Aufenthalt in der Bundeshauptstadt und hoffte, dass man sich bald wiedersehen werde. Dann noch einmal auf Englisch.

Alexander hatte an nichts gedacht, an gar nichts. Sein Kopf war leer, nur der Dämon in seinem Hirn summte leise vor sich hin. Er fing langsam an sich zu freuen, pfiff seine schaurige Todesmelodie. Ja, Vorfreude auf das, was da kommen mochte, mit Namen... Evelyn.

>Lass mich in Ruhe... dieses Mal nicht... keine Chance...< flüsterte Alex nicht leise genug. Sein Gegenüber blickte ihn für einen Moment verwirrt an, vertiefte sich danach wieder in seiner Zeitung. Eve wartete am Bahnsteig auf ihn, einen sandfarbenen Mantel wollte sie tragen, wie ihm die letzte SMS zu verstehen gab. Langweilig war die Fahrt. Ausgiebig gähnend zog Alex sich seine warme Lederjacke an, sah zum Fenster hinaus. Kalt war es im Großraumwagen. Im Sommer zu heiß, im Winter zu kalt.

Eigentlich sehr verwunderlich. So fuhren doch hochrangige Damen und Herren der Chefetage und manch Mitarbeiter aus der ledergepolsterten Bürostuhlfraktion selber mit der Bahn. Als Chefnörgler vom Dienst hatte Alex an dieser Vorgehensweise auch etwas auszusetzen. Natürlich musste überall gespart werden, keine Frage.

Die Bahn mit gemeinen Steuergeldern frisch machen für den Börsengang... ja natürlich...

Personal wurde entlassen, der Service würde dadurch bedingt auch nicht besser werden. Teilstrecken wurden verkauft und privatisiert, Fahrkartenpreise stiegen stetig, bei wie schon erwähnter gleichzeitiger Abnahme des Services. Natürlich gab es Vorzeigebahnhöfe, wie eben den Berliner Hauptbahnhof, Stuttgart einundzwanzig, oder den zukünftigen Hauptstadtflughafen BER, ja wenn er denn mal fertig werden würde. Sogenannte Prestigeobjekte um Investoren zu beeindrucken, Politiker bekannter zu machen und sich in Stein und Marmor zu verewigen. Dem Einzigen dem diese sogenannten Restruktuierungsmaßnahmen, oftmals als Wundertüte verkauft, zugute kamen, war der gemeine Shareholder und selbstverständlich auch der Manager aus der Vorstandsetage. Entlassenes Personal kam, mittlerweile in Zeitarbeitsfirmen gesteckt, zu Billiglöhnen wieder zurück.

Es funktionierte ja, wer muckt, flog raus. Nur so war das Ansehen der Politik zu retten und die Damen und Herren Politiker verloren ihr Gesicht nicht. Wer Arbeit besaß verhielt sich lieber still, nur wer also Angst um seinen Arbeitsplatz hatte, war ein guter Mitarbeiter und schwärzte auch mal seinen Kollegen an, weil der schon wieder qualmend auf dem Klo hockte. Eigentlich herrschte überall Personalmangel. Vielen Bediensteten wurde auferlegt die fast doppelte Menge Arbeit in der halben Zeit zu schaffen. Wer es nicht schaffte oder komplett entnervt und ausgelutscht das Handtuch warf, naja, das übliche Spiel eben. Entlassung. Die nächste Zeitarbeitsfirma schickte sofort einen neuen Mitarbeiter, der hielt den Takt drei Monate durch und raus war der nächste.

Das Lächerliche daran war, die Politik verkaufte das Ganze noch als volkswirtschaftlichen Gewinn.

Alex musterte noch einmal sein Gegenüber. Ein Anzugträger mit Bildzeitung und in der zweiten Klasse?

Wie passte das zusammen?

Von der Dame des Hauses auferlegter Sparzwang? Das Grinsen verging ihm sofort wieder als er die Schlagzeilen las:

"Saisonbedingte Arbeitslosigkeit nicht nennenswert gestiegen. Ein Gewinn für die Bundesregierung... Hartz-IV Sanktionen auf dem höchsten Stand seit Einführung..."

„Ja, natürlich..." dachte er. Jetzt war Alexander aber so richtig in Fahrt.

Flexibel sollten die Menschen sein, mit der Zeit mitgehen, Globalisierung. Außerdem, so gab es immer wieder das unglaubliche Argument, man müsse dem Arbeitslosen Menschen mit gewissem Druck aus seiner Lethargie reißen... Es wäre doch keine Schande zwei oder sogar drei dieser sogenannten Niedriglohn-Jobs zu haben... was für eine bodenlose Heuchelei. Gebt diesen Menschen einen vernünftig bezahlten Job und der Rest kommt ganz von allein. Nur noch dem Geld zeitlos atemlos hinterher hecheln, um seinen Lebensunterhalt gerade so zu bestreiten. Keine Zeit mehr für die Familie zu haben, mit den Kindern spielen oder Freunde? Was waren Freunde... Wer achtete denn noch auf den bunten Vogel am Fenster, der jeden warmen Sommermorgen sein Lied zum Besten gab. War es der gleiche gefiederte Freund wie gestern Morgen? Wie letzten Sommer? Oder sang hier bereits die fünfte Generation? Wer wusste das schon... keine Zeit um nachzusehen... Nein, da drehte sich die Spirale in eine verkehrte Richtung. Arbeitslosenzahlen und Statistiken wurden gekonnt herunter-gerechnet, so wie es der jeweiligen Regierung gerade in den Kram passte.

Arbeitslose verschwanden in Zwangsbildungsmaßnahmen. Niedrigst Lohnempfänger stockte man auf, fielen aus der Statistik heraus, und das wurde dann wunderbar als neuer Aufschwung verkauft.

Bundespolitiker, sie waren doch mittlerweile so meilenweit von der Realität entfernt das sie nicht mehr wahrnahmen was die Basis in den Parteien ihnen versuchte mitzuteilen oder haben einfach das Gefühl, ihr Gespür verloren, was in der wirklichen Welt vor sich ging.

Gab es denn nicht, in diesen sogenannten Arbeitsagenturen und Jobcentern, dass größte Einsparpotenzial der Geschichte? Es wurden doch Monat für Monat Millionen von Euro für Löhne, Erfassung, Verwaltung, Qualifizierung, Drangsalierung, Enteignung von Arbeitssuchenden aus dem Fenster geworfen. Keine Jobvermittlung, Jobrotation, darum ging es doch.

Dann diese zweifelhaften und höchstwahrscheinlich verfassungsfeindlichen Sanktionierungsmaßnahmen. Das unglaublichste nach dem zweiten Weltkrieg, jeden kann es treffen aber jedem ist es egal...
Und schon wieder befanden wir uns in der Zwangsarbeit, in der, zugegeben, etwas humaneren Zwangsarbeit. Das waren keine Berichte aus dem grauen Mittelalter, die wir kopfschüttelnd lasen und kommentierten... so war das früher? Ohje... dagegen wurde nichts unternommen? Wie menschenverachtend. Das war heutige Echtzeitpolitik und leider grausame Realität.

Eine Grundunterstützung ohne Zwänge musste einfach her. Da wäre der Arbeitnehmer wieder gefragt und der Arbeitgeber musste sich bewegen.

Zerstörerische Panzer, alles vernichtende Raketen leisteten wir uns, der arbeitslos gewordene Mensch, weil eben nicht genug Arbeit vorhanden war, war uns zuwider.

Was passierte eigentlich, wenn die Globalisierung abgeschlossen, alle Löhne auf einem Niveau angepasst waren?

Oder, was machte denn das arbeitende Volk, wenn uns die „oberen Zehntausend" nicht mehr benötigten?

Wenn alles Geld abgeschöpft wurde, wenn diese Damen und Herren von Robotern im Minirock im hohen Alter gepflegt wurden. Blechköpfe das benötigte Gemüse anbauten, alle anfallenden Arbeiten verrichteten... sich eigenständig reparierten und reproduzierten? Wäre nicht spätestens dann, das gemeine Volk überflüssig?

"Aber sicher mach ich mir die falschen Gedanken und in Wirklichkeit ist alles in Ordnung. Ich wittere Verschwörungstheorien..." Alexander verzog bitter lächelnd die Mundwinkel und schüttelte genervt den Kopf.

"Vielleicht werde ich noch Politiker..." und verabschiedete sich von seinen wohlwollend ablenkenden Gedankenspielen.

XXX

Kapitel 9 Evelyn
Berlin 15:10 Uhr

$\mathcal{D}$er Berliner Hauptbahnhof war für gut achtzig Prozent der anwesenden Fahrgäste die Endstation. Mit gedrosseltem Tempo fuhr der weiße Bandwurm die wenigen restlichen Kilometer. Die Kuppel des Reichstags zog das Auge magisch an, war sehr gut zu erkennen. Die Spree, das Kanzleramt nicht zu vergessen, alles war romantisch tief verschneit, strahlend weiß und weihnachtlich geschmückt.

Die Silhouette des Bahnhofs wurde größer, die Unruhe und das Gemurmel im Zug nahmen zu. Alex stand auch auf, schulterte seinen Rucksack und gesellte sich zu den wartenden Menschen in der langen Kofferschlange. Lustig anzusehen, bei jedem Wackler des Zuges vollzogen, der Schwerkraft folgend, gut dreißig bis vierzig Personen in der Reihe die gleiche Bewegung.

Das nächste heftige „Zugbeben" verursachte bei ihm ebenfalls eine kurzzeitige Gleichgewichtsstörung. Eine etwa fünfunddreißig Jahre junge, sehr gut aussehend und vor allem gut gekleidete Frau vor ihm stieß er dadurch unbewusst an, stützte sich mit beiden Händen an ihrer Hüfte ab, sonst wäre er gefallen. Sofort entschuldigte er sich bei ihr. Sie schaute Alexander erst überrascht an, fing, seine Absicht wohl durchschauend, zu lächeln an, umfasste ihre große braune Designer Handtasche fester, um beim nächsten Wackler mit ihrem Po zurückzustoßen. Flirtete sie mit ihm? *„Hätte ich doch nur nichts vor..."* dachte Alex, lächelte ebenfalls und entließ einen Schnaufer durch die Nase.

Evelyn, groß war sie mit ihren Einmeter-fünfundsiebzig, dunkelbraunes, schulterlanges, stufig geschnittenes Haar.

Da stand sie nun, in unmittelbarer Nähe der Treppe zur Unterwelt des Berliner Hauptbahnhofes, nur ein kleines Stückchen von ihm entfernt. Eve hatte ihn noch nicht erblickt.

Die Designer-Handtasche ging an ihm vorbei, hinterließ eine wohlriechende Duftspur, ein Blick warf ihm die Dame zu der einiges zu sagen hatte und auch manches versprach. Zu spät um sie anzusprechen, die blonde Frau mit der Ledertasche verschwand im Gerangel der Reisenden und Evelyn hatte ihn erspäht.

>Hallo Frank...?< ihre Stimme war kaum zu hören und zitterte ein wenig unsicher.

>Evelyn, hallo... endlich geschafft.< Alexander nahm sie kurz in den Arm und gab ihr einen flüchtigen Kuss auf die eiskalte Wange, den sie mit ebenso kalten kirschroten Lippen erwiderte. Ein kurzer Blick in ihre Augen, sie funkelten und glänzten... vor Freude? Oder war es der Kälte zuzuschreiben? Eve hatte sich dezent geschminkt, die Wangenknochen ein wenig hervor gehoben, sie war süß, die achtundvierzig Jahre sah man ihr kaum an. Leichte Tränensäcke unter ihren Augen aber das machte sie nicht minder attraktiv.

>Komm, ab zur U-Bahn ich erfriere hier...< Evelyn hakte sich unter und lenkte ihn zur Treppe, danach geradewegs zu den U-Bahn-Gleisen, die in Richtung Reinickendorf führten.

>Nicht böse sein, ich kann nicht viel reden, bin total verfroren, furchtbar die Kälte...<

>Tut mir leid mit der Verspätung... du weißt ja, ist überall Chaos im Moment.< Alexander schmiegte sich enger an Eve, sie erwiderte den Druck.

>Nein, dafür kannst Du ja nichts... aba Ik bin nu ma sonne kleene Frostbeule...< Alex lachte auf.

>Das Liebe ich an dir...<

>Meine Frostbeulen oder mein Berlinerisch? Später krikste mehr davon kleener...< sie zwinkerte ihm zu, knuffte ihn in die Seite. Eve besorgte vorsorglich U- Bahnfahrkarten für zwei Personen.

Bis Reinickendorf waren es gut fünfzehn Minuten Fahrt.

Während der Fahrt standen sie sehr eng beieinander und kamen sich immer näher. Alexander nahm ihre Hand, sie ließ es geschehen... ein schönes Gefühl, er fühlte sich geborgen und auch wohl... endlich am Ziel?

Alexander wusste es nicht. Dem eigentlichen Fahrtziel waren sie schon noch etwas näher. Drei weitere Stationen und sie stiegen aus. Laut Eve war ihre Wohnung nicht weit von der U-Bahn-Station entfernt. Sie zog ihre braunen gefütterten Wildlederhandschuhe über ihre schlanken Finger und beide warteten das die Tube anhielt, gingen rasch den anderen Menschen folgend hinaus in die polar-gleiche weiße Schneehölle. Alexander stellte sich schon gedanklich auf einen kleinen Fußmarsch ein, doch Eve bemerkte zähneklappernd, sie wären schon fast da. Eine aufgeräumte und saubere Wohngegend, mit überzuckerten Büschen und kleinen Bäumen, keine Graffitis an den Wänden, hell beleuchtete Gehwege, was ihn ein wenig verwunderte. Der Schnee knirschte unter ihren Füßen bei jedem Schritt, der Atem dampfte, bei minus fünfzehn Grad konnte einem schon mal der Kiefer etwas "anfrieren".

>Jetzt brauch ich gleich etwas warmes... einen Glühwein mache ich uns, ja genau... und spät genug ist es ja auch...< zitterte Eve.

>Gern, da bin ich dabei.< zu Antworten fiel ihm langsam auch etwas schwerer. Seine Wangen und die Kinnpartie erinnerten sehr an eisgekühlte Fleischlappen.

Die Flurwände im Eingangsbereich zeigten sich in zarten, hellen Pastellfarben, Rosa... die Treppenstufen und Absätze besaßen einen Kunststoffbezug, ebenfalls in Pastellfarben. Das Geländer aus Edelstahl gefertigt. Hmm... Miami Vice ohne Glasbausteine?

Nein, eine gemütliche Atmosphäre wollte hier nicht aufkommen, er mochte diese Farbzusammenstellung nicht sonderlich.

Die Wohnung lag in der vierten Etage, leider ohne Fahrstuhl. Eve ging auf der Treppe voran, Alexander musterte sie. Evelyns geschmeidige Bewegungen besaßen etwas katzenhaftes, anmutig und weich ihr Gang, der schwere Mantel war nun offen und schwang wie eine überdimensionierte Kirchenglocke um ihre Beine herum, ihre Haare hüpften bei jedem Schritt, die flachen Schuhe schmatzten auf dem Kunststoffbelag der Stufen, sie drehte ihren Kopf zu ihm und lächelte. Zarte Fältchen gruben sich in ihre Mundwinkel und machten sie noch sympathischer.

>Hier ist mein bescheidenes Zuhause mitten in Berlin, naja... nich janz in der Mitte.< Etwas Stolz schwang in Eves Stimme mit.

>Bitte, komm rein, die Schuhe kannst du gleich hier drüben ausziehen. Rechts ist das Bad. Deine Jacke bitte an die Garderobe und achte bitte auf die Katze... OK?<

Ja, das waren mal klare Anweisungen. Alexander tat was ihm aufgetragen wurde, und entledigte sich zuerst seiner dicken Winterschuhe, Schal und zuletzt die Jacke. Die Wärme im Raum umschmeichelte ihn wohlig, ließ das Gesicht erröten, die Hände kribbelten, tauten langsam wieder auf.

Er betrat händereibend das große geschmackvoll eingerichtete, aber unglaublich steril wirkende Wohnzimmer.

Nichts lag herum... ein Raum, wie aus einem Prospekt eines Möbelkaufhauses entsprungen. Rechts davon und nur durch alte dunkelbraun gebeizte Balken als Raumteiler getrennt, fand sich die Küche wieder. Evelyn stand bereits lächelnd am Herd, platzierte einen silbernen Topf auf dem gläserne Ceranfeld, goss eine rote nach Zimt duftenden Flüssigkeit hinein und rührte mit einem Holzlöffel kräftig um.

>Du, sag mal... mir ist was aufgefallen, da an deinem Hinterkopf... was ist dir passiert? Sie stellte die Frage, ohne ihn dabei anzusehen.

>Ach, eine blöde Geschichte. Werkstatt. Autoreparatur... Endete damit, dass ich mir kräftig die Rübe verbeult hatte, musste sogar genäht werden...< log Alexander ohne das seine Gesichtshaut die Farbe wechselte und versuchte seine Gedanken an Susanne sofort wieder zu verbannen.

>Oh, meine Güte... dann hast du bestimmt Schmerzmittel bekommen? Darfst du darauf Alkohol trinken?

>Mach dir keine Sorgen, das geht schon... und Glühwein ist doch auch so was wie Medizin oder?<

>Na klar... dann setz dich doch schon mal, nimm aber bitte die Kissen vom Sessel und schaltest du vorher die Anlage an? Ein bisschen Musik? Lockert sicher die Stimmung auf...<

>Selbstverständlich hübsche Frau, mach ich sofort, ihr Wunsch ist mir Befehl...< *„Sie gibt wohl gern Kommandos..."* dachte Alex und grinste breit. Er brauchte nicht lang suchen schon stand er vor der Tonfabrik, drückte zwei schwarze mit blauem LED-Licht hinterleuchtete Knöpfe und Katy Perry sprang aus den schwarzen Lautsprechern.

>Ja das ist gut, mach etwas lauter... und Achtung... es kommen jetzt gleich die ersten Tassen.< Evelyn goss das heiß dampfende Getränk in zwei silbrig glänzende Metallbecher, stellte sie auf dem Couchtisch ab, zog ihren Wollpullover aus zog ihn aus den Sessel und setzte sich mit Alexander auf die mit ebenfalls hellen Kissen bestückte Ledercouch. Unter dem Wollrolli trug Evelyn eine sehr, sehr figurbetonende weiße Bluse, was Alex mit einem wohlwollenden hochziehen seiner rechten Braue bedachte.

Die enge Jeans saß wie eine zweite Haut an ihren Beinen, auch das entging ihm nicht. Sie stießen an, sahen sich in die Augen und schlürften mit Vorsicht das heiße wohltuende Getränk.

Evelyn stand ruckartig auf. >Möchtest du einen Schuss?< Sie spreizte ihre langen Beine etwas, ging leicht in die Knie und formte mit beiden Händen eine Pistole, Alex lächelte sie an...

>Aber bitte nur aus der Flasche... Frau Bond, wenn es keine Umstände macht... und du ebenfalls deinen Heisswein hochprozentig verdünnst...< Alex zwinkerte ihr zu.

>Ok, kannste haben kleener...< sie lächelte süß, klimperte mit den Wimpern, ging geschwind auf Zehenspitzen und mit gekonntem Hinternwackler zum Kühlschrank um den Amaretto aus dem Flaschenfach zu ziehen. Nach dem dritten Glühwein mit Schuss und diverser Konversation über dem Sinn und Unsinn von Internet Single-Vermittlungsagenturen kam man sich ein wenig näher. Das war jetzt Evelyns siebtes Date in dreieinhalb Jahren und sie hoffte insgeheim, es würde so schnell keines mehr folgen.

>Vielleicht funkt es bei uns beiden ja... was meinst du? Lass uns unser erstes Treffen vergessen, oder unter der Kategorie „ab jetzt wird es besser" ablegen. Unsere Abschiedsszene am Bahnhof... da habe ich plötzlich etwas gespürt. Deine Augen, ich musste dich einfach wiedersehen.

Ich mag dich jedenfalls sehr sehr gern.< Eve nickte und hoffte Alex sah es genau so.

>Oder bist du sehr enttäuscht von mir... meinem Aussehen, meiner Stimme, meinem Haar?<

Alexander legte mutig den Arm um sein hübsches Date, zog sie behutsam zu sich heran und Evelyn drückte ihren Kopf an seine Schulter, strich sanft über ihr Haar. Beschwingt und verträumt wurde die Stimmung zwischen den beiden. Eine empfindsame sensible Gefühlsbrücke baute sich zwischen ihnen auf, die ständig an Intensität und Festigkeit zunahm.

>Oh, nein nein, enttäuscht bin ich nicht oder war ich nicht.< flüsterte er.

>Eher positiv überrascht. Ja, du hast recht... da war etwas, am Bahnhof... die Zeit vorher war verkrampft, gezwungen, scheu und schüchtern, zum Schluss am Bahnsteig fiel alles von mir ab, auch bei dir das habe ich gespürt, und warum auch nicht? Ich mag dich auch sehr... das was wir gerade machen, habe ich lang vermisst... ein schönes Gefühl der Geborgenheit...< süßholzte Alexander im Flüsterton in ihr nur Millimeter entferntes Ohr.

Evelyn spitzte ihre Lippen und gab Alex einen flüchtigen Kuss auf die Wange.

>Gut das wir es noch einmal versucht haben... und, sag mal... mir ist immer noch soooo kalt, möchtest du mit mir Baden?< säuselte Evelyn und hörte sich dabei recht angetrunken an, was Alexander mit einem Lächeln zur Kenntnis nahm.

>Oh ja, auch das möchte ich sehr gern mit dir...< Alexander schlürfte den letzten Schluck des lauwarmen Glühweins aus dem Metallbecher, der ihm ebenfalls langsam und stetig zu Kopf stieg. Eve stand auf ging zwei Schritte, drehte sich zu ihm um und streckte die Hände wortlos zu ihm aus.

Alex erhob sich ebenfalls wortlos, fasste den Gürtel ihrer Jeans, zog sie mit einem Ruck zu sich heran. Sie sahen sich an, ihre Finger streichelten sanft über seine Wange, berührten die Lippen. So zart, so weiche Kuppen, wie warme, silbrige Wassertropfen eines erfrischenden Juniregens. Wie schön dieses Gefühl doch war, als umarmte sie seine Seele...

Ihre Münder trafen sich zu einem ersten scheuen Kuss, entfernten sich Millimeter von einander, wiederholten ihn sofort, hielten noch einmal inne, sahen sich noch tiefer in die Augen... schnell fanden sich ihre Lippen wieder und küssten sich nun sekundenlang sanft, dann gierig und leidenschaftlich. Evelyn löste sich geschmeidig von ihm und ging dabei ihre Bluse öffnend Richtung Bad.

Das temperierte Wasser ergoss sich dampfend in die große blütenweiße Eckbadewanne.

Der rosafarbene sehr wohlriechende Badezusatz hätte einer schäumenden immer wiederkehrenden Brandung aller Ehren gemacht. Langsam, mit Genuss streifte Alex den weißen Stoff ihrer Bluse über ihre nackten Schultern. Eve trug keinen BH, brauchte sie auch nicht. Zwei feste genau richtig proportionierte Brüste sahen ihn an. Die Jeans hakte Alexander behutsam auf und schob die Levis samt Höschen genüsslich über ihre schlanke Hüfte, ging dabei in die Knie, küsste ihre straffen Schenkel... Evelyn erschauderte... zog ihn hoch und entkleidete nun behutsam und langsam ihren Liebhaber. Bei dem letzten sehr schmal geschnittenem Kleidungsstück ging sie noch vorsichtiger zu Werke. Seine schwellende Männlichkeit besaß mittlerweile eine gewisse Größe die Evelyn bei dem Anblick ein leises Raunen entlockte.

Ausgiebig wuschen, planschten und küssten sie sich, bis es beide nicht mehr aushielten. In aller Eile rubbelten sie sich gegenseitig halbherzig das feuchte Nass von der Haut und fanden sich rasch im angrenzenden Schlafzimmer wieder.

Während Alexander versuchte ein hauchzartes seidiges Silikonkostüm seinem besten Stück anzupassen, Eve verlangte es so, spielten ihre Zungen ein wildes Spiel der feurigen Leidenschaften. Alex lag nun auf ihr, blickte in Evelyns traumhaft wunderschönen Augen und drang vorsichtig in ihr liebstes ein.

Evelyns Schoß schien aus purem rosa Zuckerstaub zu bestehen. Alex hatte das Gefühl ihre Gedanken schmecken zu können, verschwand vollständig in einer Nebelwolke aus zartem, warmem, feuchtem Fleisch.

>Kuckuck... hast Du mich etwa vergessen? Was fällt dir ein??? Wo bleibe ich bei deinem Genuss? Du kannst mich nicht ignorieren...<

Sein Hirn schien sich wie auf Kommando zu vernebeln. Blitze zuckten auf, sein Mund verzog sich als kaue er auf Aluminiumpapier. Die dämonische Lust über sein Handeln und die wachsende Vorfreude, versetzte ihn in süße, verzückende Ekstase.

Die Liebe, oh ja die Liebe... Jahrelang hatte man sich geliebt, bis letztendlich alles Liebe in blankem entsetzlichen Hass umschlug. Die Liebe, die Liebe... warum hatte sie ihn nur verlassen?

Vor kalter Wut wollte sein Hirn zerbersten, der Zorn über das längst Vergangene aber nie Vergessene ließ ihn nun wie ein wildes zügelloses Tier in Eve toben, ihre Waden verweilten auf seinen Schultern, die Zuckerwatte schuf Platz für ein donnergrollendes Stahlgewitter.

Evelyn hingegen drückte sich nach mehr verlangend, von seinem aufgewühltem Inneren nichts ahnend, schwindelig vor Erregung fest an seinen Unterleib.

Umklammerte ihn, bis er beinahe gänzlich in ihr verschwunden war.

"Warum hat mich die Liebe nur verlassen?? Warum... Warum??" hallte es in seinem Kopf.

Sie hatte ihn so furchtbar verletzt, seine Seele zerschunden, zerschmettert, zerstört, allein gelassen!!!???

Liebloses grausames Leben... Höllenliebe...

Alexander arbeitete weiter wütend über Eve, vom Zorn getrieben, Stoß um Stoß, immer wieder...

Seine Hände rutschten schließlich langsam von ihrem Hals, und als er sich in Evelyns Schoß ergoss, blickte Alexander in zwei kalte gebrochene Augen. Entsetzten zeichneten ihre gefrorenen Züge, der Mund zu einer letzten Frage geöffnet... Warum?

Längst wehte kein Atemzug mehr über ihre süßen Lippen. Den letzten Hauch nahm er ihr, gierig wie ein trockener Schwamm saugte der Dämon ihn in sich auf. Salzige Wasserströme liefen über Alexanders Gesicht, er schluchzte bitterlich, was hatte er seiner liebsten Eve angetan...

Nur das schwarze Ungeheuer in seinem Kopf war befriedigt, suhlte sich in seinem Leid, teilte sein Gesicht in zwei gespenstisch anmutende Hälften. Seine müden, traurigen Augen entließen bittere dicke Tränen.

Sein Mund zu einem widerlichen Grinsen verzerrt.

Etwas fremdes, unheimliches, ließ Alex wie eine hölzerne Marionette an dünnen Fäden hängend aufstehen, und gegen seinem Willen entspannt lachend, weinend tanzen...

XXX

Kapitel 10 Verlockung
Köln Mittwoch 9. Dezember Eschweiler Straße 16 gegen 13:00 Uhr

*I*hren New-Beetle parkte Katharina in dem viel zu teuer angemieteten engen feuchten Stellplatz der Tiefgarage. Jedes Mal vergaß sie es. Wenn im Winter die Temperatur unter null Grad Celsius fiel, sie die breite graue Betonrampe hinunter fuhr, beschlugen alle Scheiben schlagartig und gleichzeitig in der feuchtwarmen stickigen Luft. Blindflug in der Tiefgarage, na wunderbar...

Der klapprige alte Aufzug beförderte sie schnell in die dritte Etage und hoffte dabei sehnlichst niemanden zu begegnen, um „Nachbarschaftsgetratsche" aus dem Weg zu gehen. Das stellte sich als Irrtum heraus. Ihre liebe neugierige aber wie Kathi fand, auch nicht unattraktive Nachbarin und „Neufreundin" Sandy hockte auf allen Vieren am Boden und wischte den hell gefliesten Flurboden per Hand. Ja, aufreizend... so wie Sandra da am Boden kauerte und der enorme Ausschnitt freien Blick auf ihre dabei hin und her schaukelnden Brüste freigab. Irgendwie sehr sehr sehr aufreizend, dass gab Katharina gern zu, auch ihr Po sah in der hautengen Jeggins sehr lecker aus.

>Hey Kathi... wie geht es dir? Machst du einen auf Schwarze Witwe? Oder warst du zur Beerdigung? < witzelte Sandra und schaute Kathi von unten her an.

Katharina drehte sich langsam um und musterte ihre Nachbarin nochmals ausgiebig, ihr Blick klebte förmlich für einen vielleicht viel zu langen Moment an Sandys gewaltiger Oberweite. Der auch viel zu weit geschnittene hellblaue V-Pullover... sie sah mehr als nur den Brustansatz, viel mehr. Was Kathi nicht sah, war ein BH... und "der" Umstand machte sie richtig an.

Klick... und ein warmer, wohliger Impuls traf ihren Körper, ihre Nackenhärchen begannen sich aufzurichten. *„Geht das jetzt schon wieder los"* dachte Katharina erschreckt... **„Wirst du das wohl lassen... hör auf damit..."**

Die vergangenen Taten spielten keine Rolle mehr, daran verschwendete die Postbotin keinen Gedanken. Viel zu weit entfernt, zu anstrengend, zu nebelig die Erinnerung daran.

>Nein, nein... hab mich nur nach meinem momentanen Gemütszustand passend farblich angezogen... eigentlich hatte ich vor gehabt stressfrei einzukaufen, Brummeln... Quatsch, bummeln gehen, Frustshoppen, du weißt was ich meine, ist ja auch bald Weihnachten, die Tage vergehen... hast du schon deine Geschenkliste abgearbeitet?< Sie ging ein Stück auf Sandra zu, erschnupperte eine Mischung aus süßlichem Parfum und angenehm, leicht erotisierenden Schweißgeruch, spürte plötzlich Kurts Ding wieder zwischen ihren Beinen... **„*Sein* totes Stummelchen... ha ha... Sandras Duft...** *hmmm, fantastisch... aber bitte, gebt mir doch eine kleine Pause..."* Katharina verdrehte die Augen...

>Nein Kathi, alles habe ich noch nicht. Ich werde mich auch noch einmal ins Getümmel stürzen müssen, ein dringendes Geschenk für meinen Neffen. Irgendwas für seine Spielkonsole muss her, vielleicht können wir ja mal zusammen Abzischen... Aber sag mal, deine Augen glänzen, deine Haut ist rosig, die Haare wuschelig.... hat dich gestern jemand durchgeknattert oder bist du läufig?< Sandy stand auf und grinste, zeigte ihre schneeweißen Zähne.

>Ja danke auch... sehr direkt von dir und Sandra bitte.... nicht so laut, ja und nein... ich... ja - also - das erzähle ich dir ein anderes Mal... vielleicht heute Abend? Wenn du Zeit hast... Flasche Wein bringe ich mit.

Welchen haben wir heute eigentlich?<
Katharina musste sich beherrschen, um nicht dauernd auf Sandys unglaublich prallen Busen zu starren.

Es war kühl auf dem Flur, die Brustwarzen herrlich steif, dass konnte Frau gut sehen und sie lockten Kathi außergewöhnlich unverschämt.

>Es ist Mittwoch der Neunte und ich habe tatsächlich nichts vor heute Abend. Bin mal gespannt auf deine Story... sagen wir um einundzwanzig Uhr? Wenn etwas dazwischen kommen sollte, sag mir bitte kurz Bescheid.<

>Ja Sandy...ist OK, und Dito. Bis später...< Katharinas Stimme wurde kratzig rau und fast wäre ihr noch ein zart gehauchtes >*mein Schätzchen*...< herausgerutscht, sie konnte sich gerade noch so zurück nehmen. Der Haustürschlüssel fiel ihr vor zittriger Nervosität aus den Händen. Bei dem zweiten Versuch, glitt das silberfarbene Stück Metall endlich ins Schloss. Die Wohnung war leer, kein Laut, nur Stille. Jenny verbrachte den Tag wohl wieder bei Oma . *„Anrufen, ja ich muss sie anrufen."*

Während das Handy verzweifelt versuchte eine Verbindung aufzubauen schlenderte Kathi in ihr Schlafzimmer. Den Mantel warf sie achtlos aufs Bett, die Stiefel fanden schon vorher ihren Platz an der Garderobe. Jenny ging nicht ans Telefon. Eine SMS tippte sie schnell ins Handy bevor es daran ging Beweise zu vernichten. Sandy ging ihr nicht aus dem Kopf, ihre Brüste waren gigantisch. So reine, helle Haut... noch nie hatte sie darauf geachtet. Warum jetzt? Was war nur los mit ihr? *„Bin ich liebeskrank? Sexkrank?"* der Busen ihrer Nachbarin machte sie wuschig und ihr Schoß brannte immer noch lichterloh, spürte und fühlte und schmeckte ihn immer noch. *„Oh Hilfe... wann hört das auf?"*.

Ein Treffen, etwas Ablenkung und ein Gespräch unter Frauen, das konnte bestimmt nicht schaden.
Oder?

XXX

Kapitel 11 Im Piazza Rossa
Berlin Alexanderplatz im Restaurante Piazza Rossa Mittwoch 9. Dezember 23:15 Uhr

Am Ende, gebrochen… sein Innerstes aufgewühlt, seine Seele zerstört, so saß Alexander mit gesenktem Kopf, am blank polierten Mahagonitresen der edlen Kafka Bar des Restaurante Piazza Rossa, direkt am wunderbar nächtlich beleuchteten Berliner Alexanderplatz. Eine Hand stützte seinen schmerzenden Kopf und lauschte dem Klavierspiel der ganz in Weiß gekleideten Frau. Wie zum Kontrast strahlten ihre langen schwarzen Haare mit bläulichem Schimmer im gleißendem Scheinwerferlicht. Ihre bleichen feingliedrigen, schlanken Finger schwebten sanft über die glänzenden Ebenholztasten, berührten sie kaum, doch entlockten sie ihnen eine wundervolle, traurige Melodie, die perfekt zu den bewegenden Momenten und seiner Stimmung passte. Jeder im Raum hielt den Atem an, starren Blickes diese Frau fixiert, und tauchten ein in die Melodie und dem Augenblick. Wie Alexander dem älteren, neben ihm sitzenden, scheinbar frisch verliebt tuschelnden Pärchen entnehmen konnte, handelte es sich bei dem Klavierstück um George Winstons Version von Pachelbels Canon in C… einfach traumhaft melancholisch… kaum zu glauben das dieses Werk bereits vor mehr als dreihundert Jahren geschrieben wurde.

Seine klammen zittrigen Finger versuchten das Whiskyglas ohne etwas zu verschütten an den Mund zu führen. Auch der sechste Drink mit der goldgelben Flüssigkeit vermochte ihn kaum beruhigen.

Evelyn…

Wie, wann hatte er ihre Wohnung verlassen?

Irgendwann stand Alex auf der Straße, kam zur Besinnung oder wie man es nennen mochte, und wurde beinahe noch von einem Auto angefahren.

Seine Hände wischten über seine geröteten tränennassen Augen, konnten gegen den lästigen Schleier nichts ausrichten. Sah wieder auf die hinreißend aussehende Frau am Klavier, und meinte für den Hauch einer Sekunde, durch seinen verschwommenen Nebelblick, Konturen ausgebreiteter Engelsflügel auf ihrem Rücken entdeckt zu haben...
"Blödsinn..." dachte er.
Sie drehte ihren Kopf in seine Richtung, eigentlich völlig unmöglich... er saß fast genau hinter ihr... das leere Whiskyglas krachte klirrend zu Boden.
Evelyns Gesicht war zu einer widerlichen Fratze entstellt, ihre gebrochenen, toten Augen schrien ihn klagend an...
Ohne sich noch einmal umzudrehen, nach Atem ringend, verließ Alexander in furchtbarer Panik, fluchtartig das Lokal.

XXX

Kapitel 12 *Ermittlungen*
Aachen Polizeikommissariat Mittwoch 9. Dezember 14:30 Uhr

*H*auptkommissar Walter Kortemaier saß an seinem Schreibtisch und hustete wie ein Tuberkulose-Kranker im Endstadium. Normalerweise sollte er zu Hause im Bett liegen und sich ausschlafen, so die Weisung des Hausarztes. Sein Fieber war immer noch verdammt hoch, doch eine Leiche wurde gefunden und forderte seine Anwesenheit im Präsidium. Mit diversen handelsüblichen Präparaten und rezeptfreien Schmerztabletten vollgestopft überstand er die Fahrt bis zu seinem Arbeitsplatz, an der Hubert- Wienenstraße gelegen schon irgendwie. Christian Albrecht, sein eifriger Kollege besichtigte in diesem Moment den Tatort und würde ihm hoffentlich ausführlich Bericht erstatten, wofür quälte Walter sich schließlich bis hier her. Sicher kotzte Chris Albrecht wieder einmal den kompletten Tatort voll. Wäre nicht das erste Mal.

In vielen sehr guten wie schlechten Kriminalfilmen wurde dieses Klischee von dem sich übergebenden Kriminalbeamten bedient, in diesem Fall entsprach es der rauen Wirklichkeit. Eigentlich wollte Walter grinsen, doch ein weiterer starker Hustenanfall hinderte ihn daran.

Das Kriminalkommissariat.

Der Betrieb hier glich dem eines Bienenstocks. Ständig klingelte irgendwo das Telefon. An etwas Ruhe war nicht zu denken und Walter hoffte, dass Christian bald erschien.
Die Neonröhren an der Decke tauchten den Büroraum in unwirkliches Licht.

>Schlachthausatmosphäre, wie schön... das die Biester auch am Tag brennen müssen, schon unglaublich.< brummelte er und starrte, die Augen eng zusammengekniffen, auf den viel zu hellen Bildschirm seines Computers.

E-Mails und Nachrichten checken war angesagt. Irgendwie musste er ja die Zeit totschlagen bis Chris die Güte besaß ihm vom Tatort zu berichten.

Die Tür zu dem schmucklosen Büro wurde nach einer Weile mit Vehemenz aufgerissen, dass bei Walter der nächste Hustenanfall ausgelöst wurde.

>Hallo Walter, guuut das ich dich "mal" antreffe. Wie geht es dir, du siehst nicht allzu gesund aus?< Schleudernd, seine Schuhe waren vom getauten Schnee noch feucht und recht glitschig, betrat Chris Albrecht den Raum, rieb sich die Hände.

>Was heißt hier Mal... verarschen kann ich mich alleine. Was gibt es Neues und ja, mir geht es Scheiße... außerdem war deine Gesichtsfarbe auch schon mal rosiger.< Walter's Lust auf Späßchen hielt sich momentan in Grenzen.

Wie du weißt, sind Leichen meinem rosigen Teint eher abgänglich.< sagte Christian, setzte sich auf den freien Schreibtischstuhl und ließ sich Richtung Heizung rollen. Nachdem seine Hände einigermaßen wiederbelebt waren, fingerte er nach seinem schwarzen Notizbuch, schlug es auf und blätterte zur richtigen Stelle.

>Wo ist eigentlich unsere Betty?< murmelte Walter ohne aufzusehen.

>Oh, sie ist immer noch an der Mordsache von van Gerthen dran. Äh... hast Du sie nicht selbst dort hin beordert?<

>Hmmm, ja mag sein. Mein Kopf brummt, die Stirnhöhlen sitzen zu, es kneift, zwickt und meine Knochen... es geht einfach drunter und drüber.< Walter verschränkte die Arme vor der Brust und lehnte sich bequem im Schreibtischstuhl zurück.

>Und? Was gab es denn nun.... wo bleibt dein Bericht?< krächzte der Hauptkommissar..

>Also, zunächst einmal, ich verstehe sowieso nicht was Du hier machst. Quälst dich hier her nur um die halbe Belegschaft anzustecken. Ich hätte Dich auch anrufen können, wäre doch kein Problem gewesen.< Christian schüttelte den Kopf, registrierte Walters säuerlichen Blick und fing hastig an aus seinem Notizbuch vorzulesen.

>Wie dem auch sei... mein Bericht also. Kurt Hallbacher vierundvierzig, Unternehmer, An- und Verkauf von Insolvenzwaren, unverheiratet, keine Kinder. Lebt, sorry "lebte" in einer zwei Zimmerwohnung in der Moltkestraßesechzehn.< Christian stieß sich am Boden ab, rollte sich mit seinem Bürostuhl zum großen Stadtplan, der hinter ihm an der Wand hing, markierte mit dem Finger die Stelle wo sich der Tatort befand und sprach weiter.

>Ein wohl guter Freund von Hallbacher, Harald Spengler, rief heute gegen Mittag im Revier an und bat um Hilfe. Es möchte doch dort in der Wohnung jemand nachsehen, sagte er den hiesigen Kollegen. Es ging bei dem Meeting gestern Morgen wohl um irgendetwas absolut unaufschiebbar Geschäftliches, wohl ne überaus dringende Sache. Mehrere Anrufe, keine Reaktion. Das er das Treffen platzen ließ war schon merkwürdig genug, Spenglers Aussage nach.

Noch stutziger machte es ihn dann, als Kurt Hallbacher auch heute Morgen nicht zu erreichen war. Wie schon erwähnt, benachrichtigte er daraufhin die Kollegen. Kurt Hallbacher wurde in seiner Wohnung gefunden. Er lag Rücklinks, nackt und tot auf seinem Bett, erdrosselt. Deutliche Würgemale am Hals. Vermutlich ein Seil oder so. Anscheinend wurde nichts gestohlen, können wir aber nicht genau sagen. Einbruchspuren gab es auch keine. Er muss seinen Mörder also selbst in Haus gelassen haben. Auch Drogen wurden nicht gefunden, der Spürhund schlug nicht an.<

>Ein Sexspielchen, Mord aus Eifersucht?< unterbrach ihn Walter.
>Hmmm ja, kann durchaus sein. Der Gedanke kam mir auch schon. Doch wir haben etwas bei ihm gefunden. Tja, und das ist schon sehr merkwürdig.< Chris Albrecht kramte in der Innentasche seiner Lederjacke herum und versuchte mit spitzen Fingern, umständlich sein Smartphone herauszuziehen.

>Was ist denn nun, machst du jetzt ne Quizshow mit nem alten Mann?<
>Ja doch "alter Mann", hab Geduld, ich muss doch das Ding erst mal einschalten. Sooo... bitte sehr. Das Bild was du siehst lag oberhalb seiner Brust, auf einem simplen A4 Papierblatt ausgedruckt.< Christian reichte Walter das Handy.
>Ein Foto, aha. Was ist das, ein Engel oder so?< Walter zog die Stirn in Falten, zeigte sich ein wenig verwirrt.
>Hmmm... ja, ein Engel könnte passen. Dennoch, eigentlich mehr "oder so". Ich habe mir die Zeit genommen um ein wenig im Internet zu forschen, mit meinem neuen Touchdingens hier, kein Problem.

Außerdem hatte ich auch noch ein recht informatives Gespräch, mit Doktor Carvallo aus dem anwesenden Spurensicherungsteam. Die Zeit um sechshundert vor Christus interessiert ihn wohl besonders, ein Hobby denke ich mal... Darum wurde es etwas später.< Christian setzte sich.

>Bitte... komm auf den Punkt, mein Schädel steht kurz vor dem Supergau...< bettelte Walter. Sein Gegenüber verzog die Mundwinkel zu einem Lächeln und dozierte weiter.

>Es handelt sich hierbei um die etruskische Dämonin oder auch Todesgöttin Vanth, die angeblich jugendliche Begleiterin des Totengottes Charun.<

Chris wurde das Gefühl nicht los, Walters Gesicht hätte nach seinen Worten weiter an Farbe verloren, obwohl das eigentlich unmöglich war.

>Sag mir jetzt nicht, dass wir es mit einem dem religiösen Wahn verfallenem Serienmörder oder Mörderin zu tun haben. Das darf doch wohl nicht war sein...< Der alte Hauptkommissar schüttelte den Kopf und schloss für einen Moment die brennenden Augen.

>Tja, esoterisch, mystisch oder übersinnlich?? Hoffentlich nicht. Genaueres zur Todesursache wird uns der Rechtsmediziner nach der Obduktion verraten. Die Leiche wurde nach Köln zur Uniklinik überführt. „unser" Dr. Raphael Carvallo ist schon vor Ort, ich werde mich mit ihm treffen.< Christian kaute nervös und ungeduldig auf einem Kugelschreiber herum.

>Ok, dann fahr mich wieder nach Hause, ich muss ins Bett. Morgen sieht es sicher schon wieder anders aus. Sag Bettina bitte, sie soll alles stehen und liegen lassen. Schnapp sie dir und geht den Fall an. Das ganze Programm, Zeugenbefragung und so weiter und seht nach, ob es in den letzten vierzehn Tagen etwas Ähnliches gegeben hat.

Die Schlagwörter... Sex, nackt, erdrosselt, Engel, Etruska und so weiter... du weißt was ich will... ich will Ergebnisse.< Sein Redeschwall wurde von einem erneuten Hustenanfall unterbrochen.

>Ok mein Chef, dann los.<

xxx

Kapitel 13 Verführung
Köln Sandras Wohnung   am Mittwoch 9. Dezember 21 Uhr

>Bitte setz dich, die Pasta wird kalt, und übrigens, du siehst hübsch aus... haut mich ja richtig um, könnt mich glatt in dich verlieben...< schwärmte Sandy Wimpern klimpernd, während sie reichlich Knoblauch in die Pasta Soße rührte.

>Dank dir meine Liebe, das Kompliment gebe ich gern zurück...< Kathi setze sich auf einen der vier dick gepolsterten Holzstühle. Sie trug immer noch ihr enges Wollkleid, die Stiefel ersetzte Katharina durch dicke warme Wollsocken. Auch Sandra trug noch ihren hellblauen V-Pulli, der büßte seine „gewisse Wirkung" auf Katharina um Nichts ein. Ein atemberaubender Ausschnitt, auch **das** war atemberaubend, **was** er eigentlich verdecken sollte. Dazu trug ihre Nachbarin eine enge schneeweiße Leggins und ebenfalls warme Wollsocken mit rutschfesten Gumminoppen, es schmatzte laut bei jedem ihrer Schritte.

Sandras Wohnung war nicht sehr groß. Eineinhalb Zimmer Küche Bad, doch Wohnzimmer und Küche waren ausreichend groß dimensioniert. Nett eingerichtet, viel Grünzeug, wenig Nippes. Die dunkelroten Wände passten gut zu den alt-weiß gestrichenen Küchenmöbeln. Vier klobige Stumpenkerzen standen auf dem weißen Holztisch. Vier große lange Kerzen steckten in einem messingfarbenen Metallständer, der direkt am Herd abgestellt war. Mehr Beleuchtung gab es nicht und doch, acht große Flammen reichten um eine gewisse Gemütlichkeit zu schaffen.

Kathi löffelte sich gedankenverloren heiße Farfalle auf ihren weißen viereckigen Teller.

Den Soßentopf stellte Sandy auf eine hitzebeständige Unterlage ab, beugte sich zu Kathi herüber und goss plätschernd den schweren Rotwein in ihr Glas. Der Baumwollstoff fiel, der Schwerkraft folgend, herab, der Ausschnitt gab die unmittelbare Sicht frei... Kathi sah erneut hin und hätte sich fast verschluckt, tatsächlich, kein Büstenhalter. Zwei im Kerzenlicht schimmernde sehr üppige Brüste die im nächsten Moment aus der Bluse zu hüpfen bereit waren, offenbarten sich ihr. Der Fleischtsunami nur gezähmt von einem Spitzenhemdchen, einem Hauch von nichts, der auch nicht sehr eng saß. Wenn jetzt schon alles in ihr kochte, wie sollte es erst werden wenn der Rotwein hinzukam und zu wirken begann????

>Du bist so still, was ist los mit dir, Ärger mit deine Tochter? Wieder ausgeflogen? Hat sie einen Freund, gibt es Probleme?< wollte Sandra wissen.

>Langsam... lass uns erst einmal anstoßen, zum Wohl und vielen Dank für deine Einladung...< Katharina atmete tief durch und straffte ihre Schultern, hob ihr Glas an.

Die Weinkelche klirrten aneinander und erzeugten dabei einen hohen wohlklingenden Ton der lange nachhallte. Beide Frauen tranken einen großen Schluck, es trafen sich ihre Blicke. Sandra's Augen waren unglaublich schön. Lange Wimpern an ihren Lidern, geschwungene, kunstvoll gezupfte Brauen, hochstehende Wangenknochen, eine kleine zierliche Nase. Das Licht der Kerzen zauberte Schatten auf ihrem Gesicht, feenhafte wunderschöne Schatten...

>Kathi, was ist mit dir, du bist wie in Trance...< Sandra wedelte vor Katharinas Augen herum, fasste nach ihrer Hand.

>Hmmm, nein ist schon gut... entschuldige bitte.

Das war eben ein langer Tag, nicht mein Tag... nicht meine Woche, eine verdammt harte Woche. Die Kälte... bei dir ist es dagegen warm und gemütlich. Ich fühle mich wohl, so frei und so entspannt bei dir.< prasselte es aus Kathi heraus, sie seufzte.

>Das finde ich schön, das du das sagst, und nach dem Essen schnappen wir unsere Gläser, machen es uns auf der Couch gemütlich, Kuscheln und Quasseln ein wenig, wie zwei Freundinnen die sich schon hunderte Jahre kennen...<

„Ups, hatte Sandra etwas gemerkt? Sende ich geheime Signale aus? Ist die rossige Stute wieder in mir erwacht? Was ist nur los... sabber ich schon?? Aber es ist doch so ein wunderschönes Gefühl... ich komme nicht dagegen an..."

>Genau. Wir ziehen über die Männerwelt her... da bleibt kein Auge trocken.< Kathi stimmte in Sandras Lacher mit ein.
>Und Jenny wird wohl noch bei der Oma sein, ich kann sie nicht erreichen. Oma auch nicht. Sind wohl was Essen oder so. Von einem Freund hat sie mir noch nichts erzählt. Da war wohl mal etwas... hatte sich aber schnell wieder erledigt, kennst ja die Teens. Ich denke, ich muss mich wieder mehr um mein kleines großes Töchterchen kümmern.< Kathi schob sich einen großen Haufen Pasta in den Mund, stopfte mit dem Zeigefinger nach und deutete gleichzeitig auf ihr leeres Glas.
>Hascht du noch etwasch?<
>Ja klar meine Süße... scheinst ja richtig ausgehungert zu sein...< Sandra stand sofort auf schank nach. Der Rotwein gluggerte hingebungsvoll in das Glas und verströmte seinen traubigen Duft.
>Du wolltest mir erzählen was letzte Nacht passiert ist... kannst dich erinnern? Heut' Nachmittag... weißt' noch?<

Kathi überlegte kurz, was sie Sandra erzählen sollte.

>Also... Naja, ich hatte doch mal angedeutet...< Sie machte eine Kunstpause, nahm einen gewaltigen Schluck Chianti, wischte sich danach mit dem Handrücken über die Lippen und sprach weiter...

>Das ich mich bei so einer Internet Partnervermittlung anmelden wollte.< Ein weiterer Happen verschwand in Kathis Mund.

>Ja, stimmt daran kann ich mich erinnern, sag bloß du hast da jemanden an der Angel...< Sandy hatte zu Ende gegessen, lehnte sich entspannt zurück, verschränkte ihre Arme vor der Brust, schob sie dabei so weit in die Höhe das sie wirklich beinahe aus dem Ausschnitt fielen.

>Nun... ja, da ist tatsächlich jemand... wir haben öfter miteinander geschrieben...<

>Ihr habt es öfter miteinander getrieben?< Sandra lachte glucksend, ihr Busen bebte.

>Geschrieben haben wir... geschrieben... na warte...< Katharina griff zum Flaschenkorken, holte kurz aus und bewarf ihre Nachbarin damit.

>Aua... au...< Ihre neue Freundin tat so, als hätte es sie furchtbar am Auge erwischt.

>Oh, das tut mir leid meine Liebste...< Kathi stand hastig auf und spielte die Untröstliche... sie ging auf Sandra zu und ließ sich vor ihr auf die Knie fallen, nahm ihren Kopf in beide Hände, pustete und gab ihr einen zärtlichen Kuss auf die angeblich lädierte Augenbraue.

>Ist es wieder besser mein Schatz? Und... du siehst auch wundervoll aus...< Kathis Worte waren nur ein Hauch.

Ihr Herzschlag verdreifachte sich im Bruchteil einer Sekunde, ließ das Blut in den Ohren rauschen.

Die beiden sahen sich an, Sandy sagte nichts, wagte nicht einmal zu atmen, der gefühlte Zeitverlauf änderte sich, verlangsamte sich. Katharina berauschte sich an Sandras Duft, so fraulich... so sexy... ihre Brüste unter sich, die warmen feucht glänzenden Lippen vor sich.

Katharina umfasste immer noch Sandras Kopf, sie hielt es nicht mehr aus.

Ihre Lippen pressten sich aufeinander.

Erschrocken fuhr Katharinas Nachbarin ein Stückchen zurück.

>Kathi... bitte... ich, ich...< stammelte Sandy jetzt völlig überrascht.

>Oh, das wollte ich nicht, entschuldige, der Wein, ich bin durcheinander. Wenn du willst dann gehe ich. Sag es mir... ich geh sofort...<

Kathi war jetzt heiß, die Flamme der Leidenschaft brannte lichterloh, sie wollte diese Frau berühren, *"Sie soll mich berühren"* dachte sie unendlich erregt...

Der Rotwein zeigte auch bei Sandra eine gewisse Wirkung. Das kitzelnde Flattern tausender Schmetterlinge in ihrem Bauch, ihr Schoß sandte süße Schockwellen durch ihren Körper, lähmten ihre Beine, ihren letzten Widerstand. Hemmungen waren bei ihr kaum noch vorhanden. Warum auch? Katharina war eine unglaubliche Frau und so etwas fehlte noch in Sandys Erfahrungsschatz.

>Kathi, nein bleib bei mir, geh nicht weg... so war es doch nicht gemeint... aber das ist so neu... so verdammt aufregend...< säuselte Sandy leise.

Jetzt mit vorsichtig gesteigerter Zärtlichkeit trafen sich ihre Lippen und Zungen erneut zum Liebesspiel. Sandys Lippen waren so weich.

Kathis verlangen steigerte sich dabei ins Unermessliche.

Ihre Hände streichelten umschmeichelten liebevoll fordernd Sandras Brüste, die dabei wohlig aufstöhnte, verharrte in ihrer passiven Haltung und sie genoss es verführt zu werden. Magische hauchzarte Küsse und sich überall streichelnd erreichten sie die ebenfalls weiße mit dunkelbraunen Decken belegte Ledercouch. Kathi ließ sich auf den Rücken fallen und zog Sandra mit.

>Bitte berühr mich... bitte... bitte...< Katharina bettelte, während sie sich weiter küssten und liebkosten.

Hilflos wie ein Lämmchen, wie eine Puppe aus heißem geschmolzenem Glas lag Katharina auf dem Rücken und erschauderte, als Sandra mit ihren weichen kirschroten Lippen und harten Zähnen an ihrer Wange, der Kehle zu den Brüsten hin abfuhr, nässte ihre lüstern aufragenden Brustspitzen, ging auf die Knie, schob das schwarze Wollkleid hinauf zur kurvigen Hüfte und öffnete den Verschluss des Bodys. Die drei Druckknöpfe lagen direkt am Zentrum ihrer Lust und Kathi schnurrte, wand sich vor Verlangen, als sie spürte, wie sie nacheinander geöffnet wurden.

So etwas hatte Sandra noch nie erlebt. Mit ihrer superhübschen Nachbarin, dass hätte sie sich in ihren kühnsten Träumen nicht vorstellen können. Doch nun passierte es, fühlt sich an wie ein Rausch und Frau mochte immer mehr. Nicht nur der Body lag nun offen vor ihr. Sandra schaute sich Katharinas nasse, im Kerzenlicht glänzende Weiblichkeit an. Blass rosa schimmernd, kein Haar bedeckte ihre Scham. Kein begnadeter Künstler würde in der Lage sein so etwas wundervolles zu Malen, kein Philosoph wäre fähig, diese unglaublichen Gefühle auch nur im Ansatz zu beschreiben...

Höchste Glücksmomente der Liebenden, gelöst, befreit von allem Irdischen...

Nicht nur sehen, sondern auch schmecken. Längst hingen Slip und Stretchjeans ihr in den Knien, um sich selber sanft berühren zu können. Sandys Zunge stach tief in ihre neue Freundin hinein. Ein kurzer Schrei entglitt Kathi und ihr Körper spannte sich wie ein Bogen. Ein entferntes immer lauter werdendes Wispern in ihrem Hirn, stetig nahm das Zischeln, Säuseln und Raunen zu, Katharinas Hände legten sich um Sandras Hals und drückte ihren Kopf tief und fest in ihren Schoß. Die Zunge, flink wie ein Wiesel, erforschte jede Stelle an und in ihr.

Quälend lang blieb sie züngelnd auf dem Punkt der absoluten Lust, stimulierte und katapultierte sie in schwindelerregende Höhen...

>*Was machst Du nur mit mir...*< schrie Kathi, bevor ihre Lust explodierte. Wie ein Fausthieb traf sie der Höhepunkt, bekam keine Luft, ihre Beine bebten, ihre Hände verkrampften sich zu Stahlklammern, die immer noch um Sandys Hals lagen, nur noch ein Bündel zuckender Nerven. Etwas heißes, flüssiges entlud sich in Sandras Gesicht, die erst völlig perplex dann von einer unbändigen Lust angestachelt ebenfalls wild zuckend und erstickt jammernd nach Sauerstoff bettelnd wohl zum Höhepunkt kam, Kathi empfand es so...

Völlig erschöpft, abgekämpft und ermattet zog Kathi ihre wie leblos daliegende Nachbarin zu sich heran, nahm sie zärtlich in den Arm.

Eine gute halbe Stunde lagen die Zwei eng umschlungen auf der Couch.

Katharina erwachte als Erste aus der Trance, spürte Sandy vor sich und sah sie an. Sie lag auf der Seite, mit dem Gesicht in dem Kissen vergraben, Kathi direkt dahinter, spürte ihre kalte Haut... schlief Sandra?

>Sandy, ich gehe jetzt, lass uns morgen reden... über alles... OK? Sandy?< flüsterte sie, wollte ihre Nachbarin nicht wecken, einfach niedlich, so wie sie da lag. Mit weit geöffneten Augen und völlig entspannt träumte sie sicher einen wundervollen Traum...
>Wie lieb du doch bist...<
Kathi lächelte, ihre Hände zitterten... gab Sandra einen Kuss auf das rotblonde Stoppelhaar, es roch nach süßem Erdbeer-Shampoo, deckte sie liebevoll zu, raffte rasch ihr Wollkleid zurecht, löschte vorsichtig die immer noch brennenden Kerzen und huschte ohne ein Geräusch zu verursachen aus der Wohnung.

Im Hausflur war niemand zu sehen. Jenny musste eigentlich schon zu Hause sein. Behutsam öffnete Katharina, leise klopfend, Jennys Zimmertür. Ihr Töchterchen lag auf ihrem Bett, schaute mit Kopfhörer Fern.
>Hey Jennylein...< keine Antwort- >Jenny!!!< ihre Tochter fuhr herum.

>Maam, erschreck mich doch nicht so... wo warst Du?<

>Oh, kurz bei Sandra, wir haben etwas gegessen und getrunken, gab viel zu erzählen. Und du?< Kathi nestelte nervös an ihrem Kleid herum.

>Na, bei Oma. Morgen bin ich auch da. Direkt nach dem Unterricht. Du sollst dich übrigens mal melden, sie möchte irgendwas mit dir besprechen.

Und Mama, wisch den Lippenstift ab... da, an der linken Wange. Was habt ihr beiden gemacht? Hää? Lippenstifte auf kussecht ausprobiert?< Jenny lachte kurz auf.
>Nein mein vorlautes Töchterchen, haben wir nicht. Und jetzt mach bitte die Kiste aus, es ist nach dreiundzwanzig Uhr.
Schlaf jetzt. Gute Nacht mein Sternchen.<
>Ja, ja, mach ich, gute Nacht liebe Maam...< den Kopfhörer aufsetzten drehte Jenny sich wieder um und ließ ihren Kopf auf das Kissen fallen. Kathi schüttelte mit dem Kopf, schloss die Tür und ging ins Bad, eine schnelle Dusche konnte nicht schaden. Der rote verschmierte Kussmund machte sich wirklich gut auf ihrer bleichen Wange, Jenny hatte eine sehr gute Beobachtungsgabe bei den herrschenden Lichtverhältnissen im Zimmer. Nachdem die Zähne geputzt, die Lotion eingezogen, die Haut sich dadurch zart gepflegt anfühlte, schlüpfte Kahti in den dunkelroten flauschig-weichen Frottee Schlafanzug, der sich wie eine zweite Haut an ihren Körper schmiegte. Sie löschte das Licht in der Wohnung bis auf die Nachttischlampe im Schlafzimmer.

Der Laptop stand auf ihren Knien, schnell noch E-Mails ansehen.

Der Lüfter summte gequält vor sich hin bei dem Versuch das Gehirn des Rechners von überschüssiger Hitze zu befreien. Nach dem zweiten Anlauf war sie online. Tatsächlich, Frank hatte geschrieben. Ein netter Mann, er hätte einen Orden für Ausdauer und Beharrlichkeit verdient gehabt. Sah eigentlich ganz gut aus. Einmeter-dreiundachtzig groß, ebenfalls dunkelbraunes Haar genau wie sie selbst, siebenundsiebzig Kilo, Jeanstyp, das versprach jedenfalls sein Profil. Die Fotos konnten sich sehen lassen. Ein schmales Gesicht, leicht eingefallene Wangen, die Haare hinten und an den Seiten etwas länger.

Eine sehr sehr weit entfernte Ähnlichkeit mit Tom Kruse aus Mission Impossible zwei, ihrem Lieblingsfilm... naja, wirklich... mit sehr sehr viel Fantasie...
>Warte mein Lieber, bald werden wir uns sehen.<
Sie schrieb:
Hallo Lieber Frank, ich möchte dich nun gern kennenlernen und kann es kaum noch abwarten, nichts kann mich mehr von Dir fernhalten. Würde es dir am Freitag den 11.12 gegen 16:00 passen. Sag bitte ob du mit dem Zug oder Auto zu mir kommst. Wenn du mit dem Zug kommst, hole ich dich sehr gern vom Bahnhof ab. Kommst Du mit dem Auto, verrate ich Dir meine genaue Anschrift per SMS. Bis bald, schöne Träume... gute Nacht... Deine Katharina...
"Wunderbar... Donnerstag Gerhard und am Freitag Frank, das wird sicher sehr spaßig werden" dachte sie, eine heiße Woge durchströmte abermals ihren Körper, spürte Sandys Lippen überall, erschauderte wieder und wieder... Kathi klappte das Laptop zu, stellte ihn zur Seite, knipste das Licht aus, legte sich auf den Rücken und erwartete mit geöffneten Augen und starrem Blick, den nächsten Albtraum.

XXX

Aachen Moltkestraße 16 Mittwoch 9 Dezember 15:45 Uhr

𝒟ie weiße Pracht wirbelte und prasselte unablässig auf die Frontscheibe seines silberfarbenen Dienstwagens. Die Scheibenwischer gaben ihr bestes und schafften trotzdem nicht alles, auch die Klimaanlage der bayrischen Kunst des Automobilbaus arbeitete auf Hochtouren. Nur langsam und im Schritttempo ging es voran. Am Straßenrand abgestellte Fahrzeuge mit eingeschalteter Warnblinkanlage sah man zu dieser eisigen Jahreszeit relativ oft. Für den ADAC, die berühmten gelben Engel und für diverse anderweitiger Abschleppunternehmen war nun Hochkonjunktur. Die vielen Mitarbeiter und natürlich Mitarbeiterinnen im Außendienst waren sicher nicht unbedingt zu beneiden. Bettina steckte auch irgendwo im Verkehr fest. Grinsend hoffte Christian das es nur der Straßenverkehr... ha ha... naja, ein Witz unter Kollegen.

Die Moltkestraße sechzehn war nicht mehr weit entfernt, sah noch einmal auf das Navi.

Zeugenbefragungen... eigentlich nicht seine Spezialität, aber dieser Fall schien recht merkwürdig zu sein, dass stachelte Christian Albrecht an. Das Bild was die Brust des Toten makaber verzierte ging ihm nicht mehr aus dem Kopf. Vanth, die Begleiterin ins Reich der Toten. Unglaublich was sich Menschen so alles ausdachten. Wieder ein irrer Mörder im Namen irgend einer Religion? Hoffentlich bekam Walter unrecht mit den Annahmen das es sich hierbei um eine oder einen Serienmörder handelte.

Vor dem Haus gab es mehrere freie Parkplätze, in Ruhe suchte Christian sich den besten Standplatz aus und parkte ein.

Den Kragen seines Mantels hochgestellt, so verließ der Kriminaloberkommissar das angenehm sommerlich klimatisierte Wageninnere seines Kombis, trat hinaus und tauschte die wohlige Wärme mit der trockenen Kälte des Winters. Sofort zog sich alles zusammen... wirklich alles...

Das richtige Schuhwerk trug er auch nicht. Beinahe ein Top Threesixty mit fantastischer Haltungsnote und im Abgang eine zehn Komma null auf dem rutschigen Bürgersteig hingelegt, dass hätte ihm gerade noch gefehlt. Zur Freude seines Hinterkopfs fing Chris sich irgendwie und war erleichtert das es keine Beobachter seines Ausrutschers gab. So war er froh endlich im etwas wärmeren Hausflur zu stehen und mit den Interviews zu beginnen. Gut, einen direkten Augenzeugen des Mordfalls wird es voraussichtlich natürlich nicht geben. Doch jeder noch so kleine Hinweis könnte die Ermittlungen letztendlich einen Schritt voranbringen. Auch nach dem dritten Klingeln wurde die Tür nicht geöffnet, ungeduldig drückte Chris ein viertes Mal auf den Klingelknopf. Der direkte Nachbar schien nicht da zu sein. Insgesamt wohnten pro Etage drei Parteien im Haus, vier Etagen gab es. Alle sollten oder mussten befragt werden. Beim nächsten hatte Christian mehr Glück. Die Tür wurde geöffnet. Ein Mann mit Halbglatze und dunkelbraunen Cord Pantoletten bewaffnet erschien im Türrahmen, Chris schätzte ihn so um die fünfundsechzig, eingehüllt in einer Wolke aus Lavendel und Zimtduft. Räucherstäbchen?

>Ja bitte?<

>Kripo Aachen, guten Abend Herr Bloch. Ich müsste ihnen ein zwei Fragen bezüglich ihres Nachbarn stellen, sie haben sicher gehört was hier passiert ist. Kannten sie Herrn Hallbacher gut? Ist ihnen in letzter Zeit etwas Ungewöhnliches aufgefallen?

Oder hatte er des Öfteren Damenbesuch oder Freunde zu besuch?< Der Oberkommissar hielt ihm seinen Ausweis vor das Gesicht.

>Guten Abend, hmm... Aha, ja herr Oberkommissar Albrecht, da muss ich mal nachdenken. Aber ja... Damenbesuch. Das hatte er tatsächlich des Öfteren. Meine Frau kennt sich da etwas besser aus, ja also, was Nachbarschaftsgerüchte im Haus angeht, sie ist aber im Moment nicht da. Es wird ein wenig hinter vorgehaltener Hand geredet und gemunkelt. Nun ja, soweit ich weiß war er alleinstehend, da ist es ja nicht ungewöhnlich wenn Herr Hallbacher sich mit mehr als nur einer Frau trifft, da habe ich schon Verständnis dafür. Bei ihm schien es mir ein wenig häufig vorzukommen, darum das Gerede. Sagen sie, er ist doch tot oder? Ermordet? Äh... wie denn?< mit neugierig gehobenen Brauen wartete Bloch auf eine Antwort.

>Oh, wie gern ich auch würde, doch darüber darf ich ihnen leider keine Auskunft geben. Ist ihnen die Dame des letzten Besuchs noch in Erinnerung geblieben?< Christian schrieb eifrig einige Stichwörter in sein Notizbuch.

>Wie gesagt, meine Frau wüsste sicher mehr. Aber warten sie, die letzte Dame, schwarz, ja sie war komplett schwarz gekleidet. So einen Mantel, Wildledermantel wissen sie? Stiefel usw. Alles Schwarz. Meine Frau hat sie gesehen, ist sicher ne teure Hure, der Klamotten nach, hat sie gesagt. Außerdem hatte die Dame es sehr eilig aus dem Haus zu kommen. Aber wie erwähnt, sie müssten da noch einmal wieder kommen, meine Frau hört hier das Gras wachsen.< Christian konnte sich bei der letzten Bemerkung ein Grinsen nicht verkneifen.

>Vielen Dank Herr Bloch, ich möchte mich für ihre Kooperation bedanken. Wenn ihnen oder ihrer Frau noch etwas einfällt, hier ist meine Karte.

Sie können mich unter dieser Nummer direkt erreichen.< Sie verabschiedeten sich, Bloch schloss die Tür.

Eine weitere Befragung brachte nichts mehr, es gab nur noch *"nein ich weiß nichts"* oder *"keine Ahnung, hat mich nicht interessiert"*. Und der größte Teil der Türen blieb ihm, genau wie zu Beginn verschlossen, da war einfach nichts zu machen.
Da musste Chris noch einmal wieder kommen.
Sein Handy meldete sich quengelnd zu Wort.
>Ja, was gibts?<
>Christian ich bin's, totales Chaos hier. Ein Unfall mit mehreren Verletzten, kannst du alleine weiter machen?<
Chris verdrehte die Augen als er antwortete.
>Natürlich, kein Problem, mit den Befragungen bin ich beinahe durch. Ich fahre jetzt nach Köln mit dem Rechtsmediziner sprechen, ach ja... dein Carvallo ist auch da... Wir treffen uns später im Präsidium, OK? Betty... und fahr bitte vorsichtig.<
>Der Krankenwagen sollte jeden Moment kommen, du weißt doch, ich bin **DIE** geborene Rennfahrerin, keine Angst und unterlasse bitte die blöden Witze mit Raphael Carvallo... bis später...< Bettina legte auf. Drei Stunden war er sicher unterwegs. Aachen-Köln, Köln-Aachen, plus einer ausgiebigen Besprechung.
Und das bei den Witterungsverhältnissen. Eine Frau mittleren Alters, schwarz gekleidet. Das war nicht sehr viel. Mal sehen was der Leichenöffner in der Uniklinik zu berichten hatte. Walter wollte er später anrufen, sollte der sich noch ausruhen.

XXX

Kapitel 14 Püppchen
Köln   Katharinas Wohnung   Donnerstag 9 Dezember   23:59 Uhr

*E*ine Weile dauerte es bis sie endlich einschlief.

Ein neuer quälender Albtraum kam zu ihr, wie in jeder verdammten Nacht.

Es wurde kalt, als würde ihr Bett draußen auf der vereisten Straße stehen. Das Zimmer schien zu erstarren, der Atem zu erfrieren. Bewegungslos lag Kathi da, die Glieder wie gelähmt, eine Panikattacke hielt sie gefangen, den Blick ängstlich zur Tür gerichtet.

Die Klinke bewegte sich, wurde wie von Geisterhand, leise, ohne Geräusche und vorsichtig niedergedrückt. Langsam, erst einen Spaltbreit dann immer weiter schwang die Tür auf. Das grelle Flurlicht hatte nun freie Bahn und ergoss sich in ihr Zimmer. Stimmen in ihrem Kopf, Geflüster, Lachen, Echos... das Herz schlug immer lauter. Dieser Traum war neu für sie. So sehr sie sich auch anstrengte, nichts konnte Kathi tun. Gelähmte Resignation erfasste sie, zur Zuschauerin verdammt ließ sie den Dingen ihren Lauf... wer wollte da zu ihr?

Ein kleines Mädchen betrat den Raum, ja... ein kleines Mädchen... mit einer Puppe in der Hand. Sie sah das bleiche Mädchengesicht, erkannte es. Tränen schossen aus Katharinas Augen, wollte die Lider bewegen... keine Chance, die Bilder verschwammen für Sekunden.

>Das bin ich, oh mein Gott, das bin ja ich...< dachte sie entsetzt. Das zierliche Mädchen warf wütend die Puppe zu Boden, hob ihren Fuß an und trampelte darauf herum, solange bis sie zerbrach. Der Kopf trennte sich vom Rumpf und rollte dicht an Kathis Bett heran, blieb so liegen dass sie direkt in das kleine Puppengesicht sehen konnte.

>Sandy... verdammt, es war Sandys Kopf...<

Das kleine Mädchen sah Katharina sekundenlang direkt in die Augen und fing lautlos zu weinen an. Kalte Tränen der Hilflosigkeit, der Verzweiflung perlten aus ihren großen Augen und tropften von ihrer Kinnspitze herab... drehte sich um und rannte in Zeitlupe zur Tür hinaus. Der kleine Puppenkopf öffnete die Augen, sie fingen an zu leuchten, immer heller bis blaue Flammen sie verzehrten. Katharina wollte schreien, den Mund aufreißen ihre Angst, entsetzen heraus Brüllen, doch kein Ton kam über ihre Lippen, nichts. *„Es musste etwas furchtbares geschehen sein, ist etwas mit Sandy? Oh mein Gott... was habe ich getan??"*
Ihre Gedanken überschlugen sich und vermischten sich mit dem irren Kichern und wildem Gelächter tausender Stimmen in ihrem Hirn, wurden lauter und lauter... dann schaltete es gnädig ab und riss sie hinein, in einen langen todesähnlichen Schlaf...

XXX

Kapitel 15 Kalte Fakten
Köln Uniklinik   Mittwoch 9 Dezember   17:30 Uhr

𝒟ie Räumlichkeiten der Gerichtsmedizin der großen Universitätsklinik zu Köln befanden sich wie sehr viele anderer auch im kalten Kellergeschoss des Instituts. Christian besuchte die Räume für seinen Geschmack bereits viel zu oft. Mit den Jahren verzichtete er auf das zählen der Leichen die für ihn zum Begutachten aufgebahrt wurden. Über den Tod wurde schon viel philosophiert. Doch hier unten war er greifbarer als sonst wo und bekam auch seine persönliche Duftnote. Die trostlos dunkelgrün gekachelten Wände, (wer kam auf so eine Idee?)... passten zu dem fahl gelben Schein der spärlichen Neonbeleuchtung des Flurs den er abschritt. Kalt war es und musste es auch sein, um totes Fleisch zu konservieren, damit es seine letzten verborgenen Geheimnisse preis gab.

Raphael Carvallo seines Zeichens Gerichtsmediziner, ein Spezialist auf seinem makaberen Gebiet, obendrein ein nebenher erfolgreich praktizierender Arzt und Hypnosetherapeut. Jedenfalls erzählte er es jedem der es gern hören mochte. Überwiegend arbeitete er jedoch in Aachen, im Ermittlerteam der Spurensicherung.
So schnell wie nur irgend möglich wollte Christian diese ungastlichen Räume wieder verlassen.
>Dotore Carvallo, hallo wie geht es ihnen?<

>Ahh, Commissario Albrecht, bon giorno, hmm, no lamentarsi, keine Klagen meinerseits, mir geht es noch genau so gut wie heute Morgen... jedoch anderen Herrschaften hier geht es weitaus schlechter, wie sie sehen können.

Und willkommen in meinem Reich...< Raphael drehte sich Finger zeigend einmal um sich selbst.

Eine Frau und zwei Männer lagen auf den blankgeputzten, aus Edelstahl gefertigten Seziertischen, die Gesichter mit Tüchern verdeckt. Eine der männlichen Leichen war zweifelsohne Kurt Hallbacher. Zwei uniformierte Kollegen standen in unmittelbarer Nähe der hell erleuchteten Tische und beobachteten die Prozeduren. Vorschrift eben. Carvallos Assistent unterhielt sich mit ihnen. Ohne Umschweife und überflüssiges Drumherum kam Dr. Carvallo auf den Punkt und führte Christian an den, von der Eingangstür aus gesehen, letzten Tisch in der Reihe. Chris`s Magen rebellierte, alles Blut in seiner Gesichtshaut trat den geordneten Rückzug an. Mag Hallbacher der Grund dafür sein oder das helle Kreischen eines ganz bestimmten Werkzeugs. Die sich im Einsatz befindliche Knochensäge einen Tisch neben ihm, mit diesem feinen, singenden Geräusch, ließ das Mark in seinen Knochen gefrieren. Hallbachers Körper umspannte bis zum Genitalbereich ein schneeweißes Leinentuch, was an einigen wenigen Stellen Flecken zeigte und das grelle Halogenlicht zurückwarf. Der Kommissar verengte die Augenlider ein wenig und lauschte dem Kommentar Carvallos, mit dem fiesen Ton der Knochensäge als makabere und Nerven zerfetzende Hintergrund-Symphonie. Konnten die nicht innehalten solang er sie mit seiner Anwesenheit beglückte?
Raphael ratterte alle Daten routiniert mit sonorer Stimme herunter.
>Tja, eigentlich Commissario, war der Mann bei bester Salute, also Gesundheit.

Die Leber, ein wenig vergrößert, ansonsten keine Auffälligkeiten. Er ist eindeutig erdrosselt worden. Kreisförmiges Hämatom am Hals in Höhe des zweiten Halswirbels.

Keine auffallenden Kampfspuren oder Verletzungen. Alkohol spielte eine Rolle, zweieinhalb Promille haben sein Blut verdünnt. Außerdem und das hätte ich fast übersehen, vor der Erdrosselung wurde der Mann mit Trichlormethan oder im Allgemeinen besser bekannt als Chloroform ruhiggestellt, beziehungsweise narkotisiert. Eine sehr hohe Dosis, Verätzungsspuren fanden sich an der Luftröhre, an den Lippen und im Mundraum. Danach hat Mann oder Frau, ihn mit einer feinen Schnur oder Kordel erdrosselt.

Ich tippe dem Zopfmuster zur Folge eher auf eine dünne Kordel, wie man sie zum Zusammenbinden von Gardinen benutzt zum Beispiel. Wie gesagt, keine weiteren Verletzungen, auch nicht im Genitalbereich, was manches Mal durchaus üblich ist bei einem Sexualmord.<

Längeres Schweigen...

>Commissario? Ist alles in Ordnung?<

Christian erwachte aus seiner Starre. *"Wenn ich noch zwei Minuten bleibe, muss ich mich übergeben, nichts geht mehr..."* dachte Chris und öffnete wieder seine Augen.

>Oh ja, Entschuldigung, ääh... wann kann ich mit dem kompletten Abschlussbericht rechnen Dr. Carvallo?< er räusperte seine Stimmbänder frei.

>Nun, einige Gewebeproben sind noch im Labor, warten auf mich. Da es sich um einen Mord handelt, müssen wir etwas genauer hinsehen.

Daher denke ich, in etwa zwei Stunden haben sie ihn per Fax auf dem Schreibtisch Commissario... den Bericht meinte ich natürlich.<

Carvallo grinste fast von Ohr zu Ohr. *"Ist ja gut..."* dachte Chris, er hat mich durchschaut.

>Ach ja, noch einen schönen Gruß an Commissaria Betty, wenn sie sie sehen lieber Kommissar Albrecht und fragen si noch bitte, ja wasse iste nune mitte meine Einne-ladung. Ich danke ihnen schonne einmal...< Raphaels Akzent nahm wieder Fahrt auf.

>Ja, natürlich gern, werde ich ausrichten.< Chris dachte natürlich nicht im Traum daran, Bettina von dem Schleimbolzen zu grüßen. Sie verabschiedeten sich voneinander. Mit einem knappen Gruß an die Kollegen verließ er angeekelt die Räumlichkeiten und machte sich auf den Weg zurück zur Treppe, hinauf in die Oberwelt lief er beinahe.

Chris zuckte kurz zusammen, sein Handy machte sich lautlos bemerkbar, vibrierte in der Hosentasche, in der unmittelbaren Nähe einer sehr empfindlichen Stelle. Noch bevor er etwas sagen konnte ratterte Bettina auch schon los.

>Chris, bist du noch in der Patho? Ich stehe im Büro, drehe Däumchen, niemand weiß wo du steckst. Komm bitte, es gibt einiges Wichtiges zu besprechen...< Schwer erregt und vorwurfsvoll hörte sie sich an.

>Hatte eben keinen Empfang, keine Panik. Ja, und du musst es noch ein paar Stunden ohne den Superchris aushalten. Ich war eigentlich schon auf dem Weg zu dir, schon kommt was dazwischen. Heute wird das nichts mehr, ist schon viel zu spät. Ich muss mit dem Geschäftskollegen von Hallbacher, den Herrn Spengler noch mal sprechen.

Mit der Zeugenvernehmung im Haus mache ich morgen früh weiter, wir treffen uns dann morgen Nachmittag gegen zwei Uhr im Büro, ok?<

>Oh man... soll ich hier alles alleine machen? Danke Superchris...< Bettina legte einfach auf, ohne eine Antwort abzuwarten.
"Scheint wohl heute keinen Humor zu haben das Fräulein Kommissar." Christian grinste entspannt vor sich hin. Die Pathologie und seinen angeschlagenen Magen schien er vergessen zu haben. Das Gebäude verließ der Gesetzeshüter durch den Vordereingang und steuerte den tief verschneiten Parkplatz an.
Bei dem etwas zu rasanten Zurücksetzen aus der Parklücke geriet sein Wagen etwas ins Rutschen, so hatte er dabei Glück, dass in der Parkreihe hinter ihm niemand stand.

>Blöde Eisbahn... langsam reicht es mit der Kälte...<
Melatengürtel, Aachener Straße... an Müngersdorf vorbei, immer gerade aus führte ihn sein Weg, direkt bis Aachen.

XXX

Aachen Polizeipräsidium Donnerstag 10 Dezember 15:30 Uhr

𝒟as Büro befand sich in der zweiten Etage des Aachener Polizeipräsidiums. Die Treppe hatte Chris schnell hinter sich gebracht, wobei er die letzten drei Stufen eher erstolperte.
Ein heller breiter Flur, mit Frieden und Ruhe ausstrahlenden Landschaftsbildern an den schneeweiß gestrichenen Wänden, allesamt von einer bekannten Künstlerin der Region. Drei Beamte in Zivil rannten gruß- und wortlos an ihm vorbei und ihn dabei fast um, wohl ein dringender Einsatz.
>Kein Benimm die Kollegen.< Christian sah ihnen kurz kopfschüttelnd hinter her.
Die Unterhaltung mit Spengler und auch weitere Zeugenvernehmungen im Haus brachten keine neuen Erkenntnisse. Chris war gespannt, was seine Kollegin zu erzählen hatte.
Bettina saß am Schreibtisch und hypnotisierte angespannt den Bildschirm. Als sie Chris hereinpoltern hörte, denn nur er konnte so mit der halben Tür in der Hand ins Büro krachen, forderte sie ihn winkend auf zu ihr zu kommen und sich etwas am Monitor anzusehen.
>Halt-Stopp, erzähl mir erst was Dotore "Don" Carvallo gestern über unsere Leiche erzählt hat.< die Kommissarin spitzte die Lippen, zog die Augenbrauen hoch und schaute Chris gespannt an, was **er** denn nun zu berichten hatte.
>Ja, hallo... dir ebenfalls einen guten Tag, schön dich zu sehen und als Anmerkung nebenbei und bevor ich wieder einen mit der Keule bekomme... ja, mit dem Hundeschlitten wäre ich schneller gewesen...< er schob einige Papiere zur Seite und setzte sich grinsend auf die Schreibtischkante.

>Hallo Chris... komm erzähl jetzt, mach`s nicht so spannend mein Spaßvögelchen.<
>Ja doch... also "Dein" Dr. Carvallo... ich soll dich jedenfalls schön grüßen und ähäm... soll dir noch ausrichten, was denn nun aus der Einladung zum Essen wird?< Christian verdrehte die Augen.
>Du hast dich wirklich mit diesem ekelhaften Schleimer zum Essen verabredet?? Er scheint dich ja wirklich zu mögen und...< weiter kam er nicht, Betty fiel ihm ins Wort.
>Oh bitte... Männer. Hör mit dem Scheiß auf, wir müssen ein Mord aufklären, es gibt ne Menge Neuigkeiten, so ein blöder Kinderkram ständig... Schluss jetzt damit!<
Mit nicht nur gespieltem leicht beleidigtem Unterton gab Christian die Informationen aus der Pathologie an Bettina weiter.

>Der Abschlussbericht müsste eigentlich längs hier auf dem Schreibtisch liegen.. Du kannst ihn dir ja auch selber abholen...< Bettina atmete tief ein, wollte ausholen, winkte aber ab und verwies noch einmal auf den Bildschirm.
>Jetzt hab **ich** etwas zu berichten. Chris, hör bitte genau zu... Ist nur so eine Bauchsache, ich weiß nicht warum, aber es passt irgendwie zu unserem Mord. Also, in einem kleinen Nest, paar Kilometer vor Kassel... eine Frau wurde ermordet. So jedenfalls sahen es die Kollegen bis vor einer guten halben Stunde. Mit einem sehr ähnlichen Muster zu unserem Fall, wie ich meine. Sieh dir mal die Fotos an, scheint auch so eine Sex Sache zu sein. Wie Du siehst, die Frau auf allen Vieren auf einer Wohnzimmercouch kniend, die Rücklehne hält ihren Körper in dieser Position.

Bekleidet mit einem Nichts von schwarzem Etuikleid, weit über dem Allerwertesten geschoben, schwarze Reiterstiefel oder so etwas in der Art, ein Fetisch?.. ansonsten nackt. Was also vor dem Tod der Frau passierte, war schon mal klar. Es wurden reichlich Spuren gefunden, Haare, Blut, Samenflüssigkeit. Also sehr gut verwertbare DNA.< Die Kommissarin klopfte mit einem Kugelschreiber an den Monitor.

>Ist schon merkwürdig... gut, die Taten sind beinahe gleichzeitig geschehen. Es gibt eben keine Verbindung. Doch irgendwie sagt mir mein Bauchgefühl etwas Anderes.<

>Bauchsache... ok... ein Mord, Sexualmord oder vielleicht nicht? Eine Verbindung zu unsrer Sache oder nicht? Was denn nun...< Chris wurde ernst, ihn packte eine Mischung aus Neugier und Ungeduld.

>Mord. Ja, es sah alles danach aus. Nachdem ich Interesse für den Fall aus Kassel bekundete, bekam ich eine Nachricht aus der dortigen Patho. Es war eben kein Mord. Es finden sich zwar typische Würgemale, sagen wir mal eher starke Abdrücke am Hals, dass konnte aber nicht die Todesursache gewesen sein. Und nun die Auflösung... Susanne Wirthe ist ganz einfach bei einem vielleicht mehr oder weniger aufregenden Geschlechtsakt an Herzversagen gestorben. Plötzlicher Herztod. Das sogenannte SADS. Sudden Adult Death Syndrom. Wird oft verwechselt mit dem Brugada Syndrom. Bei dem Brugada, kann es immer wieder, in größeren oder kleineren zeitlichen Abständen, zu einem plötzlichem Herzstillstand kommen. Einem Patienten wird bei dieser Art von Krankheit oft ein Defibrillator eingepflanzt, der das Herz bei Kammerflimmern wieder stimuliert, eine Art Schrittmacher. Die verstorbene Susanne Wirthe war tatsächlich in dieser Hinsicht vorbelastet.

Litt sie doch seit ihrer Kindheit an einem Herzklappenfehler. Bei ihr kommt also eher das SADS infrage.< Betty machte eine Redepause und Chris stieß pfeifend die Luft aus.

>Das ist ja mal ein Ding. Noch einmal von vorn, die beiden haben Spaß miteinander, ein wilder Ritt... sie stirbt an Herzversagen, er kommt, merkt gegebenenfalls erst Minuten Später das sie nicht mehr lebt, gerät in Panik, denkt er ist Schuld und verschwindet spurlos vom Tatort? Oder hat der Liebhaber die Polizei informiert?< ein mittelgroßes Fragezeichen erschien auf seinem Gesicht.

>Nein nein, der Nachbar oder Vermieter, dennoch, so könnte es sich abgespielt haben... ja, da wäre noch das Blut im Bad zu klären. Ne Menge Blutspritzer an den Kacheln. Da stimmt was nicht. Außerdem lebte sie alleine. Die Kasseler Kollegen haben unter anderem den PC gecheckt und festgestellt, dass diese Susanne fleißig im Internet auf Single Homepages, nach diversen Lovern gesucht hat. Auf einer war sie besonders oft... Galaxie of Love...< Betty klickte die Seite schnell an.
>Kenn ich nicht. Wo ist jetzt die Verbindung zu unserem Mord?< Chris stand von der unbequemen Schreibtischkante auf, verschränkte die Arme hinter dem Rücken und begann im Büro nachdenklich auf und ab zu wandern. Betty setzte zur Erklärung an aber kam nicht weit.

Die strapazierte Scheibe der Bürotür erzitterte erneut als sie aufgerissen wurde. Carl Margo der unentbehrliche Spezialist in Sachen Kommunikation, Computer, Internet rauschte herein und warf Betty singend ein vollgeschriebenes Blatt Papier auf den Schreibtisch.

>Für dich meine Beste... denk dran, du bist mir einen Gefallen schuldig, ein kleines Kaffeechen trinken zu zweit?< Carl zwinkerte sie an, flötete ein >Ruf mich ahan...< drehte sich um und ging eben so schnell wie er gekommen war.

>Hast du mit Carl auch ne Geschichte am laufen?< Chris musste grinsen, er wusste, jetzt war seine Kommissarin mindestens auf Dreihundert-sechzig...
>Lass mich in Ruhe nachdenken und hol Kaffee, dass dauert hier sicher noch etwas länger.<
Sie warf ihren leeren dunkelblauen Lieblings Kaffeebecher in seine Richtung, den er gerade soeben dennoch geschickt auffing. Ein kleiner Anstandsrest ergoss sich über seine Hand. Beim Hinausgehen musste Chris doch noch etwas loswerden.
>Für eine derart umworbene Frau mit so vielen Dates mach ich doch alles...<
Nach diesem Satz, verließ er das Büro lieber fluchtartig...
Bettina schüttelte den Kopf, versuchte gleichzeitig Carls Gekritzel zu entziffern. *„Einen Gefallen schuldig... ja klar, man kann den Mist ja nicht mal lesen..."*
Margo checkte und zerpflückte in seiner kleinen Werkstatt Hallbachers Rechner. Laut seinem Bericht fand er außer geschäftlichen Dingen, auch Ordner mit gespeicherten E-Mail Dateien mit diversen Frauenfotos. Ein paar zerschredderte Daten konnten mit sehr viel Mühe aufwendig rekonstruiert werden. E-Mails oder vielmehr Liebesmails. Ein Online Singletreff wurde sehr häufig frequentiert.
G. O. L. Galaxy of Love...
>Heureka... Da haben wir ja unsere Verbindung zu dem Fall...<
Bettina schlug mit der Faust auf den Schreibtisch, dass es krachte.

>Ich bin die Beste...< jubelte sie laut.
>Was ist los... hast du ein Abo für eine Frauenzeitschrift gewonnen?< witzelte Chris, zwei Becher Kaffee balancierend.

>Hier bitte deine Bohnenbrühe heiß, Milch einmal Zucker.<
>Nein du Witzbold, Carl hat unbewusst etwas gefunden. Wir haben eine Verbindung, wir haben tatsächlich eine Verbindung zu unserm Fall gefunden. Mein Bauch hatte recht. Die beiden Toten waren bei derselben online Single Plattform registriert. Carl hat eine dringende Anfrage gestellt, dauert etwas wegen den Datenschutzbestimmungen. Spätestens morgen haben wir alle Infos zu den Damen oder Herren mit denen Kurt Hallbacher verkehrte. Und danke für den Kaffee, das nächste Mal bitte ohne Milch.< Bettina schlürfte an ihrem Getränk, leckte sich über ihre dunkelrot geschminkten Lippen, strich eine Haarsträhne aus den Augen und sah den Kommissar verengten Augen an.
>Sag mal Chris, mir fällt gerade etwas ein. Was hatte es eigentlich mit der Zeichnung auf sich, die der Mörder am Tatort platziert hatte, hast du mehr Infos darüber?<
Christian massierte sich die Schläfe und dachte kurz nach.
>Ja, Vanth... ein etruskischer, geflügelter Dämon. Wohl eine weibliche Gestalt. Eine Begleiterin vom Leben in die Totenwelt. Oftmals wurden die Flügel mit Augen dargestellt, diese Kreatur oder Kreaturen führten hin und wieder eine Schriftrolle mit sich, dort war vermutlich der Werdegang oder die Taten der oder des Betroffenen verzeichnet. Charun spielt hier eine übergeordnete Rolle, so ist er praktisch der Fährmann, der die Toten zu ihrem Bestimmungsort verbringt. Leinth ist der Totengott der Unterwelt... und und und. Im Etruskischen gab es für alles und jeden eine Bedeutung.

Für jeden Krempel gab es einen Gott oder Dämonen. Ich stelle hier einmal die Vermutung auf, dass wir es mit einem weiblichen Mörder zu tun haben.

Im Gegensatz zu dem Fall aus Kassel ist unser Toter tatsächlich kaltblütig ermordet worden, und das Foto fehlt.< Chris holte hörbar tief Luft. Beide schwiegen sich an.
>Du hast den Tatort ja schon gesehen, ich möchte mir auch ein Bild machen. Bin zwar keine Profilerin, doch vielleicht haben wir etwas Wichtiges übersehen. Wo wohnt dieser Hallbacher noch gleich?<
>Moltkestraße sechzehn im Frankenberger Viertel, bei dem Wetter ne halbe Ewigkeit.< Christian rieb sich die Augen und zog seine gefütterte Jacke an.

>Dann komm Betty, um deine Neugier zu befriedigen müssen wir jetzt los, bis dort hin sind es ein paar frostige Meter...<

XXX

Aachen   Kurt Hallbachers Wohnung   Donnerstag 10 Dezember   16:35 Uhr

Kurz nach vier Uhr nachmittags und bereits dunkel. Sie benötigten wirklich vierzig Minuten für zweieinhalb Kilometer. Eine geschlossene Schneedecke und es rieselte unaufhörlich weiter. An den Rändern der Bürgersteige türmte sich das ehemals strahlend glänzende Weiß beinahe hüfthoch. Freie Parkplätze gab es zu dieser Uhrzeit kaum noch. Der Schnee blockierte alles, so hielten die Kommissare etwas entfernt und kämpften sich mühsam durch die vom Salz matschig angetaute weiß-braune Pracht.

\>Aha, hier ist es also, Nummer sechzehn. Dann mal rein, ich erfriere.< Auch Betty hatte es eilig ins Haus zu kommen, nicht nur aus Gründen der Kälte.

Das Tatortfieber packte sie, beschleunigte ihren Puls. Der Fahrstuhl war natürlich defekt, blieb nur die Treppe.

\>Du musst dich demnächst wärmer anziehen, es reicht schon das Walter flach liegt.

Gib mir den Schlüssel und hilf mir daran zu denken das wir die Tür beim Verlassen der Wohnung wieder versiegelt.<

\>Geht klar.< Chris nickte knapp.

Bettina schloss die Tür auf, schubste sie nach innen, schaltete die Flurbeleuchtung an und sog mit gekräuselter Nase die muffig riechende abgestandene Luft ein. Mit geschärften Sinnen betrat die Oberkommissarin den Flur, bog sogleich ab in das dunkle Schlafzimmer und knipste auch hier das Licht an, jedoch im nächsten Moment wieder aus. Sie sah die Bilder im Büro und war so in der Lage sich einige Details ins Gedächtnis zu rufen.

Sie hielt inne, ließ die Szenerie auf sich wirken.
Nichts.

Keine Eingebungen, keine aufflammenden Bilder, die vor ihrem geistigen Auge auftauchten und alle Rätsel lösten, dass gab es wohl doch nur im Film. Dicht am Fenster kam sie zum Stehen, wischte Spinnweben zur Seite, legte ihre warmen Hände auf die kühle Marmorfensterbank.

Ihre Stirn berührte jetzt die kalte Glasscheibe, ihr Atem beschlug sich daran und blickte nach draußen. Gab es gegenüber Zeugen? Das mussten sie noch dringend herausfinden.

Ihr Herz schlug plötzlich schneller, doch eine Eingebung? Ein ungutes Kribbeln in ihrem Nacken, ein kalter Hauch...? Bettina fühlte sich beobachtet, drehte sich hastig um. Das Bett... hier lag der Tote, auf dem Rücken, betäubt und erdrosselt, einfach aus dem Leben gerissen. Sie sah wieder aus dem Fenster. Da... auf der Scheibe... die beschlagene Stelle...

VANTH...

Sie stolperte vor Schreck einen Schritt zurück. Hatte sie eine Sekunde vorher gar nicht gesehen. Vielleicht stand sie zu nahe an der Scheibe...

Jemand musste mit dem Finger diesen Namen geschrieben haben. Die Spurensicherung würde also noch einmal zum Einsatz kommen.

>Was ist hier nur geschehen, was ist das für ein Horror...<
Bettina sprach leise.

Christian sah sich derweil im Wohnzimmer und der angrenzenden Küche um.

>Chris? Hast du etwas gefunden?< rief Betty mit trockenkratzigen Stimmbändern in den Flur und räusperte sich sogleich.
>Nein, hier gibt es nichts. Viel liegengebliebenes Geschirr, nichts Rätselhaftes und schon gar keine Antworten auf unsere Tausend Fragen. Wir sollten wieder zurückfahren.<
Sie trafen sich im Flur wieder.
>Komm doch bitte mal.< Bettina ging noch einmal zum Fenster, Chris folgte ihr. Sie hauchte gegen die Scheibe. Nichts. Es war nichts mehr zu sehen. Einbildung? Täuschung? Sie wollte sich nichts anmerken lassen.
>Was ist denn?<
>Ok, ich dachte, ich hätte hier was gesehen... Buchstaben oder so. Hmm, ach Egal... sag, hast du eigentlich drüben auch nach Zeugen gesucht?< Betty wies mit ihrem Daumen hinter sich, zur gegenüberliegenden Häuserzeile, überspielte damit ihre brennende Unsicherheit.

>Ich habe nur routinemäßig Befragungen im Haus durchgeführt, wenn du meinst, sehen wir uns morgen mal auf der anderen Straßenseite um. Nur, was soll das schon bringen.
Meinst du, der oder die Mörderin wollte unbedingt gesehen werden?< Sie gingen wieder in den Flur, Chris zog die Eingangstür auf.
>Mag ja sein, doch Zufälle gibt es immer wieder, jede noch so kleine Spur ist wichtig... muss ich dir doch nicht erzählen. Mir ist gerade noch etwas eingefallen, nur eine Theorie.
Das ist doch hier die Hausnummer sechzehn, oder täusche ich mich da?< sah Bettina ihren Kollegen fragend an.

>Was? Wie meinst du das...<
>Susanne Grünau aus Kassel wohnte ebenfalls in einer Nummer sechzehn. Zufall?<

>Hmmm, ja ist eine Überlegung wert. Ich tippe vorerst einmal auf Zufall.
Betty es ist spät, lass uns etwas essen gehen, danach fahre ich dich nach Hause. Vielleicht zahle ich heute...< Christian zog die Tür zu und versiegelte sie erneut.
Bettina lächelte. >Hört sich gut an Kollege...<

XXX

Köln Katharinas Wohnung **Donnerstag 10. Dezember** *8:48 Uhr*

*V*iel zu schnell stand Kathi auf. Der Schwindel erfasste sie so plötzlich, das er sie zu Boden riss. Schöner weicher Teppich, nur schmeckte er nicht. Ein paar Flusen hastig spuckend stemmte Katharina sich wieder hoch und hielt sich am glatten, matt-weiß übergelackten Türrahmen fest. Den Quälgeist hatte sie nicht gehört, dass hieß, ihre Jenny müsste schon längst auf dem Weg zum Unterricht sein. Draußen wurde es langsam wieder hell, die ewig wiederkehrende Morgendämmerung unterwarf die dunkle einsame Nacht. Das alte endlose, tägliche Spiel der Natur, jeder fühlte sich für ein paar wenige Stunden als der strahlender Sieger, doch eben nur ein Triumphat auf Zeit.

Das Bad musste ihr Ziel sein. Etwas kaltes Wasser ins Gesicht, die Lebensgeister waren wieder da. Jetzt der Versuch mit einem heißen Kaffee die frischen Geister wach zu halten, versuchen die Gedanken dem dichten Wattenebel der in ihrem Kopf waberte zu entreißen und ein wenig zu ordnen. In ihren Ohren rauschte es, als stünde Kathi vor einem gewaltigen, tosenden Wasserfall.

Letzte Nacht, der Traum... was sollte das für eine Botschaft sein, etwas hatte sich in ihrem Kopf eingenistet, wurde sie langsam verrückt? Ist Sandra wirklich etwas zugestoßen? Das musste sie später herausfinden. An ihr Telefon ging Sandy schon mal nicht.

Der Kaffee gurgelte dampfen, schäumend und dabei lecker duftend aus dem Automaten. Das Frühstücksaroma war perfekt.

Ein Schuss Milch, dann einen herrlichen Schluck der heißen Brühe genießen, dazu aß Kathi ein durchweichtes Brötchen vom Vortag mit etwas Konfitüre.

Später hatte sie vor sich mit ihrer Mutter in der Innenstadt zu treffen, danach ging es sofort zum Therapeuten. Gegen Abend schließlich das sehnlichst erwartete Date mit Gerhard. Schon seit Tagen sollte sie sich bei ihrer Mutter melden. Jenny kündigte es ihr bereits mehrfach an. Nach dem zweiten und dritten Kaffee brachte Katharina erst einmal die Wohnung auf Vordermann und nahm anschließend ein ausgiebiges Schaumbad. Nach dem Anziehen setzte sie sich vor das Laptop, E-Mails checken, vergaß ein wenig die Zeit, erschrak beim Blick auf die Uhr, schnappte sich ihre warmen Sachen sprang hinein und hetzte los.

XXX

*D*en Kragen ihres knielangen Mantels hochgeschlagen, die Hände tief in den seitlichen Taschen vergraben. Nach jedem Atemzug tanzte eine weiße Dunstfahne vor ihrem Mund, so wie bei allen Menschen denen sie in der Schildergasse begegnete. Ein fürchterlich kalter Samstagnachmittag und Kathi musste sich schon wieder beeilen. Ihre Mutter wartete sicher schon auf sie. Im Cafe' Lichtenberg in der Richmondstraße unweit der Schildergasse gelegen, dort verabredeten sie sich. Kathis Gedanken schweiften Richtung Sandra ab. Sandra, immer wieder Sandra... ihre Nachbarin war einfach nicht zu erreichen. Klingeln, Klopfen, Telefon, nichts. Öffnete Sandy die Tür mit Absicht nicht oder ging an das Telefon? Schuldgefühle? Schämte sie sich? Gern hätte Katharina mit ihr noch einmal über das Erlebte gesprochen. Ein so intensives Gefühl der Nähe, noch nie war sie so entspannt, war es so vertraut, dass sie sich so tief fallen lies...

Sandys Berührungen verursachten eine süße Schwerelosigkeit des Verlangens, der Verliebtheit. Waren sie am Ende sogar Seelenverwandt? Oder einfach nur geil aufeinander?

Schmerz bereitete der Gedanke daran, Sandras Lippen würden Kathi nie mehr berühren. Sie strahlte eine beruhigende Wärme aus. Ihre Stimme so sanft wie der Flügelschlag einer kleinen Libelle, ihre weiche Haut, Seide war dagegen grobes Schmirgelpapier. Sie wusste genau was getan werden musste, um Kathi zu stimulieren...

"Hui. Mädchen... denk an was anderes. Wenn das so weitergeht, muss ich mir Schneebälle in die Hose stecken..." dachte sie, wischte sich eine Haarsträhne aus dem Gesicht und lächelte verträumt.

Im nächsten Moment verfinsterte sich ihre Mine schon wieder.
>Aber ich bin ein Monster!!< rief sie laut, warf ihren Kopf in den Nacken und lachte irre... beobachtet von kopfschüttelnden Passanten die ihr entgegen strömten. Katharina bog weinend in die Richmond ein, nur noch ein paar Meter bis zum Café.

"Lassen sie sich entführen in die urbane Kaffeehaus- Welt des Café Lichtenberg. Nehmen sie Platz im Glanze unserer wundervollen Kronleuchter. Genießen sie einfach das Treiben ihrer Mitmenschen auf der lebendigen Bühne des Café Lichtenberg"

Hieß es nicht so oder ähnlich im bunten Werbeprospekt? Stundenlang konnte Katharina im Café sitzen, lesen sich unterhalten, eine kleine Auszeit nehmen. Heute eben mit ihrer Mutter. Die Kronleuchter waren wirklich prachtvoll, vielleicht ein wenig zu überladen, doch sie fand genau so musste es sein. Jeden Samstag begleiteten wechselnde Pianisten den Brunch mit ihrem Spiel im Café und gaben dem Ganzen eine unglaublich anheimelnde Atmosphäre.
So konnte das Café Lichtenberg, wie Katharina meinte, selbst mit dem berühmten Café Griensteidl, dem alten geschichtsträchtigen Künstlerlokal in der wundervollen Innenstadt Wiens gelegen, ausnahmslos mithalten.
Stimmengewirr umfing sie beim betreten des Cafe's, ihre Mutter entdeckte Kathi Kaffee trinkend, in unmittelbarer Nähe des großen grünen Lesesofas, was umspannt mit einem riesigen wuchtigem Bücherregal Lust auf Schmökern machte.
>Hallo Katharina, schön das du gekommen bist.< ihre Mutter stand langsam auf, sie umarmten sich liebevoll und Kathi bekam einen dicken Schmatz auf die Stirn.
>Hallo Mutti, warst du bei Philippe?

Deine Haare haben eine wunderschöne Farbe... gut siehst du aus und du duftest, hmmm... wie immer das blühende Leben.<
>Ja genau... setzt dich meine Kleine. Was möchtest du? Ich lade dich ein...< Elisabeth winkte einen Kellner herbei, beobachtete ihre Tochter. Katharina zog ihren Mantel aus, platzierte ihn sorgfältig über der Stuhllehne, setzte sich und schlug die Beine übereinander.

>Sie wünschen bitte?< der leicht ergraute Kellner verbeugte sich brav und wartete auf ihre Bestellung.

>Bitte nur einen Kaffee, ja, eine Melange? Das wäre nicht schlecht und ein Croissant, ach und etwas Konfitüre bitte.<
>Schweizer oder Wiener Melange?<
>Gern eine Wiener.<
>Kommt sofort die Dame...< der Kellner schnippte mit den Fingern und trippelte davon.

>Sag mir mein Kind, wie geht es dir? Hast du etwa geweint? Du hast schon mal besser ausgesehen wie ich meine... Jennifer berichtete mir schlimme Dinge von dir. Du würdest nächtelang nicht schlafen, bist rastlos. Ist es immer noch die Trennung, die dir so zusetzt?<

Lisa, wie sie von ihren Freunden genannt wurde, trank ihre Tasse leer, schenkte sich aus dem silberfarbenen Kännchen nach, goss etwas Milch dazu und wartete auf eine Antwort.

>Mutter, bitte... ich habe viel Stress in letzter Zeit, ja richtig, ich kann kaum Schlafen, habe ständig diese grausigen Albträume, da ist es doch nicht verwunderlich das ich ein wenig übernächtigt aussehe, oder?<
>Da gebe ich dir natürlich recht. Was sagen die Ärzte? Du befindest dich doch wohl noch in Behandlung? Bist du bei den besten Ärzten, soll ich dir eine Adresse geben? Du weißt, ich habe immer noch einige äußerst gute Beziehungen.

Doktor Weißenstein ist mir durchaus auch noch den einen oder anderen Gefallen schuldig, er könnte dir sicher helfen und dich einmal gründlich untersuchen, nicht so oberflächlich wie manch ein Kollege von ihm.<
>Ja, ich habe verschiedene Ärzte aufgesucht. Mehr als Tabletten und Kuren verschreiben können die auch nicht. Ein Therapeut hilft mir zurzeit, dass ich wenigstens ein bisschen Schlaf bekomme. Zwei bis drei Mal die Woche bin ich bei ihm. Entspannungsübungen und so weiter, oft schlafe ich bei ihm sofort ein. Das Rauchen habe ich aufgegeben, dass hat er schon mal geschafft. Wie das geschehen ist, kann ich dir nicht erklären. Eine Kur werde ich auch antreten. Schön wäre es, wenn du dich weiterhin so lieb um Jennifer kümmern könntest, du würdest mir damit helfen, mich entlasten. Außerdem mag Jenny dich wirklich sehr, wie du weißt.< Mit einem verlorenem, ausdruckslosem Blick sah Kathi an ihrer Mutter vorbei, fixierte irgendeinen unerreichbaren Punkt in weiter Ferne.

Wie es ihr in Wirklichkeit ging, wie es in ihr aussah, welche Geister sie quälten, in welch Abgründe sie blickte, dass verschwieg Katharina ihrer Mutter lieber.

XXX

Kapitel 16 Tod im Alcazar
Köln Donnerstag 10 Dezember 22:30 Uhr

Alcazar... der mittelalterliche Königspalast von Sevilla? Weit gefehlt... so nannte sich das Szenelokal im Belgischen Viertel in Neukölln. Sehr gemütlich und wie immer sehr gut besucht.

Eine Geräuschkulisse babylonischen Ausmaßes umfing ihren Kopf, hüllte ihn ein, wie eine Decke aus tausend gleichzeitig gesprochener Worte, hallten im Hirn nach und vermischte sich mit den schon vorhandenen Stimmen und löste eine Informationsflut aus die Kathi schwindeln ließ und beinahe in die Ohnmacht trieb. Der wummernde Bass der Musikanlage trug auch zu keiner Besserung bei. Katharina starrte das leere Kölschglas an, fasziniert von dem sich langsam auflösenden Restschaum und versuchte gleichzeitig einen klaren Gedanken zu fassen.

\>Ein Neues?<

\>Wie bitte?< sie sah ihn an und legte eine Hand als Schalltrichter um das linke Ohr.

\>Ob du noch ein neues Glas Kölsch möchtest?< Das Wort *"Möchtest"* dehnte er ausgiebig und Gerhard stellte die Frage eigentlich schon zum dritten Mal.

\>Oh, entschuldige, ich habe dich nicht verstanden. Natürlich gerne.< Kathi wünschte sich auf eine einsame Insel, wo es keine Stimmen gab und keinen Gerhard. Der absolute Reinfall. Selten hatte sie sich so vergriffen. Sozialpädagoge... eine kleine Weile hörte sie ihm noch zu, ständig argumentierte er mit erhobenen Zeigefinger und in einer Lautstärke... nichts gegen seinen Beruf, es war eine respektvolle Arbeit, nur dieser Kerl persönlich ging eben gar nicht...

Zusätzlich kam noch abtörnend hinzu, dass dieser Mensch nicht nach Schweiß roch, sondern er stank penetrant danach. Also blieb ihr nichts anderes übrig, sie musste sich ihn schön trinken und schön riechen.

„Ein zu häufiges Waschen und parfümieren, würde eine Disharmonie der Haut-und Achselhölenflora verursachen. Dies hätte wiederum zur Folge das..."
Ab dem Satz stellte Katharina auf Durchzug.
Allmählich ging der Druck in ihrem Kopf zurück, sie konnte wieder einzelne Stimmen aus dem Gewirr herausfiltern, merkte sogar das hier gute Musik gespielt wurde. Das wohltuende Gespräch mit ihrer Mutter kam ihr noch einmal in den Sinn. Am liebsten hätte sie ihr alles erzählt, sich ihr an die Brust geworfen, geweint. Maam würde sie in den Arm nehmen streicheln und sagen, *"Das wird schon wieder meine Kleine"* eben so, wie es früher war... doch heutzutage gab es dafür Therapeuten als Elternersatz. Schon komisch, dachte Katharina, immer nach den Sitzungen ging es ihr schlecht. Diese bösen Gedanken die Stimmen und Geräusche, eigentlich sollte es ihr doch nach der Therapiestunde besser gehen?
„Vielleicht habe ich zu wenig gegessen heute Morgen, das wird es wohl sein" dachte sie. Gerhard fixierte sie durch seiner randlosen, rundgläserigen Brille.

>Was ist? Was siehst Du mich so an?< fragte sie gelangweilt.

>Geht es dir nicht gut? Sollen wir gehen?< er hörte sich tatsächlich besorgt an.

>Nein, nein... alles in Ordnung, wirklich. Ich würde gern eine Kleinigkeit essen. Magst du auch etwas?<

>Da sag ich nicht nein. Knoblauchbrot und Salat?< Gerhard rieb sich die Hände.

>Das würde mir gefallen...< Kathi bekam wirklich großen Hunger. Seit dem weichen Brötchen von heute Morgen hatte sie nichts mehr zu sich genommen, selbst die kaum erwähnenswerte Kleinigkeit im Kaffee Lichtenberg ein Konfitüre Croissant, war nicht als vollwertige Mahlzeit zu bezeichnen.

>Gut, ich bestelle am Tresen, sonst dauert es zu lange.< Gerhard setzte sich in Bewegung. *„Was soll ich nur gegen diesen Geruch unternehmen? Nicht zu fassen."* dachte sie und sah ihm hinterher. Von hinten konnte er sich sehen lassen, seine dunkelblaue Jeans passte gut und saß recht knackig am Hinterteil. *„Also reiß dich zusammen, dann wird es ein schöner Abend."* Eigentlich wusste Kathi nicht was sie wollte, am liebsten aufstehen und weglaufen oder doch sitzen bleiben?

>Guten Abend Katharina, lange nicht gesehen, ich nahm tatsächlich an, du wärst dauerhaft krankgeschrieben? Unterliege ich hier einer Fehlinformation? Wie dem auch sei... es scheint dir doch recht gut zu gehen... oder täuschen mich meine blauen, entzündeten Augen?<

Katharina erschrak, fühlte sich nach den Worten ein wenig ertappt. Diese näselnde, blasierte Stimme. Das konnte nur der Streberspinner aus der Verwaltung sein. Ausgerechnet der musste ihr heute Abend über den Weg laufen. Sie drehte ein wenig ihren Kopf in seine Richtung, gerade so viel das sie ihn aus den Augenwinkeln sah, ihre angesäuerter Miene konnte sie dabei nicht verstecken.

>Oh ja, guten Abend Rainer, auch auf Piste? Wo ist denn deine (*das Wort Schnepfe verschluckte sie sich gerade noch so...*) Zuckermaus? Krankgeschrieben... ach ja... laut Arzt bin ich aber nicht bettlägerig, unter das Volk mischen gehört außerdem zur Therapie.< erwiderte Kathi knapp.

>Soso, den Arzt möchte ich kennenlernen. Doch da bin ich ja nun äußerst beruhigt das es dir besser geht, dann können wir ja bald wieder mit deiner Anwesenheit rechnen? Oder nicht?< Rainer zog eine Augenbraue in die Höhe.

>Eine Woche wird es sicher noch dauern und grüß deine Maus, gib ihr (*einen Tritt..*) ein Küsschen von mir.<

>Werde ich ausrichten, wir sehen uns sicher noch... bis später...< Rainer drehte sich um, ging zwei Meter und wurde von der Menge verschluckt.

>Ja bis später du blöder Arsch.< brummelte Katharina noch vor sich hin. Wenn Blicke töten könnten...

Mit einer auffallend blondierten kurzhaarigen Kellnerin im Schlepp, ihr giftgrünes Top leuchtete im Neonlicht und saß wie aufgemalt, näherte Gerhard sich ihrem Tisch. Der Mini der Dame war so kurz, dass man die Farbe ihres Slips nicht erraten musste. Vier Kölsch brachte er mit, die junge Blondierte trug das bestellte Essen, dass Knobibrot duftete sehr aromatisch. Wunderbar leicht, locker, frisch sah der Salat aus und das Wasser lief ihr im Mund zusammen. Die Kellnerin wünschte knapp einen guten Appetit und verschwand recht schnell. Warum nur? Nun, Katharina wusste es. Diese Mischung aus Knoblauch und Schweiß... da ergriff Frau schon mal die Flucht. Dennoch wünschten auch sie sich einen guten Appetit und schon machten sich beide über den Salat her.

>Ein Freund von dir?< Gerhard nahm nach der Frage einen großen Schluck Kölsch.

>Bitte?... Ach so du meinst... nein, nein, nur ein Arbeitskollege. Wir können zwar nicht so gut miteinander, eine Tageszeit wünschen wir uns dennoch, so tief sitzt der Hass dann doch noch nicht.< Kathi sah Gerhard kauend an.

Sie schaufelte sich den nächsten Bissen in den Mund und wollte von ihm wissen, wo sein Sohn im Moment verweilte.
>Bei meiner Schwester untergekommen, habe ich dir doch erzählt.<
>Ach ja, hast du... ist mir wohl entfallen, sorry.<
Schweigen.
Das Alcazar füllte sich zusehends zur fortgerückten Stunde, die Musik wurde lauter, es gab mittlerweile mehr stehende als sitzende Gäste. Gut das sie einen Tisch an der Außenwand des Lokals wählten. Der große Trubel hielt sich hier noch in Grenzen. Den Hunger hatte Kathi vorerst gestillt. Langsam nahm ihr Wohlbefinden zu und mit dem Wohlbefinden kochte ein anderes Gefühl in ihr hoch... stieg in ihr das Verlangen mit dem Schwitzigen doch noch etwas anzufangen. Etwas regte sich wieder in ihr, sein Pumanebel? Oder das Kölsch? Sagte man dem süffigen Getränk nicht auch eine gewisse erotisierende Wirkung zu? Ganz so unangenehm wie zuvor fand sie seine Ausdünstungen nun nicht mehr. Auch sein Drei-Tagebart war jetzt irgendwie attraktiver. Unsichtbare süße Pheromonfäden stiegen in ihre Nase, umschmeichelten ihre Rezeptoren, vernebelten ihr Gehirn, fesselten ihre Hände auf dem Rücken, zerrten den Kopf in den Nacken, zerrissen ihre Bluse in Fetzen, streichelten und spielten mit ihren weichen Brüsten...
>Katharina? Hallo?<
>Oh, bitte entschuldige... ich war wieder in Gedanken.<
>Ich habe das Gefühl, du bist nicht ganz bei der Sache...<
Gerhards Gesicht zeigte eine frostige Miene.
>Doch, doch... oh glaube mir... ich bin bei der Sache mein Liebster...< Kathi lächelte ihn wissend an und erneut hob sie das Glas und prostete ihm zu.

XXX

𝓔ine entspannte Unterhaltung, Smalltalk über Gott und die Welt, kleinere Anekdoten über das Vergangene, die Gegenwart und die Zukunft, bestimmten die Gesprächsthemen der nächsten eineinhalb Stunden. Nachdem Katharina das sechste Glas Kölsch leerte, war von einer vornehmen Zurückhaltung ihrerseits nicht mehr die Rede. Eine heiße Glut nahm wieder Besitz von ihr und brachte die Leidenschaft zum Kochen. Bis nach Hause, nein das würde sie nicht mehr schaffen. Kathi wollte es jetzt und warum nicht hier? Damentoilette? Was sprach dagegen? Einen Plan hatte sie schnell entwickelt und jubelte innerlich. *„Jaaaa... so wird es gehen..."*

Die Lider geschwollen, seine Augen... rot und glasig, so schaute er Katharina über seiner randlosen an und lächelte breit. Vier Kölsch und vier Wacholder mehr zählte Gerhards Alkoholkonto, er zeigte sich dadurch sehr stark angeschlagen. Ihr Stuhl fiel beinahe um als Kathi entschlossen aufstand, sie ging um den Tisch herum. Ihr Mund fand sein Ohr und flüsterte ihm mit aufgeregter Stimme ihr süßes Vorhaben. Er soll fünf Minuten warten, ihr dann äußerst diskret zur Damentoilette folgen und auf eine passende Gelegenheit warten, um hinein zu gehen. Während sie ihm das zuflüsterte, kratzten ihre blutrot lackierten Fingernägel sanft über die gut sichtbar geschwollene Beule seiner Jeans in Reisverschlussnähe, hauchte einen Kuss auf seine glänzende feuchte Wange, nahm ihre Tasche und verschwand.

>WOW...< sagte Gerhard laut und machte große Augen. >Was war dassn...? Strike... wassfürein irres geiles Abendeuer... unglaublisch...<

Damit hatte er nicht gerechnet, vor allen Dingen nicht hier und schon gar nicht nach dem Verlauf dieses Abends. Doch so kann der Tag gerne enden, diese Frau musste er haben und würde sie bekommen, dass stand längst außer Frage. Lachend bestellte er sich noch ein letztes Kölsch. So mussten doch mindestens fünf Minuten überbrückt werden. Wie ein kleiner Junge freute Gerhard sich, genoss sein Kölsch, leckte sich die wulstigen Lippen, malte sich aus was er mit ihr anstellen würde, und grinste wie die Schlange vor dem Kaninchen.

XXX

*E*ine Treppe die nach unten führte, unweit ihres Tisches, brachte Katharina ihrem Ziel näher. Die Handtasche fest im Griff, durchquerte sie schnellen Schrittes den schmalen Gang und betrat das Damenklo. Wohlriechender Parfümgeruch schwängerte die relativ große Toilette. Sauber, hell, die Wände waren zu drei Vierteln mit schwarzem Marmor ausgekleideten. Den Rest der Wände und der Decke tünchten Dekospezialisten in warmer Eierschalenfarbe. Eine große breite Spiegelfront gegenüber den Waschbecken, mehrere Halogenspots sorgten dafür das dem Aufhübschen anwesender Damen nichts im Wege stand. Außer Kathi befanden sich noch zwei junge Frauen, wohl Freundinnen der Lautstärke nach zu urteilen und eine etwas reifere Dame, eben vor besagtem Waschplatz. Sechs weiße Toilettenkabinen zählte Kathi, keine besetzt und eine davon gehörte ihr, ging hinein und schloss die Tür.

Die Seitenwände dieser Kabine reichten bis zur Decke, nur am Boden gab es einen Spalt von gut fünf Zentimetern.
Ihre schwarze Ledertasche stellte Kathi auf dem Spülkasten ab, wartete sehnsüchtig und mit stetig wachsendem Verlangen auf ihren schwitzigen Sozialpädagogen.

xxx

*D*en letzten Schluck des herrlich kühlen Kölsch trank Gerhard genussvoll, knallte das leere Glas auf den Tisch.
>Alle, alle... Kaddilein ich komme nu...< lallte er stand auf ging schwankend zum Treppenabgang und versuchte ohne ins Stolpern zu geraten die dunkelrot gefliesten Stufen zu treffen. Froh, heil und unversehrt unten angekommen zu sein, zwischenzeitlich von drei noch etwas seetüchtigeren Männer überholt, sah er sich kurz um. Den Gang zu den Toiletten lockerten diverse Bilder der zwanziger Jahre etwas auf. Die Türen der Damen und Herren lagen sich fast gegenüber. Gerhard platzierte sich neben dem Eingang der Damentoilette, verschränkte seine Arme vor der Brust, und tat so, als wartete er auf seine Geliebte. Der Schweiß lief ihm über das Gesicht wie einem Boxer nach der zwölften Runde. Das Blut rauschte und pochte nicht nur in seinen Ohren und konnte es kaum noch abwarten. *„Nee watt is dat schöööön..."*

Die Tür zur Damentoilette flog auf, Gerhard erschrak... zwei jüngere sehr hübsche Frauen verließen lachend das Klo, staksten mit ihren langen Beinen den hohen Pumps und den super kurzen engen Miniröckchen an ihm vorbei, hüllten ihn mit einer süßen frischen Parfümwolke ein. Hmm, jaa...

Das brachte sein Blut nur noch mehr in zum Kochen. Einen kurzen Blick in den Raum konnte er erhaschen, nur noch eine etwas ältere Dame, nicht minder attraktiv, stand zwischen ihm und dem irren heißen Abenteuer, wenn nicht noch jemand Weibliches auf die Idee kam ausgerechnet jetzt zur Toilette zu gehen.

So etwas erlebte Gerhard in seinen vierundvierzig Jahren noch nicht, dass eine wunderhübsche, umwerfend wundervolle Frau mit ihm auf der Damentoilette... einfach unglaublich.

Den drei Männern von vorhin sah er lächelnd hinterher, bezweifelte, dass sie sein Glück spüren konnten. Die Tür zum Paradies öffnete sich wieder und heraus kam die letzte Frau. In seinen Gedanken hätte er ihr gern einen Schubs verpasst um die Sache ein wenig zu beschleunigen.

>Junger Mann, sie warten bitte auf wen?< Die kölsche Dame sprach Gerhard, auch nicht mehr ganz so Wortfest, aber in perfektem Hochdeutsch, unverhofft an.

>Auw meine äh... wie soll ich sagen... bessre Hälfte?< Gerhard hatte, verständlicher Weise, keine Lust sich zu unterhalten, dementsprechend schroff kam seine Antwort.

>So so... da ist aber niemand mehr... ming leever fetz... (mein lieber Junge) da braucht es schon ne leevere usreed (bessere Ausrede) sie Wüstling!< stellte die Dame fest und stach mit dem Finger auf Gerhards Brust.

Seine "Angebetete" musste die Unterhaltung mit angehört haben, plötzlich rauschte die Toilettenspülung, die Dame entschuldigte sich sofort.

>Da ham se ja noch mal Glück gehabt, junger Mann. Tut mir leid, is ja doch noch wer da...< gab ihm einen feuchten Schmatz auf seine wässrige Wange.

Aus Verlegenheit versuchte sie umständlich ihre Bluse glatt zu streichen, drehte sich um und wackelte davon. Sie verschwand endlich und Gerhard bekam freie Bahn für sein heißes Vorhaben. Die Tür schnell auf und wieder zu.

>Kaddi?< flüsterte er leise, die Zunge nicht mehr ganz unter Kontrolle.

>Kaddi... wo bissu dänn?<

>Hier bin ich, liebster komm zu mir, komm... komm...< hauchte Katharina zurück, öffnete die Tür dabei einen Spalt. Über seine eigenen Füße stolpernd huschte er in die enge Kabine und verschloss eilig die Tür hinter sich. Sein Herz schlug laut und hart, sein Atem nur noch ein Alkohol gesättigtes kurzes Hundehecheln. Sie umarmten sich, er begrabschte gierig Kathis Brüste, ihre Zungen fanden sich zum feuchten, feurigen Tanz. Selbst ein Vulkan hätte sich in diesem Moment an Kathi die Finger verbrannt, heiß sehr heiß, es konnte nicht schnell genug gehen. Vor Lust hätte sie tiefe Streifen in den kalten, schwarzen Marmor kratzen können.

Wild wie eine kleine geile Furie öffnete sie Gerhards Hose, riss ihm die Jeans mit Slip in einem Ruck herunter. Sein Gemächt federte hervor und stand hellrot und pochend wie eine Eins, genau so wollte sie es. Kathi führte ihn zur Toilette.

>Setzt dich.< flüsterte sie heiser. Erst jetzt sah Gerhard, dass seine liebste sich ihrer Strumpfhose und String bereits entledigt hatte.

Der Anblick ihrer absolut haarlosen, hellen, glänzenden, traumhaft schönen, nackten, straff und jugendlich gebliebenen Beine, ließ ihn wohlig aufstöhnen.

Katharina setzte sich rittlings auf ihn, verschloss seinen Mund mit ihrem, nahm sein pochendes, glühendes, blutstrotzendes Herz in sich auf und galoppierte einem heißen Höhepunkt entgegen. Gemeinsam näherten sie sich bald der Erlösung. Die Lautstärke ihres Abenteuers reduzierten die beiden auf ein Minimum. Ein Schmatzen, ein Klatscher, ein Schnaufer, ein Keuchen, ein erstickter Schrei... mehr hörte man nicht aber das war sicher schon genug.

Ihre Freunde waren längst wieder da, wie ein Überfall... Tausende irrer Stimmen stachelten sie an, wurden lauter, bis ein Orkan der Windstärke *"vierzehn"* in ihrem Kopf tobte. Von der Lust benebelt, ihren Dämonen gehetzt, griff Katharina mit zitternden, kaum zu kontrollierenden Fingern in ihre Ledertasche, die immer noch hinter Gerhard auf der Klospülung stand und zog die Kordel hervor. Schnell legte sie die geflochtene Schnur zweimal um seinen Hals, die Enden fest im Griff. Gerhard machte den Mund auf, wollte fragen... Was? Wieso? Warum? Doch Kathi ritt ihn fester, rieb sich an ihm und flüsterte ihm atemlos ins Ohr, dass sie nur auf diese Weise kommen konnte. Gerhard war alles egal, nur diese Frau spüren... diese wundervolle Frau...

Ihre Lippen pressten sich wieder auf seine, sie ritt ihn immer heftiger. Beide explodierten gleichzeitig, er schloss die Augen, um zu genießen, umfasste fest ihre Hüfte, schnaufte wild und Katharina riss jetzt mit einer unmenschlichen brutalen Kraft an den Kordelenden. Was für gewaltige Gefühle... Schreien vor Lust wollte sie, doch hier ging es eben nicht.

Kathi ergoss sich auf seinem Schoß, zitterte dabei wie ein junges Kitz im ersten Winterschnee, umklammerte ihn, zeigte kein Erbarmen und stieß Gerhard in den tiefen Abgrund des Todes.

XXX

𝒟er Druck in seinem Kopf stieg im Bruchteil einer Sekunde gewaltig an, hinter seinen Augen zerplatzte etwas, sofort ein rasender lähmender Schmerz, das konnte er noch spüren. Nur noch ein tosendes Rauschen in seinen Ohren. Seine Hände versuchten plump sich von dem, was ihn würgte zu befreien. Doch zu unbarmherzig drückte etwas seine Kehle zu und raubte ihm die letzte Kraft. Was machte sie mit ihm? Kraftlos schlug er nach Kathi, Treffer... doch keine Wirkung. Seine Schuhabsätze rutschen über den kalten Fliesenboden bei dem Versuch aufzustehen. Sterne, ja ganz Universen zerplatzten vor seinen Augen, bis die Schwärze des absoluten Nichts ihn endlich erlöste.

Vanth wird dich begleiten auf deinem Weg in das Totenreich, Charun dein Fährmeister, Begleiter über den Ozean der verlorenen Seelen... Leinth wird dich empfangen und dir Obdach geben, bis zum Ende aller Tage...

Katharinas Flügel sanken kraftlos herab, sie kämpfte gegen die drohende Ohnmacht.
Das Geräusch an der Tür vernahm sie erst beim zweiten Klopfen. Jemand schlug nun etwas kräftiger gegen die Toilettentür.
>Hallo? Ist alles in Ordnung bei Ihnen? Brauchen sie Hilfe? Kann ich was für sie tun?<

Eine weibliche, sehr junge Stimme durchbrach ihre Lethargie und verbannte den gewaltigen Gewittersturm aus ihrem gemarterten Hirn.

>Es ist... ja, es ist alles Ok... ich musste mich nur übergeben und ein wenig schwindelig ist mir auch, ich komme schon damit zurecht... danke, ärgerlich nur... das schöne Geld die Toilette hinunter gespült...< Katharinas Stimme klang rau, unsicher, schwach aber überzeugend.

>Na dann... ich wollte nur helfen...< Die Stimme verließ den Raum und sie war wieder allein.

Zitternd, erschöpft, der Mund trocken, die Nase blutend, waren gut fünf Minuten und zwei weitere Toilettengäste nötig um sich zurechtzumachen. Den toten Gerhard beachtete Kathi nicht mehr. Kalt, ohne Gewissen, ein Gegenstand, ein Hilfsmittel um sich zu befriedigen, eine andere Aufgabe hatte er nicht zu erfüllen. Sie löste die Kordel, verstaute das Mordinstrument sorgsam in der Tasche, platzierte Vanths Abbild auf seinem erschlafften Luststück und lauschte in den Raum hinein. Ruhe, Stille, kein Laut. *„Glück musste Frau haben"* das waren ihre Gedanken, als sie die enge Toilettenkabine verließ. Die Tür verschloss sie mit einem zwei Euro Stück, das exakt in den Schlitz unter der Türklinke passte. Mit ihrem dunkelroten Lippenstift malte sie Defekt an die Klotür.

Im Spiegel besah sie sich kurz ihre leicht lädierte Nase. Kein Blut war mehr zu sehen, nur etwas gerötet aber nicht gebrochen. Zufrieden mit ihrer "Arbeit" verließ Katharina den Tatort. Die penible, akribische Spurenbeseitigung ihres letzten "Datings" vernachlässigte sie hier vollkommen.

Kein Putzen, Wienern und Wischen, kein weiteres Interesse für diese überflüssige Zeitverschwendung. Auch die Tatsache in diesem Moment einem vierzehnjährigen Jungen den Vater genommen zu haben, lösten keine erkennbaren Emotionen bei ihr aus.

Unbehelligt in der Oberwelt angekommen zog sie cool ihren Mantel an und verschwand unauffällig im Schutz der feiernden Menschenmenge. Niemand ahnte zu diesem Zeitpunkt, welch ein grausiges Drama sich nur ein Stockwerk tiefer ereignet hatte.

XXX

Kapitel 17 Feierabend
Aachen Innenstadt Donnerstag 10. Dezember   19:30Uhr

*D*as überschaubare dabei doch sehr gemütliche italienische Restaurant lag etwas versteckt in der Aachener Altstadt. Ein feiner Geheimtipp, noch nicht so von Touristen frequentiert, hier kannte man sich mit Namen und konnte sich in Ruhe austauschen. Zu dieser Zeit gab es noch freie Platzwahl, die hungrigen Oberkommissare suchten sich eine gemütliche Ecke aus. Man kannte sich, wurde auf das Herzlichste begrüßt und die Speisekarten wurden gereicht. Ein herrlicher Duft, eine Mischung aus Knoblauch, Zwiebeln verschiedenen Gewürzen und Gerichten mit überbackenem Käse schwängerte die Luft des Restaurants. Keine drei Minuten später brachte man ihnen schon die Getränke, öliges Knoblauchbrot und einen Tomaten-Knoblauchdip wurden dazu gereicht. Außer Dienst trank Betty einen Weißwein, Chris versuchte sich an dem Roten. Bettina ergriff ihr Glas, hob es an, wollte Christian zuprosten als das Handy erst leise, dann etwas lauter und protestierender zu Quengeln begann.

>Bettina Witte... **guten Abend.**< Die letzten zwei Worte betonte sie stärker und hörten sich überaus verärgert an...
>Hallo Bettina, Carl noch mal, entschuldige die Störung. Ich habe die Daten der Personen mit denen Kurt Hallbacher Kontakt hatte. Überraschenderweise etwas früher als gedacht. Wie schon erwähnt, der Datenschutz, die Wiederherstellung der Dateien... ich konnte mit einem der Geschäftsführer des "Datingportals" sprechen. Sie zeigten sich, nach einigem Hin und Her, doch noch sehr kooperativ, darum ging es etwas fixer.

Zwei Damen hatten sich bereits abgemeldet und ihre Angaben gelöscht.

Jedoch speichern sie alle Daten dreißig Tage lang, wie er mir bestätigte, natürlich legal und aus Gründen der Sicherheit.

Ich sende dir die Daten per E-Mail, warte nicht zu lang mit dem Durchsehen. Wir sehen uns morgen.<

>Dank dir Carl, mach Feierabend... bis morgen dann.< Bettys angehende Verärgerung über den störenden Anruf legte sich schnell, war nun einigermaßen erleichtert und holte hörbar Luft.

>Wir haben die Daten, vielleicht können wir damit etwas anfangen.< sie setzte ihr Glas zum zweiten Mal an, prostete Christian zu und nahm einen großen Schluck Weißwein.

>Sehr gut, das wird dem Fall neue Impulse geben hoffe ich. Es kann nicht sein das wir nun tagelang im Nebel stochern und warten müssen, bis sich der Mörder wieder meldet.< Chris trank ebenfalls seinen Wein und verzog sofort angewidert sein Gesicht.

>Man, der war auch schon mal besser.< hustete er und blickte sich kurz zum Tresen um.

>Warte auf das Essen, dann schmeckt er dir wieder.< Bettina lächelte und sah Chris dabei eine Sekunde länger als üblich an.

Sie mochte ihn immer noch, keine Frage. Nach ihrer Trennung war es schwer miteinander zu arbeiten doch sie konnten sich immer aufeinander verlassen. Mit der Zeit spielte es sich irgendwie ein. Seine Unsicherheit in manch einer Situation überspielte er gern mit kleinen Witzchen, dass machte ihn sympathisch, jedenfalls für Bettina. Chris war auch ein guter Zuhörer, so konnte er lieb, einfühlsam und zärtlich sein. Kaum zu glauben bei dem was er so manches Mal von sich gab.

>Was denkst du?< Chris versuchte einen zweiten Schluck, der schon etwas besser schmeckte.

>Alte Zeiten mein lieber... an alte Zeiten.< Betty zerteilte ein Brotstück und tunkte es gedankenverloren in den Dip.

>Komm, lass die Vergangenheit, wir trinken auf die Zukunft... auf dich...< Chris hob sein Glas.

>Auf uns...< sagte Betty schnell und ließ die Wandungen der Gläser erzittern.

Die Pizza lag dampfend auf der dunkelbraunen übergroßen Holzplatte die Chris gereicht wurde, und das Aroma war schier unbeschreiblich. Betty freute sich über ihre mit reichlich herzhaftem Käse überbackenen Schinkennudeln, dazu viel Oregano und Parmesan. Auch ein Erlebnis für das Auge und eine Vorfreude für den Magen...

Einfach, aber ein Leckerchen.

Die beiden Kommissare aßen mit großem Hunger, weder Handy noch Bombenalarm hätten eine Chance gehabt sie jetzt aus der Ruhe zu bringen. Bettina bestellte ein zweites Glas Weißwein und ein Wasser dazu, Christian tat es ihr gleich, doch blieb er bei der roten Version des vergorenen Traubensafts.

Schweigend ergaben sie sich für einige stressfreie Momente dem Genuss der italienischen Köstlichkeiten, übernahmen die Gaumenfreuden Regie und verzauberten die Geschmacksnerven.

>Nein... das schaffe ich nicht alles, auf keinen Fall. Möchtest du ein wenig Pizza von mir? Ich bin pappsatt.< Chris pustete und rieb sich den Bauch.

>Ich schaffe ja nicht einmal meine Nudeln.< erwiderte Betty noch kauend. Nachdem sie den Happen knusprig gebackenen Käse mit dem letzten Schluck aus ihrem Glas herunter spülte, zog sie es ernsthaft in Erwägung noch ein drittes Glas zu ordern.

Sicher schien es dem Guten zu viel, doch heute musste es mal sein.

>Hey hey, hast du noch etwas vor heute? Kommt Raphael etwa zu Besuch?< frozelte Chris herum.

>Nein du Spinner. Mir ist eben danach und irgendwie habe ich das Gefühl so schnell bekomme ich nichts mehr. Ach ja, für diese Unverschämtheit begleitest du mich selbstverständlich nach Hause. Und wenn du dann schon einmal da bist, öffnen wir die Mail von Carl und sehen uns die Namen und Daten der Frauen an. Wäre doch gelacht wenn da nichts dabei raus kommen würde.< Bettina legte die Gabel zur Seite und lehnte sich stöhnend zurück.

Auch Chris`s Magen fühlte sich an als würde er gleich platzen und rieb sich erneut den Bauch.

>Ende, nichts geht mehr. Hab das Gefühl, die Pizzen werden immer größer und ich begleite dich natürlich gern nach Hause.< er zwinkerte ihr kurz zu.

Betty stakste einen Ellenbogen auf den Tisch, legte ihr Kinn auf die Handfläche und sah Chris mit halb zugekniffenen Augen an.

>Und bilde dir bitte ja keine Schwachheiten ein junger Mann, das mit uns beiden ist vorbei. Ich hoffe du gannst dich daran erinnern?< Betty hickste und quickte dabei wie ein Hamster im Gemüsebeet.

>Aber selbstverständlich, ich werde charmant, brav und unwiderstehlich sein, wie immer.< Er musste lachen, als ihr Kinn von der Handfläche rutschte.

>Du meinst unausstehlich... pass wohl eher.< Bettinas anfängliches "lallen" war nicht zu überhören und sekündlich nahm es zu.

>Jetzt gehst du aber zu hart mit mir ins Gericht...< er spielte den beleidigten.

>Doch nichts für ungut, da ich, deiner Meinung nach, unausstehlich bin, werde ich die Rechnung übernehmen.<
>Du bissein Schatz bissu...< Bettina warf Chris ein Küsschen zu und leerte ihr drittes großes Glas etwas zu schnell.

Zum Abschied wurden die zwei Kommissare vom Chef des Hauses genötigt, einen Grappa zu verkosten. Da Bettina, Christians Grappa mit trank, kam alsbald das endgültige Aus.

Bei diesem rutschigen Wetter durch die Aachener Altstadt zu laufen, mit einer stark angetrunkenen Frau im Arm, war kein Vergnügen, aber eine sportliche Herausforderung allemal. Sie rutschten wirklich mehr als sie gingen. Nur gut das Bettina nicht weit vom Restaurant entfernt wohnte. Dort angekommen, kramte Chris das Schlüsselbund aus Bettys Gesäßtasche. Ihr straffes festes Hinterteil... *„Hmmm, fühlte sich immer noch gut an und in der engen weißen Jeans sah sie immer noch sehr gut und einfach zum Anbeißen aus..."* dachte er schmunzelnd.

>Hey - du... fass mir nich einfach nich so unverschämt an den Hindern... gannsssu denn nich fragen?< Betty stieß ihm den Ellenbogen in die Seite.

>Ich bin aine Gommisarin auser Diens... bin isch näämlisch...< sie hob mahnend den Zeigefinger.
>Wohl eher außer Rand und Band... gut das du unter Polizeischutz stehst.< meinte Chris lächelnd.
>Na dann bringe er mich hoch, mein Bolisist.<

Die geräumige Wohnung befand sich in der zweiten Etage. Chris kannte sie in und auswendig. Zwei Jahre waren sie enger befreundet, man konnte es schon als Beziehung bezeichnen, eine sehr lockere Beziehung. Der ewige Stress, die teilweise sehr unterschiedlichen Dienstzeiten beendeten die Geschichte jedoch, seinem Empfinden nach zu urteilen, viel zu früh.

Mitte des Jahres wurden sie dann dem Altmeister der Kriminologie Hauptkommissar Walter Kortemeier unterstellt und entwickelten sich zu einem erfolgreich arbeitenden Team.

Zwangsläufig mussten die beiden Beamten enger zusammenarbeiten, zusammenrücken, gemeinsam etwas unternehmen, Fälle bearbeiten, sahen sich täglich und hockten stundenlang zusammen. Wohl zu viel für eine richtige Beziehung.

Nichts körperliches aber freundschaftlich kamen sie sich wieder Stück für Stück näher, das gefiel ihm, denn endgültig aufgegeben hatte er Bettina noch nicht.

>Oh... bin ich knülle, dad jibbes ja nich, vonnem büschen Wein...<

>Den hast du zu schnell genossen, ganz klar. Wenn man es umrechnet, kommst du auf eine gute Flasche mein Herz. Leg dich ein Moment auf die Couch.< Chris bugsierte sie auf das Sitzmöbel und zog ihr die schwarzen Fellstiefel aus.
Bettina fasste umständlich nach seiner Hand und ließ sie in Herzhöhe auf ihrer weichen Brust ruhen.

>Sssss schlägt nurfürdich...< Chris schluckte trocken, zog schnell seine Hand zurück.

>Ich danke dir. Und nuuun, schön zudecken, hier ist ein Kopfkissen, ich hol dir ein Glas Wasser mein Kleines.<

>Danke Papa... die liebe Gommissarin möche noch ein gudde Nach Küsen haben.< bettelte sie und formte ihre Lippen zu einem süßen Kussmund. Da konnte Chris nicht widerstehen ergab sich ihrer Forderung. Betty seufzte, sank auf ihr Kissen, schloss die kindlich glänzenden Augen und schlummerte sofort ein.

Das mit dem Wasser konnte Chris sich sparen. >*Tja, nun komme ich nicht mehr an die Daten, das Passwort schläft bereits selig und jetzt noch Carl wecken, lieber nicht.*
Dann muss die Recherche eben bis morgen warten.< brummelte er vor sich hin.

Im geräumigen Wohnzimmer knipste Chris das Licht aus, wusch sich im Bad ein wenig das Gesicht, zog sich aus und machte es sich schließlich in Bettinas Schlafgemach gemütlich. Sekunden bevor er einschlief hoffte Chris keinen Fehler gemacht zu haben, vielleicht hätten sie die Fotos sofort auswerten sollen.

Doch der schöne Ausklang des Tages entschädigte für so manch unbezahlte Überstunde, und Morgen war schließlich auch noch ein Tag.

In der Wohnung kehrte eine entspannte Ruhe ein, nur die leisen, gleichmäßigen Atemzüge der beiden schlafenden Kommissare unterbrach die dunkle, friedliche Stille...

XXX

Kapitel 18 Katharina & Alexander
Köln am Hauptbahnhof   Freitag 11 Dezember   15.30 Uhr

𝒟er Bahnhof krachte aus allen Nähten. Verspätungen, ganze Züge fielen aus, die Natur hatte den Menschen im Eisgriff. Schneechaos in ganz Deutschland, kein Gebiet blieb verschont und das mittlerweile Mitte Dezember, wo doch der Winter offiziell noch gar nicht begann, so stand er gerade erst in zarter Blüte, was würde da noch kommen? Kathis Füße fühlten sich an wie Eisklumpen, versuchte vorsichtig die Zehen zu bewegen, aber das half auch nichts. Geduldig wartete sie auf „ihren" Intercity-Express, der im Normalbetrieb seit gut fünfundzwanzig Minuten im Bahnhof stehen sollte. Ab und an hörte sie ein leises Fluchen, Meckern, Schimpfen... doch gegen die höhere Gewalt gab es nur Geduld.

>*Achtung, Achtung... eine Zugdurchfahrt, bitte vom Gleisrand zurücktreten...*< krachend kam die Durchsage aus den vereisten Lautsprechern. So rauschte das elektrisch betriebene Ungetüm keine sechzig Sekunden später unaufhaltsam heran. Schneeplatten lösten sich vom einfahrenden Zug, zerstoben im Fahrtwind und hüllten ihn und den Bahnsteig ein, in einem Nebel aus Eis.

Kathi blickte dem einfahrenden Zug voller Sehnsucht entgegen, sie hatte nächtelang nicht mehr richtig geschlafen, nicht richtig gegessen, war total ausgelaugt, abgemagert. Irgendetwas nicht fassbares in ihr hielt sie dennoch wach, quälte, marterte sie. Dieses, sie immer begleitende kaum zu kontrollierende, wollüstige Verlangen. Die Ereignisse der letzten Tage und Wochen schlugen langsam voll durch.

Der Gedanke daran dem ein Ende zu bereiten fühlte sich für eine kleine gefühlte Ewigkeit von zwei drei Sekunden unglaublich verlockend an.

Die Zeit gefror, dehnte, verlangsamte sich.

Sie starrte dem Metallungetüm direkt in die Augen.

>*Du oder ich...*< ein Sirren in ihrem Kopf - Zeitraffer des Schicksals... einfach fallen lassen, lass dich doch einfach fallen, ein kurzer Schlag... dann ist endlich Ruhe... süße endlose, erlösende Stille...

„Du bist verrückt, hör auf so einen Mist zu denken... du hast Verantwortung" schrie es laut in ihr.

Der Film lief weiter.

Der Zug fuhr zwar mit gedrosselter, dennoch hoher Geschwindigkeit an den wartenden Menschen vorbei und brachte einen kleinen Schneesturm mit. Kathi, und viele der anderen Wartenden, wandten sich schnell vom beißenden Fahrtwind ab. *„Unglaublich, was den Bahnkunden zugemutet wurde"*, dachte sie. Kathi spürte, wie ihr die Zornesröte ins Gesicht schoss. Die Ablenkung und Erregung tat im Großen und Ganzen gut. Ihr Kreislauf sprang an, sie spürte ihre Füße nun wieder und die Bahn mit Frank an Bord sollte in den nächste Zehn Minuten den Bahnhof erreichen, na... das war doch schon mal was Positives...

Der Intercity-Express brauste wie angekündigt in den überdachten Kölner Hauptbahnhof ein. Auch dieser Zug brachte wieder Eis, Schnee, kalten Wind und hoffentlich den lang ersehnten Fahrgast mit. Die behandschuhten Hände fest auf ihre verfrorenen Ohren gepresst, wartete Kathi ungeduldig darauf, dass das grässliche Quietschen der Bremsen endlich nachließ. Das Geräusch war einfach fies. Sie hatte das Gefühl, jeden Moment müsste ihr Trommelfell zerreißen, furchtbar.

Neugierig schlenderte Kathi den Zug entlang, sah in den einzelnen Abteilen hinein. Nichts von ihm zu sehen.

Menschengewusel, Gepäckstücke und Reisende zogen in langen Schlangen an ihr vorüber. War er wirklich nicht dabei?

Jemand fasste ihr von hinten auf die Schulter. Katharina fuhr erschrocken zusammen, hielt inne, drehte sich langsam um, ihre Augen trafen sich. Sekundenlang sahen sie sich schweigend an und taten nichts... gar nichts...

Die Zeit mochte nicht fließen, zögerte, um die Zweisamkeit ja nicht zu stören...

Ein hohes, schrilles Pfeifen ertönte, was sich mehrmals wiederholte. Die Türen des Intercity-Express schlossen sich, der weiße Wurm aus Plastik und Metall ruckte an, nahm behäbig Fahrt auf und verschwand mit seinem Inhalt aus Fleisch und Blut aus dem Bahnhof.

Alexander überwand seine innere Starre zuerst. Sprach etwas, räusperte sich und wiederholte seine Worte.

>Hallo Katharina... ich... ja ich bin äh... froh endlich bei dir zu sein.< stotterte er.

„In Wirklichkeit sah er noch besser aus...", dachte Kathi und zog ihre Mundwinkel nach oben.

>Ja, hallo Frank... schön das du endlich hier bist. Habe schon nicht mehr damit gerechnet.< Sie umarmten sich. Ihre kalten aber weichen Lippen fanden seine leicht stoppelige Wange. Das selbe Spiel, die gleichen Worte, nur eine andere Frau. Auch hier ging es die Treppe hinab zu den U-Bahnen in den Untergrund. Alexander blieb wenige Zentimeter hinter ihr zurück und sah Kathi von der Seite her an. Eine nicht zu beschreibende, faszinierende Aura ging von dieser Frau aus. Unsichtbare Fäden hielten ihn sofort gefangen, wie das Netz der schwarzen Witwe. Diese Bewegungen, grazil, selbstsicher und beherrschend... beeindruckend.

Was hatte er doch für ein Glück so eine Frau getroffen zu haben.

,,*Doch... woher kenne ich sie nur*" dachte Alex zum wiederholten Male.

Bis der "Groschen" fiel, dauerte es noch eine Weile, sie erreichten mittlerweile schon die U. Achtzehn. Ihm wurde heiß und kalt gleichzeitig, der Gefühlsausbruch der ihn überfiel war kaum zu unterdrücken, seine Nackenhärrchen standen aufrecht. Jetzt wo sie ihm so nah gegenüber stand...

„*Die Postbotin... ja natürlich... die Postbotin...*" jetzt wusste er es. Die Geschichte mit der falschen Identität. *Sie* hatte ihm den Brief überreicht. Sein über fünf Wochen gewachsener Bart, die Sonnenbrille, Katharina hatte ihn jedenfalls nicht wiedererkannt. Ein unglaublicher, gewaltiger Zufall, oder Vorhersehung, sollte Kathi tatsächlich diejenige Welche sein? Ein gewisses Studium ihres Charakters vorausgesetzt, wollte Alexander erst später den Umstand ihrer ersten Begegnung aufklären, nur nicht zu früh mit dieser neuen Erkenntnis hausieren gehen.

Mit der „Achtzehn" achteinhalb Minuten bis zur Haltestelle am Neumarkt. Danach umsteigen in die U1 und noch einmal gut sieben Minuten zum Rhein-Energiestadion. Der kleine unbedeutende Rest des Weges war zu Fuß leicht zu bewältigen, wie Katharina meinte.

Der Schweigemarsch bis zu ihrem Wohnblock dauerte keine zehn Minuten. Jeder hing seinen mehr oder weniger düsteren Gedanken nach.

Nachdem Alexander die Wohnung betrat, fühlte er sich erneut wohl und geborgen. Die stilvolle Einrichtung und ihr Händchen fürs Detail trafen seinen Geschmack.

„Komisch, dass ich nicht auf so schöne Ideen komme, nicht so kalt und steril wie bei Evelyn..." Der Gedanke an Eve versetzte ihn augenblicklich einen groben Schlag in die Magengegend, verursachte einen leichten Schwindel, was auch Kathi nicht gänzlich verborgen blieb.

>Was ist mit dir... verlässt dich dein Mut? Keine Lust mehr auf Abenteuer?<

>Doch, doch... ich dachte nur an etwas... jetzt bin ich wieder ganz bei dir... hast du irgendwas zu trinken? <

>Alkoholisch vielleicht?<

>Erst mal nicht, mein Hals ist trocken, Wasser genügt für den Moment.<

>Wie du meinst mein Lieber, danach bekommst du aber einen Aufmunterer, damit deine Gesichtsfarbe einen anderen Ton annimmt. < Katharina Schmunzelte als sie die Worte sprach.

>Fühl dich wie Zuhause... geh doch schon mal ins Wohnzimmer, setzt dich, ruh dich aus. Wir sind allein, meine Tochter ist nicht da und kommt erst sehr spät Heim.< Alexander wäre beinahe am Türrahmen hängen geblieben, drehte sich zu Kathi um.

>Du hast eine Tochter? Das hast du mir aber vornehm verschwiegen. Wie alt ist sie?< Er zog sich die Jacke aus, ließ sich auf das weiche, gemütliche Wohnzimmermöbel fallen.

>Ach Frank, ich muss dir doch nicht gleich alles auf die Nase binden, oder?< rief Katharina aus der Küche.

>Sie ist siebzehn geworden, vor ein paar Tagen.<

>Aha, siebzehn, dein Mann, äh Verzeihung Exmann lebt jetzt in Leverkusen hast du geschrieben, stimmt das denn wenigstens?<

Sie kam zurück.

>Hier bitte, dein Wasser. Ja, das stimmt tatsächlich. Aber was wollen wir über "den" reden, ist doch alles längst Vergangenheit, außerdem zieht mich das runter, bekomme schlechte Laune. So, ich stoße mal mit Sekt an. Auf uns, auf unser Wohl...< Kathi brauchte jetzt einen süßen Aufwärmtrunk in Form eines Prosecco. Sie setzte das Glas wieder ab.

>Und ich hoffe, du bist kein irrer, perverser Triebtäter und Mörder... denke ich doch... **Herr Langemann...**< Katharina nahm noch einen Schluck und sah Alex über den Glasrand hinweg an, beobachtete seine Reaktion.

Sein Wasser hatte Alexander bereits halb leer getrunken, nach Kathis Worten verschluckte er sich und die Hälfte sprudelte wieder aus ihm heraus.

>Entschuldige... (hustete noch einmal) kleiner Hustenanfall...< kommentierte er sein "Missgeschick" mit kratziger Stimme.

>Du kannst dich an mich erinnern?< Das Frage- und Ausrufezeichen in seinem Gesicht nahm die Größe des Kölner Doms an.

>Ja, mich traf es wie ein Blitz vorhin am Bahnhof, da fiel es mir ein, woher ich dich kenne. Ich glaube, da bist du mir noch eine Erklärung schuldig oder? Und... ich hole erst einmal einen Lappen.

>Da ging es mir wie dir... du kamst mir auch sehr bekannt vor...< rief er ihr hinterher.

Sie wischte die Wasserspritzer vom Tisch und Boden, sah ihn von unten her an.

>Sag mal, es ist zwar noch relativ früh am Tage aber hast du Lust auf ein Bad zum heiß werden, ich meine natürlich zum Aufwärmen?< Kathi lächelte und Alexander hustete noch einmal.

>Das ihr Frauen immer Baden müsst...< erwiderte Alex belustigt.
>Was meinst du?<
>Nichts, nichts... schon gut.< log er schnell und winkte ab.
>Dagegen habe ich nichts einzuwenden, ich bin tatsächlich einigermaßen durchgefroren. In dem unterkühlten Zugabteil untätig herum sitzen ist einem stabilen Kreislauf recht abträglich...<
>Gut, dann bereite ich uns mal ein gemütliches Ambiente.
Außerdem habe ich dir noch etwas mitzuteilen, möchte dich einweihen in eine Geschichte, die mir wirklich sehr am Herzen liegt, mein Lieber. Ich hoffe du teilst mein kleines, spezielles "Hobby". Sag Liebster... glaubst du eigentlich an Geister und Dämonen?<

XXX

Kapitel 19 *Kopfwäsche*
Aachen Bettinas Wohnung   Donnerstag 11 Dezember   8:30 Uhr

*E*s musste das Geräusch einer Hummel sein... Sommer, Sonne, eine bunte Blumenwiese. Saftiges grünes Gras, Fliederduft in der Luft. Ja, da war sie doch, eine dicke fette Hummel, sie flog direkt auf ihn zu und...
Chris wachte auf, sein Handy rappelte und brummte in einem tiefen Ton über das dunkelbraun gebeizte kleine Holznachttischchen. Schlaftrunken griff er danach bevor es über den Rand fiel.

>Scheiße, es ist ja schon halb neun. Das ist doch... so ein Mist. Albrecht...< seine Stimme klang belegt, rau und verschlafen.
>Guten Morgen... Carl hier. Bist du gerade aufgewacht? Wo seid ihr? Ich versuche euch abwechselnd seit einer guten Stunde zu erreichen. Es gibt eine Tote, wieder passend zu unserem Schema. Wann könnt ihr hier sein? Ist Betty bei dir?<
>Nein, äh ja na klar... ist sie... verdammt, einfach verpennt, wir kommen so schnell es eben geht, circa ne knappe Stunde. Bis gleich...< Der Kommissar legte hektisch auf, knallte das Handy auf das kleine Holzmöbel zurück und war hellwach.

Chris rieb sich die Augen, wo lagen doch gleich seine Klamotten, und wo kam eigentlich die dritte Hand her, die sich in Bauchhöhe an seinem Shirt festkrallte?
Bettina lag ausgezogen bis auf Slip und T-Shirt hinter ihm. Sie schlief immer noch fest. Die Haare zottelig um ihr Gesicht verteilt, hübsch sah sie aus. Irgendwann in der Nacht musste die Süesse zu ihm gekrabbelt sein, ein schönes Gefühl. Chris gab ihr einen Kuss auf die Stirn. Betty öffnete langsam ihre Augen, gähnte ausgiebig.

>Guten Morgen mein schlafender Engel... dein Atem könnte einen Säbelzahntiger killen... und wir müssen in spätestens fünfundfünfzig Minuten im Präsidium sein...<

XXX

Aachen Kriminalkommissariat Freitag 11. Dezember 9:30 Uhr

*E*in Schmunzeln konnte sich manch ein Kollege nicht verkneifen beim Passieren der Bürotür des Hauptkommissar Kortemeier. Seine von der Krankheit noch stark belegte Stimme war dennoch laut und deutlich zu hören. Die Standpauke hatte sich gewaschen und schien auch noch nicht beendet.

>Was ist nur los mit euch, wenn einer Mist baut, ok... doch nicht alle beide... ihr Turteltäubchen amüsiert euch in den Betten, während andere Leute für euch die Arbeit machen. Ich sitze hier seit halb sieben, mein Kopf platzt. Die Presse hat nen Tipp bekommen, zerreißt sich das Maul über uns. Irgendjemand muss geplappert haben. Der Bürgermeister sitzt mir deswegen im Nacken.

Seht euch die bescheuerte Schlagzeile hier an, zum kotzen ist das... *„Massenmörder in Aachen? Polizei machtlos!"* Wartet, es geht noch weiter. *„Der für diesen Fall zuständige Beamte Hauptkommissar Walter Kortemeier steht vor einem Rätsel. Ist er der Sache überhaupt gewachsen?"* Das kann doch alles nicht wahr sein. Diesem Zeilenrandalist werde ich es zeigen... Wie kann man so ein Quatsch Schreiben. Völlig aus der Luft gegriffen...<

>Walter, ich bitte dich, das ist Privatsache... und so oft...< Chris kam nicht sehr weit, Walter fuhr ihm in die Parade.

>(etwas lauter) Ich rede jetzt... verdammt noch mal... (sehr laut)... **ich rede jetzt!!** Komm mir nicht auch noch mit schülerhaften Ausreden... Privatsache... bla bla is das...< Walter versuchte sich wieder zu beruhigen und holte tief Luft.

Christian hob abwehrend seine Hände, wollte antworten, doch Bettina sah ihren Kollegen an, kniff die Augen zusammen und schüttelte kaum merkbar mit dem Kopf. Chris verstand den Wink.

>Walter, bitte berichte weiter.< warf sie diplomatisch ein.

>Himmel Arsch und Zwirn... also, unser Carl hat mich umfassend aufgeklärt. Betty, er hat dir gestern die Informationen gesendet. Die habe ich mir heute Morgen angesehen. Dazu aber gleich mehr.

Heute Morgen hat wiederum Carl Infos bekommen, dass es in Berlin eine Tote gibt, die perfekt in unser Muster passt. Nur nebenbei, Carl ist gestern gegen Mitternacht gegangen und war heute Morgen schon um sechs im Büro. Alles klar? Ihr zwei werdet in Kassel und Berlin die Tatorte besichtigen. Die jeweiligen Dienststellen wissen Bescheid, ihr bekommt jeweils jemanden zugeteilt der euch vor Ort begleitet. Derweil gibt es hier im Hause gleich eine Besprechung. Höchstwahrscheinlich wird eine Sonderkommission ins Leben gerufen, bestehend aus uns vier und mit gewissen Bundesland übergreifenden Kompetenzen. Das jedenfalls werde ich gleich vorschlagen. Wie weit seid ihr gekommen?< Walter sah die beiden Kommissare abwechselnd an.

>Die Zeugenbefragungen sind soweit abgeschlossen, die nächsten Verwandten sind informiert. Weiter sind wir noch nicht gekommen.< Chris`s Stimme war kaum zu vernehmen.

>So, so... weiter seit ihr noch nicht gekommen. Mensch ihr zwei macht mir langsam ernsthaft Sorgen.< Walter schüttelte den Kopf.

>Walter, was ist jetzt mit den Daten aus dem PC von diesem Kurt Hallbacher? Gibt es neue Informationen oder Querverbindungen zu potentiellen weiteren Opfern?< Betty versuchte krampfhaft etwas Professionalität in das Gespräch zu bekommen.

>Gut, jetzt etwas zu dem Thema. Unser Verblichener hatte circa dreißig bis vierzig Kontakte zu verschiedenen Frauen hergestellt, circa Zweihundert-fünfzig bis Dreihundert Mails oder Nachrichten nur über die Seite des Internetportal-Anbieters Versand.

Laut Aussage dieser Firma ist das nicht unüblich. Wie es zurzeit aussieht, sind fünf bis sechs Damen übrig geblieben mit denen er im Dauerkontakt stand. Hier konzentrieren wir uns auf einen weiblichen Mörder. Potenziell sind erst einmal alle genannten Frauen unsere Verdächtigen. Eine von den Damen ist unsere „Gottesanbeterin"<

>In Kassel und Berlin sind doch nur Frauen die Opfer?<

>Bettina, bitte lass mich ausreden. Zu dem Thema komme ich jetzt. Wie du also schon festgestellt hast, gibt es einen männlichen Toten und zwei weibliche Tote. Bei allen Dreien das gleiche Schema und jetzt kommt es, auch die Tote Evelyn Grünau aus Berlin war gemeldet bei dem uns bestens bekannten Internet Singletreff, GOL. Eine Querverbindung zu den Opfern ist also gefunden.<

>Was ist mit den DNA-Tests, den Spuren von den Tatorten? Was ist mit dieser Zeichnung?< Chris wurde wieder etwas mutiger.

>Die Tests müssten frühesten morgen früh zur Verfügung stehen. Die Namen der infrage kommenden Damen unseres Toten sind Kirsten Sundermann aus Höxter, Elina Tarbas aus Recklinghausen, Katharina Gerland aus Köln, Monika Reschke aus Bochum sowie Petra Gutman aus Stuttgart oder aus der Nähe Stuttgarts. Da Köln mir als Nächstes erscheint, werde ich mich dort hin begeben, um der Frau Katharina Gerland persönlich auf die Finger zu klopfen. Ich fahre allein, Carl bleibt hier und koordiniert alles.

Die verbliebenen Damen werden von den Kollegen vor Ort aufgesucht.

Weitere Informationen zu den beiden toten Frauen wird Carl wohl erst heute Nachmittag bekommen. Er wird euch auf dem Laufenden halten. Zusammengefasst gehen wir also, wie es momentan aussieht, von einem weiblichen und einem männlichen Täter aus.

Die Theorie, dass es sich um einen einzelnen Killer handelt, können wir beinahe begraben. Zwei Morde sind fast zeitgleich geschehen und gut dreihundert Kilometer auseinander.<

Der durchaus drahtige und circa Einmeter-fünfundneunzig, hoch aufragende Hauptkommissar, hätte sicher auch eine gute Figur als Schleifer beim Militär abgegeben, lehnte sich in seinem ledernen Bürostuhl zurück und trank seinen Kaffeebecher mit dem eiskalten, bitter schmeckenden Inhalt leer, was keinen Freudenausdruck auf sein Gesicht zeichnete.

>Fragen, Anregungen, Einwände hierzu?< Abwechselnd sah Walter die Kommissare erneut an.

>Soweit habe ich alles notiert. Noch einmal zum zeitlichen Ablauf. Wir zwei also, fahren heute am frühen Nachmittag nach Kassel, anschließen geht es in Richtung Berlin. Vor Ort wissen die Kollegen Bescheid. Du fährst ebenfalls heute Nachmittag, aber nach Köln, zu dieser Katharina Gerland. Carl meldet sich wenn es Laborneuigkeiten bezüglich der Kassel / Berlin Morde gibt. Gegebenenfalls oder fast sicher wird eine Soko gebildet. Alles Richtig?< Bettina klappte ihr Notizbuch zu und griff zur Kaffeetasse.

>Genau so ist es. Noch eine Bitte an euch, wir müssen in Kontakt bleiben, also Handys anlassen, kapiert?<

>Alles klar Walter...< Betty schlug mit der flachen Hand auf Christians Schulter.

>Komm Alterchen, ein paar Sachen packen.<
>Ach ja, bevor ihr geht... so etwas wie heute Morgen gibt es kein zweites Mal, ist das angekommen?< Walter sprach gefährlich leise, zog seine Stirn in tiefe Falten. Beide nickten hastig mit dem Kopf und verschwanden aus dem Büro.
So schnell wie nur möglich wollten sie sich auf dem Weg machen und hasteten über den Flur.

Den hämischen Blicken der Kollegen konnte sie sich nicht ganz entziehen, bis Christian der Kragen platzte.
>Glotzt doch nicht so blöde, Mensch das ist doch unglaublich, noch nie nenn Anschiss kassiert? Scheiße nochmal, da kommt man ein mal in vier Jahren zu spät.<
>Chris, beruhige dich bitte wieder, es ist doch nichts passiert.<
>Ach nee... der behandelt uns wie zwei kleine Kinder und es ist nichts passiert. Man oh man, du bist vielleicht naiv.<
>Hast ja schon irgendwie Recht. Doch ganz unschuldig sind wir nun nicht, oder? Und jetzt konzentrieren wir uns auf den Fall. Keine Fehler mehr, OK??!!<

XXX

Köln Katharina Gerlands Wohnung Eschweiler-Straße 16 Freitag 11. Dezember 16:31Uhr

Kathi liebkoste ihres Liebsten Lippen, biss neckisch in seine Zunge, es schmatzte laut bei jedem Kuss. So gut, so verdammt gut schmeckte er, ihr Verstand wollte aussetzen, vibrierte, wurde blind und taub, begann zu zittern, ergab sich ganz dem samtigen Moment der lustvollen Berührungen, wollte sofort sterben, als er ihr brennendes Fleisch berührte. Waren es schon Liebesflammen die aus ihren Augen schossen? Sie wollten ihn roh verzehren...

Es klingelte... noch einmal... noch einmal und viel länger...
Wie ein Wecker, auch elender Traumkiller genannt, holte das nervende Geräusch sie augenblicklich aus den tiefsten wundervollsten Träumen, zurück in die nackte und brutalste Realität. Sofort verstummten auch ihre ewig anwesenden lästigen Hirnbegleiter...
>Bekomme ich denn in diesem verdammten Haus überhaupt keine Ruhe mehr?< atemlos erregt knurrte sie die Worte.
Noch ein Klingeln. Sie legte ihre Stirn an seine.

>Frank... mein süßer Frank... bitte warte auf mich, ich sehe rasch nach wer da stören möchte.< flüsterte Kathi, küsste ihn, warf sich eilig den weißen Frotteebademantel über, stieß in der Hektik ihre Ledertasche um, zwei blank polierte Holzgriffe kamen wie zufällig zum Vorschein... und ging auf Zehenspitzen zur Wohnungstür.
Wie ein begossener Pudel stand Alexander auf den warmen, rutschigen Badezimmerfliesen und wollte es nicht fassen.

Gerade als er so weit war, all seine Zweifel und Vorwürfe zu überwinden, sein verpestetes, schwarzes „Ich" zu beherrschen, seinen Todesrausch auszuschalten... es durfte einfach nicht sein. Dieses Mal musste er sich zurückhalten.
Er schlug sich mit dem Handballen vor die Stirn. Lasst mich in Ruhe... ich werde ihr nichts tun...

Zitternd und Kopfschüttelnd setzte er sich auf den kalten Wannenrand und dachte über Katharinas "Hobby" nach. Nicht Hobby, sondern schon eher besessen von „Dem" worüber sie sprach. So kam es ihm jedenfalls vor. Warum waren ihr diese, wie hießen sie doch gleich... Etrusker, so wichtig? Kathi würde es ihm sicher noch erklären...

Sein Gedankenstrom wurde jäh unterbrochen als die Badezimmertür aufflog...

xxx

Kapitel 20 Alte Wölfe sterben einsam
Aachen – Köln Freitag 11 Dezember 15:05Uhr

𝓑esprechungen und Konferenzen, dass war nichts für Walter. Diese endlosen verbalen Zappeleien, nicht zum Aushalten. Das ewige drumherum Diskutieren, über Dinge, die eigentlich dringend notwendig waren, immer wieder wiederholte man dieselben Argumente. Gegenargumente kamen auf den Tisch. *„Ja meinen sie denn, wir können das verantworten? Denken sie doch an die Kosten".* Ja, die Kosten, warum wurde dann überhaupt diskutiert? *„Eigentlich"* so dachte der Hauptkommissar weiter *„Gab es doch nur diese runden Tische um den hohen Herren die Chance zu geben genau das zu sagen. Ich habe ja gesagt, die Kosten..."* Und schon wurden andere verantwortlich gemacht, doch deren Posten waren sicher und der Kopf somit fix aus der Schlinge gezogen. Genau so verhielt es sich dieses Mal auch. Das gleiche Schema wie immer. Die aus ihm selbst, seinen Mitarbeitern Carl, Bettina und Christian bestehende Sonderkommission wurde letztendlich auf den Weg gebracht. Soko Etruska taufte man sie schließlich und sie wurden auch mit einem gewissen Handlungsspielraum ausgestattet. Bei einem Erfolg könne man die Geschichte der Öffentlichkeit vorteilhaft präsentieren.

"Dafür haben wir nun geschlagene zwei Stunden gebraucht, unglaublich." Walter saß in seinem Dienstwagen und war auf dem Weg nach Köln. Aktion, ja das liebte er an seinem Beruf. Büroarbeit machte ihn krank. Gut fünfzig von zu bewältigenden siebzig Kilometer brachte er bereits hinter sich. Sicher wird es schon dunkel sein wenn er sein Ziel erreichte.

Nur ein Fahrstreifen durfte auf der Autobahn zurzeit befahren werden.

Allmählich begann der Feierabendverkehr, man konnte gut beobachten wie er langsam dennoch stetig zu nahm. Schubweise Vorankommen ok, doch bitte kein Stau und schon gar nicht bei dem Wetter. Walter dachte an Weihnachten. Das Fest der Liebe... seine vierundzwanzig Jährigen Tochter hatte sich mit ihrem Verlobten angemeldet, zusammen werden sie bei ihm die Feiertage verbringen. Seine Ehe war vor drei Jahren in die Brüche gegangen. Seine liebe Exfrau feierte wohl mit ihrer neuesten Eroberung auf irgendeiner warmen Insel in der Karibik das Weihnachtsfest, >*Alles Gute... bon Voyage...*< brummelte er verächtlich vor sich hin. Auch die Musik aus dem Radio war der Jahreszeit und dem bevorstehenden Fest angepasst. Wie in vielen Jahren zuvor hörte man Wham aus den Lautsprecherboxen. Er konnte es nicht mehr hören oder gehörte es schon zu Weihnachten wie die Geschenke unter dem Christbaum? Da war er sich nicht ganz schlüssig.

Nur noch wenige Kilometer dann hatte Walter es ohne Stau geschafft und heil überstanden. Sein Navi gab zwischendurch ein paar Kommandos, dass war auch gut so, denn die rasch zunehmende Dunkelheit sorgte für etwas Schläfrigkeit nicht nur zwischen seinen Ohren. Auch sein Hintern konnte etwas Bewegung dringend gebrauchen. Eine Backe "taute" gerade wieder auf, es stach und kribbelte fürchterlich am Gesäß.

XXX

Köln Eschweiler-Straße 16 Freitag 11 Dezember 16:10Uhr

*N*ach dem dritten Läuten quäkte ein weibliches vorsichtig beinahe geflüsterstes *"Hallo"* aus dem Lautsprecher der Rufanlage.

>Guten Abend, Hauptkommissar Walter Kortemeier, entschuldigen sie bitte die vorabendliche Störung, ich müsste ihnen ein paar Fragen stellen.<

>Wer ist da Bitte?<

>Hauptkommissar Kortemeier, Kripo Aachen, ich hätte...< Der Türsummer unterbrach Walter und er konnte eintreten. Der Lift brachte ihn schnell zur dritten Etage. Einem an der Aufzugtür angebrachten Etagenplan nach, sollte er sich links halten.

Kein Mensch auf dem Flur. *"Gerland"* stand auf einem ovalen Messingschild an der Tür. Noch bevor sein Zeigefinger die Klingel drückte wurde die Wohnungstür einen Spaltbreit geöffnet. Er sah sofort das sie mit einer dicken Metallkette gesichert war. Walter zog seinen Ausweis aus der Innentasche seiner Jacke hervor und hielt ihn so das er ohne weiteres zu lesen war.

>Hauptkommissar Kortemeier, sie sind Frau Gerland?< Walter stellte sich noch einmal vor.

>Ja, das bin ich, was möchten sie denn von mir?< Ein wenig nicht gespielte Unsicherheit schwang in Kathis Stimme, was dem Kommissar nicht verborgen blieb.

>Frau Gerland ich habe ein paar Fragen an sie, dabei geht es um einen Mordfall. Dürfte ich für einige Augenblicke hereinkommen?<

Kathi schoss das Blut ins Gesicht, die Knie wurden weich. Ertappt, erwischt. Alles aus?
In Bruchteilen einer Sekunde fand sie ihre Fassung wieder.
Auf keinen Fall konnte Katharina jetzt einen neugierigen Kommissar in ihrer Wohnung gebrauchen.
>Eigentlich passt es mir im Moment absolut nicht. Könnten sie morgen wieder kommen?<
>Tut mir leid wenn ich ihnen Unannehmlichkeiten bereite Frau Gerland, doch ist es unerlässlich und absolut dringlich das ich ihnen ein paar Fragen zu diesem Fall stelle. Ich muss leider darauf bestehen.< Walters Stimme klang nun etwas schärfer, nicht mehr so höflich wie eine Sekunde zuvor.
>Also gut, dann kommen sie, ein Moment bitte.<
Kathi schloss die Tür um sie zu entriegeln, vorher hastete sie eilig zur Badezimmertür und gab ihrem Geliebten ein paar Anweisungen.
>Frank... geh in die Küche, zeig dich nicht und mach die Tür zu.< zischelte sie ihm zu, zog sich den Bademantel zu Recht, fuhr sich mit beiden Händen durch ihr zerzaustes Haar und öffnete.

>Bitte sehr Herr Kommissar, ich hoffe mein Aufzug stört sie nicht.< Kathi gab den Weg frei.
>Oh, nein nein, ganz und gar nicht und... es heißt übrigens Hauptkommissar, Frau Gerland. Vielen Dank das sie mir die Gelegenheit geben mit ihnen kurz zu sprechen. Sind sie alleine, oder haben sie Besuch?<
>Nein nein, ich bin alleine, meine Tochter ist nicht zu Hause. Gerade aus geht es ins Wohnzimmer. Bitte nicht erschrecken, es ist nicht gerade sehr groß und zur Zeit eher unaufgeräumt.<
>Das macht, wie gesagt, gar nichts.< Walter sah sich um.

>Na... da habe ich doch schon weitaus schlimmeres gesehen.< versuchte Walter zu scherzen. Sein Blick fiel nicht gerade zufällig auf den Monitor ihres Laptops.

Der Bildschirmschoner lief, allein diese Tatsache war nichts ungewöhnliches, nur, was er zeigte... denn genau das ließ seinen Atem in den Lungen gefrieren. Eine Gänsehaut fraß sich über seinen Rücken...

Sein Herz setzte einen Schlag aus... oder waren es doch zwei??

Das Bild zeigte Vanth, Dämonin der Unterwelt.

XXX

*S*ein Puls beschleunigte sich rasant, ruhig... ruhig... nicht auffallen, nur nicht auffallen und sich etwas anmerken lassen. Walter musste seine ganze langjährige Routine ausspielen, um in diesem Augenblick die richtigen Entscheidungen zu treffen. Er holte tief Luft und hoffte dabei, dass die Gerland nichts von der Schrecksekunde seines Zögerns mitbekam. Walter räusperte sich.

>Frau Gerland ihre Wohnung ist exzellent beleuchtet, gemütlich, warm und behaglich. Sterile Räume sind mir außerdem ein Gräuel, man muss auch sehen können, dass jemand in den Zimmern wohnt und lebt, eine persönliche Note eben, ja das ist es, eine persönliche Note, nicht war?< er lächelte hölzern...

>Netter Versuch Herr Hauptkommissar... aber bitte, setzen sie sich doch, nun bin ich langsam wirklich gespannt was sie von mir möchten.< Kathi bekam ihre anfänglich verlorene Sicherheit allmählich zurück, setzte sich in den Sessel und schlug die nackten Beine übereinander.

Der linke Teil des weißen Frotteebademantels rutschte dabei, gewollt oder ungewollt zur Seite, und gab den Blick auf ihre perfekt gewachsten Beine bis hoch zu den Oberschenkeln frei und es war noch etwas mehr zu sehen.... der Hauptkommissar erhaschte einen schnellen Blick, was Kathi mit einem sanften Lächeln quittierte.

>Ähämm... dann möchte ich sie auch nicht mehr länger quälen. Wie schon erwähnt, geht es um einen Mord. Ein Mann ist ermordet worden, und zwar in Aachen. Man hat mich und mein Team mit Vollmachten ausgestattet, um in diesem Fall zu ermitteln, auch über Stadtgrenzen hinaus.<

Katharina zog ihre Stirn in Falten und spielte ihre Rolle weiter.

>Ist ja schön und gut, doch was habe ich mit dieser Geschichte zu tun? Was sagten sie, Mord?.... oh nein, was bin ich für eine Gastgeberin...< Kathi schlug sich mit der flachen Hand vor die Stirn das es klatschte.
>Möchten sie einen Kaffee Herr äh... Kortemeier? Das war doch richtig?< Kathi legte ihren Kopf ein wenig schief und sah den Kommissar dabei fragend an.
>Ja, Kortemeier stimmt... Hauptkommissar... und Kaffee, ja das wäre wunderbar.<
>Milch und Zucker?<
>Ja bitte, von beidem etwas...<
>Einen Augenblick, bin sofort zurück.< Kathi erhob sich und verschwand Richtung Küche.

Für den winzigen Moment des Alleinseins war Walter froh und nutzte ihn zum intensiven nachdenken.
Konnte es wirklich ein Zufall sein? Einfach nur purer Zufall? Ein Mann wird ermordet aufgefunden, ein Bild liegt auf seiner Brust, zeigte die Dämonin oder Totenbegleiterin Vanth und bei der erst besten Befragung einer Verdächtigen findet sich ein Foto dieser altertümlichen Gestalt als Bildschirmschoner wieder. Nein, kein Zufall. Walter schüttelte den Kopf. Außerdem gab es mit Bestimmtheit nicht viele Menschen die sich mit den Etruskischen Dämonen beschäftigten... was sollte er jetzt machen? Eine schnelle SMS an die Kollegen um Verstärkung anzufordern? SMS ja, doch Verstärkung wäre Quatsch, mit ihr würde Walter wohl allein zurechtkommen.

Auch beruhigte ihn der leichte Druck an seiner linken Seite, im Notfall besaß er immer noch seine Dienstwaffe die versteckt in einem Schulterholster hing.

Walter mit seiner Walther wie Christian immer witzelte, der Kommissar verzog seine Lippen zu einem Lächeln. Carl oder Bettina sollte er auf jeden Fall informieren. Katharina Gerland vorübergehend festnehmen?

Ok, jedoch wollte er sie noch befragen, in die Enge treiben, versuchen ein Geständnis zu erzwingen. Seine Strategie musste jedoch geändert werden. Nach dem Ausdruck oder etwas über die Etrusker durfte Walter nicht mehr fragen, dass wäre einfach zu offensichtlich. Schnell tippte er ein paar Worte ins Handy, doch bei dem hektischen Versuch sie auch zu versenden, wurde er von Katharina Gerland gestört.

XXX

Kathi versuchte sich zusammenzureißen, sie wusste für einen Moment nicht mehr was sie machen sollte. Hatte der Spinner von Hauptkommissar auf den Laptop geschaut? Er zeigte keine Reaktion. Kaffee, ja das war eine gute Idee, sie konnte zur Küche gehen und einen Augenblick lang überlegen, außerdem hielt Frank sich dort auf. Im Vorbeigehen klappte sie auffallend unauffällig das Notebook zu. Frank stand immer noch nackt, nur mit dem großen Badehandtuch umwickelt, jetzt hinter der Küchentür und machte sich so klein wie nur möglich. Katharina sprach ihn leise an.

>Es ist ein Kriminalkommissar oder so... verdammt noch mal, was soll ich mit dem Kerl anstellen? Er stellt mir blöde Fragen... ich will ihn los werden, der soll mich doch in Ruhe lassen, immer diese Fragerei... ich kann nicht mehr...< mit flehendem Blick sah sie ihn an. Wieder rauschte es wild in Katharinas Kopf, die Luft schien zu flimmern.

Der Kaffeeautomat spuckte derweil die dampfende gut riechende Bohnenbrühe in die bereitstehende Tasse.
>Keine Angst meine Süße... ich bin doch bei dir, du kannst dich auf mich verlassen.

Verwickle ihn in ein Gespräch und halt ihn hin. Er muss mit dem Rücken zur Tür stehen... lass Dir etwas einfallen. Nun geh...< Alexander gab ihr einen Hauch von Kuss auf ihre zart rosige Wange.

Die gefüllten Tassen, den Zucker, die Milchtüte unter den Arm geklemmt, so balancierte sie vorsichtig ins Wohnzimmer, in froher Hoffnung der Kommissar hatte nichts bemerkt.

Die Stimmen in ihrem Kopf wurden lauter und lauter, Schwindel, der Nebel wallte auf, etwas Unbeschreibliches schob sich über ihre Gedanken, alles Eigenständige wurde mehr und mehr verdrängt, erstickt... gab es noch einen Ausweg?

XXX

>Sooo Herr Hauptkommissar, ihr Kaffee, Milch und Zucker... bitte Vorsicht er ist heiß.< Katharina platzierte das kleine Tablett auf den Couchtisch. Ihren Bademantel etwas enger geschnürt setzte sie sich Kortemeier gegenüber, schlug abwartend wieder die Beine übereinander und wippte nervös mit einem Fuß.

Walter rührte etwas Milch in seinen Kaffee, pustete vorsichtig in das dampfende Getränk, schlürfte mit gespitzten Lippen einen Schluck und fing noch einmal von vorne an.

>Also, ich fasse noch einmal zusammen Frau Gerland. Ein toter Mann, erdrosselt. Da wir Selbstmord als Todesursache definitiv ausschließen können, müssen wir davon ausgehen, dass es sich um einen Mörder oder um eine Mörderin handelt, das steht fest. Der Täter also hat akribisch versucht einige Spuren zu verwischen und es wurde anscheinend nichts gestohlen.

So können wir Diebstahl als Tatmotiv weitestgehend ausschließen. Vielleicht haben sich Täter und Opfer gut gekannt, es kam zum Streit usw... also, unsere Spezialisten haben unter anderem auch den Computer des Toten gesichtet, dabei tauchte auch ihr Name auf. Sie müssten ihn eigentlich kennen. Sie hatten mehrmals Kontakt mit ihm über eine Internet Singleplattform. Sein Name war Kurt Halbacher. Sagt ihnen der Name etwas?<

Die Spannung erhöhte sich, ihre Reaktion auf seine Worte war für den Hauptkommissar kaum abzuwarten. Katharina traf es wie ein Schlag, sie wussten also genau Bescheid.
>Kurt? Kurt ist tot? Oh mein Gott... ja, ich kenne ihn oder kannte ihn vielmehr. Das ist ja kaum zu glauben.

Ein sehr netter gefühlvoller Mensch. Wie sie gerade sagten, ist es eine Singlebörse. Ich hatte dort mit mehreren Männern Kontakt.< Katharina sah den Kriminalbeamten an, dabei zuckte ihr rechtes Auge einen schnellen Qickstep. Das Brüllen und Kreischen in ihrem Kopf ließ sich kaum noch aushalten. Es musste etwas geschehen sonst platzte ihr in den nächsten Sekunden der Schädel.

>Sagen sie Frau Gerland, wäre es möglich mir diese Single Dating-Homepage einmal vorzuführen? Ach ja, bevor ich es vergesse... noch etwas... kennen sie den Namen Vanth?<

Walter überdachte in Gedankenschnelle seine Strategie, Plan A wurde verworfen, Plan B stand jetzt im Vordergrund, Walter ging aufs Ganze und setzte alles auf Angriff. Jetzt musste die Gerland reagieren, aus sich heraus kommen, Gefühle zeigen oder sie nahm unlängst in Hollywood stundenweise Unterricht.

Katharinas Verstand vermochte wieder einmal die Fülle und Flut der Informationen nicht mehr verarbeiten.

Wie in Trance stand sie auf, nickte kurz, zuckte abermals wild mit den Augenlidern, hauchte ein "Ja" ging langsam zum Laptop und klappte ihn wieder auf. Walter erhob sich ebenfalls und gesellte sich zu Kathi. Auch registrierte er ihre schlagartige Veränderung.

>Wissen sie Frau Gerland... genau so ein Foto, wie auf diesem Bildschirm, lag auf der Brust des Toten...<

„Nun habe ich sie..." dachte der Hauptkommissar.

Doch was er nicht sah, dass was sich in seinem Rücken abspielte. Alexander tauchte im Türrahmen auf, mit einer schweren Literflasche Rotwein bewaffnet. Nachdem Alex einige Augenblicke lang das Gespräch belauscht hatte, stand für ihn fest, dass er seiner Liebsten helfen musste.

Ohne ein Geräusch zu verursachen, schlich er sich auf Zehenspitzen hinter Walter, holte kurz aus und schmetterte die schwere Flasche seitlich an die Schläfe des Hauptkommissars. Walter sackte sofort in die Knie. Alexander schlug sicherheitshalber noch ein zweites Mal zu. Blut sudelte aus der Platzwunde. Die Flasche zerbrach dabei in Tausend Scherben. Der Wein ergoss sich wie eine rote Flut über Walter, er ging ächzend zu Boden und blieb auf dem Rücken liegen.

Katharina stand regungslos daneben und beobachtete die Szene.

Eine Granate der Lust explodierte in ihrem Hirn, zündete damit ein noch größeres Feuerwerk, ein Cocktail aus Dopamin und Serotonin und verbrannte den Rest ihres eigenen Ichs.
Ende, aus... zu viel. Nicht mehr aufnahmefähig, ihre „Festplatte" war vollgeschrieben, wurde überschrieben. Etwas anderes, etwas Bösartiges übernahm nun ihr denken, übernahm ihren Geist, ihren Willen, ihren Körper...

>So, das... das hast du nun von deiner ewigen Fragerei... du neugieriger Freak du...< stammelte sie mit fremdartiger Stimme, völlig irre und lachte befreit auf.

>Niemand kann uns jemals etwas anhaben... wir gehören zusammen...< Alexander hob triumphierend beide Arme, dann umarmte er seine neue Liebe, Kathi ließ es geschehen und sie küssten sich leidenschaftlich.

>Danke mein Lieber, dass du mich gerettet hast, vielen Dank mein Marish... dafür werde ich dich belohnen...< Katharinas Selbst war endgültig verändert, verloren... hatte jedweden Bezug zur Realität verloren.

Alexander dachte nur *„Marish, oh... sie mag Rollenspiele, warum eigentlich nicht"*
Der feste Knoten, der ihren weißen Bademantel eigentlich zusammenhielt löste sich wie von Geisterhand auf und gab einen wunderbaren Blick auf Kathis nackten, verführerisch gut gewachsenen Körper frei. Alexander jubelte innerlich, zog sie sanft zu sich heran, seine Hände musste fühlen was er sah. Katharinas Erregungskurve schoss ebenfalls weiter steil in die Höhe. Während Alex ihre Brüste liebkosten, fasste sie stöhnend in ihre Manteltasche und zog die glänzende mit den edlen Perlmutt-Holzgriffen versehene Kordel hervor.

>Jetzt bringe ich es endgültig zu Ende.< flüsterte sie, verzog verachtend ihren Mund.

Alexander und Katharina ahnten zu diesem Zeitpunkt nicht, dass einer von ihnen gerade so davon gekommen war. Der Hauptkommissar Walter Kortemeier, rettete einen von den beiden unbewusst das Leben.

Doch hatte er nun, ebenfalls unbewusst, eine weitere unheilige Allianz geschaffen und diese mit seinem Tod noch fester zementiert.

Schicksal...

Die Kordel lag um Kortemeiers Kopf. Katharina brachte sich wollüstig knurrend in Stellung. Auf allen Vieren, den Oberkörper nach unten gebeugt, so wartete sie auf ihren Liebhaber.

>Du darfst mich jetzt besitzen... los, mach schnell...< wisperte sie versprechend, atemlos fordernd.

Beide Griffe fest in ihren Händen, so zog sie im Liebesrausch und wie von Sinnen an den Kordelenden. Zusammengeheftet durch den spitzen, süßen Sperr der Ekstase, versank Alexander mal um mal sein brennendes Fleisch in Kathis heißen Vulkan, bewegte sich immer schneller, bis ihr leidenschaftlicher Schrei ihn animierte ebenfalls zu kommen. Ihr zuckender Schoß spritzte pulsierend das kochenden Glück über seinen Unterleib... soetwas erlebte Alex bei einer Frau noch nie. Ein unbeschreiblich lustvoller Moment, der beinahe seinen Verstand als Tribut forderte. Katharina ließ die Kordel fallen als bestünde sie aus heißem Metall und hob wieder ihre Arme, streckte sie aus.

>Geh hinein in das Reich der Toten...< flüsterte sie erstickt keuchend und brach fast ohnmächtig zusammen.

In ihrem rasenden leidenschaftlichen, alles verzehrenden Liebestanz, bemerkten die beiden nicht, dass die Wohnungstür aufgeschlossen wurde und ein siebzehnjähriges Mädchen heiter, fröhlich und ausgelassen, voll bepackt mit bunten Tüten (Oma sei Dank) von einem ausgedehnten, wunderbar ausschweifenden Weihnachts-Einkaufsbummel zurück kam.

>Maaam!...Maaahaam?... Hallooo, bist du Zuhause?<

XXX

Freitag 11 Dezember 16:50 Uhr   Autobahn A4

Längst lag Köln hinter ihnen.

Mehr als siebzig Stundenkilometer waren auf dieser Eisbahn zur Zeit einfach nicht möglich. Chris saß am Steuer, fuhr ruhig und konzentriert. Es wurden zum Teil nur noch die rechten Fahrspuren der Autobahnen komplett schneefrei gehalten, die Räumdienste waren zum Teil völlig überlastet und das beinahe deutschlandweit. Das Radio spuckte eine Hiobsbotschaft nach der Anderen aus. Die Schneefälle fanden kein Ende. In ganz Europa wurden die Enteisungsmittel an den Flughäfen knapp. Glykol-preise stiegen ins unermessliche. Flüge fielen reihenweise aus, zahlreiche Passagiere strandeten und übernachteten übergangsweise in den Abfertigungshallen. Europa war einfach nicht vorbereitet, dass sollte in Zukunft anders werden.

>Noch keine Nachrichten von Carl, und ob Walter schon in Köln angekommen ist? Wird Zeit das die sich mal melden und sag mal, hast du hier irgendwo eine Kopfschmerztablette? Der Ziegelstein hinter meiner Stirn macht mich wahnsinnig.< Bettina riss ihn aus seinen Gedanken.

>Das werden sie zu gegebener Zeit auch machen. Kurz nach vier Uhr sind wir los gefahren, also seit circa fünfundvierzig Minuten unterwegs. Sei nicht so ungeduldig und lass Walter erst mal ankommen. Schmerzkiller... ja, im Handschuhfach müssten welche liegen. Nimm am besten gleich zwei und mach ein bisschen die Augen zu, das hilft. Nachher fährst Du ein Stück meine Liebe.< Chris öffnete das Fenster einen Spalt, Frischluft war immer gut.

>Apropos Liebe... was ist da gestern geschehen mit uns? Ich muss wohl irgendwann zu dir ins Bett geschlafwandelt sein. Hast du die Situation etwa ausgenutzt, du schlimmer Junge? Hast mich betatscht wa? Sag schon...< Die rauchige Stimme hatte Betty wohl dem gestrigen Weißwein zu verdanken.
"Hört sich gut an" dachte Chris.
>Ja natürlich... du hast mir, angetrunken wie du warst, deine Pistole unter die Nase gehalten und mich zum leidenschaftlichsten Sex gezwungen den ich je erlebt habe... was sollte ich da machen?< Chris musste lachen.
>Du bist nenn Arsch...<
>Betty, es war einfach wunderschön mit dir, nur da zu liegen, bei dir zu sein... so wie damals, dass hat eben Erinnerungen geweckt... naja, du weißt schon... ich habe es genossen...<
>Ja... mir ging es auch so. Vertrautheit, ich hab mich wohlgefühlt bei dir.< Die Kommissarin berührte kurz seine Hand und erschrak als sich ihr Handy mit "Bad Romance" meldete, man ging eben mit der Zeit.
>Witte...<
>Hallo Bettina, Carl hier.< quäkte es laut aus dem Handy.
>Carl, endlich... was gibt es über die Frauen zu berichten?< Bettina sah Chris von der Seite her an.
>Ich bin jetzt nicht auf dem genauen Stand, also, was Walter euch zuletzt berichtet hatte. Eine Verbindung zu den Opfern, Aachen, Kassel und Berlin gibt es. Die Frau in Berlin ist definitiv ermordet worden. Erwürgt. Ich behaupte jetzt einmal, beide Damen, Kassel- Berlin, hatten zweifelsfrei von dem selben Mann Besuch bekommen, wobei er eine von Beiden und zwar in Berlin, wirklich getötet hat. Die DNA-Spuren weisen eindeutig darauf hin. Das heißt, wir haben zwei Mörder oder sagen wir... Serienmörder.<

>Oh man, mir wird gleich übel... Carl vielen Dank, halt uns bitte weiter auf dem Laufenden. Bis später...   nein, warte... halt... bist du noch dran?<
>Ja Betty... ich höre dich, ist aber ne sehr schlechte Verbindung, rede bitte langsam und etwas lauter...<
>Sag mal, ist nur so`ne Idee. Walter fährt doch nach Köln. Kannst du mir die Hausnummer nennen? Auch die in Berlin? Nein, sorry... Berlin kann ich selber nachsehen.<
>Muss ich raussuchen, melde mich gleich wieder bei euch.< Carl legte auf.
Die Kommissarin berichtete ihrem Partner kurz was der Info-Spezi rausbekommen hatte.
>Hast du die Adresse in Berlin irgendwo notiert?< Betty stöberte im Handschuhfach herum.
>Müsste dir jeden Augenblick entgegen fallen.<
>Ja, hab ich schon, also.... das ist die äh... Kellenzeile... Sechzehn... *i*ch werde verrückt, das gibt es nicht, das darf nicht war sein... Kellenzeile Sechzehn.< Bettina dachte in diesem Moment auch an die Fensterscheibe... es rieselte ihr ein kalter stechender Schauer den Rücken herab, der auch seelische Schmerzen bereitete als sie wieder an Walter dachte von dem es immer noch keine Rückmeldung gab.

>Was? Das kann langsam kein Zufall mehr sein, da gibt es mit Bestimmtheit auch einen Zusammenhang.< kommentierte Christian, atmete Pfeifend aus und blickte weiter konzentriert zur Straße.
>Hoffentlich meldet Carl sich...< sie wurde unterbrochen, aus dem Handy tönte abermals der Song von Lady Gaga, im Wageninnern konnte man die Spannung fast fühlen.

>Carl, hast du die Nummer?< schrie Bettina hastig in das Telefon.
>Natürlich, für euch tu ich doch alles, obwohl ich hier immer noch ohne Kaffee...< Er bekam den Satz nicht zu Ende.
>Bitte, Carl... sag die Hausnummer endlich.< Bettina wurde nervös.
>Ist ja gut, keine Zeit mehr für nenn Spaß was? Also, Walter ist unterwegs nach Köln zu dieser Katharina Gerland, Eschweiler-Straße Sechzehn.< Der Kommissarin wich alles Blut aus dem Gesicht und wurde kreideweiß.
>Betty, was ist? < Christian konnte die Spannung auch nicht mehr ertragen.
>Eschweiler-Straße Sechzehn...< mehr sagte sie nicht. Christian rollte mit den Augen und schlug mit der Faust aufs Lenkrad.
>Betty, hier geht es drunter und drüber, ich äh Moment... ich bekomme hier gerade Nachrichten... melde mich sofort wieder...< Die Verbindung wurde abermals unterbrochen.
>Halt bitte irgendwo an oder drehe um, ich glaube es ist besser wenn wir einen Abstecher nach Köln machen. Das nehme ich auf meine Kappe wenn es sich als Trugschluss herausstellt. Außerdem meldet sich mein Bauchgefühl wieder...< Bettina nagte nervös an ihrer Unterlippe herum.
>Du meinst ein Schuss in die Backröhre?<
>Nein, wenn schon dann ein Schuss in den Ofen... alter Kasper...<
>Ist ja gut. Ok, so machen wir es... und bitte... stell einen anderen Klingelton ein.< jammerte Chris, doch zum Umstellen kam seine Kollegin nicht, ihr Handy fing abermals laut zu trällern an.
>Ja... <
>Bettina... ein Mord, ein Mord in Köln... wieder ist die Hausnummer Sechzehn im Spiel, männlich, Gerhard Brunne.

Dazu ein Bild des Dämons Vanth auf des Leiche bestem Stück. Gefunden wurde er in einem Lokal auf der Damentoilette, er wurde erdrosselt. Ja und Walter meldet sich nicht, vielleicht schafft ihr es ihn zu erreichen. Tja, mit dieser Sechzehn, da hattest du den richtigen Riecher glaube ich. Die Privatadresse von diesem Brunne... die Hausnummer, wie erwähnt, brauche ich euch wohl nicht mehr verraten... ja und noch was... das ist irre hier, Tausend Dinge gehen mir gleichzeitig durch den Kopf. Du hattest mich gebeten, die Kollegen der Spurensicherung noch einmal zum ersten Tatort zu schicken. Die Fingerabdrücke an der Scheibe wurden bereits bei dem ersten Einsatz dokumentiert. Etwas außergewöhnliches, oder gar abnormales wurde nicht gefunden. Also, beendet eure Reise vorerst einmal würde ich vorschlagen und steuert Köln und die Eschweiler-Straße Sechzehn an und danach natürlich dieses Lokal, es heißt Alcazar. Die Kollegen vor Ort werde ich informieren das ihr Nachforschungen anstellt. Wann könnt ihr da sein, circa?<

>Eine Stunde werden wir brauchen, Carl... danke. Bis später.<
Die Kommissarin berichtete wieder kurz den Inhalt des Gesprächs.

>Ein paar Wortfetzen hatte ich schon verstanden, ich sehe zu das wir hier umdrehen. Mit deiner Schätzung von einer Stunde lagst du goldrichtig. So langsam wird der Fall heiß und mit der Sechzehn... ich bin mir nicht sicher, doch ich glaube darüber in Zusammenhang mit den Etruskern, etwas gelesen zu haben. Nagel mich aber bitte nicht darauf fest.<

>Das denke ich auch, mal sehen ob Walter jetzt an sein Handy geht, mit den Etruskern... soll ich Carl anrufen, das er noch einmal etwas googelt?<

>Eine gute Idee, Ruf Walter an und Googeln kannst Du selbst, mit meinem „Kuchenblech", sofern die Verbindung gut ist.< Chris konzentrierte sich weiter angestrengt auf das Fahren.

Bettina suchte hastig Walters Nummer im Telefonbuch ihres Handys und drückte die Wahltaste. Sie ließ durchklingeln.

>Walter geht nicht ran, da stimmt etwas nicht, er war es doch der uns sagte, wir sollten jederzeit erreichbar sein. Ich verstehe das nicht.< Die Kommissarin versuchte mit dem „Frühstücksbrett" von Smartphone ihres Kollegen, eine stabile Internetverbindung aufzubauen, was auch bei dem zweiten Versuch nicht funktionieren wollte.

Chris sah sich derweil nach einer geeigneten Stelle zur Rückfahrt um. Nicht ganz so einfach mit den hüfthohen Schneebergen am Straßenrand und den teils großflächig eingeschneiten Hinweisschildern, die richtige Ausfahrt zu erkennen. An eine stabile Netzverbindung war im Moment nicht zu denken. Bettina tippte unterdessen ein neues Ziel für die Rückfahrt in das in der Mittelkonsole integrierte Navigationsgerät. Die nächste Ausfahrt kam in Sichtweite.

Das Navi gab die ersten Anweisung. Nach der Wende ging es mit unglaublich langsamen siebzig Stundenkilometern zurück nach Köln auf der A4, weiter Richtung Reichshof, Engelskirchen und beide Kommissare hofften fieberhaft, das Walter nichts zugestoßen war.

XXX

Kapitel 21 Chaos
Köln Katharinas Wohnung Freitag 11 Dezember   17:00Uhr

𝒟ie Wohnungstür trat Jenny mit dem Absatz zu. Die Tütenarmee die sie befehligte fand ihren Platz in Reih und Glied an der Garderobe, sie zog sich den Mantel aus und rief zum wiederholten Mal nach ihrer Mutter.
>Maam? Wo bist Du?<
>*Sie muss doch zu Hause sein...*< dachte Jenny und versuchte sich krampfhaft ins Gedächtnis zu rufen, ob Mutter einen Arzttermin absolvierte an den sie sich nicht mehr erinnerte.
>Na dann werde ich in Ruhe im Internet surfen, ist auch was feines, ein wenig soziale Netzwerke quälen.< sprach sie leise vor sich hin, schubste die Wohnzimmertür auf und... **erstarrte...**

Jennifer konnte die Szenerie die sie zu sehen bekam nicht sofort überschauen, geschweige denn begreifen. Ihre Augen wurden groß, faltige Fragezeichen gruben sich tief in ihre junge Gesichtshaut.

Ihre Mutter lag nackt neben einem älteren Mann. Dem bekleideten Unbekannten der ebenfalls am Boden lag zierte eine weiße Kordel die er um den Hals trug und rührte sich nicht. Glassplitter überall verteilt, eine rote Flüssigkeit tränkte den Teppich. Ihre Maam zuckte am ganzen Körper, rang verzweifelt nach Luft wie eine kurz nach dem Zieleinlauf zusammengebrochene Marathonläuferin, und stammelte apathisch irgendwelche sich fremd anhörende Wörter die Jennifer nicht verstand. Ein anderer Mann nackt, wie ihre Maam, mit hochrotem Kopf, hockte mit seinem stark, eher sehr stark erigiertem "Ding" wie ein hechelnder, sabbernder Hund über ihrer Mutter.

Der unbekannte nackte Mann blickte sie fassungslos und erschreckt an. Sekundenlang war niemand fähig etwas zu sagen oder war zu einer anderen Reaktion fähig.

>Oh hallo, ich... also... Entschuldigung, ich wollte nicht stören...< Jenny hatte vor sich schnell wieder aus dem Staub zu machen und das Wohnzimmer zu verlassen. Sie konnte nicht begreifen oder erklären was sie eben sah. *"Ist das ein Spiel gewesen? Ein perverses Liebesspiel? Aber das war doch ihre Maam... sie macht doch "so etwas" nicht".* Ekel breitete sich in Jennys Magengegend aus, Wasser sammelte sich in ihrem Mund. Sie drehte sich auf dem Absatz um, nur weg hier, bloß weg...

Da reagierte der Fremde und stürzte sich wie ein wildes Raubtier auf die Tür. Dabei schwang sein Ding wie der Klöppel einer Kirchenglocke hin und her, eigentlich zum Lachen, wenn die Situation nicht so merkwürdig ernst gewesen wäre. Der Rotkopf mit dem Klöppel schlug die Tür zu und blockierte sie mit seinem schwitzigen feucht glänzenden, nach süßlichen Düften stinkenden Körper. Sein Geruch ließ ihren Magen weiter rebellieren und es fehlte wirklich nicht mehr allzu viel und Jenny musste sich übergeben. Sie wich langsam zurück, bis zur Couch und ließ sich darauf fallen, jetzt wollte Jennifer wissen was hier los ist.

>Was soll das? Was haben sie vor? Wer sind sie eigentlich? **Maam!!**<

Das letzte Wort schrie Jenny mit heiserer Stimme.

>Bleib da wo du bist und kein Wort, dann passiert dir auch nichts.< Die Worte kamen wie Geschosse aus Alexanders Mund.

Zum ersten Mal hörte Jenny die Stimme des stinkenden Mannes. Sie war mit ihren siebzehn Jahren nicht gerade prüde, auf dem zweiten Blick und soweit sie es unter diesen Umständen heraus beurteilen konnte, sah er gar nicht so übel aus. Schlank, etwas längere gepflegte dunkelblonde Haare, leicht muskulöse Oberarme, ein kleiner Ansatz eines Sixpacks. Nur eben völlig entblößt und er stank, dass störte Jenny schon gewaltig.

>Aber was ist mit meiner Maam..?<

>Mit ihr ist alles in Ordnung, keine Angst und ich habe gesagt du sollst die Klappe halten!< Der Mann wurde lauter und spukte beim reden.

>Das ist mein Zuhause, ich will wissen was zum Henker hier los ist!< Jennifer tat es ihm gleich und erhob ebenfalls ihre Stimme.

>Jetzt fängst du dir eine, freche Göre!< Alexander ruckte vor und machte Anstalten sich auf das siebzehn-jährige Mädchen zu stürzen.

>Lasst meine Tochter in Ruhe Marish, dass Mädchen steht unter meinem Schutz. Weiche zurück...< schwankend stand Katharina da und blickte Alexander böse an.

Der Dämon in ihrem Kopf gewann nun endgültig die Oberhand. Sie war von jetzt an nicht mehr in der Lage zwischen Realität und Wahnvorstellung zu unterscheiden, ihre Seele war verloren und gefangen, irgendwo in einer winzigen Region ihres Hirns. Immer noch recht wackelig auf den Beinen, stand sie auf und gesellte sich zu ihrem Marish, Alexander.

>Ihr wird kein Haar gekrümmt. Sie soll sich in ihr Zimmer begeben und es vorerst nicht verlassen, nicht mit anderen sprechen. Ich ziehe mich kurz zurück.<

>Maam? Was hast du, wie redest du denn??? Kann mir mal jemand ne Antwort geben? Was ist das hier für ein Scheiß Spiel?<

Katharina kümmerte sich nicht um das Gezeter der siebzehn jährigen, raffte ihre Sachen zusammen verließ mit schaukelnden Brüsten den Raum und ging Richtung Bad.

>Los komm jetzt, ab in dein Zimmer. Du hast deine Mutter gehört.

Dein Handy möchte ich auch haben und ich rate dir es mir ohne Diskussion auszuhändigen. Ich bin schon nackt, vielleicht möchtest du ein bisschen mit mir schmusen?<

>Du blödes Schwein... was hast du mit meiner Mutter gemacht? Hier, das Handy du Arschloch...< Jenny spuckte ihn an. Ohne Vorwarnung schlug Alex ihr mit der flachen Hand ins Gesicht. Die Ohrfeige saß.... ihr Kopf flog zur Seite, die langen Haare wirbelten wild umher. Er packte ihr mit der linken Hand an den Hals, mit der rechten in den Schritt. Jenny schrie heiser auf.

>Noch so ein blöder Kommentar und ich zeige dir was man alles so zu Zweit machen kann und ich zeige dir auch was ich mit deiner Maam gemacht habe, Göre... jetzt ab mit dir.< Seine Augen blitzten auf. Jenny zeigte sich beeindruckt, lag es an der Ohrfeige oder an der Tatsache das sich sein bestes Stück wieder aufmachte eine beachtliche Größe anzunehmen. Was sollte sie schon ausrichten, sich dem Schicksal fügen schien in dieser Situation das Beste zu sein. Ihre Maam redete wirres Zeug das sie nicht verstand. Und was ist mit dem Mann mit der Kordel um den Hals geschehen? War er Tod? Wurde er erwürgt? Wenn ja, von wem? Mit diesen Gedanken beschäftigte sie sich auf dem Weg zu ihrem Zimmer.

Der immer noch nackte Alexander gab Jennifer einen brutalen Schubs der sie in ihr Zimmer katapultierte und zu Boden warf.

Jenny schrie kurz auf und schickte ihrem Peiniger wilde Flüche hinterher, der in aller Ruhe ihre Tür verschloss.

>So mein Schätzchen, du bist erst einmal versorgt.<

Zufrieden schritt Alexander zurück ins Wohnzimmer, sammelte seine um Walter verstreuten Sachen auf und zog sich hastig an. Katharina hatte sich ebenfalls wieder angezogen, betrat würdigen Schrittes das Wohnzimmer, sie sah umwerfend aus. Kathi trug jetzt eine hell-beige Printleggins, passend dazu ihren schwarzen Wildleder Mantel. Die hochhackigen, ebenfalls schwarzen Wildlederstiefel, reichten bis über das Knie und ließen Kathi dank des hohen Absatzes etwas an Größe gewinnen. Ein enger schneeweißer Wollpullover schmiegte sich wie eine zweite Haut an ihren Körper. Das Make-Up passte zu ihr, vielleicht ein wenig gruselig, doch es strahlte dennoch etwas Erotisches ab. Um ihr herrisch blasiert blickender Augenaufschlag klebte die pechschwarze Schminke. Die schon hochstehenden Wangenknochen hob Katharina mit leichten violett schimmernden Tönen noch etwas mehr hervor und der Mund lockte in einem blutrot, ihr Parfum... perfekt. Sie roch wie eine Göttin und sah aus wie eine Göttin.

Ihr Bild fraß sich in sein Gehirn, leckte sich die Lippen, man hatte er ein Glück... er liebte diese Frau, wollte ihr gehorchen und auf ewig unterwürfig zu Diensten sein.

>So begleite mich zu unserem Ursprung, zum Zentrum unserer vergangenen Macht. Nur dieses Ziel ist wichtig, alles andere ist nicht mehr von Bedeutung. Jetzt mein lieber Marish offenbare ich dir unseren Weg.<

„Scheiße" dachte Alex verwundert. *„Sie ist wirklich ein wenig weltentrückt. Marish? Ist eigentlich egal wie sie mich nennt. Hat das vielleicht etwas mit ihrem komischen Hobby zu tun? Na das wird ein Spaß..."*

Katharina... eine unglaubliche Frau, ihre Ausstrahlung, ihre eleganten Bewegungen. Er wagte ein Versuch.
>Liebste... wie soll ich dich in Zukunft nennen?<
>Was für eine Frage, ich bin Vanth... Dämonin und Dienerin der Unterwelt... aber, warum fragt mich mein Marish so etwas? Erkennt er mich etwa nicht?<
Katharina, beziehungsweise Vanth sah ihn ungläubig, ja beinahe böse an.
>Ein Test... nur ein Test Liebste, ich wollte nur sichergehen, bitte verzeih mir...< Schnell ließ Alexander sich etwas einfallen, er verbeugte sich tief, grinste dabei, und es half. Seine Angebetete war besänftigt.
>Dann ist es gut, nun sieh her... das ist der Ort, auf dem Hügel La Cicvita, die erste Stadt, Turchuna... hier legten die Vorfahren den heiligen Grundstein. Doch wir gehen nach Velzna (Orvieto) dort finden wir das Fanum Vultumnae.< (*das zentrale Heiligtum der Etrusker*) Katharina stach mit dem Zeigefinger auf den Bildschirm des Laptops. Immer noch in Gedanken versunken sah sich Alexander die auf dem Monitor klebende Karte an.

Das Bild verschwamm leicht vor seinem Auge. Trug er nicht selber etwas in sich? Etwas eigenartiges, was ihn lenkte und steuerte? Auch er hatte Unrecht getan, doch befriedigte es ihn so sehr, dass Schuldgefühle leicht zu verdrängen waren. Ein Mensch hatte sich inhumanisiert. Diese Umstände hatten dazu geführt, dass er Katharina durch Zufall und über verschlungene Pfade kennenlernte.

Dafür empfand Alexander tiefe außergewöhnlich unterwürfige Dankbarkeit.

Für sie lohnte es sich alles aufzugeben, etwas neues Aufregendes zu beginnen, seine alte Welt, sein altes „Ich" zu vergessen. Ja, er war angekommen, fand nun endlich „Das" wo nach er jahrelang verzweifelt suchte.

Oder machte sich Alexander nur etwas vor? Niemals, nein... das gab es kein zweites Mal. Gewaltige unbeschreibliche Gefühle wallten in seinem Hirn. Sein Herz schien nur für diese eine Frau zu schlagen. Ein dämonisches Liebesfieber umwirbelte ihn und war dabei ihn zu verschlingen. Er wollte alles und würde alles für sie tun... alles.

Also ging es nach Italien. Ein paar Sachen waren schnell zusammengepackt. Kathi oder Vanth, wie immer sie auch genannt werden wollte, besaß ein Handy mit Navi-Funktion. Den Gedanken verwarf er sofort wieder, sie würden geortet und verfolgt werden, soviel stand mal fest. Da konnte sie ja gleich ein Fax mit guten Wünschen und ihrem Aufenthaltsort an das Polizeipräsidium senden. Alexander bestand darauf mit dem alten Porsche zu fahren, neue Winterreifen ließ er bereits vor drei Wochen montieren. Kathis VW konnten sie nicht nehmen, viel zu auffällig, wie er meinte.

Falsche Kennzeichen... da gab es in der Tiefgarage eine große Auswahl. Ein Fahrzeug was laut seiner Angebeteten kaum noch benutzt oder bewegt wurde stand in einer gewissen Parkbox, und war damit ein ideales Ziel. So ausgerüstet konnte es los gehen.

Als sie den Flur durchquerten, am Zimmer der Tochter vorbei schritten, regte sich etwas in Kathi.

Irgendwo im hintersten Winkel ihres Unterbewusstseins flackerte eine kleine langsam erlöschende Seelenflamme der echten Katharina und sie schrie mit herzzerreißender Traurigkeit und endloser Hilflosigkeit den Namen ihrer Tochter.

„Jennifer... Jenny... bitte hilf mir..." Doch niemand konnte sie hören.

xxx

*S*ollte Jenny etwa die ganze Zeit untätig in ihrem Zimmer hocken und abwarten bis etwas passierte? No Way... Maam und dieser eklige Typ waren längst verschwunden. Sie hörte laut und deutlich wie die Wohnungstür zugeschlagen wurde. Stimmfetzen hatte Jenny noch mitbekommen, doch damit konnte sie nichts anfangen. Ihr Handy lag irgendwo im Wohnzimmer oder Maam`s Lover hatte es mitgenommen. Wo hat Mutter nur so einen Spinner kennengelernt? Was war das für ein dämlicher Mist was sie da erzählt hatte? Bestimmt haben die beiden die eine oder andere Flasche zusammen geleert. Doch wie passte der zweite Mann mit der Kordel um den Hals in dieses makabere Spiel hinein. So kannte Jenny ihre Mutter nicht. Noch eben stand Maam im Wohnzimmer nackt vor ihr, eine milchig aussehende zähe Flüssigkeit tropfte aus ihrem Schoß, lief an ihrem Bein herab. Jenny mochte nicht daran denken was es war, sonst würde ihr sicher wieder übel werden.
Schamlos.
Genau das, einfach schamlos wie ihre Mutter sich benahm. So etwas gab es sonst nicht, dass war nicht ihre Maam. Jennifer war wohlbehütet aufgewachsen und es zerbrach schon eine etwas größere Welt für das siebzehn jährige Mädchen. Tränen des Zorns der Hilflosigkeit liefen ihr über das Gesicht und zeichneten Spuren auf ihren blassen Wangen. Sie schluchzte bitterlich, ihre Schultern zuckten.

Wie ein kleines Häufchen Elend hockte sie am Boden und dachte weinend über den Scherbenhaufen nach, der sich mal Familie nannte.

Vor ihrem geistigen Auge tauchte ihre Oma auf, wie ein Fels in der Brandung.

Der Gedanke an Oma gab ihr wieder Kraft, gab ihr einen kleinen Hoffnungsschimmer und Kraft. Jenny strich ihre langen Haare aus dem Gesicht, wischte sich die Tränen ab, schnäuzte ins Taschentuch und überlegte was sie unternehmen konnte. Auf jeden Fall musste sie hier raus. Nur wie? Die Nachbarin müsste eigentlich schon zu Hause sein. Sandra, genau... ihr wollte sie Bescheid sagen. Dritter Stock, das Fenster konnte Jenny also vergessen. In einem Krimi, war es ein Tatort? Ja, da hatte sie gesehen wie man eine Zimmertür aushebelte. Jetzt noch das passende Werkzeug finden, das wäre ideal. Sehr stabil waren diese einfachen Holzzimmertüren ja nicht gerade. Das wusste Jenny von ihrem Vater. Als selbstständiger Zimmermann kannte er sich mit solchen Dingen natürlich bestens aus. Auch das diese Türen als Kern eine Wabenstruktur aus einfacher Pappe besaßen und nur mit dünnem Furnier beklebt wurden. Vielleicht konnte man sie durchschlagen? Viele Dinge die dafür infrage kamen gab es in ihrem Zimmer nicht. Mit ihrer Lavalampe ging es nicht. Sehr schwer aber viel zu gefährlich. Mit dem Fernseher? Auch zu gefährlich. Der Schreibtischstuhl mit dem Fernseher darauf und viel Anlauf? Nein, der dicke Teppich bremste den erforderlichen Schwung auf ein Minimum herab.

>Ah... warum bin ich da nicht gleich drauf gekommen?< sagte sie laut triumphierend und klatschte in die Hände.

Ihr Hantelset...

Bestehend aus zwei Kurzhantelstangen die jeweils bis zu zehn Kilogramm aufgestockt werden können.

Damit wollte Jennifer es versuchen.

Schon ewig lagen die Teile in der hintersten Ecke ihres Kleiderschrankes versteckt.

Das die Dinger noch einmal zu so einem Einsatz kommen würden, auf den Gedanken wäre sie nie gekommen.

Eine der Hantelstangen war schnell bis zum Maximum bestückt. Jetzt hob Jenny das schwere Teil an, holte aus und donnerte es genau in die Mitte, also am schwächsten Punkt gegen die Tür. Sie federte leicht zurück doch die erste große Macke kam zum Vorschein. Dieser Umstand stachelte das junge Mädchen erst richtig an. Sie ließ die Hantel mal um mal an die Tür krachen das es in den Ohren schepperte und die ersten Holzsplitter im hohen Bogen davon flogen. Bei jedem Schlag schloss sie ihre Augen um nicht getroffen zu werden. Sicher hörte man das Hämmern im ganzen Haus, aber egal. Vielleicht war es sogar gut so und es kam ihr jemand unerwartet zu Hilfe, denn **die** konnte sie sehr gut gebrauchen. Einen Moment Pause, durchschnaufen, die Hantel wurde immer schwerer, Kraft sammeln, damit sie einen neuen Versuch starten konnte. Größere Holzfetzen riss Jenny von der Tür, die innere Wabenstruktur war zu erkennen. Sicher dauerte es nicht mehr lang bis ein Loch entstand groß genug um hindurch zu schlüpfen. Wenn sie es schaffte wollte Jenny als erstes zu Sandra laufen, von da aus konnte sie ihre Oma benachrichtigen. Ihre Oma musste Bescheid wissen und sie wusste sicher auch was zu tun war.

Wieder erbebte und erzitterte die Holztür unter ihren harten Schlägen. Wieder flogen Splitter nach allen Seiten davon, ihre rechte Hand wurde getroffen und dabei aufgerissen. In Jenny tobte und pulsierte dermaßen das Adrenalin, dass sie es nicht einmal bemerkte wie ihr Blut auf den Teppichboden tropfte.

Noch ein gewaltiger Schlag, sie schrie auf, die Hantel brach durch die Tür, riss ein großes Stück heraus und fiel auf der anderen Seite im Flur zu Boden.

Reichte die entstandene Lücke aus um hindurch zu krabbeln?

Jenny schwitzte, versuchte sich durch den engen Spalt zu drücken, zu schieben, zu quetschen.

Sie stach sich dabei in den Rücken, einige ihre wunderschönen langen Haare hingen an vorstehende spitze Holzstücke fest, schrammte sich die Wange, die Jeans auf, doch letztendlich schaffte sie es dem Gefängnis zu entkommen. Jetzt liefen große Tränen des Glücks über ihre rotglühenden Wangen, erleichtert und mit der Kraft am Ende ließ Jenny sich erst einmal zu Boden fallen um Luft zu holen. Das wäre geschafft.

Noch leicht benommen stand sie nach ein paar Minuten auf, stellte sich tapfer der Situation, ging zum Wohnzimmer und sah den unbekannten Mann am Boden liegen. Er Atmete nicht, also musste dieser Mann Tod sein. Eine logische Schlussfolgerung. Dunkles, geronnenes Blut klebte an seiner Schläfe, auf dem Teppich und dem Laminat. Glassplitter lagen neben seinem Kopf. Sie starrte ihn an, ihr junges Herz raste, die erste Leiche in ihrem Leben. Jenny zwang sich nicht mehr hin zu sehen und bemerkte erst jetzt das sie selber blutete. Im Bad fand sie ein dünnes Leinentuch und umwickelte damit die blutende Hand. Schnell weg, raus aus der Wohnung und Hilfe holen, Sandra war ihr Ziel. Ihre schnellen Schritte hallten im Treppenhaus als sie auf Sandys Wohnungstür zu lief. Ein-, zwei-, dreimal drückte Jenny den Klingelknopf, nichts tat sich. Niemand öffnete die Tür. Das Klingeln war deutlich zu hören. Sandra war nicht zu Hause. Das konnte Jenny nicht akzeptieren, nicht jetzt, sie hob ihre Hände an und trommelte gegen die Tür, dabei hinterließ sie Blutspuren auf dem weißen Lack.

>Das gibt es doch nicht...!!!< Schrie Jenny, hob ihr Bein, holte aus trat mit ihrem schweren Schuhwerk und der ganzen verbliebenen Kraft ihrer zweiundfünfzig Kilo gegen das Türschloss.

Das Wunder geschah... die Eingangstür sprang auf, schwang leise nach innen.

>Was ist denn da oben Los? Bekommt man hier überhaupt keine Ruhe mehr? Ein ständiges Bumsen da oben... Rrrandalepack... elendes.< Brüllte und keifte es eine Etage unter ihr. Das sollte Jenny nicht kümmern. Der Eingang war nun offen und sie ging hinein.

Das Aufflammen der hellen Deckenbeleuchtung vertrieb die tief graue Dunkelheit, machte Platz für helle Lichtinseln der Halogenlampen. Ein merkwürdiger Geruch strömte ihr sofort entgegen, die viel zu warme Luft schmeckte feucht abgestanden und eklig.

>Sandra? Sandra bist du da?< flüsterte sie beinahe andächtig.

„Sandys Wohnung war ähnlich geschnitten wie unsere, nur ein Zimmer weniger" dachte Jenny und schaltete auch das Wohnzimmerlicht ein. Auf der Couch da lag sie, eingewickelt in einer dunkelbraunen Flauschdecke mit dem Gesicht zur Couchlehne.

>Sandra?< keine Reaktion.

Jenny ging leise zu ihr, fasste sie an der Schulter, rüttelte leicht daran. Durch die Bewegung kippte Sandra langsam auf den Rücken, ihr Kopf drehte sich zu Jenny.

Das asch-graue Gesicht zeigte rötlich-braune Flecken, die gebrochenen Augen und der Mund, weit aufgerissen, die Zunge hing weit heraus.

Horror...

Das war einfach zu viel, viel zu viel...

Jennifer sackte auf die Knie. Die zittrigen Finger ihrer eiskalten Hände fuhren durch ihr Haar, rissen daran.

Horror, der nackte weltraumkalte Horror... purer grausamer realer Wahnsinn...

Keine Worte... keine Gedanken...

Sie konnte es nicht beschreiben, nicht fassen, was zu sehen war. Keine Luft... die Kehle zugeschnürt...

Erst der tote Mann im Wohnzimmer und nun Sandra, zu viel des Guten, viel zu viel. Sie begann zu schreien sonst hätte sie den Verstand verloren, kein Atem...

Aufstehen konnte Jenny nicht mehr, keine Kraft. Auf allen Vieren, wie ein Kleinkind, krabbelte sie aus dem Wohnzimmer den Hausflur entlang, die Tür hinter ihr krachte wie von Geisterhand zu. Sie fing an zu jammern, erst leise dann lauter, bis letztendlich alle Dämme brachen und sie kreischend im kalten Treppenhaus in Ohnmacht viel.

XXX

>Jetzt reicht es...< Heinrich Gründer platzte der Kragen. Wie ein wild gewordener Arena Stier preschte der achtundsechzig jährige Rentner aus der Wohnungstür. Nur mit Filzlatschen an den Füßen und einem verdammt dicken Hals steppte Heinrich schwer atmend die Treppe nach oben.

>Heinrich, bitte... beruhige dich doch. Denk an deinen Blutdruck...< rief ihm seine fürsorgliche Frau hinter her, aber jetzt war er nicht mehr aufzuhalten und so richtig in Fahrt...

>Dieses Pack... ständig ein Geschrei, Gebummse und Gezeter...< gab er wutentbrannt zurück. Nur noch drei Stufen. Da lag doch etwas...

Er sah eine junge Frau am Boden liegen. Er erkannte sie sofort, es war die Jenny von den Gerlands, ja die Wohnungstür stand offen. Langsam beugte sich Heinrich über die bewusstlose Jenny. Sie atmete, das konnte er sehen.

>Emmi... Emmi, Oh Gott... komm schnell nach oben, bitte bring das Telefon mit.< Erst jetzt sah er das die Tür zu Sandra Limbachers Wohnung ebenfalls offen stand.

Emilia, seine liebe gut beleibte Frau, stampfte ebenfalls schwer schnaufend die Treppe hinauf, mit dem gewünschten Telefon in ihrer Hand.

>Kümmere dich um Jennifer, ruf sofort den Notarzt, ich sehe bei Frau Limbacher nach was los ist.<

>Du meine Güte... was ist mit der Kleinen passiert...< Das Telefon zitterte in ihren Händen, hastig wählte Heinrichs Frau die sicherheitshalber vorher einprogrammierte Notrufnummer.

>Ja... Hallo? Gründer mein Name. Hier liegt ein bewusstloses Mädchen auf dem Treppenflur, ja.. sie atmet regelmäßig. Eschweilerstraße Sechzehn Ja genau, bitte kommen sie schnell... Eschweilerstraße Sechzehn. Gründer, ja doch... richtig.<

Sie beendete das Gespräch, zog ihre Strickjacke aus und legte sie der jungen Frau behutsam unter den Kopf, streichelte ihre Wange und sprach beruhigende Worte...

XXX

In der Wohnung roch es eigenartig. Irgendwoher kannte er den Geruch, konnte sich nur nicht sofort daran erinnern. Langsam ging Heinrich den Flur entlang, dass Licht war eingeschaltet, der Geruch wurde stärker Auch vor ihm im Wohnzimmer brannte das Licht, dort wollte er nachsehen und öffnete die Tür. Das irgendwas passiert sein musste war ihm klar, doch diesen Anblick hatte er nicht erwartet. Rettungssanitäter im Ruhestand, dass war er und hatte bestimmt schon einiges erlebt. Das hier war etwas Anderes. Ihm wurde ein Moment lang schwindelig, schlug eine Hand vor den Mund. Jetzt fiel Heinrich wieder siedendheiß ein, woher er den Geruch kannte...

Der Tod... so roch der Tod...!!!

Seine Annahme bestätigte sich Sekunden später.
 Mit einem Entsetzen auf den Gesichtszügen und einem dicken Klos im Magen schlürfte er zurück.
>Heinrich was ist? Ich habe den...< wild gestikulierend unterbrach er seine Frau im Redefluss. Kreidebleich im Gesicht, sein Puls raste und er rang nach Luft...
 >Etwas Schreckliches ist passiert Emilia, jetzt ruf auch die Polizei, rasch... rasch...<

XXX

Autobahn A4   Freitag 11 Dezember   18:15Uhr

𝓔s gab keine Staus, kein „Stop and Go", keine Unterbrechungen oder nennenswerte Zwischenfälle während der Rückfahrt. Laut Navi brauchten die beiden Beamten bei derzeitiger Geschwindigkeit noch circa fünfundzwanzig Minuten Fahrzeit. Die zwei Halogenscheinwerfer des Wagens fraßen sich in das Dunkel der im Sterben liegenden Abenddämmerung. Nur partiell rieselten ein paar Schneeflocken aus den sich auflösenden Wolkenfetzen hoch oben am Abendhimmel. Auch der noch nicht ganz volle Mond lugte gelegentlich hinter einer dunkelgrauen faserig umrandeten Wolke hervor. Bettina konnte sich nicht sattsehen an dem runden hellen mythenreichen Erdtrabanten. Sie starrte ihn unentwegt an als bekäme sie Antworten auf ihre nicht gestellten Fragen.

>Puh, ich hoffe wird sind bald da, ich werde müde, sonst musst du noch ans Steuer.< Chris gähnte etwas zu laut.
>Hey, erschreck mich doch nicht so. Schlimmer finde ich es das Carl sich noch nicht gemeldet hat. Soll ich dich kurz ablösen?<
>Noch geht es danke, die paar Kilometer schaffe ich jetzt auch noch. Kannst mir ja ein Lied singen oder ein wenig den Mond an heulen...< Die kleine Plauderei tat ihm gut um die Müdigkeit zu verscheuchen.
>Ha, Ha... ich finde ihn nun mal sehr romantisch, kennst du ja nichts davon.<

>Romantik aha... doch doch... Spaziergänge bei Vollmond, nur wir zwei allein... meine liebste Kommissarin... die hetze der Arbeit bleibt zurück... du und ich wandeln auf dem schmalen Grad der Liiiiebähä...<flötete Chris.

>Ohje, dass üben wir aber noch einmal, liebster Kommissar... und dreh die Heizung ein wenig runter, ich bekomme langsam wieder Kopfschmerzen, dieses Mal von der Hitze.< Bettina massierte sich die Stirn.

>Dann bekomme ich Kopfschmerzen von der Kälte... ok, treffen wir uns in der Mitte...< lachte Chris.

>Und der nächste Parkplatz mit einem WC gehört mir.< Betty verwies auf ein dementsprechendes Hinweisschild, die grellen Scheinwerfer rissen es kurz aus der Dunkelheit. Das Gespräch schlief abermals ein und sie schwiegen sich eine Weile an, jeder hing seinen Gedanken nach. Chris schaltete jetzt das Autoradio ein, um weiterhin fit zu bleiben. Nachrichten. Mit Dioxin verseuchte Eier waren massenweise in Umlauf gebracht worden. Mal wieder. Bis zum fünfundsiebzig-fachen des Erlaubten wurden die Grenzfälle überschritten. Mehrere landwirtschaftliche Betriebe in Niedersachsen schloss man vorübergehend, zur Vorsicht.

Die Staatsanwaltschaft schaltete sich ein und ermittelte auch bei der Firma Harles und Jentzsch aus dem schönen Schleswig Holstein. Unglaublich, dass Menschen aus reiner Profitgier zu so etwas fähig waren. Gut fand Christian, dass die Firma öffentlich genannt wurde. Dann gab es noch die Nachricht der Einzelhandel wäre mit den laufenden vorweihnachtlichen Handelsumsätzen zufrieden und der Limburger Bischof trat zurück. Na wunderbar... dachte er und schaltete das Radio genervt aber wach wieder ab.

Beide zuckten zusammen als die schrille Lady sich wieder ohrenbetäubend bemerkbar machte.

>Das ist Carl, endlich.< Bettinas Haltung entspannte sich etwas.
>Witte...<
>Hallo Bettina, hör bitte zu. Erst zu den Etruskern. Mit der Sechzehn hattest du einen Volltreffer oder den richtigen Riecher. Bei den Etruskern gab es sechzehn Himmelsfelder, von denen die Götter auf die Erde einwirkten. Auch wurden alle Städte in dem Schema angelegt.< Bettina unterbrach ihn forsch.
>Dann müssen wir alle Frauen checken die mit Kurt Hallbacher Kontakt hatten. Diese Frauen müssen wiederum kontrolliert werden, mit welchen Männern sie sich trafen oder es vorhatten. Taucht in der Adresse häufig die Zahl sechzehn auf, haben wir unseren potenziellen Täter.<
>Ja richtig, genau da bin ich dran. Nur wurde ich vorhin unterbrochen, es gibt noch eine Nachricht. Sitzt du?<
>Witzig...<
>Die Kollegen aus Köln informierten uns vor wenigen Minuten, eine Frauenleiche, Kölner Innenstadt...<
>Carl, wo... mach es nicht so Spannend...<
>Du wirst es nicht glauben Bettina, und zwar wieder in der Eschweilerstraße Sechzehn. Genau gegenüber der Gerland. Hier verdichtet sich etwas. Normalerweise müsste unser Chef vor Ort sein. Kein Rückruf, keine Meldung von ihm. Habt ihr was erreicht?<
>Nein, keine Chance, ich erreiche Walter auch nicht.< die Kommissarin gab die Infos kurz an Chris weiter.
>Wir sind auf dem Weg Carl, circa fünfzehn bis zwanzig Minuten, dann ist der Weg geschafft. Kümmere dich weiter um die Adressen, vielleicht kann so der nächste Mord verhindert werden.

>OK Betty, seid wachsam und vorsichtig... wir bleiben in Kontakt.<
>Natürlich, bis später.< sie beendete das Gespräch.
>Von hier aus können wir zwei nur rumspekulieren. Betty, mach dich nicht verrückt.< Chris starrte weiter dem Licht der Halogenscheinwerfer hinterher.

>Es kann ja sein und ich hoffe es zumindest das eben nichts passiert ist. Nur werde ich dieses komische Gefühl nicht mehr los Walter hat unbeabsichtigt in ein Wespennest gestochen. Jetzt noch die tote Nachbarin, höchstwahrscheinlich ermordet, wie passt das alles zusammen?< Bettina seufzte.
>Wir kommen der Lösung Schrittweise näher und Walter sitzt irgendwo im Restaurant, sein Handy ist ausgeschaltet, trinkt genüsslich einen Kaffee und flirtet mit der Kellnerin.< Grinste Chris.
Das Gespräch schlief wieder ein. Der Straßenverkehr und Bettinas Stirnfalten nahmen sichtbar zu je näher sie der Stadt Köln kamen.
Ein Hauch von Unheil lag in der Luft, dass spürten beide sehr deutlich.

XXX

Köln Eschweiler-Straße Sechzehn 18:50Uhr

*E*in Leichenwagen, der Notarzt, ein Rettungstransportwagen, vier Polizeieinsatzwagen, ein Polizeibulli sowie zwei Zivilfahrzeuge blockierten die rechte Fahrbahnseite der Eschweiler-Straße Sechzehn. Blaulicht zuckte gespenstisch über Hausfassaden, dass kräftige Blau noch verstärkt und reflektiert vom frisch gefallenen Schnee. Auch vergleichbar mit der Lightshow einer gut besuchten Diskothek. Nur war der Anlass hier ein trauriger und niemand verspürte die geringste Lust zum Feiern. Chris parkte den Dienstwagen hinter einem der Einsatzwagen und schaltete die Warnblinkanlage ein. Zum kräftigen Blau kam nun ein orange-Ton hinzu. Beide Türen des Wagens schwangen gleichzeitig auf. Die Kommissarin zog ihre Daunenjacke an, fuhr sich mit den Händen durchs Haar und steuerte mit dampfendem Atem den Hauseingang der Nummer Sechzehn an, ohne auf Christian zu warten. Er versuchte vergebens seine Lederjacke zu schließen und blieb dabei fast in einem am Straßenrand aufgetürmten Schneeberg stecken. Das Vorhaben mit der Jacke gab er auf, zog seinen vom Eis umklammerten Fuß aus dem Schneehaufen und sprintete fluchend seiner übereifrigen Kollegin hinterher.

Dem Kölner Polizeibeamten im Treppenhaus zeigte Betty ihren Ausweis, eine vernünftige Maßnahme denn nicht jeder durfte den Tatort so ohne weiteres betreten. Auch Chris hielt seinen Ausweis hoch. Kurz vor betreten der ersten Treppenstufe holte er Bettina wieder ein.

>Hey... warte... ein alter Mann ist kein ICE... und der Aufzug ist hinter dir meine kleine Mondsüchtige.< die letzte Bemerkung flüsterte er nur.

>Erstens, ich hab`s nicht gesehen... sorry... zum Zweiten, es heißt D-Zug... und zum Dritten, ein bisschen mehr Respekt bitte.< Betty schlug wütend auf den Fahrstuhlrufschalter, der leuchtete im satten Grün und die Aufzugtüren glitten zur Seite.
>Dritte Etage...< stellte Chris nüchtern fest.
>Wieso Mondsüchtig?<
>Nur ein kleiner Spaß... du bist so ernst...<
>Jetzt habe ich endlich die Gewissheit, das du mich verarschen willst. Ernst solltest du auch sein... und Chris, hör jetzt bitte mit dem Gekasper auf.< bellte sie ihn an und starrte weiter auf die Etagenanzeige.

Die Anspannung in ihr stieg ins Unermessliche, diese Ungewissheit, sie hielt es kaum noch aus. Auch die ewige Warterei spielte mit ihren Nerven und Bettina hatte es satt...
„*Walter schickt uns nach Kassel, na klasse. Da sitzt man im Auto, völlig sinnlos. Drei Stunden in der Gegend Rumkurven. Verschenkte Zeit. Zeit die wir eigentlich nicht haben. Normalerweise...*"
Jäh wurde sie wieder aus ihren Gedankenspielen gerissen. Die Metalltüren öffneten sich und...
Hektik.
Der Treppenflur wimmelte und wuselte nur so vor Menschen. Geöffnete silberfarbene Koffer, Stative, Kabel lagen herum. Ein uniformierter Kollege sprach die beiden Kommissare an.
>Hallo... wer sind sie, wo wollen sie hin?< der Beamte kam ihnen händewedelnd entgegen.

>Bettina Witte, Christian Albrecht, Kripo Aachen.< Ihre Ausweise hielten sie noch in den Händen und schufen sich damit Zugang zum Tatort.
>Wir sind von der Soko Etruska, wer ist hier zuständig?< Betty stellte die Frage.

>Dann wollen sie sicher zum Hauptkommissar Neumann, der Herr mit Halbglatze und Tweedmantel. Sie finden ihn in der Wohnung der Toten, rechter Eingang.<
>Vielen Dank.<
Die beiden Kommissare setzten sich in Bewegung und betraten die Wohnung der Sandra Limbacher. Hell erleuchtete Räume fanden sie vor. Zusatzscheinwerfer waren aufgestellt worden um jeden Winkel im guten Licht zu fotografieren. Die Spurensicherung leistete ganze Arbeit. Es roch nach Talkum, Ozon und Tod, eben der typische Tatortgeruch, sehr unangenehm. Bettina ging voran und erblickte den mageren aber hoch gewachsenen Hauptkommissar zuerst.
>Herr Hauptkommissar Neumann?<
>Der bin ich... wer stört?< Neumann wirbelte herum, sah die beiden über seiner Hornbrille streng an.
>Oberkommissar Witte und Albrecht Soko Aachen. Guten Abend.<
>Guten Abend.< Er gab beiden höflich die Hand, quälte sich ein gekünsteltes Lächeln hervor.
>Mir wurde berichtet, dass sie kommen würden. Ich bin auch vorab über die Sachlage informiert worden, Etrusker usw.<
>Herr Hauptkommissar...<
>Neumann reicht vorerst.<
>Herr Neumann, uns brennt hier etwas Wichtiges auf den Nägeln.

Der Herr Hauptkommissar Walter Kortemeier, ebenfalls Kripo Aachen, unser Vorgesetzter, ist nicht zufällig irgendwann oder irgendwo bei ihnen hier aufgetaucht?< Bettina hielt den Atem an, lauerte auf seine Antwort.

>Kortemeier? Walter Kortemeier? Nein, nicht dass ich wüsste. Sollte er hier sein? Wird er vermisst?<

>Hmm... ja, irgendwie schon. Herr Kortemeier plante vor so etwa eineinhalb Stunden der Frau Gerland einen Besuch abzustatten, gehörte zu unseren Ermittlungen in der Etruska-Sache.< Betty sah Christian kurz an.

>Nun, da muss ich sie enttäuschen. Vor gut einer Stunde sind wir hier eingetroffen, ein Walter Kortemeier ist mir nicht begegnet, tut mir leid. Doch nun zur Sache und der Reihe nach. Gegen achtzehn Uhr wurde der Notarzt zu dieser Adresse gerufen. Ein älteres Rentnerehepaar, sie wohnen eine Etage tiefer, wollten sich über die sich ständig wiederholende und stärker werdende Lärmbelästigungen beschweren. Sie müssten den beiden eigentlich über den Weg gelaufen sein. Herr und Frau Gründer fanden die Tochter der Frau Gerland, Jennifer Gerland siebzehn Jahre alt, bewusstlos im Treppenflur. Äußere Verletzungen wurden nach erster Sichtung nicht festgestellt und das Rentnerehepaar rief den Notarzt wie schon erwähnt. Der Herr Gründer betrat die Wohnung der Frau Limbacher, die Tür stand wie er sagte weit offen, entdeckte daraufhin ihre Leiche und informierte umgehend die Polizei. Jennifer Gerland wurde ins St.-Elisabeth-Krankenhaus in Köln Hohenlind eingeliefert und ist immer noch nicht bei Bewusstsein. Wenn sie dort hin möchten, einfach über die Aachener Richtung Stadtpark, Militärringstraße und schon sind sie am Krankenhaus, gut zehn Minuten von hier. Nun, bisher haben wir leider keine Aussage von ihr bekommen können.

Laut Auskunft des behandelnden Arztes hat Jennifer einen Schock erlitten.
Wir gehen davon aus das die junge Frau Sandra Limbacher gefunden hat. Frau und Herr Gründer bestätigten das die Gerlands und Frau Limbacher gut befreundet waren, Letztere wohnt noch nicht sehr lang in dem Haus. Bitte, sie können sich die Leiche einmal ansehen. Sie wird danach abtransportiert zur Gerichtsmedizin.< Neumann sah Betty und Chris abwechselnd an.

„Kortemeier hätte locker auch als Vampir durchgehen können" dachte die Kommissarin kurz, seine eingefallenen Wangen, die graue, zerknitterte Haut und die ihrer Meinung nach übermäßig großen Eckzähne, würden passen. Entsprungen aus einem Horrorfilm der Gute.

>Gern, ähem... jedoch geht mir Walter Kortemeier nicht aus dem Kopf. Wurde in der Wohnung der Gerland schon nachgesehen?< Die Kommissarin musste einfach Gewissheit haben und jeden Zweifel zerstreut wissen.

>Nein, noch nicht. Die Spurensicherung ist hier beinahe fertig, soweit ich das überschauen kann, danach sollte drüben weiter gemacht werden. Noch hatten wir eben keine Zeit für die Wohnung der Gerlands. Möchten sie einmal nachsehen?<
>Bettina, sieh du drüben nach, ich schau mir die Leiche kurz an, obwohl ich es gern anders herum hätte.< Chris musste schlucken.
>Gut Herr Albrecht, hier ist das Wohnzimmer, bitte folgen.<
>Na dann stelle ich mich wohl mal dem Unausweichlichen...<

XXX

𝒟ie Kommissarin drehte sich auf dem Absatz um und ging hinaus in die unangenehme Kälte des Treppenhauses. Dort sprach sie kurz mit dem wartenden Rentnerehepaar, den Gründers, bevor sie die Wohnung der Katharina und Jennifer Gerland betrat. Neue Erkenntnisse brachte das Gespräch allerdings nicht. Die älteren Herrschaften beteuerten noch einmal, wie leid es ihnen doch täte. Sandra Limbacher wäre eine sehr nette Nachbarin gewesen und sie konnten sich auch nicht im geringsten vorstellen das Jennifer etwas damit zu tun hätte.

Ein sehr liebes und wohlerzogenes Mädchen war sie. Bettina bedankte sich bei den beiden, ging zur offen stehenden Wohnungstür der Gerlands, machte Licht und betrat den Flur. Ein unnatürlich kalter Luftzug streichelte ihr Haar, sie sah sich um. Die Fußleisten, die uralte Kommode, Bilderrahmen mit Werken alter Künstler, van Goch, Magrit, erkannte sie, natürlich keine Originale wie sie unfachfrauisch feststellte, die Rahmen in Weiß, die Wände Braun oder eher Schoko, Geschmackssache und als i-Tüpfelchen eine ebenfalls weiße aber zerstörte Zimmertür. In der Mitte klaffte ein großes Loch.

>Was ist hier denn passiert?< dachte Bettina laut und zerriss mit ihren Worten die bleierne Stille. Die Tür ließ sich nicht öffnen. Die meisten Holzsplitter fand sie im Flur, also hat jemand von innen dagegen geschlagen, natürlich... eine Person war hier gefangen oder eingesperrt und wollte verständlicherweise wieder raus. *„Klingt plausibel"* dachte Betty und steckte den Kopf durch die neu entstandene stachelige Öffnung.

Den Postern, Kuscheltieren, die Farbe der Wände und der Playstation auf dem weißen Nachttischchen nach zu urteilen müsste das hier Jennifers Zimmer sein.

Also musste sie, wenn sie es denn war, hier sicherlich unfreiwillig in ihr Zimmer gesperrt worden sein. Jennifer befreite sich irgendwie mit einem sehr überkindlich großen Kraftaufwand.

Bettina grübelte weiter.

So einfach war es sicher nicht die Tür zu zerschlagen. Also, sie lief zu der Limbacher und...? Doch wer hatte ihr die Tür geöffnet, es gab keine Einbruchspuren, etwa Sandra Limbacher? Hat Jennifer sie demnach getötet? Warum?

Stand die Wohnungstür vielleicht schon offen und Katharina Gerlands Tochter fand die Nachbarin tot auf der Wohnzimmercouch? Zu dem kleinen Kreis der Verdächtigen gehörte die junge Dame allemal. Bettina liebte das Spielchen mit diesen Indizien. Das Zusammenpuzzeln von zig kleinen Beweisen um Täter zu überführen und dingfest zu machen. Zeugenaussagen, ja sogar selbst Geständnisse waren oftmals schwammig, wurden schnell mal widerrufen oder passten Vorne und Hinten nicht. In einem Verhör bestimmten Gefühle, Tränen den Verlauf und spielten dabei eine große Rolle. Indizien dagegen waren kalt, emotionslos genau, nicht zu erschüttern, auch wenn es schon das eine oder andere Mal eine Ausnahme gab.

Gern wäre Bettina eine echte Profilerin, dafür fehlte ihr wohl das passende Gen. Aber auch sie war natürlich in der Lage Eins und Eins zusammenzählen und verschiedene Fakten miteinander zu kombinieren.

Mehrere kleine Tropfen Blut lagen auf dem Laminatboden verteilt. Auch an der Zimmertür befanden sich Blutflecken. Die Kommissarin wagte zu vermuten, hier könnte Jennifer sich an den scharfen Holzsplittern verletzt haben. Betty inspizierte vorsichtig, um nur keine Beweise zu vernichten, auch die anderen Räume...

Die Küche, das Bad, alles soweit in Ordnung. Gerade aus ging es der Glastür nach zu Urteilen zum Wohnzimmer, ihrem nächstes Ziel. Es roch irgendwie nach Alkohol, nach Wein? Sie öffnete die Tür machte auch hier Licht und erstarrte auf der Stelle. Die Atmung setzte aus, Schwindel... ihr entsetzter Schrei hallte durch den Flur der Wohnung, ergoss sich ins Treppenhaus für jeden gut hörbar. Ihr Kollege und Vorgesetzter lag tot am Boden. Ihre Vorahnung und ihr Bauchgefühl bestätigte sich auf grausame Art und Weise.

Der Horror erklomm die nächste Stufe...

xxx

*D*as Blitzlicht flammte noch einmal auf, die letzten Fotos wurden von Sandra Limbacher geschossen. Auch eine UV-Kamera kam zum Einsatz. Mit dem Gerät konnte man zum Beispiel Spermaspuren oder Blutergüsse sichtbar machen die tief unter der Haut lagen und mit bloßem Auge nicht zu erkennen waren. Eine gute Methode um versteckte Spuren eines Kampfes zum Vorschein zu bringen. Die letzte Fahrt konnte Sandras Leiche noch nicht antreten. Zuerst ging es in die Pathologie der Gerichtsmedizin des Kölner Kriminalkommissariats zur forensischen Untersuchung, um eventuell noch vorhandene Spuren zu finden und zu dokumentieren. Beweise die den Tathergang noch genauer erzählen konnten. Manch Kollege störte sich an dem Wort forensische Untersuchung.

So heißt „Forensisch" aus dem Lateinischen übersetzt, Marktplatz, gerichtlich oder öffentlich, so hatte eben jeder etwas zu meckern.

Christians Ekel hielt sich ungewöhnlicherweise in Grenzen als er Sandra Limbacher begutachtete. Schlimmer war es für ihn, wenn viel Blut herumlag, aus Stich oder Schusswunden floss und Leichen bis zur Unkenntlichkeit geschändet wurden, gerade bei jüngeren Opfern. Oft genug hatte er sich schon übergeben müssen. In Ohnmacht gefallen ist er bislang aber noch nie und auch die Tagesform besaß eine gewisse Auswirkung auf sein Wohlbefinden, explizit dem jeweiligen Mageninhalt. Der Spitzname Mimose gehörte schon ihm. Als kleiner Spaziergang war diese Situation natürlich auch nicht zu bezeichnen.

Chris besah sich im hellen Licht der Halogen und ultra- hellen LED Lampen die vor Entsetzen weit aufgerissenen Augen.

Er besah sich den Mund, die Spuren am Hals, dunkelblaue schon fast ins Schwarz übergehende Würgemale.
Auch hier gab es anscheinend keine weiteren Verletzungen soweit er sehen konnte, keine Messerstiche kein Blut. Sandras Jeans und Slip hing noch halb über dem Po. Wurde sie erwürgt bei einem kleinen, flüchtigen Liebesabenteuer, ähnlich wie in Kassel? Jedoch die Todesursache der Susanne Grünau war eine andere, dennoch gab es erkennbare Parallelen.
Ein grauenhaftes Bild, Chris bewunderte so manchen Kollegen der dieses Kopfkino nachts ausschalten und normal schlafen konnte. Dazu war er nicht in der Lage. Ihr Anblick würde ihn höchstwahrscheinlich noch des Öfteren in der Nacht beschäftigen und begegnen, bis ein anderes Gesicht das der Sandra Limbacher ablöste.

>Herr Neumann, soweit habe ich alles gesehen. Was meinen sie, kam hier eine Kordel oder Ähnliches zum Einsatz?< Chris`s Frage zielte auf ein bestimmtes Thema ab.

>Nein, eine Kordel oder Schal et cetera können wir ausschließen. Uns fehlt in diesem Falle eine Strangmarke mit zentraler Furche, wie wir sagen... Kerzer... Dr. Roland Kerzer.< Der Doc reichte Chris die Hand.

>Am Kehlkopf sehen wir deutlich Daumenabdrücke. Auch sehen wir hier die sogenannten Petechien. Im Halsbereich gabeln sich die großen, beidseitig verlaufenden Arterien, die Karotiden, in einem äußeren und einem inneren Zweig. Hier, sehen sie sich das an.< Kerzer zeigte Chris die ungefähre Stelle, dann dozierte er weiter.

>Wenn man nun denkt, das beim Würgen - Erwürgen nur durch Luftabschluss Bewusstlosigkeit und vor allem der Tod eintritt, dass die Luftröhre sowie Venen komplett be- oder verhindert werden, so ist das nur die halbe Wahrheit.

Die den Hals umschließenden Hände können zwar die Luftröhre, die **äußeren** Karotiden und die großen Halsvenen verschließen, nicht aber die **inneren** Karotiden. Durch diese wird weiter Blut in den Kopf und in das Gehirn gefördert, welches aber wegen des Verschlusses der abführenden Venen nicht abfließen kann. Es kommt logischerweise zu einem Blutstau. Ein gewaltiger Druck entsteht. Dieser lässt oberflächliche, kleine Gefäße platzen, es kommt zu mehr oder weniger punktförmigen Blutungen in der Epidermis, eben den Petechien. Sie machen sich hauptsächlich auf Wangen, sehen sie hier... und der Innenseite meist des unteren Augenliedes bemerkbar, ein sicheres und deutliches Anzeichen für das Erwürgen. In diesem Fall nicht. Das männliche Herz ist etwas stärker als das weibliche, so kommt es bei erwürgten Männern und athletischen oder übergewichtigen Frauen sehr oft dazu, dass der genannte Blutstau auch im Gehirn schlagartig Gefäße platzen lässt. Bewusstlosigkeit und Tod kommen in diesem Fall schnell und "gnädig". Der Klassiker natürlich die Würgemale von Hand. Wie erwähnt war es hier kein Strick oder so etwas Ähnliches. Das Opfer wurde von hinten Erwürgt. Der Todeskampf dauerte ein paar Sekunden länger. Die winzigen Sichelförmigen kleinen Male am Kehlkopf sind Fingernägelabdrücke. Die dunkelviolette Färbung der Blutergüsse, das Bilirubin. Normalerweise verheilt ein Bluterguss nach circa drei Wochen. Dies beruht auf den Abbau des Porphyr-Ringes in unseren roten Blutfarbstoff Hämoglobin im Gewebe. Bilirubin, danach Biliverdin eine grünlich Substanz, zum Schluss Urobilin, eine gelbliche Substanz.

Bei dem Toten bleibt es wie gesagt bei dem Bilirubin, ohne Sauerstoff kann es nicht weiter katabilisiert werden. Hier sehen wir, wie schon erwähnt, sehr kleine Fingernagelabdrücke, wie Spuren auf der Knetmasse.

Das lässt darauf schließen, auch in Verbindung fehlender Samenflüssigkeit, dass es sich um einen weiblichen Täter handelt. Es könnte natürlich auch sein, das es genau so aussehen soll. Hier werden weitere Tests Gewissheit schaffen, oder weitere Fragen aufwerfen, wie auch immer...<
>Meine Güte, das war mal ein Vortrag, vielen Dank, ich....< weiter kam Chris nicht.

Den gellenden irren Schrei hörten alle, die Köpfe flogen wie auf Kommando in die Richtung aus der er kam.
>Bettina...< rief Christian panisch, er reagierte als Erster und spurtete los wie ein Hundertmeterläufer nach dem Startschuss.

xxx

𝓔ine starke toughe Polizistin, ja das war sie. Nichts haute sie sie so schnell um... doch das war eindeutig zu viel.
Sie kniete neben Walter und fühlte vergeblich seinen Puls.
Die Tränen waren jetzt nicht mehr zurückzuhalten. Es fühlte sich an als pumpte ihr Herz flüssiges Eis durch ihre Adern, ließ ihr Hirn, ihre Seele und jeden Gedanken Augenblicklich erstarren. Sterne tanzten vor ihren Augen, es summte eigenartig in ihren Ohren, stand auf, ging einen Schritt, ihr wurde schwindelig, musste sich am Türrahmen festhalten. Betty starrte Walter an, keine Bewegung, kein Atemzug, Scherben, Blut...

Irgendjemand rief ihren Namen, weit weit entfernt, noch ein Mal... das musste Christian sein, nur am Rande nahm sie das war. Erst als sie seine Arme um ihre Schultern spürte, wachte Bettina auf.
>Oh Gott... Chris... kein Puls, ich fühle kein Puls... Walter, er ist Tot.< schluchzte sie leise.
>Verdammte Scheiße nochmal, Walter... diese Schweine!!< Christian konnte sich verbal nicht zurückhalten und fluchte wie ein Kellerkind, trat gegen die Wohnzimmertür, dass das Glas erzitterte. Neumann tauchte hinter ihnen auf, mit drei Polizisten im Kielwasser.
>Was ist hier... oh, verdammt... ist das etwa ihr Vorgesetzter, Walter Kortemeier?< Neumann sah die beiden fragend an, noch mehr Blut entwich aus seinem Gesicht, was eigentlich unmöglich war.
>Ja...< Betty schluchzte immer noch.

>Kessler... holen sie rasch Kerzer und sein Team, Kortemeier hat Vorrang, vielleicht... hat er Puls? Los Kerzer soll kommen und veranlassen sie auch das Sandra Limbachers Leiche abtransportiert wird, los los... Bewegung.< streng schnaufte Neumann die Worte seinem untergebenen ins Ohr. Er wand sich an Betty und Chris.
>Es tut mir leid, hätten wir doch hier zuerst nachgesehen.<
>Sie können nichts dafür, dass hätte ihm wahrscheinlich nicht das Leben gerettet.<
>Da haben sie vielleicht recht Herr Albrecht.<
Vier Spezialisten der Spurensicherung, komplett eingehüllt in strahlend weißen "Ganzkörperkondomen" wirbelten Schneeflockengleich in das Wohnzimmer, mit einigen verschiedenen Geräten im Gepäck, um den nächsten traurigen Tatort zu untersuchen. Walters Tod wurde in der nächsten Minute eindeutig festgestellt. Wieder flammte Blitzlicht auf, die Leiche wurde genauestens fotografiert. Eine große Kopfwunde direkt an der Schläfe, die Lage des Opfers, alles in Nahaufnahme dokumentiert.

>Würden sie nun bitte das Zimmer verlassen und kurz in den Flur gehen? Wir saugen jetzt den Fußboden auf eventuell verwertbare Spuren ab.< Kerzer scheuchte die drei Kommissare aus dem Wohnzimmer.

>Ja natürlich.< Chris fasste Bettina an den Arm und zog sie mit sich.

Neumann telefonierte und gab fast brüllend seine Kommandos, Chris bugsierte seine Kollegin in die Küche. Betty sah die Blitzlichter der Kameras wie in Zeitlupe, dumpfe Stimmen hallten in ihrem Kopf.

>Komm, setzt dich erst mal. Wenn hier alles soweit erledigt ist, suchen wir uns ein Hotelzimmer, Neumann kann sicher etwas empfehlen. Carl muss auch noch über die Geschehnisse informiert werden. Kann auch sein das er Neuigkeiten für uns hat. Wie geht es dir?<

>Ist wieder etwas besser. Doch dieser Anblick, hast du seine Augen gesehen... seine Augen. Warum Walter... Warum? Ich kann es nicht verstehen...<

>Betty, mir ist auch zum Heulen. Gerade jetzt ist es wichtig, einen klaren Kopf zu behalten. Wenn die Spurensicherung durch ist, sehen wir noch einmal nach, ob es weitere Hinweise gibt. Ich nehme nicht an das es Jennifer gewesen ist. Morgen früh werden wir dem Krankenhaus einen Besuch abstatten. Ich hoffe, dass die junge Frau bis dahin ansprechbar ist.<

Seine Hand fuhr durch Bettinas weiches Haar, ein Kuss hauchte er auf die immer noch tränennasse Wange.

>Alte Tiger sterben einsam... das war sein Spruch... das Schicksal hat Walter eingeholt, auch wir hätten es nicht verhindern können. Jedem von uns kann so etwas passieren. Mit seinem Tod hat er uns einem Hinweis hinterlassen. Vielleicht sind wir dadurch in der Lage einigen Menschen das Leben zu retten. Wir werden den Mörder finden, glaub mir...
Ich werde mir jetzt das Wohnzimmer noch einmal ansehen. Versuch du Carl zu erreichen und erzähl ihm alles. Danach suchen wir ein Hotel, für heute reichen die schlechten Nachrichten und der scheiß Horror...<

XXX

Laute Stimmen hallten im Treppenflur, Funkgeräte knarzten, noch ein Trupp Uniformierte betrat die kleine Wohnung. Chris zog die Küchentür ins Schloss und begab sich auf die Suche nach Neumann. Der stand immer noch im Rahmen der Wohnzimmertür und gab Anweisungen im Sekundentakt.

>Ah, Herr Albrecht...< Der Hauptkommissar legte Chris väterlich eine Hand auf die Schulter.

>Wie schon gesagt, es tut mir leid...<

>Ist schon gut, wir stehen noch unter Schock, ich kann es noch nicht fassen, Frau Witte geht es noch schlechter dabei.< Chris sah Neumann mit geröteten Augen an.

>Ich kann sie verstehen. Der Tod eines Kollegen ist das Schlimmste, was passieren kann. Das kann einige Zeit dauern, bis die Geschichte verarbeitet ist. Darum müssen wir uns jetzt um so intensiver konzentrieren. Auch wenn wir nicht wissen ob die Katharina Gerland Täterin, Opfer oder entführt wurde, auf jeden Fall habe ich eine Fahndung nach ihr heraus gegeben. Jeder weiß auch, dass es sich um einen Polizistenmord handelt. Diesbezüglich sind meine Leute besonders wachsam, ich denke mal, nicht nur meine. Momentan können wir nicht viel ausrichten. Die Obduktion wird Näheres ergeben. Mit ihrer Dienststelle habe ich schon telefoniert. Ach ja, kann ich etwas für **sie** tun?<

>Vielen Dank erst einmal für ihre Hilfe und ihre tröstenden Worte. Nun ja, Herr Neumann... kennen sie ein Hotel oder etwas ähnliches hier in der Nähe. Wir bleiben in Köln, morgen früh müssen wir so oder so zum Krankenhaus Jennifer Gerland ein paar dringende Fragen stellen. Wir brauchen jetzt Antworten.< Christians Stimme wurde lauter und unterlegte seine Worte mit scharfen knappen Handbewegungen, seine Nerven waren überspannt.

>Antworten...< sagte der Hauptkommissar leise und nickte betstätigend mit seinem Kopf.
>Antworten, tja... die hätte ich auch gern. Aber wir wollen tunlichst nichts überstürzen. Nichts ist schlimmer als voreilige Entscheidungen treffen die man später wieder bereuen muss. In Ordnung, wir treffen uns morgen um neun Uhr dreißig im Krankenhaus. Den Weg habe ich ihnen ja schon beschrieben. Ein Hotel? Nun da werde ich telefonieren müssen. Mal sehen was ich für sie um diese Zeit noch organisieren kann.< Neumann zog sein Handy wieder aus der Innentasche seines steingrauen Mantels und tippte hastig eine Nummer ein.
>Ich danke ihnen...< flüsterte Chris.
Türen knallten, laute Stimmen, Gesprächsfetzen drangen vom Treppenflur in die Wohnung. Im Wohnzimmer dagegen herrschte fast andächtige Stille.

Dr. Kerzer besah sich immer noch Walters Leiche und schüttelte hin und wieder mit dem Kopf. Der Kommissar gesellte sich zu ihm, lauschte was Kerzer in sein kleines Aufzeichnungsgerät sprach. Auch Chris musste immer wieder Walter ansehen, konnte eine aufkommende Gänsehaut nicht unterdrücken.
>Massive Schlageinwirkung auf die Regio Temporalis (Schläfenregion) speziell das Pars squamosa ossis Temporalis (Schläfenbein). Dadurch bedingte sofortige Bewusstlosigkeit.
>Ist in diesem Fall der Schlag auf das Schläfenbein die Todesursache?< Christian unterbrach den Doktor mitten im Satz.
>Gut das sie fragen, nein... der Schlag war es nicht. Nun, mit dem Hieb hat man ihn sicher nur betäubt. Die sensible Innervation der Schläfenregion erfolgt durch den Nervus-Auriculo Temporalis, den Ohr- Schläfennerv.

Der dritte der drei Hauptäste des fünften Hirnnervs.
Bei einem heftigen Schlag auf diese Region kommt es zu einer Schwellung des Gewebes und drückt oder quetscht die Nerven. Je nach Stärke des Schlages kann es zur Bewusstlosigkeit kommen oder sogar der Tod eintreten, nach aussetzten der Atmung zum Beispiel.<
>Und das können sie hier ausschließen?<
>Ja, im Gegensatz zu der toten Limbacher, sehen wir eine Strangmarke mit vor genannter zentraler Furche. Daran alleine könnte ich die Todesursache nicht bestimmen. Aber sehen sie hier...< Kerzer ging in die Knie, drehte Walters Kopf etwas zur Seite. Langsam, dennoch stetig, machte sich wieder die Übelkeit in Christians Magengegend bemerkbar. Doch er wollte wissen wie Walter umgekommen war.
>Speichel oder Schaum vor dem Mund. Meistens ist es so, dass das Opfer vor dem eigentlichen Erwürgen, noch einmal reflexionsartig Luft holt. Nun versucht es oder in diesem Falle er, krampfhaft auszuatmen. Die austretende Residualluft schlägt hierbei Schaum und ist circa zwei bis sechs Stunden nach dem Tod sichtbar. So können wir den Todeszeitpunkt einigermaßen sicher vorbestimmen. Hier würde ich sagen, müsste der Tod vor gut eineinhalb Stunden eingetreten sein. Der Fortschritt der Leichenstarre hilft uns natürlich auch. Der Hauptkommissar Walter Kortemeier ist mit dem Schlag betäubt und anschließen erwürgt worden. Es wird sie jetzt nicht zufrieden stellen, aber genaueres kann ich ihnen leider erst nach der Obduktion in der Uniklinik berichten.< Der Doktor verzog sein Gesicht, kratzte sich mit seinem Stimm-Aufzeichnungsgerät am Hinterkopf.
Christian konnte es nicht glauben.

>Dann waren sie vielleicht zu zweit?<
>Nicht zwingend, doch ist es durchaus möglich. Ja, doch, eine gute Theorie, spinnen wir mal weiter.
Eine Person lenkt ihn ab, eine andere schlägt von hinten zu. Keine weiteren Kampfspuren, er hat sich also nicht gewehrt. Das eine zweite Person hier gewesen ist, eine männliche?... dafür lege ich meine Hand noch nicht komplett ins Feuer. Spermaspuren haben wir gefunden, sicher, ja... doch müssen wir klären, ob es hierher verbracht wurde oder ob es in diesem Zimmer zum Verkehr kam. Das werde ich gleich im Labor feststellen, wie Lebensfähig das Sperma noch ist. Zu fünfundachtzig Prozent tippe ich auf die zweite Variante.<
>Äh... Herr Albrecht?< Hauptkommissar Neumann ging auf Christian zu.
>Ja bitte.<
>Ich habe etwas für sie beide gefunden. Nicht sehr groß, dennoch gemütlich, gehobener Standard. Laut Mitarbeiter der Rezeption, übrigens ein Bekannter von mir, hat jemand kurzfristig abgesagt. Das Hotel am Augustiner Platz, Hohe Straße dreißig. Ach ja, es hat nur vier Zimmer, da ist Ruhe vorprogrammiert. Wie gesagt, sehr klein, doch sie werden positiv überrascht sein. Da bin ich mir sicher.<
>Danke Herr Neumann, wir sind in dieser Situation mit allem zufrieden, noch einmal... vielen Dank.<
>Schon gut, hier können sie zurzeit nichts mehr tun. Ruhen sie sich aus, morgen in der Früh treffen wir uns am Krankenbett der Jennifer Gerland. Vielleicht bringt uns eine Befragung tatsächlich etwas weiter. Eine Wache habe ich ebenfalls abstellen lassen. Wir wollen doch nicht das unser junges Vögelchen nach dem Aufwachen zu frühzeitig flügge wird...< Neumann grinste.

>Ja, eine weise, sehr gute und vorausschauende Vorsichtsmaßnahme. Verdächtig ist sie nun mal.
Noch eine vorerst abschließende Frage oder vielmehr eine Bitte Herr Neumann.<
>Raus damit...<
>Das Laptop der Gerland, wäre es möglich, also so weit es auf Fingerabdrücke et cetera untersucht wurde, eventuell bis Morgen auszuleihen? Es ist durchaus denkbar das wir aus dem Inhalt der Daten, aus E-Mails, Downloads und so weiter, weitere Erkenntnisse erlangen könnten.<
Chris sah Neumann direkt in die Augen, der konnte eigentlich nicht mehr verneinen, warum auch.
>Natürlich, ja... unser Spezialist könnte sowieso nicht vor morgen mit dem Durchkämmen der Festplatte beginnen. So kommen wir sicher schneller an eventuelle Neuigkeiten, gute Idee Herr Albrecht.< Neumann nickte zufrieden.
>Gut, wir machen uns auf dem Weg. Herr Doktor Kerzer, vielen Dank für ihre Ausführungen.< Chris gab dem Hauptkommissar und dem Gerichtsmediziner die Hand. Kerzer steckte Christian noch eine Visitenkarte zu, mit dem Hinweis, sollte es noch weitere Fragen geben, er sie selbstverständlich beantwortete. Chris verabschiedete sich auch kurz von den anderen Kollegen, nahm das Laptop samt Ladegerät an sich und ging zurück zu Bettina. Auch sie war mit ihrem Telefonat fertig, beide zogen sich ihre Jacken an, verließen darauf hin den beklemmenden Tatort schweren Herzens und mit dem Wissen ihren alten Freund und Kollegen zurück zu lassen.

XXX

Kapitel 22 Offene Wunden
Kölner Innenstadt   Hotel am Augustinerplatz   Freitag 11 Dezember   21:00Uhr

*D*er Eiswind blies durch die weihnachtlich beleuchtete beinah menschenleere Einkaufsstraße. Niemand hielt sich zu dieser abendlichen Stunde unbedingt draußen auf, wenn er es nicht wirklich musste. Der Wagen parkte in einer Tiefgarage, den restlichen Weg gingen sie zu Fuß. Kein Lächeln, kein Scherz, nur düstere Gedanken begleiteten die beiden Kommissare auf dem Weg zu ihrer Unterkunft. Den Arm um Bettina gelegt, ließ Chris noch einmal und sicher nicht zum letzten Mal die vergangenen Stunden Revue passieren.
„Walter hätte auf keinen Fall alleine gehen dürfen. Ein böser Fehler, der sich nun grausam rächte. Niemals alleine, niemals alleine... verdammt noch mal... niemals alleine! Tödliche Routine, ja... so konnte man es wohl nennen. Er ist, ohne es zu wissen, direkt in den Schlund der Hölle gegangen. Blindlinks in die Falle getappt"
Seine Kollegin riss ihn unsanft aus der Lethargie seinen wüsten Überlegungen, und holte ihn in die kalte Wirklichkeit zurück.
  >Das Hotel, wir sind da.< Bettina nickte in die entsprechende Richtung.
Eine saubere ansehnliche dunkelgraue Marmor Fassade zeigte sich ihnen, direkt gegenüber der Galeria Kaufhof.
  >Hotel am Augustiner Platz, da bin ich ja mal gespannt was der gute Neumann so unter gemütlich versteht.<
  >Gemütlich oder nicht, Hauptsache ein Bett und eine Kleinigkeit zu essen, ich habe wirklich irren Hunger.< quengelte sie, ging einen Schritt vor und hielt dem Kommissar die Tür auf.

Die schwere Tasche trug Chris am Schulterriemen. Das Gefühl beschlich ihn sofort sie unternahmen eher eine ruhige Campingtour anstelle einer gnadenlosen Mörder-Jagd, jedenfalls dem Gewicht der Tasche nach zu Urteilen.
Sie betraten die Eingangshalle.

Weiß, hell, freundlich, ein von der Decke bis zum Boden reichender Spiegel. Vier Clubsessel, zwei hellrote, zwei dunkelblaue, wirkten wie knallige Farbtupfer und gesellten sich um einen kleinen schwarzen Couchtisch. Der schlanke Weihnachtsbaum reicht fast bis zur Decke, Gold und Silber waren die dominierenden Farben. Alles eben sehr modern, so präsentierte sich der Check-In. Eine Dame, um Anfang fünfzig, mit streng zurück gekämmten und zum Zopf gebundenem Haar, stand hinter der Rezeption aus beleuchteten hellblauem Milchglas, schien auf die zwei Aachener Polizeibeamten gewartet zu haben.
>Bonsoir... guten Abend, sie sind die angekündigten Commissaire de Police?<
Eine herrische, feste, dennoch sehr fraulich wirkende Stimme mit starkem französischem Dialekt, sprach Bettina an.
>In der Tat, dass sind wir. Der Herr Hauptkommissar Neumann telefonierte mit ihnen oder einem ihrer Kollegen und reservierte ein Zimmer für uns...<
>Bon, das iste rischtig. Exkusez moir, isch schaue einmal nache, un moment... aha... ja, das Doppelzimmär im Obergeschoss Numero quatre, die vier. En haute, also die Treppe och, danne rächts alten, sie kommen direktemon darauf zu, nischt zu übärsehen, ier biitte der Cle... äh Schlussel und dort bitte signer. Auch där jünge Mann natürlisch...<
Die zwei Kommissare setzte ihren Nachnamen unter der Anmeldung und Bettina hatte noch ein dringendes Anliegen.

>Ist es möglich, das wir etwas zu Essen bekommen?<
>Hmmm, die Küsche ist geschlossän, isch werdä einmal see-en was isch da mach än kann, ein wenig Zaubärn... Envoüter, dass müsste gehän. Isch melde misch gleich bei ihnän.<

>Tausend Dank, sehr nett von ihnen...< Betty zeigte sich sichtlich erleichtert. Jetzt noch in der Stadt und zu dieser Stunde ein passendes Lokal finden, dafür besaß sie keine Kraft mehr.

>Ach, noch etwas, ab nüll Ühr ist der Entree... der Eingang verschlossen. Zum Hinausgehän nutzen sie bitte den zweiten Schlüssäll. Dejeuner, ähem... Frühstück gibt es ab siebän Ühr und steht ihnän bis zehn Ühr sur Verfügung. Sie können abär selbstvärständlich auch auf däm Zimmär essän wänn sie es möschten. Ich wünsche ihnän einän schönen Aufenthalt. Bonne nuir, gute Nacht ihnän.<

>Ihnen auch, vielen Dank.< Chris nickte der Rezeptionistin zu und setzte sich in Bewegung. Oben angekommen bemerkte er das es auch einen Fahrstuhl gab.

>Wir müssen direkt daran vorbeigelaufen sein... Naja, Bewegung kann nicht schaden.<

Das Zimmer zeigte sich, ebenso wie die Eingangshalle unten, sehr modern, hell und aufgeräumt. Auf einem der zwei aus transparentem Acrylglas bestehen Stühle stellte Chris das Gepäck ab, und hoffte insgeheim, dass das Möbel unter der Last der Sporttasche nicht zusammenbrach.

>Ich gehe sofort ins Bad...< bemerkte Betty knapp, nahm rasch ihren Pflegeutensilien aus der Tasche und verschwand. Chris kramte ebenfalls seine Sachen aus der Tasche, eine Dusche und sich aufwärmen machten sicher den Kopf frei, danach sollte der Laptop durchkämmt werden.

Ein zaghaftes klopfen an der Tür ließ ihn erschreckt herumwirbeln.

Die nette Rezeptionistin stand vor ihm mit einem Tablett in der Hand.

>Leidär nur einä sähr bescheidenä froid carreau, isch hoffe es reischt, und es mundät ihnän trosdäm.<

>Das ist schon in Ordnung, stellen sie doch alles auf den Tisch.. vielen Dank Frau...?<

>Oh... sagän sie einfach Viviane...<

Nachdem Viviane das Tablett auf dem Tisch abstellte, reichte Christian ihr seine Hand.

>Chris, sagen sie einfach Chris, noch einmal herzlichen Dank.<

>Bon nuir...< flüsterte Viviane mit gespitzten Lippen.

>Gute Nacht.< sie drehte sich um und ging zurück. Chris sah ihr zwei, drei Sekunden nach. Diese Figur... der verflucht enge, vielleicht ein wenig **zu** kurz geratene hellgraue Rock, die Strumpfhose mit der feinen Naht, ist ihm beim Check-In gar nicht aufgefallen, und er hätte schwören können, die ersten zwei Knöpfe der weißen Bluse waren vorher auch nicht geöffnet. Kurz bevor Viviane aus dem Zimmer verschwand, schaute sie noch einmal über ihre Schulter, sah Chris direkt in die Augen, lächelte, senkte ihren Kopf ein wenig und zog die Tür hinter sich leise zu.

>Huch, was war das denn jetzt... hmmm... hat sie etwa mit mir geflirtet?< Chris freute sich wie ein Pennäler bei seinem ersten Date, Grinste über beide Ohren und schluckte im nächsten Moment, wohl auch weil ihm der Geruch des köstlich duftenden Serano- Schinkens in die Nase stieg. Mehrere Sorten Käse, Weißbrot, kalter Kasslerbraten eine Flasche Chianti 2008er Tenuta Cerro del Masso Poggiotondo, natürlich aus der Toscana, Merlot-Syrah... was für ein Name, was für ein Genuss...

Eigentlich erwartete er einen französischen Rotwein aber egal. Hmmm, Chris griff hungrig und gierig nach den Schinken, brach sich ein Stückchen Brot und goss etwas Rotwein in einen der beiden bereitstehenden Gläser.

Nach dem zweiten Schluck des köstlichen Merlots entdeckten seine müden Augen eine Visitenkarte.

>Viviens Privatnummer... „pour Situation d`Urgence" stand darauf zu lesen... also für Notfälle... das ist ja ein Ding. Bin ich in der Frauenwelt doch noch nicht ganz abgeschrieben. Ja... er kann es noch...< flüsterte Chris leise vor sich hin und steckte mit stolzgeschwellter Brust die Karte ein. **"Mann"** konnte ja nie wissen...

>Aha, fängst du ohne mich an...< Nur mit einem großen Badehandtuch bekleidet und von einer nach exotischen Früchten duftenden Dampfwolke verfolgt, verließ Bettina das Bad.

>Mit einem schönen Gruß von Viviane... ich konnte einfach nicht widerstehen...< antwortete Chris kauend.

>Wem konntest du nicht widerstehen? Wer ist Viviane? Die Dame an der Rezeption?<

>Bingo... sie war so nett sich vorzustellen. Möchtest du auch ein Schlückchen Wein bevor es ans Arbeiten geht?<

>Ja gern und lass mir etwas von dem Schinken übrig du Vielfraß...<

>Kann ich nicht versprechen.< Die Kommissarin machte sich daran die Vorhänge zu schließen. Sie ließ das feuchte Badehandtuch von ihrem halb trockenen Körper rutschen und zog sich frische Unterwäsche an.

>Hey sag mal... spinnst du eigentlich? Dreh dich mal gefälligst um!<

>Schade... ich nahm an dir ist nicht aufgefallen das ich hier im Raum stehe und dir zu sehe... auch dir könnte ich nicht widerstehen, zum Anbeißen... ich bin auch nur ein Mann mit Gefühlen und Sehnsüchten, bei deinem Anblick da...<
Betty unterbrach ihn harsch.
>Ja ja, genau... behalt es für Dich... los jetzt... umdrehen.< Nach dem anziehen gab es auch für die Kommissarin kein Halten mehr, sie fiel ebenfalls über die Assemblage der verschiedenen Leckereien her, mit Genuss...
>Ich denke du wolltest abnehmen?< Chris sah sie fragend und grinsend an.
>Ja, toll... da kommst du mir jetzt mit... *nachdem* ich mir alles hineingestopft habe. Ich habe Hunger und die zwei drei Kilo bekomme ich schon in den Griff... außerdem, wasch gehtsch disch an?< Bettina kaute genüsslich weiter.
>Ich finde genau **die** zwei Kilo machen deine Rundungen perfekt...<
>Jetzt werd nicht noch frech, sonst verpasse ich dir wirklich eine... aber hast es ja nett gesagt.< Sie gab Chris spontan einen fettigen Schmatzer auf die Wange.
>Wau... Sehr schön, jetzt rede ich nur noch über deine liebenswerten, süßen Pölsterchen...<
>Untersteh dich...< drohte sie mit dem Finger in seine Richtung zeigend.

Das teils unnütze Wortgeplänkel verscheuchte für einige Momente die bösen Ereignisse und Gedanken der letzten Stunden. Balsam für geschundene Seelen. Nach dem Sie sich ordentlich satt gegessen und den duftenden Rotwein leerten, meldete sich schlagartig die Müdigkeit.

Bettina gähnte ausgiebig und schlug vor das Brainstorming und das Zerpflücken des Computers der Gerland auf die frühen Morgenstunden zu verlegen.
Chris hatte nichts dagegen, suchte sein Zeug zusammen und ging duschen.

Derweil nahm Betty die rechte Seite des Doppelbetts in Beschlag, zog die Jeans wieder aus, löschte eines der beiden kleinen Nachttischlämpchen, sank auf ihr Kopfkissen und verfiel Sekunden später in Morpheus unruhigen Armen...

xxx

Kapitel 23 Vorahnungen
Köln   Hotel am Augustinerplatz   Samstag 12 Dezember   1:30Uhr

*E*twas gewöhnungsbedürftiges grünlich schimmerndes Licht, hell abgestrahlt und von der gigantisch proportionierten Außenbeleuchtung der Galeria Kaufhof stammend, versickerte durch die zugezogenen Vorhänge des direkt gegenüber liegenden Hotelzimmers.

Die aufsteigende warme Heizungsluft sorgte für eine gewisse Bewegung des Stores und gab ihnen ein unheimliches geisterhaftes Aussehen. Bettina lag auf der Seite die Augen geöffnet. Sie hatte das Gefühl in einer Pfütze aus kaltem Schweiß zu baden und dachte intensiv an Walter. Sie hatten vorhin nicht über ihn gesprochen, vielleicht ein kleiner hilfloser Versuch die Geschichte zu verdrängen, nicht zu nahe an sich herankommen zu lassen. Ein brutal abartiges Bild so wie er da lag, im Wohnzimmer der Gerland. Sie sind im Streit auseinandergegangen, unfassbar. An Schlaf war einfach nicht zu denken, wie spät mochte es nur sein.

Der Quälgeist der Millionen von Menschen jeden Morgen als Erster die gute Laune verdarb stand auf Christians Seite. Sie drehte sich nach rechts, um auf die Uhr zu sehen, doch den Zeitmesser sah Bettina nicht. Betty erschrak heftig... denn das, was sie sah, ließ ihr zum wiederholten Male das Blut in den Adern gefrieren...

Die komplette rechte Zimmerwand zeigte sich irgendwie transparent, war einfach nicht mehr vorhanden.

Ein flirrender Luftvorhang, alles in einem orangefarbenen Ton getaucht, verfallene, staubige Ruinen einer alten Tempelanlage waren stattdessen zu sehen. Christian lag friedlich neben ihr und schlief. Bettina hörte seine leisen Atemzüge.

Sein Brustkorb hob und senkte sich, wirkte irgendwie beruhigend. Sie wollte aufstehen und erschrak ein weiteres mal. Sand... warmen Sand fühlte Betty unter ihren Füßen, konnte den Staub schmecken. Wie in Trance, von der durchscheinenden Wand magisch angezogen, ging sie darauf zu, schritt zaghaft hindurch und betrat schlagartig eine andere Welt. Sie sah zurück, dass dunkle Schlafzimmer hinter ihr war eigenartigerweise noch vorhanden.

Eine bald untergehende Sonne spendete orangefarbenes Licht, sie spürte wohlige Wärme, der Wind spielte mit ihrem Haar. Fremdartige Stimmen hörte sie und rhythmisches Klatschen, gefolgt von eigenartigem monotonem Singsang. "Voltumna... Voltumna..." kristallisierte sich als einzig verständliches Wort heraus.

Irgendetwas zwang sie sich sofort umzudrehen und zum Schlafzimmer zu sehen. Dort stand auf einem mal Christian am Bett, vollständig angezogen, seine Pistole in der Hand, nicht hörbar flammte der Mündungsblitz mehrmals auf, wie in Zeitlupe rasten die Kugeln auf die Kommissarin zu und an ihr vorbei, sie drehte sich um sah den Kugeln nach.

Neben einer der Meter dicken Tempelsäulen stand überraschend ein Mann, der blitzartig und unerwartet hinter einer der gewaltigen Säulen hervor gesprungen war, sie blieb überrascht stehen. War das etwa??? Ja, Raphael Carvallo... keine Täuschung, er war es tatsächlich.

Nackt, mit einer Waffe in der Hand, er schoss. Kugeln flogen wieder auf Bettina zu, Christians Projektile flogen weiter auf Carvallo zu, er sprang nicht zur Seite und die Geschosse explodierten förmlich in seiner Brust. Sein Mund bewegte sich, kein Laut drang an ihr Trommelfell...

Bettina fasste sich an den Oberarm, ein stechender Schmerz raste durch ihr Hirn. Sie sah auf ihre Handfläche... Blut... doch es machte ihr irgendwie nichts aus... ließ sie völlig kalt...

Die Szene änderte sich...

Sie schritt jetzt mit ihren nackten Füßen über felsig schroffen Grund. Neben ihr, auf dem Boden, eine Bewegung, noch eine Person tauchte auf. Bettina riss ihre Augen auf... unglaublich, das war Walter...

Walters Kopf, nur Schädel und Hals... der restliche Körper steckte tief in der Erde, war nicht zu sehen. Er starrte Bettina mit hervorgequollenen Augen vorwurfsvoll an. Eine schneeweiße Kordel lag hell glühend um seinen Hals... der Mund bewegte sich, er sagte nur ein Wort...

>Lauf...<

XXX

Ihr erstickter Schrei weckte Christian, der sofort hellwach hochschreckte, die kleine Nachttischlampe beim Einschalten vom Tisch warf und sich schnell über Bettina beugte.

>Bettina... hallo... wach auf, ich bin es, keine Panik... es ist nichts passiert... ruhig, ganz ruhig...<

Langsam fand die Kommissarin wieder zur Realität. Schweißgebadet, die Haare klebten an ihrer Wange, an ihrer Stirn, sie sah Chris an.

>Tut mir leid, ein Albtraum...< verwirrt blickte sie sich um, als suchte sie etwas.

>Ich, ich habe Walter und Raphael gesehen, einfach furchtbar... Carvallo hat versucht mir etwas zu sagen... ich habe ihn nicht verstanden, Walter, sie hatten ihn vergraben... bis zum Hals eingegraben, warum nur? Er sagte lauf... und Ruinen... ich sah eine alte Stadt, Steinsäulen...< Bettina atmete heftig ein und aus.

>Und du... du hast auf mich geschossen... oder auf Carvallo... ich versteh das alles nicht...<

>Ist schon gut, die letzten Stunden sind nicht Spurlos an uns beiden vorbei gegangen, alles nur ein Traum, ich würde niemals auf dich schießen... naja, auf Carvallo vielleicht schon, aber nur in Notwehr...< Chris lächelte streichelte Betty über ihr schweiß-feuchtes Haar.

>Nimmst du mich bitte in den Arm?<

>Natürlich, komm her, versuch zu schlafen...< Das Licht knipste er wieder aus, nahm seine Kollegin in den Arm und irgendwie schafften die beiden es doch noch, eng zusammengekuschelt in einen fast erholsamen Schlaf zu fallen.

XXX

Köln 12. Dezember Hotel am Augustinerplatz 8:30Uhr

$\mathcal{D}$er Morgen stirbt nie...

So oder ähnlich klang der Titel eines mehr oder weniger bekannten Aktion Streifens, und sie hatten verdammt Recht damit.

>Das darf nicht war sein...< blubberte es schläfrig aus seinem Mund und bei dem schnellen Blick zur Uhr stellte Christian fest, dass die beiden Faulenzer ein weiteres Mal verschlafen hatten. Wann wollten sie sich mit Hauptkommissar Neumann treffen? Neun Uhr dreißig? Nun in diesen Moment erzählten ihn die roten Ziffern des Nachttischweckers, (den Namen hatte er eigentlich nicht verdient) das es acht Uhr dreißig war. Das bedeutete wiederum, es würde ein kurzes Frühstück geben, ein sehr kurzes.

>Guten Morgen Engelchen, aufwachen meine süße Schlafmütze.< er gab Betty einen Schmatzer direkt auf den Mund, auch auf die Gefahr hin einen Kinnhaken zu riskieren. Verdammt nochmal, so wie sie da lag... ein Traum.

>Du spinnst wohl... lass das gefälligst.< knurrte sie gefährlich leise.

>Jetzt bist du wach, genau das wollte ich damit erreichen meine schöne Kommissarin. Los hoch, wir müssen gleich zum Krankenhaus.<

>Haben wir schon wieder verschlafen, dass wird langsam zur Gewohnheit und du bist Schuld, du bist sowieso an allem Schuld... mein Kopf fühlt sich an als wäre er in eine Metallpresse gemarter worden... ich geh zuerst ins Bad...< Betty stürmte aus dem Bett und schaffte es den Miniwettlauf zu gewinnen und tatsächlich vor Chris das Klo zu entern.

>Glück gehabt, dann bestell ich uns eben das Frühstück.< gesagt, getan. Die Null vorgewählt und schon bekam er Viviane an der Strippe.

Nach einem höflich geflötetem *"Bon Martin"* erkundigte sie sich nach dem Wohlbefinden der beiden Kommissare und versprach schnellstmöglich, nachdem Chris angedeutet hatte wie sehr sie sich in Eile befanden, dass Frühstück zu bereiten und hinauf zu bringen.

Christian schnappte sich derweil den flachen Rechner.

Ein Knopfdruck und das Laptop erwachte zum Leben, es piepte kurz, die Festplatte summte vor sich hin, der Bildschirm flammte auf. Etwas musste es doch geben. Beweise konnten sie gut gebrauchen. So lange das Betriebssystem hoch fuhr, zog Chris sich an. Geduscht hatte er gestern, also musste eine Katzenwäsche ausreichen, außerdem lief ihnen die Zeit davon.

Es klopfte verhalten an der Zimmertür.

>Guten Morgen Vivien, wow... du hast wohl gezaubert und das nicht nur beim Frühstück... du siehst hinreißend aus...<

>Bonjour Chris, merci beaucoup du Charmeur... ja wie durch envoutement, nicht war? Nur für dich, nun ja, für eusch.<

>Lieb von dir Viviane... du weißt, wir müssen gleich wieder gehen. Wir haben eine Menge vor heute, die Zeit läuft uns davon. Ich gebe dir meine Karte, für Notfälle... die Rechnung bitte an das Präsidium.< Chris reichte ihr seine Visitenkarte und lächelte sie entwaffnend an, Viviane erwiderte sein Lächeln etwas verlegen, in Anspielung auf die Präsentation ihrer Visitenkarte des Abends zuvor.

>En ordre, das wärde isch so weitärgäbän. Dann wünsche isch eusch alles Gutä und komm du doch einmal wiedär, isch würde misch sehr freuen... auch auf einän Annruf vielleischt... boire de petit lait.

Oh, dort... was iiste das? Ein übsches Motiv, magst du altä Bildär?<

>Bild?< Chris drehte sich langsam um und sah auf den Bildschirm. Der Bildschirmschoner war angesprungen, sein Herz pulste sofort in einer deutlich spürbar höheren Frequenz, der Blutdruck schoss ebenfalls in die Höhe.

>Oh nein, das gibt es doch nicht...<

>Etwas schlimmes?< Viviane klang besorgt.

>Oh ja, sehr schlimm... tut mir leid Viviane ich muss... verzeih mir... es brennt die Luft... nicht böse sein... **Bettina bist du fertig?**< rief Chris laut.

>Isch werdä sofort gehän, bis bald... au revoir...< Das Frühstückstablett platzierte Viviane auf dem kleinen Tischchen, raffte schnell die Reste vom Abendessen auf dem Tablett zusammen und verschwand beinahe lautlos aus dem Zimmer.

Kaum schloss die Rezeptionistin die Tür hinter sich, schoss Betty aus dem Badezimmer.

>Was ist los, hast du schon wieder mit der Rezeptions-Dame geflirtet? Nen Korb bekommen?< Betty grinste über beide Ohren, doch das verging ihr recht schnell und zu antworten brauchte Christian auch nicht mehr. Ihre Augen wurden groß, denn sie sah ebenfalls das Bild auf dem PC.

"Vanth."

>Verdammt noch mal, wieder haben wir viel zu lange gezögert. Das ist es, das ist die Lösung. Zwar nur ein weiteres Indiz, doch ein recht felsenfestes. Katharina Gerland, sie ist die Mörderin, sie muss es einfach sein. Jetzt brauchen wir keine weiteren Bestätigungen mehr. Jennifer konnte es nicht gewesen sein. Ein siebzehn jähriges Mädchen? Völlig ausgeschlossen.<

Bettina wurde nervös.

>Was machen wir jetzt als Erstes?<
Während der Kommissar sich und seiner Kollegin mit zitternden Händen Kaffee nachschenkte, versuchte Bettina zu rekapitulieren.

>Also, was haben wir? Kurt Hallbacher, der erste Tote in Aachen. Danach Susanne Wirthe aus Kassel.
Evelin Grünau aus Berlin.
Gerhard Brunne aus Köln. Sandra Limbach ebenfalls aus Köln, dann unser Walter... verflucht noch mal, Walter...< Bettina holte tief Luft und sprach weiter.

>Nur bei Hallbacher und Brunne gab es jeweils dieses Foto, und sämtliche Opfer wohnten in einem Haus mit der Nummer Sechzehn, sogar Walter und dass ist das unheimliche an dieser Geschichte. Außerdem gibt es eine direkte Verbindung zu den Toten. Das Internet-Dating-Portal. Galaxy of Love. Nun kommt am Kassler Tatort eventuell ein Mann mit ins Spiel. Wir müssen Carl anrufen, noch einmal Fragen ob die laufenden Tests neue Erkenntnisse gebracht haben. Das übernehme ich. Versuch du, noch etwas im Laptop ans Tageslicht zu fördern.<

>Alles klar, wird gemacht, trink ein Schluck Kaffee und iss etwas.<

>Gleich, ich werde erst Carl anrufen, dass lässt mir keine Ruhe.< Bettina zögerte nicht lange, zog ihr Telefon aus der Tasche und suchte nach Carls Nummer.

Eigene Dateien, Bilder Dokumente, Downloads. Alles durchsuchte Chris um an Hinweise zu gelangen. Und tatsächlich, Bilder, Fotos von den beiden Toten, auch hatte die Gerland mit nicht nur drei weiteren Männern Kontakt wie Carl es herausbekommen hatte, sondern mit acht, wie es aussah.

In den Downloads immer wieder PDF Dateien oder andere herunter geladene Dokumente zu dem Thema Etruska. Der Beginn, der Aufstieg und das Ende eines fast vergessenen Volkes. Hier gab es so viel Material, sie hätte locker einen Vortrag an der hiesigen Uni halten können. Immer wieder tauchte die oberste Gottheit Voltumna auf, mit einem Verweis auf das wichtigste Kultzentrum, dem Fanum.

Das Fanum Voltumnae die wichtigste Kultstätte der Etrusker, lag in der ungefähren geografischen Mitte der Zwölf Hauptstädte, nahe dem heutigen Orvieto. Dort trafen sich damals ein Mal im Jahr die hohen geistlichen und weltlichen Lenker des Städtebundes um Pläne zu schmieden, sich gedanklich auszutauschen oder auch um ausschweifende Feste zu feiern. So gaben erst die Etruska zum Beispiel die Impulse, um aus dem einstigen kleinen Provinznest Rom, langsam das Rom entstehen zu lassen was wir heute kennen. Ein kleiner winziger Verdacht breitete sich von seiner Bauchgegend her aus und normalerweise konnte Chris sich auf sein Bauchgefühl verlassen, naja... jedenfalls hin und wieder. Könnte es nicht sein das.... ja, wenn die Gerland so besessen von diesem Volk war, von dieser ganzen Materie... warum auch immer. Sollte letztendlich das Fanum Voltumnae ihr Ziel sein? Und was dann?

Bisher gingen auf das Konto der Katharina Gerland mindestens drei Morde. Natürlich war noch nichts endgültig bewiesen, doch was brauchte es noch um sie zu überführen? Vielleicht wollte sie dort an der Kultstätte zum großen Paukenschlag ausholen?

Mit dem Gedanken im Hinterkopf machte sich der Kommissar daran mit dem PC das Internet aufzurufen um sich Websites anzusehen die zuletzt aufgerufen wurden. Das Hotel eigene Netzwerk war hierbei sehr hilfreich. Dank einer schnellen Verbindung und einer bestimmten hoch frequentierten Suchmaschine fand Christian schließlich wo nach er suchte. Eine Italien-Karte, dazu die genaue Wegbeschreibung zur Ausgrabungsstätte des Zentrums der heiligen Handlungen der Etrusker. Es konnte keinen Zweifel mehr geben was die Gerland vor hatte.

Die Frage war, fuhr sie auf dem direkten Weg dorthin oder musste ein gewisser Trieb befriedigt werden und es würde noch weitere Opfer geben?

>Ok, bitte halte uns auf dem Laufenden. Carl, danke und bis später. < Bettina beendete die Verbindung.
>Was gibt es?< Chris sah vom Bildschirm auf und schaute seine Kollegin neugierig an.

>Oh ja, eine Menge. Sie haben die zweite Person anhand von DNA Tests und wie vermutet, als männlich identifiziert. Bei dem „Unfall" in Kassel war er anwesend. Der gemeldete Mord in Berlin, aus welchen Beweggründen auch immer, geht eindeutig auf sein Konto. Jedenfalls wird vorläufig in dieser Richtung ermittelt. Auch Evelin Grünau ist während eines Liebesaktes zu Tode gekommen, dass passt also schon mal. Die Spermaspuren sagen mehr als tausend Worte. Dieser kleine Schlaumeier hat stümperhaft versucht seine Identität zu verschleiern. Nun, im Groben ist ihm das auch einigermaßen gut gelungen. Dadurch kam es eben zu den unerfreulichen Verzögerungen bei der Fahndung.

Im zentralen Melderegister hat man ihn schließlich, anhand seines Fotos was bei dem Internet-Datingportal hinterlegt wurde doch noch aufgespürt. Wie schon gesagt, männlich, sechsundvierzig Jahre alt aus Porta Westfalica, bei Minden. Das ist grobe Richtung Hannover, noch in Nordrhein Westfalen meine ich. Die Kollegen haben seine Wohnung gründlich durchsucht, seine Bekanntschaften eingrenzen können. Er hatte Verbindung, und durchaus regen Nachrichtenverkehr mit den beiden toten Frauen. Auch zeitlich passt alles haargenau. Anhand des Mailverkehrs konnte das lückenlos bewiesen werden. Seine Name ist Alexander Kohnen.

Bei der Haussuchung war er natürlich nicht anwesend. Gerland und Kohnen sind bereits in der Fahndung. Ein Foto bekomme ich von ihm aufs Handy zugesandt, Carl kümmert sich darum. So und möchtest du nun noch einen Knaller hören?<
>Erzähl weiter, kommt es noch besser?<
>Tja, Carl hat etwas läuten hören, noch nichts offizielles, halt dich fest... man wird uns wohl den Fall wegnehmen...<
>Bitte was? Den Fall wegnehmen? Warum denn das? Spinnen die jetzt alle? Wir hauen uns die Stunden um die Ohren, die Sache mit Walter... man kann nicht mal in Ruhe... ach Scheiße...< Chris schlug mit der flachen Hand auf den kleinen Tisch, dass das Laptop hüpfte.
>Noch ist nichts entschieden, beruhige dich bitte. Ich gehe mal davon aus, das dieser Neumann uns etwas erzählen wird.< Betty legte Chris liebevoll eine Hand auf die Schulter und knetete sie sanft.
>Vielleicht hast du recht und Himmel... wir müssen gleich los, das Krankenhaus wartet. Hier, ich habe einiges im Internet heraus bekommen.

Irgendetwas sagt mir, dass wir tatsächlich auf dem richtigen Weg sind. Alle Hinweise zeigen in diese Richtung, das Fanum Voltumnae.< In aller Kürze erklärte Chris noch einmal um was es sich dabei handelt.

>Die Spur ist heiß, da gebe ich dir recht Chris. Unser Carl teilte mir außerdem mit, alle verbliebenen potenziellen Liebhaber oder Liebhaberinnen "Bonny und Clydes" wurden vorgewarnt und stehen umgehend unter Beobachtung. Aber meinst du wirklich wir fahren dort hin und brauchen nur zu warten bis uns die beiden leicht und locker in die Falle laufen? Blöd sind die bestimmt nicht...< Betty drehte sich nachdenklich um, trank einen Schluck Kaffee, ging zum Fenster und sah hinaus.

>Gut, vielleicht ein wenig zu einfach... da gebe ich dir Recht... erst einmal müssen wir diesen Ort finden. Halt, warte... jetzt fällt mir was ein... sag mal, was ist mit deinem Raphael? Hatte er nicht mal von den Etruskern erzählt? Ein Hobby oder so ähnlich...< Chris schnipste mit den Fingern.

>Bitte? Was soll das denn jetzt wieder, was fragst du mich? Das ist nicht **mein** Raphael, dass habe ich dir glaube ich schon Tausend Mal gesagt... ja, Hobby... mag sein... ich weiß es doch nicht... außerdem muss ich dir noch etwas erzählen... es geht dabei um uns zwei...<

>Habe ich schon wieder deinen wunden Punkt getroffen? Entschuldige bitte, sollte nicht meine Absicht sein. Ruf ihn doch trotzdem einmal an, er muss herkommen. Hier im Hotel soll er auf uns warten. Was gibt es besseres? Wenn Raphael sich mit den Etruskern sowie den Örtlichkeiten auskennt, er ist doch Italiener... oder halber... so kann er uns durchaus sehr nützlich sein, im Moment doch besser als jeder Andere.<

>Ach Chris, muss das sein...< Sie stemmte eine Hand in die Seite, winkte mit der Anderen ab.

>Raphael ist ein Macho, es wird nur Probleme geben, glaube es mir.<

>Darauf können wir jetzt keine Rücksicht nehmen. Ich bin zwar sehr gespannt darauf was du mir noch erzählen wolltest, aber lass uns die Plauderei später fortsetzen. Ich möchte noch ein kleine Planänderung vorschlagen. Also, mit dem Auto, ich denke mal... aus Zeitgründen können wir das vergessen. Bleib du hier und versuch im Internet für uns drei einen Flug gegen Mittag zu buchen. Das ist zwar auch schwierig, gerade bei dieser Witterung, doch ist es einen Versuch wert, hier ist meine Kreditkarte. Ruf den Carvallo an. Ich fahre jetzt ins Krankenhaus... und verdammt, dafür sind übrigens nur noch zehn Minuten Zeit...< Christian riss die gefütterte Lederjacke vom Stuhl, Autoschlüssel, Handy, biss hastig in ein fettiges Croissant und lief schmatzend zur Tür. Bevor er ging drehte Chris sich noch einmal grinsend um.

>Grüß **dein** Doktorchen von mir...<

>Verschwinde...< rief Bettina ihm laut hinterher und warf einen ihrer Stiefel in seine Richtung.

XXX

Kapitel 24 Der lange Weg
Italien Kurz vor Bologna Samstag 12. Dezember 8:40Uhr

*E*in neuer unschuldiger Tag erwachte zum Leben.

Siebenhundertachtundachtzig gewaltige und teilweise nervenaufreibende Kilometer lagen hinter ihnen. Ein beschwerlicher Weg nach Bologna. Gepflastert mit Selbstzweifeln, Tatendrang, Lebenslust und eine immer wiederkehrende abgrundtiefe Reue. Doch es gab kein zurück mehr, irreversibel...

Das Angefangene musste beendet werden, Katharina hatte es ihm immer wieder eingebläut.

Hübsch sah seine Begleiterin aus, sie lag auf dem Beifahrersitz und schlief, den Kopf leicht zur Seite geneigt, ein paar Haarsträhnchen im Gesicht. Auch im tiefen Schlaf wiederholte sie immer wieder einen Satz den er nicht zu übersetzen imstande war. >***Me marish, me aisna, me hathna alicha de Voltumna***...< keine Ahnung was das zu bedeuten hatte, zu gegebener Zeit würde er seine geliebte Katharina danach fragen.

Was er halbwegs verstand waren ihre Worte die die unmittelbare Zukunft betrafen. Sie sprach von einer Insel, Fositeland oder so ähnlich... auch hier wusste er nicht was das sein sollte, Kathi sprach zudem sehr undeutlich. Demnach geisterte ein Plan durch ihren Kopf, wohl mehr oder weniger ausgereift, und er hoffte Katharina weihte ihn in ihre weiteren Pläne ein. Bologna also.

Die Fahrt begann in Köln, über Frankfurt, Ulm, Memmingen, Kempten, dann Innsbruck auf die A-dreizehn- Brennerautobahn, Bozen, Trento, Modena nach Bologna. Nun befuhren sie die Italienische A- Eins, die Strada del Sole.

Sie kamen zwar nur langsam dafür stetig voran.

Selbst der Brennerpass befand sich ein einem einigermaßen gut befahrbaren Zustand.

Schneeketten besorgte Alexander sich vorsichtshalber noch in Deutschland an einer Raststätte nahe der Stadt Memmingen. Ebenso gab es dort selbstverständlich Proviant und diverse "Tickets" oder "Pickerl" zum Befahren der Autobahnen in Österreich und Italien.

Die nächste dringende Pause mochte Alexander nicht an einem offiziellen Rastplatz verbringen. Die Ausfahrt führte sie ein gutes Stück weg von der Autobahn, einen unbewaldeten steilen Hügel hinauf. Der ideale Platz. Von hier oben aus hatte man einen prächtigen Rundum-Blick, dass entschädigte für manch stressige Stunde. Die schlummernde Katharina bekam von der Schönheit der Landschaft nichts mit. Alex stieg aus, es war Zeit um sich etwas zu bewegen, seine steifen Glieder sortieren, die Müdigkeit aus den Knochen vertreiben. Kalte Luft umfing ihn, sie roch angenehm würzig. Die Stadt Bologna, noch ein Stückchen entfernt, doch schon gut zu erkennen. Rauchsäulen aus unzähligen Kaminschloten, die vor der Wolkenlosen farbenfrohen Morgendämmerung zum Himmel aufstiegen. Ein beinahe romantisches Bild perverser Umweltverschmutzung. Ein steifer frischer Luftzug streifte ihn, ließ Alexander erschaudern. In der Ferne vernahm er das hohe jaulende Rollgeräusch vorbeifahrender Lastwagen. Ein Teil von ihm wünschte sich an Bord eines der Brummis, Ziel unbekannt... einfach nur weg von hier. Der Grund warum er es nicht tat lag schlummernd im Wagen.

Wie gerne mochte Alexander dieses Glücksgefühl konservieren, jemanden gefunden zu haben, eine Gleichgesinnte, die genau so dachte wie er. In den Jahren der Einsamkeit baute er sich eine Mauer um sein verlassenes Herz.

Erst aus Pappe dann aus Holz, bis der kalte blanke Stahlbeton jegliches neu ankommende Gefühl im Keim erstickte, nichts hindurch ließ und alles unterdrückte.

Kathi zerstörte diese Mauer.

Einfach nieder- aufgerissen, im tosenden Sturm erobert, und Platz für unbekannte neue Abenteuer geschaffen. Katharina durfte sein Herz berühren und er betete darum, dass dieses Gefühl niemals zu Ende ging.

Doch bei all den süßen Gefühlen war er auch Realist, und es ging nichts an der Tatsache vorbei das sie sich auf der Flucht befanden.

Diesen Umstand rief er sich ins Gedächtnis, eine nur zu reale Erkenntnis die ihm seine dunkle dämonische Seite gestattete. Hier hatten nicht erklärbare Mächte und Kräfte die Regie übernommen die sich kaum mehr kontrollieren ließen. Das höllische Drehbuch war längst geschrieben, dass Schicksal führte die Co-Produktion. Außerdem würden sie ihn früher oder später stellen und in die wohlverdiente und aussichtslose Verdammnis einer verwahrlosten Gefängniszelle sperren. Ihn für das büßen lassen was er Susanne, Evelyn und diesem Polizisten angetan hatte. Evelyns Augen, niemals würde er sie vergessen können. Qualen sollte er dafür erleiden, endlose Qualen...

>Wie konnte das alles nur passieren...< jammerte Alex schwach, schniefte laut und schüttelte mit dem Kopf.

Er wollte Buße tun, Ablass erbitten, der Menschheit sagen das es ihm leid tat, doch so furchtbar leid...

Eine gefrorene Träne der Dummheit tropfte aus einem Augenwinkel, erwärmte sich an Winter kalter Haut, nahm den Weg über seine Wange, hinterließ eine feuchte Spur aus Traurigkeit, Verzweiflung und Schmerz.

XXX

Kapitel 25 *Erinnerung*
Köln Samstag 12. Dezember Uniklinik 8:10Uhr

*L*angsam, flatternd, zitternd versuchten sich ihre Augenlider zu heben.
Erst ein wenig verschwommen, dann etwas deutlicher wurde das Bild vor ihren Augen. Sich umsehen, zu orientieren war nicht so einfach.
„Wo bin ich..." dachte Jennifer. Zwei leere Betten neben ihr, drei Fernseher an der Wand. Weiße Wände, im unteren Bereich bis zur Hälfte himmelblau abgesetzt, zwei große Fenster und dann dieser Geruch...
>Krankenhaus? Ja, ich liege im Krankenhaus...< flüsterte sie. Die Erinnerungen kehrten nur sehr langsam und bruchstückhaft zurück.
>Maam... Sandra... oh nein...< sie fing an zu Weinen, zu schluchzen, sie war allein, so furchtbar hilflos und allein.
Jenny beruhigte sich kaum und hörte erst jetzt die leise Melodie des Überwachungsmonitors. An ihrem Daumen hing eine weiße Klammer, an der man wiederum ein dünnes Kabel befestigte.
Das Geräusch einer aufgehenden Tür drang zu ihr, hektische Schritte, jemand kam herein. Eine junge in zartem hellgrün gekleidete Krankenschwester rauschte ins Zimmer, direkt an ihr Bett.

>Frau Gerland, wie geht es ihnen? Ich bin Schwester Tanja. Haben sie Schmerzen?<
>Kopfschmerzen, etwas schwindelig ist mir auch... was mache ich hier?< Jennifer erkannte ihre eigene Stimme nicht.

Jenny sah Tanja aus rot unterlaufenden Augen an, die Tränen längst nicht getrocknet.

\>Das erklärt ihnen der Herr Oberarzt, er wird gleich hier sein. Hier bitte, ein Taschentuch.

Und Achtung, jetzt nicht erschrecken, ich möchte nur gern schnell ihren Blutdruck messen... und haben sie keine Angst, nicht mehr weinen, ich bin jederzeit für sie da...<

\>Ja, machen sie das, hmmm... mir ist ein wenig schwindelig und Hunger habe ich.

\>Sie haben lange geschlafen Frau Gerland, daher der Schwindel. Hunger ist immer ein gutes Zeichen, da wird es ihnen bald besser gehen.< Tanja lächelte Jennifer freundlich an.

\>Bitte sag doch Jenny zu mir, bin es nicht gewohnt das man mich mich meinem Nachnamen anspricht, klingt irgendwie komisch...<

\>Das mache ich gern. Der Oberarzt kommt wie schon gesagt gleich zu dir, danach bringe ich schnell das Frühstück. Ok? Frisches Wasser steht für Dich auf dem Tisch.<

\>Was ist eigentlich passiert? Warum bin ich hier?<

\>Du bekommst deine Antworten gleich, hab bitte noch ein bisschen Geduld... soo, der Blutdruck ist soweit im grünen Bereich... 105 zu 70, das ist den Umständen nach ok...< Die zierliche dunkelhaarige Krankenschwester streichelte Jennifer über die Wange, es hätten, vielleicht in einem anderen Leben, auch zwei Freundinnen sein können.

\>Es wird alles gut. Bin gleich wieder da, nicht weglaufen...<

\>Nein, ich glaube das schaffe ich noch nicht.< Jenny verzog ihre Mundwinkel zu einem zittrigen Lächeln.

\>Siehst viel hübscher aus wenn du lächelst. Bis gleich.< Tanja nahm ihr Messgerät und ging aus dem Zimmer.

XXX

Köln Hotel am Augustinerplatz 12 Dezember 9:50 Uhr

𝒟ie elende Warterei machte sie fast verrückt. Wieder einmal warten und warten und warten...

Kaltgestellt auf dem Abstellgleis, zum Nichtstun verdammt... so fühlte sie sich. Bettina erreichte Raphael Carvallo per Handy, und bat ihn umgehend in das Hotel am Augustinerplatz zu kommen. Zu ihrer Überraschung hielt er sich tatsächlich immer noch in Köln auf und versprach sich sofort auf den Weg zu machen. Das war vor gut zwanzig Minuten.

Sie dachte wieder an Walter... keine Zeit um zu trauern, keine Zeit mit seiner Tochter zu sprechen. Das Wieso und Warum zu erklären und das alles kurz vor Weihnachten. Der Fall raubte einem den letzten Nerv. So viel war passiert in den wenigen Tagen, was würde ihnen in Bologna oder Orvieto zustoßen? Gab es noch eine Steigerung? Es ging alles so schnell, mit Logik war ihr Handeln nicht zu erklären, purer Instinkt, Bauchgefühl ersetzte eine durchdachte Vorgehensweise.

Die Tickets, sie waren zu einem akzeptablen Preis gebucht, ein Leihwagen wurde bereitgestellt. Ein paar Probleme kamen wegen der Pistolen auf sie zu. Man würde sie ihnen am Flughafen abnehmen, verwahren und nach der Landung wieder aushändigen. Carl die gute Seele informierte bereits die Kollegen in Italien.

Sie spielte nervös mit einer blankpolierten alten silbernen Münze. Ein altes fünf Mark Stück was Bettina immer bei sich trug. Ein letztes kleines Überbleibsel ihres Vaters, der beinahe auf den Tag genau vor einem Jahr verstarb. Auch an ihn musste Betty denken, wie gern würde sie mit ihm Weihnachten zusammen Feiern.

Aus diesem Grund konnte sie sich vorstellen, wie es im Moment in Walters Tochter aussehen musste.

Diese Warterei...
Mit einer Hand griff sie sich über die Schulter an den Nacken, und massierte ihn leicht, als das Haustelefon anschlug.
Bettina meldete sich mit ihrem Namen.
Der Herr an der Rezeption sagte, dass ein Herr Dr. Raphael Carvallo zu ihr wollte.

Die Kommissarin gab das Ok, bedankte sich und beendete das Gespräch.
Kurze Zeit später klopfte es an der Tür. Betty stemmte sich müde aus ihrem Sessel und öffnete. Raphael füllte fast den gesamten Türrahmen aus. Beinahe zwei Meter groß, pechschwarzes, kurz geschnittenes Haar, die Seiten ausrasiert, schlank, breite Schultern, sehr durchtrainiert, ein kantiges Gesicht und die für einen "echten Italiener" so typische Römernase. Carvallo lächelte, seine braunen Augen strahlten.
>Mia Amore...< flötete er und schritt mit erhobenen Armen auf Bettina zu.

XXX

Köln Universitätsklinik 12 Dezember 9:36 Uhr

*H*auptkommissar Neumann lief mittlerweile, die Hände am Rücken verschränkt, tiefe Spuren in den blank-polierten Flurboden des Kölner Universitätskrankenhauses. Sein Kollege Kommissar Ralf Kessler saß, die kurzen Beine übereinandergeschlagen, auf einer Wartebank und trank den dritten Becher heißen viel zu bitteren Automatenkaffee, da halfen auch keine drei Beutelchen Zucker. Kessler, man nannte ihn auch mehr oder weniger liebevoll, den dicken Kessel. Mit seinen Einmeter-dreiundsechzig und den Einhundert-zehn Kilo durfte er sich auch nicht wundern. Jedoch war er fit genug wenn es darum ging subversiven Gestalten den Garaus zu machen.

>Pünktlichkeit ist im Aachener Polizeipräsidium wohl keine geforderte Schlüsselspezifikation...< brummelte Neumann abwertend vor sich hin.

>Wir warten noch fünf Minuten, dann gehen wir hinein, mit oder ohne ihnen.< sagte er zu seinem brav nickenden untergebenen.

>Sie kommen sicher gleich, dass Wetter verlangsamt eben alles zur Zeit.< hustete Kessler.

>Komisch, warum sind wir denn pünktlich?< stellte Neumann die Gegenfrage.

Nach Luft ringend, gehetzt, schwitzend wie ein Erdferkel schleuderte Christian um die letzte Ecke in den Korridor wo sich Jennifers Krankenzimmer befand. Er sah Neumann und einen sitzenden Kollegen der mit einem Kaffeebecher spielte, Chris kannte ihn noch aus der Eschweiler-Straße.

>Herr Neumann... entschuldigen sie bitte vielmals das sie warten mussten.< Prustend, gebückt, dabei beide Hände auf die Knie gestützt holte der Aachener Kommissar Luft.
>Ja ja... ist schon gut. Wo ist ihre Kollegin... Frau Witte?<
>Noch im Hotel, wichtige Telefonate erledigen, die nächsten Schritte planen... und so weiter...< pustete Chris.
>Ja richtig, zu ihren nächsten Schritten möchte ich ihnen später noch etwas erzählen. So, können wir nun? Wären wir dann soweit? Ok?< Eigentlich war es keine Frage, schon eher eine unmissverständliche Aufforderung, Neumann setzte sich forsch in Bewegung.

Drei Beamte betraten nun zügigen Schrittes und gleichzeitig Jennifers Krankenzimmer. Der Oberarzt ein Assistent und eine junge Krankenschwester umrahmten Jennifers Bett.
>Aha, die Herren Kommissare... da sind sie ja.< Der Oberarzt begrüßte alle mit Handschlag. Neumann stellte die anwesenden Beamten kurz vor, nahm den Doktor zur Seite und sprach flüsternd mit ihm.

>Herr Doktor Stellter, ist Frau Jennifer Gerland wirklich vernehmungsfähig? Ich möchte sie nicht unnötig belasten. Wie gesagt, es sind nur ein paar Fragen. Nichts aufregendes, dennoch von äußerster Wichtigkeit und Dringlichkeit.< sagte Neumann und versuchte vergeblich seine Ungeduld zu unterdrücken.
>Nun ja, es ist immer wichtig, nicht war? Ja, sie ist bereit ihre Fragen zu beantworten. Meine Patientin ist soweit genesen. Ihr Kreislauf ist bemerkenswert stabil so das ich sie vorbehaltlos nach Hause schicken kann.

Den Grund ihres Hierseins habe ich ihr in groben Zügen und mit sanften Tönen erklärt, auch das hat sie gut verkraftet.< flüsterte der Mann in weiß.

Der alte Kommissar nickte bestätigend, schob sich an den Doktor und Chris vorbei und begab sich direkt an Jennys Bett, versuchte dabei ein beruhigendes Lächeln aufzusetzen, was jedoch verunglückte und eher grotesk wirkte, er begann mit der Befragung.
>Hallo Jennifer, Hauptkommissar Neumann, Kripo Köln. Ich darf doch du sagen? Wie du dir sicher denken kannst, haben wir ein paar Fragen an dich. Kannst du dich an den Tag gestern erinnern? Auch für dich vielleicht völlig unwichtige Details könnten für uns von größter Wichtigkeit sein. Was ist geschehen? Kannst du uns weiter helfen?< Jennifer holte ein paar Male tief Luft, fing sofort an von ihrer Maam zu erzählen. Wie schlecht es ihr ging, wann es anfing, bis zu dem Tag, als sie nach Hause kam und die grausige Geschichte ihren brutalen Lauf nahm. Zwischendurch musste sie ihren Redefluss kurz unterbrechen, die Tränen abwischen, etwas trinken, Luft holen.
>Dann habe ich Sandra gesehen, wir wurde so furchtbar kalt... was danach geschehen ist weiß ich nicht mehr, bis ich hier aufgewacht bin.< Jenny schluchzte wieder.

>Danke Jennifer, damit hast du uns sehr geholfen, sehr tapfer von dir. Wir lassen dich jetzt in Ruhe.< Neumann tätschelte teilnahmslos ihre Hand, drehte sich um, gab den Kommissaren ein Zeichen und alle gingen zügig hinaus. Der graue hagere Kölner Hauptkommissar schaute Christian über seine dunkle Hornbrille oberlehrerhaft an.

>Kommissar Albrecht, ich möchte mich für die überaus unkomplizierte Zusammenarbeit mit ihnen bedanken. Ihr Weg ist hier jedoch vorläufig zu Ende. Wir übernehmen jetzt das Kommando. Die Fahndung nach den uns bekannten Tätern ist raus und läuft deutschlandweit. Es ist also nur eine Frage der Zeit wann uns die beiden in die Falle laufen. Mit ihrer Dienststelle ist alles besprochen. Noch eine Frage... würden sie die Jennifer Gerland bitte zu ihrer Oma verbringen?

Da wäre uns sehr mit geholfen. Also, alles Gute und viel Erfolg für sie und ihrer Kollegin weiterhin.< Neumann schnipste Kessler zu, ließ Chris einfach stehen und stakste mit langen Schritten den Gang hinunter. Christian stand immer noch am selben Fleck starrte dem Hauptkommissar mit offenem Mund hinterher. *"Das kann doch nicht sein Ernst sein..."* dachte er verblüfft. *„Das gibt es doch nicht, das kann er doch nicht machen..."* Christian schüttelte mit dem Kopf und betrat mit einer gewaltigen Portion Wut im Bauch erneut das Krankenzimmer. Die junge hübsche Krankenschwester bemühte sich immer noch liebevoll um das Wohlergehen der Jenny Gerland. Jetzt hörte Chris auch den Namen der in hellgrün gekleideten guten Seele des Krankenhauses. Ihr Name war Tanja, dass passte zu der kleinen schwarzhaarigen Frau irgendwie. Er sprach Jennifer an.

>Wie ich gehört habe darfst du nach Hause. Ich stelle mich als Fahrer zur Verfügung, sag mir wo du hingebracht werden möchtest, vorausgesetzt du magst mit mir Fahren.<

>Oh, das ist nett von ihnen Herr... äh... wie heißen sie doch noch mal?<

>Oberkommissar Christian Albrecht, sag Chris zu mir, ist etwas einfacher.<

>OK Chris. Meine Oma, da möchte ich hin. Vorher wäre es prima wenn ich ein paar von meinen Sachen zum Wechseln aus der Wohnung holen dürfte.<

>Das können wir, kein Problem. Gestärkt hast du dich ja, wie ich sehe. Dann zieh dich an, einige wenige Formalitäten müssen noch erledigt werden bevor wir fahren. Ich warte dann mal draußen auf dem Flur auf dich.<

Der kurze Blick zur Uhr sagte ihm das die Zeit wie im Fluge verging. Die Tickets lagen am Schalter zum Abholen bereit, das wusste er von Betty.

Chris musste die Kommissarin noch informieren, dass Jennifer zu ihrer Oma gebracht werden wollte und es daher noch einen kleinen Umweg in die Eschweiler-Straße Sechzehn gab.

Außerdem wollte er in Erfahrung bringen ob Raphael schon angekommen war.

Es klingelte durch, ihr Handy war also an. Doch sie meldete sich nicht.

>Ist Betty wohl im Bad, versuch ich es gleich noch einmal.< sprach Chris zu sich selbst.

XXX

𝓔inen feuchten Schmatzer links, einen feuchten Schmatzer rechts.
Bettina wusste nicht wie ihr geschah und ging zwei Schritte rückwärts, wischte sich mit dem Handrücken die Wange ab.
>Bella Donna, mia Amica... lasse disch anzähen...<
>Raphael, lass den Quatsch, kannst du mir nicht ganz normal die Hand geben?<
>So sinte wir Italiener eben... sehe wir eine schöne Frau... bella Donna... könne wir unsse nischt mär alten. Temparamente... du kennste es doch... du kennste miisch doch.< flötete Raphael, nahm ihre Hand und küsste (lutschte) sie zärtlich, Betty zog sie sofort angewidert zurück.

>Könnt ihr Männer nicht einmal das Gegrabbel sein lassen... das ist ja schlimm mit euch, und nun ein Wort zu uns beiden. Das hier ist eine Ermittlung, dass ist kein Spiel. Ein wenig Professionalität wünsche ich mir von dir. Das mit uns beiden war ein Ausrutscher... Raff... wir haben lange und ausgiebig darüber gesprochen, also benimm dich bitte.
Christian weiß davon nichts, vielleicht ahnt er etwas, doch ich möchte das es so bleibt wie es ist. Irgendwann werde ich ihm alles über uns erzählen. Auch wenn ich Chris keine Rechenschaft mehr schuldig bin, so ist es doch im Sinne unserer Freundschaft und Zusammenarbeit. Den richtigen Zeitpunkt dafür wähle ich, hast du mich verstanden? Ich wähle den Zeitpunkt!< Mit ausgefahrenem Zeigefinger, der schmerzhaft in Raphaels Richtung stach, unterstrich sie ihre letzten Worte äußerst lebhaft.

>Du biste kalte, insensibile und harte su mir... isch habe Gefühle für disch... immer noch sähr, sähr große Gefühle.
Io additare te mia grande Emozione...<
Bettina schüttelte den Kopf.
>Du brauchst mir deine Gefühle nicht zu zeigen, wirklich nicht, und hör auf mit italienisch und deinem scheiß Akzent. Du bist in Deutschland geboren, der deutschen Sprache durchaus mächtig und ich bin nicht eine von deinen vielen verblödeten und alkoholkranken Chicas.<

In ihren Augen stand noch das Entsetzen, ihre linke Wange glühte, der Schmerz vereiste ihr Sprachzentrum, in ihren Ohren klingelte es oder war es das Handy... höchstwahrscheinlich beides... das Echo des Schlages hallte in ihrem Kopf hin und her. Raphael hatte sie geschlagen. Bettina konnte einiges wegstecken, dass verdankte sie dem harten Training, doch mit der brutalen Wucht der Ohrfeige hatte sie nicht gerechnet und fiel wie ein frisch gefällter Baum rücklings auf das Bett. Sofort sprang Raphael wild auf seine Kollegin zu. Griff an ihr, mit schwarzen Lederriemen an ihrer rechten Seite befestigten Pistolenholster, und riss die Waffe heraus. Drei Schritte ging er zurück und verbeugte sich wie ein Opernsänger nach der letzten Zugabe.

>Scusi... es tut mir leid, du wolltest es nicht anders...<
>Was... was ist los, was soll das? Bist du jetzt völlig übergeschnappt?< Ihre Augen tränten, flatterten bei dem Versuch ihn anzusehen.
>Du willst mich nicht, du weist mich ab... stößt mich zurück. Also muss ich dich auf einer anderen Art und Weise von mir und meinen Qualitäten überzeugen...<

>Aber doch nicht so du Spinner, gib mir die Pistole wieder.< Bettina stand entschlossen auf, Raphael nahm langsam die Walter PPK hoch, entsicherte sie und zielte damit auf seiner liebsten.

>Mach jetzt keinen Blödsinn Raff... gib mir die Waffe und wir vergessen das Ganze. Meine Ansage war etwas krass, dafür möchte ich mich entschuldigen. Dir sind eben die Sicherungen durchgegangen, kann jeden mal passieren, also... was ist jetzt?<
>Bleib da stehen Betty, ich möchte dir nicht beweisen wie entschlossen ich bin...< Bettina schüttelte wieder mit dem Kopf und setzte sich zurück auf das Bett, sah ihn ungläubig an.
>Was jetzt, was willst du? Wie soll es weiter gehen?< Ein großes Fragezeichen stand in ihrem Gesicht.
>Ganz einfach, du wirst nun mit mir kommen, mich begleiten. Wie du am Telefon schon richtig sagtest, es geht nach Italien. Nur möchte ich deinem Kollegen gern aus dem Wege gehen. Daher fliegen wir ab Düsseldorf. Dass Chris noch einmal ins Krankenhaus musste, kam mir furchtbar gelegen. Hättest du also die Güte dich anzuziehen?<
Bettina traute ihren Ohren nicht.
>Wenn du glaubst, ich gehe jetzt einfach mit dir mit, dann hast du dich gewaltig getäuscht mein Lieber...< trotzig kamen die Worte über ihre Lippen. Nie im Leben würde sie mit ihm gehen, dass stand felsenfest.
>Täusche dich da nicht Mia Amica. Kommst du nicht mit mir, bist du schuld an dem Tot vieler Menschen... und das wollen wir doch nun wirklich nicht oder?< Raphaels Stimme wurde kälter.
>Wie... ich bin Schuld... für was? Würdest du mich bitte endlich aufklären?< Das imaginäre schon überaus prägnante Fragezeichen in ihrem Gesicht wurde noch größer.

>Dann sperr die Ohren auf und hör mal genau zu...
Katharina Gerland ist in einem Hotel in Orvieto abgestiegen und sie ist bewaffnet. Sie besitzt Walters Kanone, klingelt es da bei dir? Ein Anruf von mir genügt, und sie wird endgültig zur wilden Bestie...<

XXX

Kapitel 26 Das Hotelzimmer in Orvieto
Italien Orvieto 12. Dezember 10:48Uhr

*D*as Hotelzimmer, endlich.

Katharina entriegelte mit dem Plastikkärtchen das Schloss und ging voran. Alexander schleppte die zwei schweren und in aller Eile gepackten Sporttaschen hinein, drückte mit seinem Hintern die Tür wieder zu.

Inmitten des kleinen Korridors zweigte eine Tür ab. Das Badezimmer lag dahinter. Das Wohnzimmer direkt am Ende des Flurs präsentierte sich sehr ordentlich, alles im mediterranen Stil gehalten. Bilder an den Wänden mit Urlaubsmotiven. Blaues Meer, feine Sandstrände, weiße Häuser. Gemütliche Farben die gute Launen machen sollten.

Alexander war nur froh endlich das Bett zu sehen, die Konzentration runter schrauben, seine Batterien wieder mit Energie befüllen. Noch ein Stück gerade aus ging es direkt zu dem kleinen Balkon des übersichtlichen Hotelzimmers. Katharina stand schon dort draußen, hatte die Arme ausgebreitet als wollte sie jemanden begrüßen, erinnerte an die alten Ägypter, die ihre Unterarme mit den Handballen zu einem Kelch zusammenlegten, die Hände etwas gewölbt, um die aufgehende Sonne willkommen zu heißen. Diese Geste hatte wohl etwas mit ihrem Hobby zu tun.

TV, Minibar, Bücherregal, sogar die Heizung funktionierte und schien auf höchster Stufe zu laufen. Alles was ein Hotelzimmer eben brauchte befand sich hier in einem sauberen Zustand. Das zum Ausruhen einladende und ihn magisch anziehende Metalldoppelbett stand an der rechten Seite des Zimmers mit Blick zum Fenster.

Bis auf die Shorts und Shirt zog Alexander sich aus, testete die Matratze und sank erleichtert seufzend auf das hellorange bezogene Kopfkissen.

Mit einem an Tinnitus erinnernden rhythmisch pulsierenden piepen in den Ohren, versank er blitzartig in einen dämmrigen dünnen Halbschlaf.

Tief atmete Katharina die kühle Luft ein, füllte ihre Lungen mit dem Geist der Urahnen, ihre Augen tränten. Ja... sie hatte ihr Ziel endlich erreicht. Nun war es unerlässlich, ihre Ankündigungen in die Tat umzusetzen. Ein Opfer sollte **"ihm"** dargebracht werden um alte Traditionen wieder mit Leben zu füllen. Keine Zeit um anzukommen, keine Zeit sich auszuruhen. Es sollte **jetzt** geschehen. Katharina ging zurück ins Zimmer, sah ihren Frank auf dem Bett liegen, beobachtete ihn eine Weile und zog langsam ihren Mantel aus.
Es klopfte an der Tür. Kathis Kopf ruckte herum.
>Servizio in camera...< (Zimmerservice)
>Venire ella...< wie aus der Pistole geschossen kamen die Worte über Katharinas Lippen und sie wunderte sich selber darüber. Die Tür ging auf, eine mit reichlicher Leibesfülle gesegnete Hausdame, mit gebundene strahlend weißer Schürze, einem blütenweißen Reif im Haar, betrat das Zimmer der beiden Reisenden und schob einen kleinen Servierwagen vor sich her.
>Mi scusi signora... una ornaggo di Casa per favore, bon appetito...< so sprach die Dame drehte sich um und rauschte hinaus.
Weißbrot, Prosciutto, eine lecker duftende Bruschetta, Wasser und Wein.

„Eine Aufmerksamkeit des Hauses, na das ist ja wunderschön doch völlig überflüssig..." dachte Kathi und lächelte kurz. Das Lächeln verschwand wieder aus ihrem Gesicht so schnell wie es gekommen war, schuf Platz für kalte abgeklärte leblose und wie in Stein gemeißelte Gesichtszüge. Sie zog sich aus, komplett.

Nackt, wie Gott sie schuf nahm Kathi das lange Brotmesser von dem Servierwagen, ging zum Bett, zog dem zweiten Kopfkissen den Bezug ab und schnitt vier lange Streifen heraus. Zufrieden mit ihrer Arbeit legte sie sich zu ihrem geliebten auf das schmale Bett und knabberte frech an seinem Ohrläppchen.
>Hallo... aufwachen mein Marish, ich habe etwas Schönes vor mit dir...< Kathi biss ihm nun sanft ins Ohrläppchen, küsste seinen Hals, leckte ihm zärtlich über seine Lippen. Alexander entschlummerte seinem Halbschlaf, stöhnte wohlig auf, als seine dunkelblonde Göttin sein bestes Stück berührte und anfing es sanft zu kneten. Er öffnete die Augen, sein erster Blick fiel auf zwei wundervoll geformte Brüste.

"Oh... sie ist ja nackt..." der Gedanke ließ den Funken den sie entfachte weiter auflodern... Kathis Lippen berührten seine Brustwarzen, schleckte, nippte daran... pustete darauf, danach küsste sie ihn leidenschaftlich...
>Ich brauche dich bei meinem Spiel, sei mir zu Willen...< wisperte sie ihm ins Ohr. Oh ja ja... zu Willen... das wollte Alexander auf jeden Fall, ganz klar.
>Ich bin dein Sklave, mach mit mir was du möchtest... bitte...< hauchte er zutiefst unterwürfig.
Und genau das machte Katharina dann auch.

Sie band seine Hände und Füße mit den Stoffstreifen an dem matt silberfarben schimmernden Metallrahmen fest, so fest das Alex sich auf keinem Fall selbst befreien konnte. Mit dem spitzen langen Brotmesser machte sie sich lasziv daran seine Shorts und T- Shirt zu zerschneiden, Alexander schnaufte wie ein Fahrer der Tour de France am Col du Tourmalet. Sein Brustkorb hob und senkte sich schnell.

Sein Gemächt pochte im Takt seines wummernden Herzens und glänzte wie mit Klarlack überzogen, Kathi umfasste und drückte ihn sanft.
>Gleich bin ich bei dir, mein Aisna...< stöhnte sie.
>Ja... komm schnell zu mir... und was heißt denn jetzt Marish oder Aisna? Sag es mir...< fragte er schnaufend und mit geschlossenen Augen.

Die geflochtene Kordel hatte mittlerweile ihren anmutigen Glanz verloren, dass machte Kathi nichts aus. Mit einer routinierten Bewegung wickelte sie die Schnur um seinen Hals und steckte ihm flink einen Ballen Stoff tief in den Mund.

>Aisna heißt **OPFER...** mein Liebster... ich werde dich opfern, zu den Göttern bringen... die Unterwelt nach so vielen vergangenen Zeitaltern wieder mit Seelen füllen, dich begleiten in das Totenreich...<
Katharina riss an den beiden Kordelenden und sah Alexander mit weit aufgerissenen Augen beim Sterben zu.

XXX

*I*rgendetwas stopfte ihm seine Sexgöttin in den Mund. Es schmeckte nach Baumwollstoff und Seife. Nur noch durch die Nase bekam Alex den zum Überleben notwendigen Sauerstoff. Sie wollte also ein Spielchen. Wild, heiß war er auf das was da noch kommen sollte.

Oh... diese Frau, so wunderbar. Sterne verblassten bei ihrem Anblick. Die Sonne vergrub sich vor Neid hinter grauen Wolken angesichts ihrer Schönheit. Nichts wollte Alexander bereuen, nichts, gar nichts. Göttliches Schicksal, begab sich in ihre Hände, eine Ahnung was sie vor hatte, ja... das spürte er.
Und erhielt auch prompt die Bestätigung... Opfer.
Er war also das Opfer.
Sterben musste jeder einmal. Seine Reise war nun zu Ende.
Standen wir nicht alle irgendwie an diesem Baum? Mitten im Nirgendwo und warteten auf ihn? Auf Godot? Warteten auf das was sich nicht vermeiden lässt...
Aber ich muss mich von allen verabschieden... doch von wem?

Allein...

Jedoch...

Dieses Gefühl einmal der Herr über Leben und Tod gewesen zu sein, dass nahm ihm niemand mehr und für diese Frau oder durch diese Frau, lohnte es zu sterben. Kulturen kamen und gingen, für manch einer schönen Dame wurden Kriege geführt, Legionen in den Tod geschickt und sie starben mit Hingabe für ihre Göttin. Um Gnade Betteln, feige um sein Leben winseln... niemals... !!

Wie würde sie es machen... die pure Lust am Tod erfasste Alex... ein betäubender Todesrausch... nie war er Himmel und Hölle näher. Alexander hatte sein Ziel erreicht... es öffnete sich sein Geist, erweiterte sich sein Bewusstsein, alles wurde mit einem Male so klar. Seine Seele lichtdurchflutet, und erkannte schlagartig die ganze Wahrheit...

Nur auf dieser Weise war Alexander in der Lage seinen Dämon zu besiegen. Es glich einer Teufelsaustreibung...
Schreiend, kreischend, wutentbrannt tobte die aus den tiefen irgendeiner Hölle entsprungene Ausgeburt der Finsternis in seinem Kopf. Schnell wurde es immer leiser, verkam zu einem lauen **Hirngeflüster** und verschwand...

„Seht alle her..." schrie es in ihm...
„Zum ersten Mal bin ich Sieger!! Zum ersten Mal bin ich glücklich..."

Töte mich, meine wundervolle Königin...

Sein Leben verging und er lächelte...
Ein letzter Hauch quälte sich über seine blutleeren Lippen, kaum wahrnehmbar...

Yes!!!

XXX

*E*inhundert-achtzig Sekunden zog Katharina in übermenschlicher Anstrengung an der Kordel. Alexanders angespannter Körper erschlaffte in Zeitlupe.

Haruspex... die Leberschau konnte nun endlich beginnen...

XXX

*I*mmer noch nackt saß Kathi majestätisch auf ihres Ex geliebten toten Körper, ihr Hinterteil glotzte dabei in sein rot angelaufenes Gesicht. Ihre Bewegungen grazil und angemessen würdig einer so bedeutenden Zeremonie.

Mit dem Brotmesser schnitt sie regungslos einen Kreis in seiner unteren Körperhälfte, an der rechten Seite unter den Rippen. Die Leber musste sich in der Nähe des Zwerchfells befinden das wusste sie aus Anatomiebüchern, oder woher auch immer. Ein sehr tiefer Schnitt. Blut quoll aus der frischen Wunde, spritzte aus Arterien und Venen, sie standen noch unter enormen Druck. Den runden Fleischfetzen legte Katharina zur Seite und wühlte mit beiden Händen in seinem noch warmen Bauch herum. Die Leber, ein sehr großes Organ, bei einem ausgewachsenen Mann circa eineinhalb Kilo schwer. Bis zu den zierlichen Handgelenken steckte sie im Blut und Körperflüssigkeiten.

Da war sie ja, die Leber, alles was Kathi nicht brauchte schnitt sie einfach ab, dunkelrot sudelte es aus dem frischen Organ, triumphierend hielt sie es hoch über sich... der rote Lebenssaft lief warm über ihre Arme, tropfte auf ihre Wangen, als weinte sie rote Tränen, lief über die Schultern, ihren Rücken und über ihre Brüste. Der gewaltige Singsang in ihrem Kopf machte sie euphorisch, kein anderes Geräusch drang mehr an ihre Ohren.

>*Servizio in camera... scusi...*< Die Zimmerdame kam nach dem dritten Klopfen hereinspaziert, ließ den kleinen Korridor schnell hinter sich, ihr Blick fiel auf das Bett...

Eine nackte Frau saß auf einem nackten Mann, hielt etwas über ihren Kopf...
Blut überall dunkelrotes Blut. Es stank dazu bestialisch...

Kathis Kopf zuckte herum, ihre aufgerissenen Augen stachen in die Richtung des Zimmermädchens.

Den Horror konnte die Dame nicht verkraften und sackte, ohne zu schreien auf die Knie, dann zur Seite... die Ohnmacht war ihr Todesurteil.
>Oh ihr Götter... danke für das zweite Opfer an diesem so bedeutsamen Tage... in Ewigkeit eure hingebungsvolle Dienerin...< Katharina stand auf, ging zur Tür, trat wuchtig dagegen, mit einem Knall flog sie ins Schloss.
Wie Veive, die etruskische Rachegöttin sprang sie auf die am Boden liegende Frau zu. Ohne das Zimmermädchen zu strangulieren, schnitt Kathi die Frau erbarmungslos auf und praktizierte bereits zum zweiten Mal die Haruspex... die göttliche Leberschau...

XXX

Köln vor Gerlands Wohnung 12. Dezember 10:30 Uhr

𝓔schweiler-Straße Sechzehn. Der Wagen stand halb auf dem Bürgersteig, dass Blaulicht klebte auf dem Dach. Das Relais der eingeschalteten Warnblinkanlage klackerte wie der Taktgeber eines Metronoms. Das am Türschloss zur Wohnung angebrachte amtliche Siegel lag auf dem Boden. Für Jennifers zögern zeigte Chris Verständnis. Ihm war auch nicht wohl dabei die Horrorwohnung erneut zu betreten.

>Mach bitte schnell, es ist keine Zeit und es gibt noch viel zu tun.< hetzte Christian.

>Ja natürlich.< Jenny betrat ihr Zimmer, die Tür war mittlerweile komplett aufgebrochen. Sie nahm ihre Sporttasche und fing an einige wichtige Sachen hineinzustopfen. Christians Handy meldete sich, mit einem „normalen" Klingelton.

>Albrecht.< sagte er kurz.

>Carl hier.< knarrte es aus seinem Phone.

>Carl, Himmel... das wurde auch Zeit, was gibt es Neues?

>Ne ganze Menge. Was ist mit Betty, ich kann sie nicht erreichen, ist sie bei dir?<

>Nein, noch im Hotel. Raphael ist übrigens auf dem Weg zu ihr. Ich habe es auch schon probiert, keine Chance... sie ist wohl unter der Dusche oder weiß was ich...<

>Carvallo ist auf dem Weg zu ihr? Tja, dann haben wir ein Problem.<

>Noch ein Problem? Was gibt es denn noch für negative Nachrichten, was ist jetzt schon wieder los...<

>Hör genau zu. Ich habe die Internet- Kontaktliste der Katharina Gerland, sagen wir mal in einem Anfall von aufkommender Langeweile noch etwas weiter zurück verfolgt.

Halt dich bitte fest, jetzt kommt der Hammer... sie hatte engeren Kontakt mit unserem charmanten Dotore... Dotore Raphael Carvallo...< Für ein paar Sekunden herrschte eisiges Schweigen.

Chris hatte das Gefühl der Boden wurde unter seinen Füßen weggezogen... dieser Schwindel... in seinem Kopf summte es augenblicklich wie in einem riesigen Hornissennest.

>Das ist nicht dein Ernst...<

>Oh doch, kannst du mir glauben Christian. Und nicht nur das... Katharina Gerland und Alexander Kohnen sind bei ihm seit längerer Zeit in Therapie, bei Carvallo...<

>Verdammter Mist... jetzt fügt sich das Bild langsam zusammen. Carvallo ist so ne Art Hobbyarchäologe. Spezialgebiet, die Etrusker, na klar. Gerland lässt bei ihren Opfern ein Foto des Etruskischen Dämons Vanth zurück. Die Puzzelstücke passen jetzt zusammen. Sie hatten oder haben Kontakt miteinander. Er muss da mit drin stecken, auf jeden Fall... dann ist Bettina in Gefahr, ich muss sofort zurück ins Hotel. Versuch du sie weiter anzurufen.<

Christian beendete das Gespräch.

>Jennifer, bist du fertig? Ich muss **JETZT** los...< Sein Herz klopfte wild, er fing an zu schwitzen, noch einmal versuchte der Kommissar seine Kollegin zu erreichen... nichts.

>Ja... ich komme, bin soweit.< Jenny knallte die Tür zu und rannte dem Polizisten hinterher, der anscheinend keine Zeit hatte auf den Fahrstuhl zu warten.

Der Motor des BMW lief bereits als die junge Gerland den Wagen erreichte.

>Los los, steig ein...< rief Christian beinahe panisch.

>Was ist denn los, ist etwas geschehen?< wollte Jenny wissen.

>Ich muss ins Hotel etwas nachsehen, später bring ich dich zu deiner Oma.<

„Die Karte... ihre Privatnummer." Er schnipste mit den Fingern... ja, die Karte. Vivianes Visitenkarte. Sie steckte immer noch in seiner Gesäßtasche. Chris kramte sie während der Fahrt umständlich hervor, reichte Jenny sein Handy und Nummer, mit der Bitte dort anzurufen.

>Es klingelt.< Jennifer übergab Chris wieder das Handy.

>Viviane Trussout...<

>Hallo Viviane, hier ist Kommissar Albrecht. Chris...<

>Ah, bonjour Chris, isch freuä misch, wie geht äs dir? Was kann isch für disch tun?<

>Etwas wichtiges... ich kann meine Kollegin nicht erreichen, kannst du mir sagen ob Frau Witte noch im Haus ist?<

>Ach so, ja... Frau Witte hat das aus bäreits verlassän, zusammän mit einäm gutaussähänden ärrn. Sähr groß, schwarze aare. Isch glaubä Carvallo ieß är, bon.<

>Wie lange ist das her? Hat sie gesagt wohin sie gehen?<

>Un Moment... oui, zwanzig Minüten etwa. Woin sie gehän möchten, at sie nischt gesagt. Madame schien sähr aufgeregt zu sain, mär kann isch nischt sagän, excusez moi<

>Du brauchst dich nicht zu entschuldigen, ist schon OK... vielen Dank Viviane, ich melde mich später und erklär dir alles. Bis bald...<

>Au revoir Chris... Mes meilleurs voeux...< beide legten auf.

Die Gedanken spielten Achterbahn in seinem Kopf. Jetzt bloß nicht die Nerven verlieren. Dem Hotel brauchte er keinen Besuch mehr abzustatten, die Zeit konnte er sich sparen.

Der nasse pappige Neuschnee prasselte gegen die Windschutzscheibe, der Scheibenwischer bekam Mühe seinen Namen gerecht zu werden.

Ein wild romantisches Weiß umhüllte alles und jeden der sich draußen aufhielt. Die Straße verwandelte sich erneut in eine Rutschbahn, am Flughafen würde es wieder Chaos geben, soviel stand schon mal fest. Den Wagen steuerte Christian zum Überlegen und Nachdenken rechts an den Straßenrand.

Die Entscheidung was er zu tun hatte wurde ihm jedoch von der modernen Technik abgenommen. Das Handy piepte zweimal, eine Kurznachricht kam an.

>Von Bettina...<

>Von wem ist das?< fragte Jenny neugierig.

>Meine Partnerin, Bettina.<

Auf dem Display stand nicht sehr viel. *„Raff - Ich - Italien..."* Das war alles.

>Also sind sie auf dem Weg nach Italien und ich weiß auch genau wohin...< murmelte Christian müde und wischte mit den Händen über seine tränenden Augen.

>Geht es ihnen gut? Wer will nach Italien?<

>Ja, alles Ok... ich bring dich jetzt zu deiner Oma.<

>Hmmm, da gibt es ein kleines Problem. Ich kann sie nicht erreichen und ich habe kein Schlüssel.< Jennifer sank in ihrem Sitz ein wenig zusammen.

>Zu Sandra kann ich auch nicht mehr, wie sie ja wissen und mein Vater wohnt in Leverkusen.< Der Kommissar blickte Jenny von der Seite her an und sah eine Träne über ihre Wange laufen.

>Was mach ich nur mit dir junges Fräulein...<

>Sie suchen meine Maam, richtig? Sie denken, sie ist in Italien, so hat es sich jedenfalls angehört... nehmen sie mich mit... bitte...< Jennifer sah Chris flehend an, doch der Kommissar schüttelte nur mit dem Kopf.

>Das kann ich nicht und das weißt du.<

>Ach verdammt... es ist alles falsch und nicht fair. Eigentlich darf das hier nicht geschehen. Wir wahren eine gute Familie, bis mein Vater uns verließ, danach wurde es immer schwieriger. Ich habe doch nichts Schlimmes getan. Vielleicht ist es Schicksal oder die Strafe für irgendetwas. Ich bin fest davon überzeugt das alles wieder gut wird... die Schatten unserer traurigen Vergangenheit werden vergehen, und neue, gute Tage werden kommen. Ich glaube an meine Mutter, auch wenn sie vielleicht etwas verbrochen hat. Darum möchte ich mitkommen, einfach dabei sein. Ich kann ihnen helfen und sie finden, sie überreden nicht mehr wegzulaufen. Außerdem würde ich jederzeit den Typ wiedererkennen der mit meiner Maam zusammen war. Er hat mich brutal geschlagen, gedemütigt, mich eingesperrt.< Jennifer hatte sich längst entschieden. Sie wollte mit, etwas tun. Nicht einfach nur herum sitzen und abwarten bis jemand mit einer guten oder schlechten Nachricht zu ihr kam.

>In dir steckt eine kleine Philosophin Jennifer. Nur... es geht einfach nicht.<

>Ich werde eine stille, liebe Begleiterin sein und ihnen nicht auf den Wecker fallen, sie werde mich nicht einmal bemerken... wirklich.< Jenny fasste nach seinem Arm und blinzelte ihn mit ihren hübschen Augen an.

Für solche Diskussionen war eigentlich keine Zeit mehr. Es würde jetzt schon zeitlich sehr eng werden. Das Flugzeug startete laut Plan um Zwölfuhr dreißig. Sicher gab es wetterbedingt etwas Verzögerung. Bettina ist in Gefahr, er musste sich entscheiden.

>Sag bitte du zu mir, und Jenny hast du eventuell einen Ausweis dabei?<

>Du nimmst mich mit? Ausweis! Ja habe ich...< Sie beugte sich zu Chris rüber und drückte ihm mit ihren seidenweichen Lippen einen feuchten sanften Schmatzer auf die Wange.

>Ja... gesagt habe ich noch nicht aber mir bleibt wohl nichts anderes übrig. Es ist keine Zeit mehr um dich woanders abzusetzen. Du hast deine Sachen dabei, einen Ausweis... also geht es los. Auf nach Italien...< Chris startete den Motor, fuhr mit der jetzt an Fröhlichkeit überschäumend plappernden Jennifer Gerland hinauf zur A4, Ausfahrt Kennedystraße Richtung Flughafen Köln- Bonn und hoffte inständigst, nicht den nächsten großen Fehler begangen zu haben.

XXX

Kapitel 27 Über den Wolken
Kurz vor Bologna Airport Samstag 12. Dezember 14:45 Uhr

𝓔inen winzigen Moment der Unachtsamkeit Raphaels nutzte Bettina, um ihren Kollegen eine Nachricht per SMS zu senden. Nur drei bescheidene Worte, für mehr war keine Zeit und sie betete inständig Christian konnte damit etwas anfangen. Trotz des aufkommenden starken Schneefalls startete der kleine Jet fast pünktlich. Eine Sitzreihe links und zwei Sitzreihen rechts, Platz für gut achtzig Personen gab es in dem Flieger, sehr eng, man kam sich vor wie in einer fliegenden Sardinenbüchse. Wer unter Platzangst litt, von Flugangst einmal abgesehen, war hier gewiss am falschen Ort.

Ihr ex Geliebter und wohl bisher größter Fehltritt in Sachen *"Liebe"* hatte sich gut vorbereitet. Eindringlich und mit leiser, scharfer Stimme gesprochen, hämmerte er Bettina noch einmal ein was passieren würde wenn sie nicht mitspielte. Die Chance zum Ändern der Situation ergab sich bei der Waffenabgabe. In Gegenwart zweier uniformierter Kollegen verplombte ein Flughafenangestellter die Kiste mit dem brisanten Inhalt. Spätesten an diesen Zeitpunkt hätte sie Alarm schlagen und die Sache beenden können. Nur wäre Bettina jemals wieder so nah an Katharina Gerland herangekommen?
Ja, Betty spielte mit und fügte sich seinen Anweisungen.
Der Flug dauerte gut eineinhalb Stunden. Der wolkenlose Himmel ermöglichte einen grandiosen atemberaubenden Ausblick über das Alpenmassiv, nur der Genuss über das gesehene blieb Betty verwehrt. Schweigend und stocksteif dbei die Sinne geschärft, saß sie neben diesem Verbrecher, atmete flach.

Wie man sich doch in einem Menschen täuschen konnte, mit dem man seit vielen Jahren zusammenarbeitete, ihn liebte.

Raphael hielt die Augen geschlossen, schlief er? So ruhig saß er da, so unscheinbar, sie hatte sich von seinem Charme blenden lassen. Mit Christian ging es damals nicht mehr weiter. Wechselschichten, sie sahen sich an manchen Tagen und wenigen Nächten nur für ein oder zwei Stunden, viel zu wenig für die große Liebe. Nächtelang allein, quälende Einsamkeit, doch Raff gab ihr das Gefühl wieder begehrt zu werden, Frau zu sein. Er ist nun mal ein hübscher Mann, seine weiche einfühlsame Stimme, die zarten zufälligen Berührungen. Theater Kino, zusammen Essen gehen, dann ist es eben irgendwann passiert. Aus anfänglicher Sympathie wurde mehr, erwachte so etwas wie Vertrautheit, Liebe? Raphael offenbarte ihr wenige Wochen später sein wahres Gesicht. Ein Macho, Frauenbeherrscher, gab furchtbar an mit seiner Vielweiberei. Es wurde täglich schlimmer und nach erlebten sechs Monaten zog sie den Stecker. Ende, Aus. Damit hatte Bettina ihn wohl gekränkt, seinen Macho-Stolz angegriffen und verletzt, wenn es denn so etwas gab. Die frühe Nachmittagssonne glitzerte auf den Tragflächen des Jets und brach sich strahlenförmig im gewölbten Glas des kleinen Kabinenfensters.

>Denkst du über uns nach, meine Liebe?< Bettina erschrak, Carvallo sprach sie müde an, hielt seine Augen weiterhin geschlossen. Ohne ihn anzusehen, gab Betty eine Antwort.

>Gedanken mache ich mir, ja natürlich... warum ich eigentlich mitgeflogen bin...<

>Du rettest Leben meine Commissaria.<

>Hör auf mit dem Scheiß!!< zischte sie scharf zurück.

>Du brauchst wirklich eine kleine Bestätigung, was? Die bekommst du auch, zu gegebener Zeit, hab einfach Geduld.<

>Da bin ich ja mal gespannt, kann aber auch gern auf eine Demonstration verzichten. Was hast du mit dieser... ekelhaften Mordmaschine Gerland angestellt, was hast du ihr versprochen? Womit hast du **sie** um den Finger gewickelt?< bläffte Bettina ihn an.

>Sprich nicht in einem so abfälligen Ton von ihr. Es ist eine gute, wunderschöne, intelligente Frau. Mit einigen kleinen Fehlern, das gebe ich gern zu. Doch diese "Anfängerfehler" können behoben werden.<

>Du kannst keine toten Menschen zum Leben erwecken, wie stellst du dir denn ein "Fehlerbeheben" vor, wenn ich fragen darf...< Bettinas Kopf ruckte wild herum, ihre halb zugekniffenen Augen funkelten Doktor Carvallo böse und voller Zorn an.

>Die eine oder andere hypnotische Korrektursitzung wird nötig sein, es wird etwas Zeit in Anspruch nehmen, danach ist sie zahm, so zahm wie ein Lämmchen, glaube es mir. < Die Kommissarin schüttelte den Kopf, rieb sich müde über das Gesicht.

>Wie kannst du nur... du hast deine Stellung als Arzt missbraucht um mittels Hypnose eine Frau nach deinen eigenen Vorstellungen zu "bauen", sie gefügig zu machen. Was bist du für ein Mensch, ich kann es nicht glauben. Wie kommst du auf so einen hirnrissigen Blödsinn?<

>Visionen... meine Liebe, Visionen... ich habe mich lange Jahre mit der etruskischen Religion, ihren Rieten, dem Aberglauben beschäftigt. Bis eines Nachts...< Raphael sprach nicht weiter, hielt inne...

>Was, eines Nachts, nun sag schon... ist dir der Teufel persönlich erschienen?<

>Nun, es war nicht der Teufel. Etwas anderes sprach mit mir.

Ich möchte es dir erklären, doch fehlen mir die Worte um etwas derart schönes, intensives aber auch grauenhaft bösartiges zu beschreiben. Es beherrscht, durchdringt und verzauberte mich, du würdest es nicht verstehen. Das Ende wird kommen und aus dem Ende wird ein Anfang, ein Neubeginn geboren, dass ist der Kreislauf... du begleitest mich zum Finale... wie unzählige, vermeintlich kluge Köpfe es vor mir schon sagten, wir sind alle nur Figuren in einem weit größerem Spiel...<

Langes Schweigen.

>Hat es dir die Sprache verschlagen Bettina?< durchbrach er die Stille.
>Fast... ich versuche dein Gesagtes zu verarbeiten. Eine Frage habe ich doch noch, was ist mit ihrem Begleiter? Jemand begleitet sie, das wissen wir.<
>Oh, den kenne ich nur flüchtig, mit dem habe ich nicht viel zu schaffen, eine Programmiersitzung wurde ihm zuteil, mehr nicht. Bestimmt hat sich Katharina etwas von ihm versprochen, was... das kann ich nicht sagen. Ach ja meine Liebste, gib mir bitte dein Handy. Nicht das deine süßen flinken Fingerchen etwas tun was sie hinterher bitter bereuen könnten...<
>Meine flinken Fingerchen?< sie zeigte sich verwirrt.
>Sei mir bitte nicht böse... doch Katharina ist nicht die erste Versuchsreihe... auch bei dir habe ich einige kleine hypnotische Experimente vorgenommen... glaube mir, du hast sehr flinke Fingerchen meine Liebste, wenn du so wunderbar enthemmt bist. In manch einsamer Nacht sehne ich mich danach zurück...< Er grinste Bettina widerlich an und leckte sich die Lippen.

Sie saß baff da und konnte seine Worte nicht fassen...

>Ich kratz dir gleich die Augen aus, du bist ein blödes widerliches Schwein... ich wünsche dir die Pest an den Hals du Ratte. Das hätte ich niemals von dir gedacht... niemals.<
Bettys Gesicht lief knallrot an.

>How, how... ruuuhig... wir wollen doch nicht wild werden. Kein Haar habe ich dir gekrümmt. Im Gegenteil. Sicher haben meine kleinen herrlichen Spielchen, sagen wir mal... zu deiner inneren *"Tiefenentspannung"* beigetragen.<

>Noch ein Wort und ich bring dich um.< brummte Betty in einer Tonlage, vor der sie selber erschrak...

>Denk an Katharina... du möchtest doch bestimmt keine unschuldigen Menschen als Opfer...< Die Kommissarin gab vorerst auf, blickte wieder aus dem Fenster. Das Bild der kleinen Welt die sie sah verschwamm vor ihren Augen. Warme Tränen eiskalter Wut rannen ihre Wangen herab, sammelten sich an ihrer Kinnspitze und tropften zu Boden, bildeten einen See zorniger Verzweiflung. Lächerlich der Versuch sich zu entspannen und ruhiger zu werden.

"Wenn ich dich in die Finger bekomme... dann gibt es keine Gnade du Wicht." Gedankenversunken malte Bettina sich aus mit welchem Körperteil sie zuerst anfing Golf zu spielen...

Alle Passagiere bekamen in der Zwischenzeit den Hinweis der Stewardess sich umgehend anzuschnallen und die Sitze in eine aufrechte Position zu bringen. In circa zehn Minuten würde der Jet den Zielort erreichen und wie geplant landen.

XXX

Italien Orvieto Samstag 12 Dezember gegen 15:00 Uhr

*H*eiß dampfende, an schmale transparente Schlangen erinnernde Glasbänder krochen strömten und unablässlich aus dem übergroßen metallfarbenen Duschkopf. Sie berührten sanft die vollen herzförmigen schmollmündig weichen Lippen, umschmeichelten ihren begnadeten Körper, rieben sich an ihrer sanften Haut, hinterließen dabei einen zarten Film der Sünde, zeichneten ihre Rundungen nach, glitten über schlanke Beine und küssten zum Abschied in einem blutrot schäumenden Meer ihre schmalen Füße. Ihre Brustwarzen reckten und streckten sich keck, verlangten nach sanfter Liebkosung, ein Schauer leckte über ihren Rücken, ließ sie wohlig aufstöhnen.

Eine reinigende Dusche nach einer schweißtreibenden anstrengenden Tat.

Das heiße Wasser floss wohltuend über ihre schmerzenden Muskeln im rechten Unterarm, denn zum Schluss musste Kathi beidhändig schneiden. Das fettige Fleisch der fülligen Hausdame zeigte sich unvorhersehbar widerspenstig.

Schmatzend bahnte sich das Messer umständlich den Weg durch den Körper des Zimmermädchens, ein Brotmesser schien sichtlich ungeeignet für solch ein Unterfangen. Schweiß tropfte von Katharinas Stirn in die offene Wunde. Nach dem ersten Schnitt unternahm der zu öffnende Körper unter ihr, den Versuch zu erwachen. Dies wusste Kathi mit einer gekonnten Maßnahme an der Kehle schnell zu unterbinden. Zuckend und letztendlich an ein Schlachthaus erinnernd, spritzte der warme Lebenssaft aus der Halsgegend, besudelte Kathis nackte Haut nur noch mehr.

Die Schau konnte vollzogen werden, nach zweitausend Jahren der Untätigkeit mussten sie die Hallen der Tradition nach wieder mit Leben füllen.

Auch Ihr Meister meldete sich bei ihr, vor gut einer Stunde hatte Katharina zuletzt mit ihm gesprochen. Sie solle sich bereit machen ihm am Tempel des Ursprungs zu empfangen, eine halbe Stunde war dafür noch Zeit.

Sauber erfrischt verließ Katharina das Bad und zog sich an. Geschickt umging sie die sich weit ausgebreitete Blutlache des Zimmermädchens. Die beiden herausgeschnittenen Organe verpackte Kathi vor dem Duschen in zwei große Plastiktüten und verstaute sie in einem der beiden mitgebrachten Rucksäcke. Walters Pistole steckte im Hosenbund der Jeans. Das kalte Metall labte sich an der vom heißen Wasser erhitzten Haut. Der warme Mantel hielt ihren Körper auf Temperatur, zog die gefütterten Stiefel an, so betrat sie den Korridor, ließ die Tür sanft ins Schloss fallen. Wie ein programmierter Roboter stakste sie zur Rezeption und bestellte sich ein Taxi. Mit ihrem makaberen Gepäck bewaffnet begab sich Katharina Gerland alsbald auf den Weg zu den Ruinen der etruskischen Tempelanlage.

XXX

Kapitel 28 Befreiung
Italien Flughafen Bologna   Samstag 12 Dezember 15:05Uhr

*N*ach dem großen "Rumms" zu urteilen den sämtliche Passagiere mit bleichen Gesichtern und angehaltenem Atem still vor sich hin kommentierten, sind sie einer elementaren Bruchlandung nur knapp entkommen, jedenfalls beschlich Bettina das Gefühl. Froh, die unglaublich beklemmende Enge der fliegenden Sardinenbüchse entkommen zu sein erhellte sich ihr Gemüt zusehends. Mit dem Minibomber zurück? Niemals... jedenfalls nicht mit so einer klaustrophobisch, winzigen Flugmaschine. Die spärlichen Sonnenstrahlen taten gut, wärmten Bettys Gesicht als das ungleiche Paar den Flieger verließ und sie ins Freie traten. Die Sitze jedoch waren halbwegs bequem und nun voll des Tatendrangs und neuer Energie fasste sie einen Entschluss. Ihren ursprünglichen Plan, Raphael am Flughafen Düsseldorf zustellen, dass wäre auf jeden Fall nach hinten losgegangen. Schnell einen Plan *"B"* schmieden. Vielleicht eröffnete sich hier eine Möglichkeit. Und es musste ihr unbedingt gelingen schnellstmöglich Kontakt mit Chris aufzunehmen. Den ungefähren Aufenthaltsort der Gerland kannte sie ja nun.

Fröhlich lachende ausgelassen miteinander sprechende Menschen passierten ihren Weg, flogen beinahe an ihnen vorbei, konnten es sicherlich nicht mehr erwarten ihre Gepäckstücke in Empfang zu nehmen um endlich an ihren Urlaubsort zu gelangen. Urlauber, die den Alltagsstress ablegen wollten und sich im sehenswerten bezaubernden Italien Erholung und Ruhe erhofften. Neidvolle Blicke warf sie ihnen hinterher, an Wellness war nicht zu denken, ihr Stress fing jetzt erst an.

Bettina hätte es so leicht haben können. In der Kanzlei ihres Vaters arbeiten, ein sicherer Arbeitsplatz. Für Recht und Ordnung kämpfen, dass war ihre Aufgabe ihr Lebensinhalt ihre Berufung. Auch wenn Leid und Schmerz über manch gesehenes sie schon oft bis an den Rand des Erträglichen brachten.

>Sollte ich das hier heil überstehen, sind vier Wochen Fuerte Ventura das absolute Minimum.< schwor sie sich selber mit leiser heiserer Stimme...

In dem schmalen Gang zur großen Gepäckhalle streifte ihr Blick zufällig die verspiegelten Scheiben der Zollkontrolle. Rund um Bettys linkem Auge schillerte die Haut dunkelrot, das ließ den Schmerz, den Zorn in ihr weiter gedeihen, sie fühlte sich wie ein Dampfkessel vor dem Explodieren.

Ein Uniformierter Zollbeamter informierte das ungleiche Paar über den Verbleib Bettinas Dienstpistole. Ihre zwei Taschen waren schnell vom Gepäckband gefischt. Sie betraten das große und zu dieser Zeit gut besuchte Zollgebäude. Bettina sollte sich ausweisen und einige Papiere unterschreiben. Ein Alucase wurde gebracht, ein Beamter stand Wache während ein zweiter Beamter mit einem strahlend netten lächeln ihr die Pistole aushändigte.

>Mille Grazie.< versuchte sich Betty auf Italienisch. Aus dem Augenwinkel schätzte sie schnell die ungefähre Entfernung zu Carvallo ab. Ihr Ex- Geliebter stand die ganze Zeit über circa einen Meter und leicht versetzt hinter ihr. Der Zollbeamte hinter dem Schalter lächelte sie immer noch an. Doch was er sich im nächsten Moment ansehen musste ließ ihm die Kinnlade ein Stockwerk tiefer fallen.

>Polizeipistole Kriminal... hier, deine Waffe...< sagte die Kommissarin knapp ohne dabei Raphael anzusehen. Sie packte das Case fest am Tragegriff, eine Adrenalinwelle schoss in ihre Blutbahn wirbelte herum und schlug Raff den kleinen Alukoffer direkt in seine verlogene Verbrechervisage...

Doch leider... Pech für Bettina, Glück für Raphael...

Der kleine Koffer traf ihn "**nur**" mit der flachen Seite, nicht mit der spitzen Kante wie Bettina es vor hatte. Dennoch wurde seine Nase arg in Mitleidenschaft gezogen.
Ein Blutstrom schoss augenblicklich aus Carvallos schiefer Nase, er presste eine Hand davor, sah Bettina mit einem strafenden Blick an, drehte sich um und rannte, als wäre der Teufel persönlich hinter ihm her aus dem Zollgebäude.
Der italienische Beamte mochte seinen Augen nicht trauen und sprach Bettina sichtlich erregt mit keifender Stimme an.
>La Signora Commissaria... per favor... Che fare ella???<
>Es gibt einen Notfall... Emergenza?< Bettinas Italienisch beschränkte sich auf ein paar wenige Worte, ihr Herz klopfte immer noch wild, kochten Emotionen über...
>Si, che a un emergenza?<
>Spricht hier jemand deutsch? Deutsch conversare? Oder Englisch? Speak english?< Betty hatte keine Zeit für lange Diskussionen auf gebrochenem Italienisch. Eine sehr junge, dunkelhaarige Zollbeamtin mischte sich ein, schob sich zwischen den beiden stämmigen Kollegen.
>Ich spräche ein wenig deutsch, wie kann ich ihnen helfen?<
>Oh, sie schickt der Himmel...< Mit wenigen Worten versuchte die Kommissarin den Sachverhalt zu erklären. Die Situation mit dem flüchtigen Raphael Carvallo.

Den Umstand ihres Hierseins, dass sie ihren Kollegen Christian Albrecht sofort und schnellstmöglich erreichen musste usw...

Bei dem Namen Kommissar Albrecht horchte der von ihr aus rechts stehende Beamte auf, beugte sich zu seiner viel kleineren Kollegin hinunter und flüsterte ihr etwas ins Ohr. Bettina verstand nur *"Intendenza und Stazione de Polizia"* also Polizeistation oder Kommissariat.

>Meine Collega sagte mir gerade, ihm ist eingefallen, es hat jemand nach ihnen gefragt, eine Collega von ihnen. Durch die Umstände vorhin hatte er nicht daran gedacht. Sie möchten bitte unsere Flughafen eigene Polizeistation aufsuchen, ich bringe sie dorthin.< Vor Freude jubelte Bettina innerlich. Ihr Bauchgefühl flüsterte, das konnte eigentlich nur Chris sein. Die junge "Agente" begleitete Bettina den kurzen Weg bis zur Flughafenwache. Dort angekommen fungierte sie abermals als Übersetzerin.

>Ein Oberkommissar Christian Albrecht hat uns gebeten das wir sie über seinen Aufenthalt informieren. Oh, sie haben sich nur knapp verpasst. Er ist mit einer jungen Dame vor nicht einmal fünfzehn Minuten gefahren. Nach Orvieto. Das sind so ungefähr zwei Stunden von hier. Hilft ihnen das weiter?<

>Das hilft mir sehr viel weiter, vielen vielen Dank...<

>Soll dieser Mann, äh... verfolgt werden? Möchten sie eine Beschreibung abgeben?<

>Nein, das ist nicht nötig, ich verständige meine Dienststelle, mein Vorgesetzter wird sich mit ihnen in Verbindung setzen, den Entführer verfolge ich selbst, außerdem soll er sich vorerst in Sicherheit wissen.< stellte Bettina fest.

>Noch eine Frage, wo bekomme ich einen Leihwagen?<

>Auch da kann ich ihnen weiterhelfen, bitte kommen sie mit.< Bettina bedankte sich höflich, verabschiedete sich von ihren italienischen Kollegen.

Valentina, so hieß die junge Zollbeamtin, führte die deutsche Kommissarin zur nächsten Mietstation.
Mit Christians Kreditkarte in der Hand verabschiedete sie sich herzlich von Valentina.
Im Büro der Firma „Car Del Mar" zahlte Bettina eine gewisse Summe an, und fuhr keine fünfzehn Minuten später mit GPS Unterstützung zu dem kleinen aber geschichtsträchtigen Städtchen namens Orvieto.

xxx

𝒟ie explosionsartig stärker werdenden Schmerzen, die sich immer tiefer in sein Gehirn fraßen waren das Startsignal und rissen ihn aus seiner Versteinerung. Eine Hand versuchte das Blut aufzuhalten welches wasserfallartig aus seiner Nase floss. Ein letzter drohender Blick in Bettinas Richtung, dann rannte Raphael davon, tauchte unter in der Menschenmenge aus teilweise verträumt dastehenden Reisenden.

Er war nicht aufmerksam genug. Einen winzigen Moment der Ablenkung nutzte Bettina aus um ihn lächerlich aussehen zu lassen. Der bestialische Schmerz den sein Riechorgan aussendete steigerte seine Wut und Raphael wünschte sich er hätte sie im Hotelzimmer einfach erschossen. *„Warum musste ich sie auch mitnehmen... dieses Mistslück..."* Im nächsten Moment bereute er seine Gedanken schon wieder. Schließlich liebte er Bettina über alles.
>Wie dem auch sei, für diese Tat wird sie büßen müssen... ganz bestimmt.< grummelte Raphael und klaubte mit der freien Hand ein weiteres Taschentuch aus der Jackentasche. Sein nächstes Ziel war ein bereitstehendes Taxi vor dem Flughafengebäude. Er musste hier weg, zur Ruhe kommen, Luft holen, sich regenerieren.

Es war auch nicht mehr viel Zeit bis zur großen Zusammenkunft und musste sich beeilen.

Mit bohrenden Kopfschmerzen setzte Raphael sich auf den Rücksitz des dunkelroten Mercedes.

Der Fahrer wollte angesichts des blutgetränkten Taschentuchs und in englischer Sprache wissen, ob denn auch alles in Ordnung sei.

Raff erwiderte in akzentfreiem Italienisch, er solle sich um seine Angelegenheiten kümmern und ihn zu folgender Adresse fahren. Mit zitternden Fingern reichte er dem Fahrer eine blutige Visitenkarte und einhundert Euro mit der Bitte, doch verdammt noch mal keine weiteren Fragen mehr zu stellen.

Das Taxi beschleunigte, nahm schnell Fahrt auf. Raphael legte den Kopf zurück, schloss seine Augen, versuchte etwas zu entspannen und freute sich auf seinen nächsten Schachzug.

XXX

Italien Orvieto Samstag 12. Dezember 16:15 Uhr

*A*usnahmezustand.

So war einem Außenstehenden die Szenerie gut zu beschreiben. Fast ein Dutzend verschiedener Polizei- Kranken- Feuerwehrfahrzeuge, sowie zwei schwarze Leichenwagen standen vor dem kleinen Hotel in Orvieto, und verstopften die schon im Normalzustand recht schmale Straße. Presseleute versuchten vergeblich zum Tatort vorzudringen. Carabinieri bewachten und riegelten den Eingang ab. Eine nicht gerade kleine Menschenmenge sammelte sich auch auf der gegenüberliegenden Straßenseite, mit Händen und Füssen wild gestikulierend spekulierend und laut diskutierend. Den kleinen roten Fiat Uno parkte Christian mitten im Gewusel der wartenden Fahrzeuge.

>Bleib bitte im Wagen Jennifer, ich bin sofort wieder bei dir. Ich muss mit dem Zuständigen Carabinieri sprechen und mir den Tatort kurz ansehen. Ich hoffe deine Mutter hat hiermit nichts zu tun.<

>Ich rühr mich nicht vom Fleck. Keinen Millimeter. Sag mir bitte sofort wenn du Maam siehst.< Jennys Stimme zitterte.

Wann und vor allen Dingen wie sollte er Jennifer beibringen, dass ihre Mutter eine vier oder sogar fünffache Mörderin war?

Sein Ausweis öffnete ihm schnell die Tür zum Hotel. Nicht schwer zu erraten wohin Chris gehen musste, bei dem Polizeiaufgebot, sprach allerdings zuerst mit einem gut gekleideten jungen und gut aussehenden Angestellten an der Rezeption. Eine gewisse Ähnlichkeit mit unserem Ex- Verteidigungsminister, der Haare wegen, konnte nicht geleugnet werden... ein Ölwechsel war nicht nötig, dafür fehlte der ranzige Geruch oder die gefälschte Doktorarbeit...

>Scusi, do you Speak Englisch or German?< versuchte sich Chris.
>Si, i spräche ein wenig German.<
>Das ist gut, wo bitte finde ich Commissario Vertuchi?< Seine Legitimation legte Christian auf den Tresen und schob das Plastikkärtchen in Richtung des Rezeptionisti.
>Ah grazie. Ähhh... Commissario Albrecht. Siie sehe ja... den Flur hinunter, Simmer nummero sedici... äh... sechzehn, rechte Seite. Es ist die Hölle, was passiert ist... nichts kanne schlimmer ssain und dasse inne la nostra Casa, wasse für eine Schande.<
>Es ist die Zimmernummer Sechzehn? Nicht zu fassen... und keine Angst, wird sich alles Aufklären, die Täter werden früher oder später gefasst werden... und vielen Dank.< Chris nickte ihm zu und ging in die angesprochene Richtung

Auf dem Weg zum Tatort rief er sich noch einmal Gesprächsfetzen des kurzen aber informativen Telefonats, wiederum mit Carl Margot der guten Seele ihres Teams, in Erinnerung. Wenige Minuten nach der Landung bekam Chris die neuesten Berichte aus Carls wandelnder, stets aktueller Nachrichtenzentrale brandheiß serviert.

Die italienischen Behörden stellten sich, in dieser Situation, als nicht besonders kooperativ heraus und reagierten oder handelten sehr zögerlich. Eine Fahndung nach den beiden Flüchtigen wurde nicht eingeleitet. Die gute Nachricht in diesem Falle war, man hatte das Hotel gefunden in dem Katharina Gerland und Alexander Kohnen abgestiegen waren. Die schlechte Nachricht natürlich zum Schluss, sie wurden viel zu spät entdeckt. Die beiden checkten natürlich nicht unter ihren Namen ein, ein Dritter unbekannter reservierte schon Tage vorher das Zimmer. Höchstwahrscheinlich ein sehr guter alter Bekannter... und das i-Tüpfelchen...

...im Hotel gab es zwei Morde, Alexander Kohnen, Katharinas Begleiter und ein Zimmermädchen gehörten zu den Opfern. Nach seiner Ankunft im Hotel sollte sich Chris den italienischen Kollegen anvertrauen. Der zuständige Leiter der Ermittlungen war ein gewisser Commissario Vertuchi. Die genaue Todesursache... tja, um das herauszufinden, musste Chris sich nun selber bemühen. Sein Handy-Akku machte mitten im Satz schlapp. Spitze. Zwei schmucklose Plastiksärge standen bereit, warteten darauf belegt zu werden. Drei in schwarz gekleidete Angestellte eines Beerdigungsinstituts standen mit gesenktem Kopf eng beieinander und unterhielten sich leise. Im vorbeigehen nickte Christian ihnen wortlos zu.

Stimmengewirr, die Tür stand auf, helles Blitzlicht zuckte aus dem Zimmer und ergoss sich gut sichtbar in den weiß getünchten Flur. Die Spurensicherung arbeitete also noch.

>Scusi, Commissario Antonio Vertuchi?< Der deutsche Kommissar hielt seinen Ausweis in gut lesbarer Entfernung vor den Augen des in blau uniformierten Carabinieri.

>Signore Vertuchi i soggiorno.< sein italienischer Kollege nickte in die entsprechende Richtung.

>Grazie.<

Bei dem Betreten des Hotelzimmers präsentierten sich Christian mehrere Eindrücke gleichzeitig. Die Luft roch penetrant nach Gedärm und schmeckte nach Blut, alleine das verursachte in seinem Magen schlagartig eine übellaunige Missstimmung. Die erste Leiche wurde noch von einem Beamten der hiesigen Spurensicherung verdeckt. Der trat zur Seite um Chris Platz zu machen, gab die Sicht frei, und der Blick des deutschen Kommissars fiel direkt auf den Vorhof zur Hölle...

XXX

*D*as breite Grinsen konnte sich Bettina, trotz der prekären Situation in der sie steckte nicht verbeißen. Schon komisch, eigentlich müsste sie das Bodenblech der italienischen *"Geh-Hilfe"* längst durchgetreten haben. Alles holte sie aus dem kleinen Fiat Cinquecento heraus. Ein noch schnelleres oder bequemeres Fahrzeug gab Christians Kreditkarte nicht mehr her, dass Limit entpuppte sich als ausgesprochen strapaziert und reichlich überzogen. Sie schüttelte mit dem Kopf, im Präsidium oder gar Freunde anrufen und um eine finanzielle Spritze bitten, dafür war keine Zeit mehr. Außerdem hatte sie mit ihren Vorgesetzten noch ein Hühnchen zu rupfen. Vorausgesetzt sie überstand dieses Abenteuer. Keine Geschwindigkeitsbegrenzung vermochte Bettina zu einer Drosselung ihres Tempos animieren.

Das gab mit Sicherheit einige *"Tickets"*. Stationäre Blitzautomaten begegneten ihr reichlich. Die Zeit sich um diese lächerlichen Lappalien zu kümmern besaß sie nun wirklich nicht. Sie hoffte nur nicht angehalten zu werden. Neidvolle blicke warf Betty den großen und auf Hochglanz polierten Karossen hinterher die in einem Wahnsinns Tempo an ihr vorbeirauschten. Hinweisschilder dagegen passierte sie wie im Schneckentempo. In Bologna ging es direkt auf die Autobahn Eins oder E 35, in Richtung Firenze. Arezzo dann immer gerade aus bis Orvieto dem uralten Tarquinia, dass sich nur wenige Kilometer entfernt neben der Autobahn befand. Insgesamt circa Zweihundert-vierzig Kilometer Asphalt mussten bewältigt werden. Ob Bettina die Strecke in zweieinhalb Stunden abfahren konnte, erschien fraglich.

Die Überraschung erfolgte etwas später. Dank konsequenter Bleifußtaktik und ausbleibender Zivilstreife, schaffte die mittlerweile völlig entnervte Kriminalkommissarin den Weg tatsächlich in exakt Einhundert-fünfzig Minuten. Die Anspannung ließ etwas nach und nun spürte sie die Kopfschmerzen umso heftiger. Es tuckerte furchtbar in ihrem Schädel, so musste sich eine fleischgewordene Bombe kurz vor dem Explodieren anfühlen. Die Tanknadel hing schlapp Richtung Reserve, genau wie ihre eigene, der Durst war kaum noch zu ertragen, seit Stunden hatte Bettina nichts mehr getrunken. Laut Navigationsgerät musste das Ziel in zehn Minuten erreicht sein. Die Stadt Orvieto, die alte Stadt... aus der Ferne schon sehr gut zu erkennen. Man baute sie auf hoch aufragende bräunliche Tuffsteinfelsen und wirkte wie eine mittelalterliche Trutzburg. Die vom Schnee befallenen Dächer der Stadt leuchteten rötlich in der Abendsonne.
Betty hoffte darauf endlich Christian zu treffen und abermals trat sie das Gaspedal tief durch. Ohne zu murren summte die Strickmaschine auf und beschleunigte das Ungetüm von Vehikel in einem atemberaubendem...

Ach lassen wir das einfach...

XXX

Keine Chance... der Gestank, dass viele Blut, Spritzer an den Wänden, Gedärme und Fleischfetzen... die Tür zum Bad stand offen, Christian hörte noch das jemand seinen Namen rief. Doch zunächst musste er etwas loswerden. In den Ohren rauschte es, Schwindel packte ihn, wäre er doch nicht so eine erbärmliche Memme. Gurgelnd ergoss sich der warme Schwall seines Mageninhalts aus seinem Mund. Die Toilette nahm dankbar das auf, was Chris nicht bei sich behalten wollte oder vielmehr konnte.

>Chris... mein Gott, was ist hier denn los?< Sein Anblick löste in ihr eine Glückswelle nach der anderen aus. Betty verstaute ihre ID-Card in der Gesäßtasche und half Chris auf die Beine. Der Kommissar spülte sich den Mund über dem Waschbecken aus, spritze sich Wasser ins Gesicht.

>Betty, da bist du ja endlich... ich hab mir irre Sorgen um dich gemacht...< Er sprach mit der Stimme eines Fremden, versuchte das Kreiseln in seinem Kopf wieder halbwegs in den Griff zu bekommen, den kratzigen Hals weg zu räuspern, umarmte seine Kollegin herzlichst und drückte sie fest, versuchte es jedenfalls.

>Chris ich freue mich dich zu sehen... du hast mir gefehlt. Mein lieber brechender Kommissar... bäh... dein Atem ist nicht gerade...< Betti wurde unterbrochen.

>Na, wundervoll... ein Familientreffen?< Vertuchi tauchte im Türrahmen auf, sprach die beiden mit beinahe perfektem Deutsch an, und war verwundert über das Bild, was er sah.

>Commissario Vertuchi?< Christian stellte die Frage, versuchte seiner kraftlos krächzenden Stimme etwas Würde zu geben.
>Der bin ich, ist ihnen das Frühstück nicht bekommen?<
>Das Frühstück schon, nur der Anblick der Toten nicht. Bitte entschuldigen sie, mein Magen ist bei so einem üblen Anblick schnell, sehr schnell beleidigt. Meine Kollegin übrigens, Oberkommissarin Bettina Witte, Kripo Aachen.<
>Signora Commissaria, es ist mir eine außerordentliche Freude sie kennesulernen.< Bettina durchzuckte der Gedanke Vertuchi zu stützen, bei der Verbeugung hätte er eigentlich locker nach vorne fallen müssen... und sie wunderte sich auch über die fünf silbernen Kugelschreiber, die in einer kleinen Außentasche seiner glänzenden, nicht mehr ganz in diese Zeit passenden schwarzen Kunstlederjacke, in Brusthöhe steckten.
>Ganz meinerseits, was ist genau passiert?< Sie gaben sich kurz die Hand.
>Tja...< Der italienische Beamte fuhr sich mit einer Hand durch den nicht mehr komplett peschwarzen Haarschopf, holte tief Luft und versuchte nun im „Italienischdeutsch" die Situation zu Schildern.
>Ich würde mal aus persönlicher Überzeugung sagen, dieser Doppelmord kommt einem Ritual gleich. Unser Medizinmann hat festgestellt, dass in beiden Fällen die Leber aus den Körpern herausgeschnitten wurde. Die Mörderin hat die Organe wohl mitgenommen, für welche Zwecke auch immer. Es gab in der Vergangenheit verschiedene Religionen, wo so eine Handlung durchaus üblich war. Bei den Tusci oder wie sie sagen den Etruskern zum Beispiel, war es üblich eine Leberschau durchzuführen, um Vorhersagen zu treffen, wie eine Ernte ausfällt oder ob eine Schlacht siegreich beendet werden konnte usw. Jedoch niemals mit einer menschlichen Leber, nur Tiere wurden für diese Riten geopfert.

Das ist der Unterschied. Das männliche Opfer hier wurde augenscheinlich vorher erdrosselt.
Der weiblichen Toten hat man kurzerhand einfach in die Kehle geschnitten. Ein furchtbarer, grausamer Tot.
Wir vermuten die Mörderin wurde von der Hausdame gestört und sie ist wohl nur zufällig in die Falle gestolpert.
Zur falschen Zeit, am falschen Ort eben.<
Bettina schluckte hart, bevor sie antwortete.

>Ja, das kann man wohl sagen. Commissario Vertuchi, sie haben da eben etwas angesprochen. Tatsächlich gibt es einige Hinweise die in Richtung der Etruskischen Religion deuten. Wir haben eine vage Vermutung wo sich die Mörderin aufhalten könnte. Sind sie in der Lage uns den Ort der etruskischen Ausgrabungsstätte zu zeigen oder uns den Weg dorthin zu beschreiben?<

>Beschreiben könnte ich es schon, ja... doch ich bringe sie lieber persönlich dort hin.< Vertuchi drehte sich zu seinem Assistenten um, dabei knarzte seine Jacke als presste jemand einen Haufen Plastikfolie zusammen.

>Chris, geht es wieder?< Ihre Finger wischten liebevoll eine Haarsträhne aus seinem Gesicht.

>Ja, Bäume ausreißen werde ich heute nicht mehr, aber es geht schon.<

>Das Mädchen in dem Uno, ist das Jennifer Gerland?<
>Oh, Jenny, natürlich... habe sie ganz vergessen. Ich geh sofort zu ihr, außerdem muss ich hier raus... kommst du bitte schnell mit dem Commissario nach und erzähl mir später genau was mit Carvallo passiert ist. Hey, holla, dein Auge, hat das Schwein dich etwa geschlagen?< Chris fuhr mit dem Daumen sanft über ihre Augenbraue.

>Ist nicht so schlimm. Berichte ich dir im Auto. Ich seh mich hier kurz um. Los, geh schon, ich komm sofort nach.< Bettina ließ seine Hand los, sah ihrem Kollegen kurz nach, Freude kam auf... sie fühlte sich nun wohl... und stärker.
Den Türrahmen spürte sie im Rücken, dass sie von jemandem im Vorbeigehen unsanft angerempelt wurde das spürte Betty nicht.

Dunkelrot... so viel Blut... wann hatte sie das letzte Mal so viel Blut gesehen? Eigentlich noch nie. Zwischen ihren Ohren schien eine Flöte zu stecken, die die Tonleiter mit schrillen Klängen immer lauter Auf und Ab spielte. Doch etwas fehlte. Der Ekel. Nichts...
Ganz im Gegenteil, sie fühlte sich von der Szenerie magisch angezogen, machte sie an... spürte ein Kribbeln zwischen den Beinen... was war das nur für ein merkwürdiger Fall...

Commissario Antonio Vertuchi verteilte indes mit Händen und Füssen redend hastig einige Anweisungen. Er sprach so schnell und so laut, dass Betty aus ihrer „Sekundentrance" erwachte und doch nicht ein Wort verstand.
>Essere pronto... wir können los. Meine Collega wisse was zu tun ist.<
>Dann kommen sie, jetzt wird es spannend...< Bettina hatte es plötzlich sehr eilig.

XXX

>Es tut mir leid Jenny, ich hätte dich beinahe vergessen.<
Chris stemmte die Autotür auf und sah die junge Gerland entschuldigend an.
>Ist schon gut, du hattest wohl deine Gründe, außerdem habe ich etwas geschlummert. Auch wenn es hier recht laut ist. Du riechst irgendwie komisch...< sagte sie müde und rieb sich die Augen.
>Oh ja, die hatte ich, schnall dich wieder an, es geht gleich los. Wir müssen nur noch auf meine Kollegin warten. Ich rieche? Auch das hat einen bestimmten Grund...<
>Ist das die Frau, die vorhin wie wild ins Hotel gestürmt ist?<
>Ich denke du hast geschlafen?<
>Schon, sie ist mit quietschenden Reifen vorgefahren, da bin ich aufgewacht, na ist doch klar...<
>Natürlich... aber ja, das war sie.<
>Echt hübsch deine Partnerin...<
>Naja, sie ist nicht meine Partnerin, äh... eigentlich schon... aber...< Chris winkte grinsend ab.

Bettina und der italienische Commissario rannten, nein, stürzten beinahe wie von Tausend hungrigen Hunden gehetzt aus dem Hotel, geradewegs zum geparkten Uno. Bettina stieg hinten ein, griff sich hastig eine halb leer getrunkene Wasserflasche, trank gierig einige Schlucke und versuchte nicht daran zu denken zum zweiten Mal an diesem Tag in einer "Sardinenbüchse" eingeklemmt zu sein. Vertuchi gesellte sich derweil zu Christian als Beifahrer.
>Hallo, du bist die Jennifer Gerland?< Bettina lächelte Jenny an.
>Stimmt... und du bist die Partnerin von Chris!< Jennifer lächelte wissend zurück.

>Partnerin?< Betty zeigte sich für einen Moment verwirrt.

>Commissario Albrecht, das isste die Figlia...? alsso ich meine die Tochter der Mör...< Christian fuhr ihm harsch in die Parade.

>Hey, hey... wir wollen doch keine Pferde scheu machen Signor Vertuchi... oder? Ist doch noch gar nichts bewiesen...<

>Chris, was hat der Herr Kommissar gerade gesagt?< Wollte Jennifer mit erhobener Stimme wissen.

>Nichts von Bedeutung, alles nur reine Spekulationen und Vermutungen, hab keine Angst Jenny, wir werden deine Maam schon finden.< Versuchte Christian die junge Gerland zu beruhigen und startete mit einer kurzen Schlüsseldrehung den gewaltigen "Nähmaschinenmotor".

>Maestro... iche glaube es iste besser wenne si das Andare... äh... scusi... das Fahre mir überlasse, oder?<

>Da gebe ich ihnen recht Vertuchi, also bitte.< Die Kommissare tauschten blitzschnell die Plätze. Christian hatte sich kaum hingesetzt, da heulte der Motor schon im kriminellen Drehzahlbereich auf...

>Schnalle si sich an, bitte dasse Fumare einstellen, die Sitzelehen in eine aufrechten, Calibro... äh... Positiona bringen...< So sprach Antonio und gab gewaltig Gas.

xxx

Italien 12 Dezember In den Tempelruinen von Orvieto 16:30 Uhr

𝒟ie kupferne Feuerschale maß geschätzte fünfzig Zentimeter im Durchmesser war zur Hälfte mit brennbarer Flüssigkeit gefüllt und fand ihren Platz auf einer mannshohen steinernen Säule, inmitten der alten etruskischen Tempelanlage, dem heiligen Vanum. Die Flammen leckten gierig und in freudiger Erwartung aus dem rötlich glänzenden Gefäß, als wüssten sie längst was es bald zu verbrennen galt.

Seine Nase schmerzte wie die schlimmste Hölle, doch das war für ihn jetzt zweitrangig. Vor Raphael stand sie nun, seine Dienerin. Seine eigene Schöpfung, seine Kreatur.

Katharina Gerland sank vor ihrem Meister auf die Knie, hielt feierlich zwei schwere blutverkrustete menschliche Organe in ihren Händen.

>Meine Katharina, es ist endlich vollbracht. Hier schließt sich nun der Kreis und ein neues Zeitalter wird beginnen. Die Menschheit soll von uns erfahren. Das alte Volk wird wieder auferstehen und erstarken.< Sie stand auf und übergab ehrfurchtsvoll die blutigen Leberstücke dem reinigenden Feuer, es loderte auf und fraß sich in das Fleisch, ein Opfer für die Götter. Sie tanzte wie in Trance gefangen, feiner Singsang löste sich aus ihrem geschlossenen Mund. Beißender schwarzer Qualm stieg aus der Schale empor, formte eine lachende Fratze, die im kalten Winterhauch verging... nur Einbildung?

Die Abenddämmerung brach schnell herein, dass wilde Feuer zauberte zuckende Schatten auf ihr entstellt wirkendes Gesicht. Ihre Augen, nur noch zwei dunkle eisige Glasmurmeln, weltentrückt.

Der aufkommende Wind zerfaserte nun auch den letzten Rauch der längst verkohlten Fleischstücke und verwehte ihn in alle Himmelsrichtungen.
 >Komm meine Liebste, dein Meister befielt dir Gehorsam. Wir werden jetzt verschwinden. Gemeinsam ein neues Leben beginnen, mit dir meine Schöne, an meiner Seite. Das erste Ritual ist hiermit abgeschl...<

Fahrzeuglärm...

 Raphaels Kopf zuckte herum, hörte ein Auto mit lautem aufheulenden Motor. Es war noch nicht zu sehen, doch bestimmt nicht mehr weit entfernt. Würde ihn sein Schicksal so schnell einholen? Hier und jetzt? Dann sollte es eben so sein. Carvallo änderte seinen Plan, löste sich von Katharina, ging einige Schritte rückwärts.
 >Du musst sie aufhalten, egal wer da kommen mag... hörst du? Halte - sie - auf...< Er drehte sich um, rannte einige Meter und verschwand hinter einem der gewaltigen Tempelsäulen. Katharina nickte wie ein Zombie, zog ohne erkennbare Emotionen Walters Pistole aus dem Hosenbund und starrte weiter in die langsam verlöschenden Flammen der göttlichen Offenbarung...

XXX

Kapitel 29 Endspiel
Italien Nähe Orvieto. In den Tempelruinen Samstag 12 Dezember gegen 17:00Uhr

*D*er Tag verabschiedete sich mit einem prächtigen Farbenspiel. Der Sonnenglanz starb in der Ferne und der lebenspendende Stern vergoss seinen letzten dunkelroten Schein über den weiten Horizont, übergab der erden Wacht dem zeit- und farbgleich aufgehenden, am Himmel erstrahlenden Vollmond.

Ein Naturschauspiel, was es nicht an vielen Tagen des Jahres zu sehen gab. Die vier Insassen des kleinen Fiat Uno würdigten den faszinierenden Schönheiten dieses wundervollen Spektakels keines Blickes, nur allzu irdisch die Probleme mit denen sie sich beschäftigen mussten. Commissario Vertuchi fuhr, nein... er bretterte förmlich die Straße entlang. Nicht nur Christian war sicher froh wenn alle heil ihr Ziel erreichten. Die Ausgrabungsstätte befand sich ungefähr zehn Kilometer südöstlich der Stadt Orvieto.

Bettina unterrichte Chris mit kurzen Worten was ihr mit Carvallo widerfuhr. Aus Rücksichtnahme auf die anwesenden Jenny Gerland verfing sich die Kommissarin nicht in wortgewaltigen Einzelheiten

Sie verließen die befestigte Straße und folgten einem mehr oder weniger unbefestigten, hart durchfrorenen Feldweg, jedes Schlagloch dieser Buckelpiste wurde an den Insassen des Fahrzeugs eins zu eins weiter gegeben, als Federung diente nur die Wirbelsäule. Niemand sprach ein Wort, die Spannung und Nervosität war fast greifbar.

Da war sie nun... die Ausgrabungsstätte...

Beinah so groß wie ein Fußballfeld. Ein stählerner Zaun umsäumte das Gelände weiträumig.

Einige Bau- und Räumfahrzeuge tauchten im Scheinwerferlicht auf, wurden herausgerissen aus dem Zwielicht der vergehenden Abenddämmerung.

>Tja, meine Damen und Herren, wir haben es geschafft.< Christian löste seinen Gurt.

>So isste es, wir sinte da...< Vertuchi prügelte seinen Fuß auf die Bremse und brachte das Fahrzeug nach einem kurzen Rutscher zum stehen. Chris fluchte, so hätte er beinahe das Armaturenbrett geküsst und sich wohl ein paar Sekunden zu früh vom Gurt gelöst.

Christian stieß die Tür auf. Die wohlige Wärme im Inneren des Fahrzeugs entwich explosionsartig und holte alle in die harte Realität zurück. Bettina schloss eilig ihre Jacke und quälte sich aus dem Uno, gleichzeitig meldete sich das Handy des italienischen Commissarios.

>Gehe si vor, ich musse kurze telefoniere... pronto...<

>Ist in Ordnung. Jenny, bleib du im Wagen, das ist besser.< sagte Chris und sah die junge Gerland bittend an.

>Ich komme mit. Mit Sicherheit bleibe ich nicht alleine hier.<

>Dann los.< Er nahm ihre Hand und half Jennifer aus dem Wagen.

Der Bauzaun der das Gelände umgab war nicht gut gesichert. Das Vorhängeschloss was die grobgliedrige Kette eigentlich zusammenhalten sollte lag bereits zerschmettert am Boden.

Sie schlüpften durch die entstandene Öffnung.

Das Gelände stieg ein wenig an bis es rampenartik flach abfiel. Circa zehn Meter tief trugen Archäologen die riesige Grube in akribischer Kleinarbeit Schicht um Schicht ab, stets darauf bedacht keinesfalls ein wichtiges Artefakt unwiederbringlich zu zerstören.

Eine Freiluftbühne.

Ja, dass was sie zu sehen bekamen erinnerte an einer gut durchdachten Inszenierung, gewaltig und monumental.
>Das ist es... das habe ich im Traum gesehen.< ein Schauer erfasste sie, in Bettinas leise gesprochenen Worten schwang eine Portion Ehrfurcht mit.
>Bist du dir sicher?< Chris sah Betty an.
>Kein Zweifel. Der Traum... es war zwar heller Tag, doch das ist es, hier finden wir Carvallo, glaube es oder nicht...<
>Keine Panik Bettina, ich bin der Letzte der dir nicht glauben würde...< Christian legte eine Hand auf ihre Schulter.

Sechzehn Säulen waren gut zu sehen, auf jeder Seite acht, teilweise durch den Zahn der Zeit beträchtlich angenagt. Sie standen auf einer gut zwanzig mal dreißig Meter messenden Steinplatte. An jeder Säule stand ein Feuerkorb davor und gaben zusammen der Szenerie den nötigen Pathos.
Nur war es nicht alles was sie zu sehen bekamen. Inmitten der Ruinen stand eine Frau vor einem alten Steinaltar, darauf eine Schale aus der helle Flammen schlugen. Die deutschen Kommissare blieben stehen. Versuchten das gesehen zu begreifen.
>Katharina Gerland... wir haben sie...< sagte Bettina knapp.

Und auch Jenny mochte ihren Augen nicht trauen. Ihre Mutter, endlich hatte sie ihre Maam gefunden.

>Maam...< Jennifers kreischende Stimme überschlug sich fast und hallte von der Tempelanlage zurück. Mit der entsicherten Waffe in der Hand zuckte Katharina herum, sah die beiden Polizisten und natürlich ihre Tochter.
>Nein... nicht näher kommen... geh weg, bitte... geh weg...< sprach Kathi mit unentschlossener Stimme. Doch Jennifer hörte nicht auf ihre Maam. Viel zu lange hatte sie auf diesen Moment gewartet und rannte weiter auf ihre Mutter zu.

Langsam wich Katharina zurück, und wie es beinah kommen musste, so trat sie beim rückwärts Gehen in eine breite Furche am Boden und geriet ins Stolpern. Kathi erschrak heftig, ihr Finger zuckte... schoss und fiel Rücklinks in den Dreck.

Ein lauter ohrenbetäubender Knall. Das Projektil hieb Jenny in die Brust, stoppte sie brutal mitten im Lauf und warf sie wie trockenes längst vergangenes Herbstlaub zu Boden.

XXX

*C*arvallo stand immer noch lauernd und abwartend hinter einer der meterdicken Säulen versteckt. Als der Schuss fiel trat er ebenfalls mit einer Waffe im Anschlag hervor und zielte sofort auf die beiden Kommissare. Schwärzer als die dunkelste Nacht, so starrte das tödliche Auge des Schalldämpfers abwechselnd auf Bettina und Christian.

>Commissario Christian Albrecht...< Raphaels Stimme peitschte einem Gewehrschuss gleich über den Tempelplatz.

>Jetzt willst du Bastard mir die nächste Frau nehmen? Ausgerechnet du? Ein lächerlicher Versuch, von einer jämmerlichen Figur... jetzt bekommst du keine von beiden.< Raphaels Hand bewegte sich minimal, dass dunkle Loch zielte nun auf Betty.

>Lass den Quatsch Carvallo... es hat doch keinen Sinn, du kommst hier nicht mehr weg, Carabinieri sind unterwegs, gib endlich auf...<

>Jennifer ist verletzt... bitte Raphael.< Bettina versuchte es ein letztes mal.

>Haltet beide die Schnauze...< brüllte Carvallo.

Aus den Augenwinkeln sah die Kommissarin noch wie Antonio Vertuchi mit den Handy am Ohr auf die Gerland zu rannte.

Dann überschlugen sich die Ereignisse...

XXX

Plopp Plopp Plopp... machte es drei Mal kurz hintereinander. Ein gellender Schrei folgte den Schüssen...

Chris stieß sich mit aller Gewalt ab, flog förmlich an Bettina vorbei, rammte sie zur Seite. Eine Kugel berührte schmerzhaft ihren Oberarm, zerfetzte ihre Jacke, ihre Haut, das Fleisch darunter. Die andere verdammte Kugel fing Chris mit seinem Bauch, krachte zu Boden und blieb stöhnend liegen, krampfte sich zusammen. Das dritte Metallungeheuer trug die Adresse Vertuchis, der durch die Wucht des Geschosses ebenfalls getroffen zu Boden geschleudert wurde. Ein Schwenk zurück... Noch zwei Mal dieses fiese Geräusch des Schalldämpfers, beide Pistolenkugeln sausten haarscharf an Betty vorbei. *„An was man doch alles in Bruchteil einer Sekunde denken kann, woher hat der Scheißkerl die verdammte Knarre?"* und zog in einer routinierten Bewegung ihre Dienstpistole, drehte sich etwas nach links, sackte leicht in die Knie. Hinter Raphael züngelten Flammen einer fernen Unterwelt, umrissen scharf seinen Körper, war dadurch auch gut zu sehen und eigentlich nicht zu verfehlen. Raphael zielte immer noch auf Bettina, rührte sich nicht, als erwartete er die Kugeln...

Die Kommissarin hatte die Nase voll und schoss, so wie sie es tausende Male auf dem Schießstand geübt hatte, aus der Combat Stellung zurück. Drei Mal zog sie den Stecher durch, drei Mal brüllte ihre Waffe auf, drei Treffer. Raphael ließ sofort seine Pistole fallen. Die Wucht des Aufpralls riss ihn brutal zurück und er brach, wie seine zwei Kontrahenten, ebenfalls zusammen. Ihr Kollege lag stöhnend am Boden.

Bettina kniete sich neben Christian.

\>Chris, keine Angst... halt durch, halt bitte durch, Hilfe ist unterwegs...< Bettys Augen flackerten und Tränen liefen ihr über das Gesicht, was sollte sie ihm sagen, beruhigen.

\>Ich versuche es... so kalt... Schmerzen...< stöhnte Chris leise.

Sie zog vorsichtig ihre Jacke aus, deckte den Kommissar damit zu, verbiss dabei ihre eigenen Schmerzen. Bettina sah auf, suchte den italienischen Kollegen. Mit gewaltigem Schreck erkannte sie das auch er etwas abbekam. War es ihm noch vor dem Treffer möglich gewesen, vielleicht ein Notruf abzusetzen?

Katharina Gerland hielt immer noch ihre Tochter im Arm und sprach wohl mit ihr.

Was sollte Bettina jetzt zuerst machen? Ihre Gedanken drehten sich viel zu schnell im Kreis um einen zu erfassen...

Die Gerlands und der verletzte Vertuchi mussten einen Moment warten, auch wenn es ihr überaus schwer fiel... Cavallo... lebte er noch?

Bettina streichelte dem verletzten Christian die Wange.

>Ich bin sofort wieder bei dir...< Sie stand auf, spurtete los, erreichte nach wenigen Metern Carvallo, kniete sich neben ihm auf den steinhart gefrorenen Boden, er lebte tatsächlich noch und sprach ihn an.

>Was hast du nur getan Raphael, warum?<

Er zuckte, hechelte, versuchte seinen Kopf zu heben, fiel wieder zurück. Seine Augen tanzten in den Höhlen als die Lider sich langsam öffnen wollten. Ein tiefroter Blutfaden verließ seinen Mundwinkel und versickerte im Kragen seiner Jacke. Beide Hände presste er auf die Schmerz kreischenden Wunden am Körper, mit einer Hand fasste er nach Bettinas Wange und färbte sie dunkelrot.

>Liebe... aus Liebe zu dir... du hast mich nicht mehr beachtet, die ganzen Jahre... Hypnose, damit wollte ich mir dein Ebenbild schaffen.< er hustete, noch mehr Blut...

>Jemanden der meine Leidenschaften teilt, ein altes längst vergessenes Volk sollte wieder auferstehen. Doch ich habe ein Monster erschaffen... unrecht getan, ich kann nichts rückgängig machen, du hast es gesagt... das ist meine Strafe.<

>Wie kannst du von Liebe sprechen, du hast auf mich geschossen, du hast Chris getroffen... du Scheißkerl... warum? Und was hast du in meinem Kopf eingepflanzt? Was ist mit mir? Was hast du mit mir gemacht?< sie schluchzte.

>Keine verdammte Kugel hätte dich... hätte euch getroffen... mia Amore... glaube es mir… (Husten) du bist doch mein Leben, habe dich so wahnsinnig geliebt.< Raphael keuchte, sprach kraftlos weiter...

>Ich wusste das es keinen Sinn mehr hat. Es tut mir leid Bettina... es tut mir leid... sechzehn Himmelsfelder, Bettina, sechzehn... jetzt kann ich dir nicht mehr helfen... du bist allein... das Ende ist der Anfang... hörst du? Ich musste sterben durch die Hand meiner Liebsten... vergib mir...<

Die letzten Worte sprach er undeutlich, dennoch laut, alle Kraft zusammengenommen, bäumte sich auf, bekam keine Luft mehr, röchelte furchtbar... erstickte an seinem eigenen Blut... ruckartig fiel sein Kopf zur Seite, seine Augen brachen.

Aus... vorbei.

Betty begriff seine Worte nicht, verstand das ganze Geschehen hier nicht.

„Jetzt kann ich dir nicht mehr helfen? Wobei? Sechzehn Himmelsfelder? Was soll das Alles??" Sie ließ ihn liegen und schleppte sich kraftlos schwindelnd und leise schluchzend zu Christian, er hatte ihre Hilfe wirklich nötiger.

XXX

>Ich habe dich gefunden Maam... und wieder verloren...< Die geflüsterten Worte kamen wie ein Nebelhauch über Jennys blasse Lippen, als verließe ihre Seele bereits den tödlich verwundeten Körper.
>Wieder verloren?<
>Nein meine Liebe, sprich nicht davon, dass wir uns wieder verlieren... mein liebster Schatz, du wirst wieder gesund werden. Du kennst doch die alten Geschichten vom Zweifel und Glauben. Das qualvolle Schicksal dieser Welt wird dem Mutigen die Hoffnung geben... so war es immer... so wird es immer sein...
Und hell scheint das gleißende Morgenlicht, gibt dir die Kraft und verbrennt all die Sünden der Menschheit... die grauen Gedanken fallen wie die bösen Armeen des Teufels... und dann kannst du es sehen...<
>Was Maam... was...<
>Eine Familie... Geborgenheit, Nähe, zärtliche warme Liebe... Wir werden wieder eine Familie sein, so wie es sich gehört. Das wichtigste im Leben ist die Familie, niemand wird uns mehr trennen.<
>Dann ist es nicht schlimm und alles wird gut? Dann gibt es tatsächlich Hoffnung?< Jennys Stimme war so furchtbar schwach, sie musste husten.
>Ja mein Liebstes, es gibt Hoffnung... immer...< Katharinas Mutterinstinkte kehrten für Augenblicke zurück, holten sie aus der fernen Schattenwelt ihres verdrängten Ichs. Kathi musste Stärke zeigen und wollte nicht vor den Augen ihrer geliebten Tochter die Fassung verlieren, doch sie konnte nicht mehr lang ihre Tränen unterdrücken.

>Maam, bleib bei mir... habe keine Schmerzen mehr...< Jennifer griff noch zur Hand ihrer Mutter und verlor das Bewusstsein.

Jetzt wollte Katharina weinen, doch plötzlich konnte sie es nicht mehr.

Sie saß im kalten Dreck dieser alten Ruine, hielt den Kopf ihrer Tochter, streichelte ihre Wange und sah zum wolkenlosen, Sternen übersäten Himmel hinauf. Der Mond weinte für sie, der aufkommende raue Wind spielte mit ihrem Haar. Katharina breitete ein letztes Mal ihre "Flügel" aus, spürte den Wind in ihren Federn... und fing an, leise ein Lied zu summen. Ein Kinderlied... eine weitere Seele galt es zu begleiten, dass es die ihrer Tochter war, vermochte Katharina wohl nie mehr begreifen...

>Gute Reise meine Jenny, wir werden uns wiedersehen... und ich werde dich rächen, das verspreche ich dir...<

Katharina sah sich wild um, erfasste schnell die Situation. Drei Körper am Boden, eine Frau kniete vor einem Mann, sprach mit ihm, drehte ihr dabei den Rücken zu. Ihr Meister... er rührte sich nicht mehr. Ihm konnte Kathi nicht mehr helfen, jetzt musste sie an sich denken. Ihre heilige Aufgabe wollte zu Ende gebracht werden. Behutsam legte sie Jennifers Kopf in den Staub, küsste ihre Stirn.

Der Wagen mit dem sie gekommen waren stand einfach zu weit weg und der Zündschlüssel steckte in ihres Meisters Hosentasche. Ihre Knarre lag irgendwo in der Nähe, aber es war keine Zeit mehr um sie zu suchen.

Jetzt stand Katharina auf und lief entschlossen auf das zuvor entdeckte kleine Fahrzeug zu, was oberhalb der Ausgrabungsstätte am Bauzaun parkte. Niemand hielt sie auf, das hätte Kathi auch nicht zugelassen.

So huschte sie geduckt und ungesehen zu dem kleinen Fiat Uno.
Sicher blieben ihr nur ein paar Augenblicke um ihn kurzzuschließen.
Ein spitzer Schrei der Erleichterung verließ ihren Mund. Unglaublich, der Schlüssel steckte, eine Fügung des Schicksals und wichtige Sekunden waren gewonnen.
Das Versteck ihres Meisters, dass war ihr erstes Ziel. Natürlich musste der Wagen vorher "entsorgt" werden. Kalt lächelnd erdachte sie in Windeseile ihren teuflischen Plan.
"Ich bin Vanth... ich komme über Euch, wie Veive die Rachegöttin, dass ist ein Versprechen..." Der Schwur galt den am Boden liegenden Personen und vor allem, dem Mörder ihres geliebten Meisters und dem Menschen der ihre Tochter in diese Situation brachte.
Sie lächelte ein weiteres Mal gespenstisch und startete den Motor...

XXX

*E*in Fahrzeugmotor heulte auf...

Bettinas Kopf zuckte hoch und was sie jetzt sah konnte sie nicht fassen. Die Gerland war nicht mehr an ihrem Platz. Leise, die Situation ausnutzend, schlich sie sich zu ihrem Wagen, startete ihn irgendwie. Schnell nahm das Fahrzeug Fahrt auf und Bettina hatte das Nachsehen.

Verloren...

Katharina Gerland war also entkommen. Vorerst.

Außerdem war es nur eine Teilniederlage, Carvallo konnte gestellt werden, immerhin. Nie wieder würde er Menschen mittels Hypnose zu willenlose Zombies programmieren. Das beruhigte die Kommissarin ein wenig während sie sich weiter liebevoll um Christian kümmerte.

Der Verbandskasten befand sich nun auf der Flucht, daher war das schnell anschwellende Sirenengeheul wie eine Lieblingsmelodie in Bettinas Ohren.

Dazu die bunten zuckenden Lichter der Rettungswagen sie peitschten durch die abendliche Landschaft.

Mit sehr hoher Geschwindigkeit näherten sie sich den Tempelruinen. Das Blaulicht pulsierte gespenstisch über die sagenumwobene uralte Kultstätte der Etrusker. Laute Rotorengeräusche signalisierten das auch Rettung aus der Luft zu ihnen unterwegs war.

Vertuchi hatte es also doch noch geschafft die Kavallerie zu alarmieren.

Die gnadenlos und unglaublich schnell kälter werdende Luft der Abenddämmerung fraß sich tief in Bettinas Körper ein. Schmerzen spürten sie nicht. Ein Sanitäter hatte wohl Mitleid mit der zitternden weinenden lethargisch da stehenden Frau und brachte eine wärmende Decke, legte sie behutsam über ihre Schultern.

Dabei fielen ihm die zerfetzte Kleidung und das daran klebende Blut an ihrem Oberarm auf, die Wunde wollte er sofort behandeln.

Sie konnte nichts mehr tun, nur Hoffen und darauf warten das noch ein Wunder geschah.

Für Chris und Jenny sah es nicht gut aus. Commissario Angelo Vertuchi besaß da mehr Glück. Nur ein Streifschuss. Doch ist er dabei unglücklich gefallen und kugelte sich die Schulter aus. Der sehr starke Schmerz raubte ihm für Minuten das Bewusstsein. Wie sagte man so schön, Glück im Unglück eben...

Die Ungewissheit lähmte sie mehr als das Geschehene. Einfach leer, mental am Ende, kraftlos und taub so fühlte sie sich. Das sie nicht völlig zusammenbrach hing vielleicht auch mit der Spritze und dem darin befindlichen Cocktail aus starken Beruhigungs- und Schmerzmitteln zusammen.

Ein Wagen wurde für sie bereitgestellt um Bettina nach Rom zu bringen, dass war schon mal eine der besseren Nachrichten.

Mit dem Rettungshubschrauber brachte man Christian und Jennifer in das auf dem Monte Mario gelegene Policlinico Universitario Agostino Gemelli, nordwestlich der Stadt Rom.

Stundenlang kämpften die Ärzte um beider Leben und auch beide konnten gerettet werden. Bei Jenny sprach man von einem medizinischen Wunder, ein Lungendurchschuss, dass Herz nur knapp verfehlt. Doch sie kämpfte wie eine kleine Löwin und gewann. Ein starkes tapferes Mädchen.

Auch Christian hatte Glück im Unglück. Die Kugel verletzte eine wichtige Arterie, sein Blutverlust war außerordentlich hoch. Wichtige Organe waren daran zu versagen.

Bettina bestand darauf im Krankenhaus zu übernachten bis sie Gewissheit bekam, dass Chris und auch Jenny es überstanden hatten.

In einem ausgiebigen Gespräch mit Carl berichtete sie ausführlich über die zurückliegenden Geschehnisse. Sie konnte und wollte mit niemand anderen sprechen. Wie es weiter ging, dass stand in den Sternen. Der Fall wurde ihnen über ihren Köpfen hinweg entzogen.

Es gab keinen Rückhalt keine Rückendeckung oder Unterstützung ihrer Vorgesetzten in dieser gefährlichen Situation. Nur Fragen über Fragen und keine Antworten. Eine weitere Zusammenarbeit auf dieser Basis schien in Zukunft unmöglich, dass Vertrauen in ihrer Dienstelle und der Vorgehensweise ihrer Vorgesetzten war unwiederbringlich zerstört. Bettina ließ sich auf unbestimmte Zeit beurlauben, nahm sich in der „Ewigen Stadt" ein Hotelzimmer um in Christians Nähe zu sein und überlegte ernsthaft umzusatteln, vielleicht eine eigene Detektei gründen?

Jennifer Gerland war dank ihrer Jugend bald wieder auf den Beinen, ihre Wunden verheilten sehr schnell.

Sie zog nach ihrer Klinikentlassung sofort bei ihrer Oma ein und fand endlich die Zuneigung und Wärme die sie so lang vermisste.

Nachdem auch Christian das Krankenhaus nach unendlich langen acht Wochen verlassen konnte, beantragte er sofort eine längere Kur um seine Genesung schnell voranzutreiben. In den zurückliegenden Jahren verbrachte Chris einen großen Teil seines Urlaubs, dem akuten "Inselfieber" erlegen, auf der wunderbaren Nordseeinsel Helgoland.

Auch seinen anstehenden Kuraufenthalt verlegte er dorthin, nach einigem Behörden Hin und Her.

Bettina begleitete ihn und versuchte auf diesem Wege selbst einige Verbände und Pflaster auf ihre geschundene Seele zu kleben. Endlose wache weinende unruhige Nächte quälten Betty, da half auch kein Alkohol und es halfen keine Tabletten.

Doch in der klaren reinen Nordseeluft erholte sich ihr Geist zusehends.

Der Strand, die Sonne... die Zeit genießen, Bettina und Chris kamen sich wieder näher... knüpften zärtliche Bande, verträumte Berührungen...

Bis eines Nachts der unheimliche Sturm aufzog.

Er sollte alles verändern.

Einen Urlaubs- oder Kuraufenthalt hatten sich die zwei sicher entspannender vorgestellt.

Doch das war eine andere Geschichte...

*E*nde
Teil1

Epilog:

Erster Juli, Zweiuhr-dreißig in der Nacht. Immer noch achtundzwanzig schweißtreibende, schlaflose, feuchtheiße Plusgrade. Der vor wenigen Minuten gefallene, noch junge Juliregen, brachte der einzigen deutschen Hochseeinsel kaum eine nennenswerte Abkühlung. Kein Windhauch rührte sich, absolute Flaute. Die zwei Sprossenfenster weit geöffnet, Grillen zirpten ihre Nachtmelodie. Doch das hörte, interessierte Harald Förster nicht. Er saß schwitzend auf seinem Bett, dass flunderhafte Touchpad lag auf seinen nackten verschwitzten Beinen, die verheißungsvolle Seite im Internet hatte er aufgerufen. Die letzte Nachricht seiner Angebeteten lass Harry immer wieder und immer wieder. Besah sich ihr liebliches Foto, war der Meinung ihr Parfüm riechen, ihren Lippenstift schmecken zu können. Hatte das Gefühl, ihre leuchtenden Augen wollten ihn hypnotisieren. Morgen Abend, ja morgen Abend würden sie sich begegnen, zu einem Inseldate... warum auch nicht?
Achtundvierzig Jahre alt, drei Jahre älter als er und das was sie ihm schrieb, klang lust- und verheißungsvoll.
 Sein aller erstes "Internet Date" überhaupt. Lange genug war er allein, das musste nun ein Ende haben. Nervosität und Neugier lösten sich sekündlich bei ihm ab. Die Vorfreude auf das Kommende besiegte letztlich die zögernde Unsicherheit.
Er war bereit, bereit für die Leidenschaft.
Wie war doch gleich ihr Name? Ach ja...

Katharina...

Die Etrusker
Götter, Geister und Dämonen (ein Auszug)

Aita- (Hades)
Herr der Unterwelt. Zusammen mit Aia versetzt er mit einem Hammer den Toten den Gnadenhieb.

Apanu- Liebes und Todesgöttin (eventuell identisch mit Persiphnai)

Apulu- (Apollon Apollo) Gott der Künste

Artumes- (Artemis) von den Griechen übernommene Jagdgöttin

Atunis- Vegetationsgott

Calu- Todesgott Bringer, nicht Herrscher des Todes

Cel- Erdmutter

Charun- Totenbegleiter

Culsans- jugendlicher Gott der Tore römisch Ianus

Culsu- eine Todesdämonin Hüterin der Pforte zur Unterwelt

Ethausva- Geburtsgöttin

Evan- eine der Lasen, Göttin der persönlichen Unsterblichkeit

Februus- Totengott, Gott der Reinheit, der Februar ist nach ihm benannt

Feronia- Göttin der Freigelassenen, wird mit Wald, Feuer und Fruchtbarkeit in Verbindung gebracht.

Fufluns- Gott des Weines Vegetationsgott. Kultname vermutlich Pacha.
zu lat. Bacchus. Authentische etruskisch- italienische Gottheit

Hercle- (Heracles) Heros und Heilgott

Horta- Göttin des Ackerbaus

Laran- (Ares, Mars) Alter Erd und Fruchtbarkeitsgott, später Kriegsgott.

Lasa- Die geflügelten Lasen gehören zum Gefolge der Turan und haben oft noch eigene Namen
Leinth- Gesichtsloser Todesgott, der die Toten in der Unterwelt erwartet
Lusna- Mondgöttin (Authentische etruskisch- italienische Gottheit)
Mania- Totengöttin, Mutter der Lasen
Mantus- Totengott, Gemahl der Mania
Maris- Vermutlich Liebe und Fruchtbarkeit
Menerva- (Minerva) Göttin der Weisheit (Authentisch etruskische Gottheit) Teil der Göttlichen Dreiheit
Nethuns- (Neptun) Wasser und Quellgott (Authentisch etruskische Gottheit)
Nortia eine Schicksalsgöttin die vor allen Dingen in Volsinii verehrt wurde
Phersipnai- (Persephone) Herrin der Unterwelt
Sans- Gott der Erde
Selvans- alte Naturgottheit
Semla- Erdgöttin. Mutter des Furfluns
Sethlans- unterirdischer Schmiedgott, Schutzgott der Handwerker und Künstler ***Tages-*** Gott der Weisheit, brachte den Etrusker mittels Tarchon die Disziplinen.
Tarchon: lat. Tarchan, war laut antiker Sagen der Begründer mehrerer etruskischer Städte. Tarchon war Bruder oder Sohn des Tyrrhenos. Er hatte Zwölf Städte gegründet, darunter auch Tarquinii und den etruskischen Zwölfstädtebund organisiert. In der Nähe von Tarquinii pflügte er eines Tages, ein Enkel von Jupiter aus der Erde. Dieser lehrte den Tarchon die etruskischen Disziplinen

Thesan- (Eos) (Authentisch etruskische Gottheit) Göttin der Morgenröte, Kultgöttin, mit Uni verbunden
Tinia- (Zeus, Jupiter) (Authentisch etruskische Gottheit) Höchster Gott, Blitzschleuderer.
Tivr- Mondgott

Turan- (Aphrodite, Venus) Göttin der Schönheit, Liebe und Fruchtbarkeit
Turms- (Hermes, Merkur) Götterbote
Tvath- Göttin der Auferstehung, ähnlich Demeter.
Uni- (Hera, Juno) Gattin von Vultumna, Tinia... eine Fruchtbarkeitsgöttin.
Usil- der Sonnengott.

Vanth- **weibliche Todesdämonin, Totenbegleiter und Grabwächter mit großen Flügeln und in weißen Kleidern. Sie trägt oft Schriftrollen, auf denen die Taten der Verstorbenen verzeichnet sind.**

Veive- Rachegöttin

Vetis- eine Art Teufel, Unterweltgott der Zerstörung

Voltumna- **Auch Veltha, Hochgott, später Kriegs und Bundesgott.**

Quelleangabe:

Seite 29 Eigenmarke der Nestle AG
Seite 75 Joachim Witt Zitat (der Goldene Reiter)
Seite 268 Warten auf Godot von Samuel Beckett
Seite 321- 323 Wikipedia

Für Lily

Strahle mein Glück,
entzücke mich...
Unfassbar, nicht sichtbar
gibst Du... mein kläglich Dasein
den Lebensmut zurück.

Unerträglich, die vielen Jahre ohne Dich
ein täglich Verdrängen und Vergessen.
Dann warst Du geboren, mein Unglück zerbrach.
Auf Deinem Weg,
Hoffnung, endlose Liebe wünsch ich Dir...

Auf ewig,

mein kleines süßes Glück...

***W**ahrheit, Lüge.*

Traumwelt und Realität.

Sie verweilten oftmals nur einen Wimpernschlag von einander entfernt. Standen so eng bei einander das sie miteinander verschmolzen...

Diese Geschichte entstand einem Traum. Vermischt mit Fantasie, gewürzt mit Erzählungen. Die Vergangenheit und eine harte, reale Gegenwart, rundeten die Geschichte ab. Sie soll Menschen animieren, ihre Abenteuer zu dokumentieren, zu Papier zu bringen.

Geträumte Geschichten, voller gewaltiger, mitreißender Emotionen.
Doch oft in den Stunden des süßen Schlummerns durchlebt, erwacht...

und für immer vergessen.

Liebe Bianca, meine Bella

Vielen Dank für alles

Biss in die Ewigkeit

Tausend Jahre... und Tausend mehr...